옥루몽 1

일러두기

1 이 책은 1962년 세창서관에서 발행한 한문현토본(漢文懸吐本, 한문에 토를 달아 놓은 책)을 주대본으로 삼아 번역했으며, 덕흥서림 한문현토본(1918년)과 신문관 국문활자본(1913년)을 함께 참조했다.

2 번역은 먼저 직역한 뒤 우리말의 표현을 고려해 다듬었으며, 의역으로 뜻이 전달되기 어려운 부분은 직역 후 주석을 덧붙였다.

3 각주는 모두 옮긴이주이며, 별표(*)로 표시했다.

4 단행본·전집·정기간행물 등에는 겹낫표(『』)를, 편명·곡명·정기논문 등에는 낫표(「」)를 사용했다.

옥루몽 1

낙화의 연緣

남영로 지음 김풍기 옮김

xbooks

차례

제1회

문창성군이 옥황상제의 명을 받아 달을 감상하고, 관음보살이 부처님의 힘에 의지하여 꽃을 뿌리다

文昌承帝命玩月 觀音持佛力散花

옥황상제께서 계시는 백옥경白玉京에 열두 개의 누관樓觀,누각이 있는데, 그중에서 백옥루白玉樓가 으뜸이다. 규모가 크고 화려하며 주변 경관이 탁 트였는데, 서쪽으로는 도솔궁兜率宮으로 이어졌고 동쪽으로는 광한전을 바라본다. 아로새긴 기와와 단청으로 장식한 기둥은 푸른 하늘에 우뚝 솟았고, 옥 같은 창문과 수놓은 듯한 문은 상서로운 빛이 맺혀 하늘 위 누관 중에서 첫손가락에 꼽혔다.

　옥황상제께서 이 누관을 보수해 짓고는 선관들을 초대해 낙성연을 성대하게 여시니, 우의예상羽衣霓裳*을 한 수많은 신선들이 즐거이 와서 좌우에 벌여 앉았다. 아름다운 음악이 번갈아 연주되니 그 소리는 높은 하늘까지 닿았고 벽도碧桃와 화

---

*　날개옷과 무지개 치마라는 뜻으로, 선녀들이 입는 옷을 말한다.

조火棗[*]가 좌우에 진설되어 주고받는 술잔이 넘쳐났다. 옥황상제께서 수정으로 만든 잔파리배(玻璃杯)에 유하주流霞酒를 부어서 특별히 문창성군文昌星君[**]에게 하사하시면서 백옥루 시를 지어 보라 명하시니, 취흥을 띤 문창성군이 붓을 잡은 손을 멈추지 않고 연속 세 수를 지었다.

이슬 내리고 갈바람 불어 찬상에 가을 오니	珠露金飈上界秋
자황의 성대한 잔치 오운루에서 펼쳐졌다	紫皇高宴五雲樓
예상곡 한 곡조에 천풍이 일어나서	霓裳一曲天風起
선향을 불어 흩어 온 세상 채운다	吹散仙香滿十州

한밤에 난새 타고 자미성에 들어가니	乘鸞夜入紫微城
달빛 흔들리는 백옥경	桂月光搖白玉京
하늘엔 별 가득하고 바람 이슬 엷은데	星斗滿空風露薄
푸른 구름 내려올 제 보허성[***] 들린다	綠雲時下步虛聲

구름 속 청룡이 옥로 가에 있으니	雲裡靑龍玉路頭

---

* 벽도는 신선들이 먹는 복숭아이고, 화조는 선계의 과일로 신선들이 먹으면 하늘을 날 수 있다.
** 문창성은 북두칠성 중 첫째 별로, 문장(文章)을 담당한다. 따라서 옛날 사람들은 이 별을 선비들의 상징처럼 여겼다.
*** 보허성(步虛聲)은 허공을 밟는 소리라는 뜻이기도 하지만, 보허자(步虛子)를 연주하는 신선의 음악소리를 의미하기도 한다.

새벽녘에 올라타고 단구로 향한다　　　　　平明騎出向丹邱

한가로이 푸른 문으로 인간 세상 엿보니　　閒從碧戶窺人世

한 점 가을 안개에 천하가 분명하구나　　　一點秋烟辨九州

　옥황상제께서 보시고 매우 기뻐하면서 크게 칭찬하시고는 누관의 처마에 걸라 명하셨다. 다시금 두세 차례 음미하시는데, 홀연 옥안에 기쁜 빛이 사라지더니 태을진인太乙眞君**** 을 불렀다.

　"문창의 시가 매우 아름답지만 세 번째 수에 잠깐 인간 세상의 인연이 있으니, 무슨 까닭인가? 문창은 나이는 어리지만 신망이 두터운 선관이라 내가 아끼는 바인데, 참으로 애처롭구나."

　태을진군이 아뢰었다.

　"요즘 문창성군의 미간에 자황紫黃의 기운이 가득해 부귀로운 기상을 띠고 있습니다. 잠시 인간 세상에 귀양을 보내셔서 겁기劫氣, 난을 겪을 기운를 소멸시키는 것이 좋을 듯합니다."

　옥황상제께서 미소를 지으며 머리를 끄덕이셨다. 잔치가 끝난 후 영소보전靈霄寶殿으로 돌아가실 때 문창성군에게 말씀하셨다.

　"오늘 밤 달빛이 아름답구나. 백옥루에 머무르면서 달빛을

**** 만물을 총괄하는 도교의 신이기도 하며, 북쪽 별을 관장하는 신이기도 하다.

감상하고 마음속 정회를 풀고 돌아가도록 하게."

문창성군이 옥황상제의 뜻을 받들고는 수레를 전송하고 다시 백옥루에 올라갔다. 때는 마침 7월* 좋은 시절이라, 가을 바람은 소슬하고 은하수는 빛나며 드넓고 푸른 하늘에는 빗자루로 쓸어 낸 듯 구름 한 점 없었다. 잠시 후 갑자기 동북방에서 검은 구름이 일어 하늘을 온통 뒤덮더니 북해의 용왕이 뇌거雷車를 몰고 백옥루 아래를 지나갔다. 문창성군이 크게 노하여 말했다.

"내가 한창 달빛을 구경하고 있는데 늙은 용이 어찌 구름을 일으켜서 가리는가?"

용왕이 머리를 조아리며 말했다.

"오늘은 칠월 칠석 아름다운 때라 운손낭랑雲孫娘娘, 직녀이 견우에게 내려가십니다. 사해四海의 용왕이 그곳으로 수레를 씻으러 가는 길입니다."

문창성군이 미소를 지으며 용왕에게 즉시 구름을 걷으라 명했다. 잠시 후 아름다운 건물이 우뚝 나타나고 흰 이슬이 하늘을 가로지르는데 새로 뜬 반달이 두성斗星과 우성牛星** 사이를 배회했다. 문창성군이 취하여 난간에 의지해 달을 바라보며 생각하다가 말했다.

---

* 음력 7월을 뜻한다. 본문에 나오는 달은 모두 음력이다.
** 동양의 별자리인 28수(宿) 중에는 북쪽에 해당하는 별이 일곱 개 있다. 두와 우는 모두 여기에 속한다.

"옥경玉京이 비록 좋기는 하지만 맑고 담박함을 견디기 어렵다. 저 월궁의 항아姮娥***도 외로이 광한전을 지키고 있으니 어찌 무료함을 근심하지 않겠는가."

그때 홀연 누대 아래에서 수레 소리가 은은히 들리더니 선동仙童이 알려 왔다.

"제방옥녀帝傍玉女께서 오셨습니다."

문창성군이 의아해하면서 말했다.

"옥녀는 옥제궁玉帝宮의 시녀다. 어째서 이곳에 왔을까?"

잠시 후 제방옥녀가 누대에 올라서 문창성군을 뵙고 손님과 주인의 예에 따라 동서로 좌정했다. 옥녀가 말했다.

"옥황상제께서 문창성군님이 너무 취하셨을까 염려하십니다. 그리하여 반도 여섯 개와 옥액 한 병을 올려 오늘 밤 백옥루에서 달을 감상하며 정회를 펴는 데 도움이 되도록 하셨습니다."

문창성군이 한편으로는 몸을 일으켜 절하여 받들었고 다른 한편으로는 눈을 흘낏 들어 제방옥녀를 바라보았다. 별 같은 관과 달같이 아름다운 패옥 차림으로 행동거지도 단아한데, 너무도 바르고 고요한 모습에 아름답게 한들거리는 태가 더하여 달과 빛을 다툴 정도였다. 문창성군이 웃으며 말했다.

***항아는 상아(嫦娥) 또는 상희(嫦羲)라고도 한다. 중국 고대신화에 나오는 달의 여신이다.

"옥녀께서는 젊은 나이에 깊은 궁궐에 사시니 당연히 울적한 심회가 크시겠지요. 옥황상제의 분부를 받들어 여기 이르렀으니, 잠시 머물러 산책하며 정회를 풀고 돌아가시지요."

제방옥녀가 빙그레 웃으며 말했다.

"여기 오는 길에 홍란성紅鸞星을 만났는데, 직녀낭랑의 아름다운 기약을 축하하러 가더이다. 돌아가는 길에 여기서 만나기로 약속했습니다. 홍란성은 풍류 넘치고 재주 많은 성군이니, 문창성군님의 오늘 밤 흥취를 도울 수 있을 것입니다."

말이 아직 끝나지도 않았는데 한 선녀가 오색 구름을 타고 서쪽에서 오고 있기에 자세히 보니 바로 제천선녀諸天仙女였다. 손에는 옥련화玉蓮花.연꽃 한 송이를 들고 표연히 누대 아래로 내려왔다. 문창성군이 선녀를 부르며 말했다.

"제천선녀님은 어디로 가시는지요."

제천선녀가 운거雲車를 멈추고 대답했다.

"저는 부처님의 영산법회靈山法會에 가서 설법을 듣고 돌아오는 길인데, 마하지摩訶池를 지나면서 보니 연꽃이 너무도 아름답게 활짝 피었더군요. 그래서 한 송이 꺾어 들고 도솔궁으로 향하고 있습니다."

문창성군이 웃으며 말했다.

"그 꽃이 너무도 기이하니 잠시 바라보며 완상하면 좋겠습니다."

제천선녀가 빙긋이 웃으며 손에 든 연꽃을 공중에 던졌다.

문창성군이 바라보다가 살며시 웃더니 즉시 시 두 구절을 지어 꽃잎에 쓰고는 공중에 던졌다. 그 시는 다음과 같다.

어여뻐라 옥련화여	可憐玉蓮花
청정한 마하지에 피어났구나	淸淨摩訶池
봄바람 뜻을 얻어	尙得春風意
그대 손에 한 가지 꺾였도다	任君折一枝

제천선녀는 연꽃을 도로 받아들고 은근하게 문창성군에게 감사의 뜻을 전하는데, 홀연 동쪽에서 한 선녀가 오색찬란한 봉황을 타고 모습을 드러냈다. 바로 천요성天妖星이었다. 천요성이 크게 소리를 지르며 말했다.

"제천선녀는 도를 닦는 선녀인데, 어찌 남포채련南浦採蓮*과 강진해패江津解佩**의 풍정을 본받는가?"

천요성은 말을 마치고 제천선녀가 들고 있던 연꽃을 빼앗아 거기에 적혀 있던 문창성군의 시를 자세히 보더니 매우 불쾌한 빛을 띠면서 냉소했다.

---

* 중국 강남 지역에는 연을 캐는 여인들이 많았다. 이들이 사내들과 사랑을 주고받는 것을 소재로 「채련가」(採蓮歌) 계열의 악부가 많이 창작되었다. 여기서는 남녀가 이야기를 주고받으며 수작하는 것을 말한다.

** 주나라 때 정교보(鄭交甫)가 한고(漢皐)를 지나다 강을 다스리는 강비(江妃)의 두 딸을 만났는데, 눈짓으로 정을 돋우니 두 여인이 옥장식을 주었다. 그것을 품에 품고 수십 걸음을 갔는데, 홀연 두 여자도 없어지고 패물도 없어졌다고 한다.

"이 꽃과 이 시는 천상에서 다시 없는 보배로군. 내가 옥황상제께 올려서 완상하시도록 하지요."

제천선녀가 부끄러워 얼굴이 붉어지면서 당황스러워하는데, 남쪽에서 칠보관을 쓴 한 선녀가 붉은 난새를 타고 왔다. 또랑또랑한 기상과 영걸스런 풍채는 묻지 않아도 홍란성이었다. 그녀가 낭랑하게 소리쳤다.

"두 분 선랑께서는 무슨 일로 다투시는가요?"

천요성이 웃으며 대답했다.

"문창성군이 시를 지어서 은근히 수작을 하여 천상의 청정한 법도를 훼손시켰습니다."

홍란성이 낭랑하게 웃으며 말했다.

"제가 듣자니 마고선자께서는 연세가 많고 덕이 빼어나셨지만 왕방평王方平에게 쌀을 던지며 서로 장난을 쳤고, 서왕모께서는 지위와 명망이 높으셨지만 주목왕周穆王을 만나 백운요白雲謠로 화답하셨다고 합니다. 지금 제천선녀가 문창성에게 꽃을 던지자 문창성군이 시를 지어 수작하는 것이 어찌 안 될 일입니까? 또한 문창성군은 신망이 두터운 선관인데, 낭랑께서는 어찌 정교보에게 비교하십니까?"

그러고는 천요성이 들고 있는 연꽃을 빼앗아 자기 머리 위로 던지더니 오른손으로 제천선녀의 손을 잡고 왼손으로는 천요성의 소매를 잡으며 말했다.

"오늘 밤 달빛이 너무 아름답습니다. 백옥루에 올라가 달이나 완상하시지요."

두 선랑이 홍란성을 따라 백옥루에 오르자 문창성군과 제방옥녀가 맞이하여 자리를 잡았다. 문창성군이 상석에 앉고 그 다음으로는 제방옥녀가 앉았으며, 차례로 천요성, 홍란성, 제천선녀가 앉았다. 문창성군이 웃으며 말했다.

"백옥루 경치야 어느 밤인들 좋지 않겠습니까만 여러 선녀님들이 이처럼 모이시니 정말 기이한 인연입니다."

홍란성이 웃으며 말했다.

"이는 모두 옥황상제께서 하사해 주신 바이며, 문창성군님의 청복淸福입니다. 다만 제가 그 사이에 한바탕 풍파를 일으킨 것이 실로 죄송스럽습니다."

제방옥녀가 놀라서 위로했다.

"별말씀을 다 하십니다."

홍란성이 다시 미소를 지으며 말했다.

"조금 전 운손낭랑을 축하하고 돌아가다가 은하수를 지날 때, 까막까치가 다리를 만들었는데 그 모양이 너무 기이했습니다. 어린 마음에 그 다리를 건넜지요. 홀연 북해 용왕이 수레를 씻고 돌아가는 길에 까막까치가 한 무리가 놀라 흩어지는 바람에 제가 물에 빠져 수중고혼水中孤魂이 될 뻔했습니다."

문창성군이 웃으며 말했다.

"오작교는 직녀와 견우가 인연을 맺는 다리입니다. 홍란성께서 무단히 건너시니 조물주께서 잠시 장난을 치신 겁니다."

모든 사람들이 한바탕 웃었다. 홍란성이 또 웃으며 말했다.

"제가 조금 전에 도화성桃花星을 만났는데, 무료해해서 함께 오려고 했습니다. 그러나 그이는 나이 어린 성군이라 광한전에서 우의무羽衣舞를 구경하고 싶어 했습니다. 돌아오는 길에는 반드시 이곳을 지날 터이니, 오라고 청해서 함께 즐기는 것이 좋을 듯합니다."

말이 끝나기도 전에 구름 무늬 비단 옷을 입은 한 선녀가 자하거紫霞車를 타고 왔다. 얼굴빛이 화사하여 마치 복사꽃 한 가지가 봄바람에 반쯤 필 듯한 모습인 걸로 보아, 묻지 않아도 도화성임을 알 정도였다. 홍란성이 미소를 지으며 백옥루 입구에 서서 소리 높여 말했다.

"도화성은 어찌 이리 늦게 오시나요? 제방옥녀와 제천선녀, 천요성이 모두 모여 앉았으니, 함께 달을 완상하시지요?"

도화성이 빙긋이 웃으며 발길을 돌려 백옥루에 올라 여섯 번째 자리에 좌정하니, 선관이 모두 여섯이었다. 문창성군은 간밤의 술기운에 몽롱하여 옥으로 만든 먼지떨이*를 흔들며 말했다.

---

* 옥으로 만든 먼지떨이의 원문은 '옥주'(玉麈)다. 불자(拂子)라고도 한다. 자신의 위엄을 돋보이고자 이것을 들고 있기도 한다. 또한 위진남북조시대 노장 사상에 빠져 있던 사람들이 하루 종일 방 안에서 토론을 하거나 이야기를 나눌 때 늘 손에 들고 있던 물건이어서, '먼지떨이를 흔든다'는 것은 다른 사람과 대화를 하거나 논쟁을 벌인다는 뜻의 관용적인 표현이 되었다.

"백옥루는 천상 제일의 누관이요, 7월은 일 년 중 가장 아름다운 시절이오. 내가 옥황상제의 명을 받들어, 좋은 밤 밝은 달을 혼자 즐길 뻔했는데, 뜻밖에도 여러 선랑들과 만났으니 이 또한 흔치 않은 기이한 만남입니다. 다만 술이 없는 것이 한스럽소. 이 성대한 모임을 어찌하면 좋겠소?"

홍란성이 웃으며 말했다.

"지난번에 마고선자를 만났는데, 군산群山에 천일주千日酒가 새로 익어 맛이 더할 나위 없이 좋다더군요. 시녀를 보내서 얻어 오는 게 좋겠습니다."

제방옥녀가 웃으면서 한 시녀를 천태산으로 보내니, 마고선자가 놀라며 말했다.

"제방옥녀는 지조가 고상하여 일찍이 술을 구한 적이 없었는데, 정말 괴이한 일이로구나."

그러고는 즉시 마노瑪瑙**로 만든 호로병에 술 여러 말을 담아 보냈다. 홍란성이 낭랑하게 말했다.

"천태산의 마고선자는 동해의 뽕나무 밭이 바다로 변하는 것을 세 번이나 볼 만큼 세월이 흘렀어도 인색한 마음은 전혀 변하지 않았군요. 몇 말밖에 안 되는 술을 어디에 쓰겠어요? 제가 들으니, 지난번에 옥황상제께서 균천광악釣天廣樂, 선계에서 연주되는 아름다운 음악을 들으실 때 창순鶬鶊의 장난으로 잠시 취하셨는

** 수정과 같은 석영 광물로, 원석이 말의 뇌수를 닮았다 하여 붙여진 이름이다.

데, 나중에 후회하시면서 주성酒星을 가두고 다시는 술을 받지 않으셨답니다. 그러니 필시 주성부酒星部에 쌓아 둔 술이 바다처럼 많을 겁니다. 문창성군께서 구하신다면 얻으실 수 있을 겁니다."

문창성군이 응낙하고 즉시 선동을 보냈다. 잠시 후 천사성天駟星은 술을 싣고 북두성은 잔을 씻어서, 옥액금장玉液金漿의 맛있고 진귀한 술과 용포봉자龍胞鳳炙의 좋은 안주로 금세 술자리가 벌어지니 모든 사람이 크게 취했다. 홍란성이 아미를 숙여 추파를 보내고 손으로는 달을 가리키면서 말했다.

"저 밝은 달은 천상에서나 인간 세상에서나 모두 같은 모양입니다. 천상의 시간이 길기는 하지만 대라용한大羅龍漢*에 겁진劫塵이 한 번 일어나면 항아의 양쪽 귀밑머리에도 흰 가을 서리가 더욱 새로울 것입니다. 어찌 신선의 술법으로 스스로 높게 여기면서 이같이 좋은 밤을 무료하게 허송하십니까? 만일 이 자리에서 큰 술잔을 사양하는 자가 있다면 복숭아씨로 벌을 주어야 합니다."

문창성군이 취흥이 넘쳐 크게 웃었다. 여섯 선관들 또한 난간에 기대어 잠드니 옥으로 만든 산이 절로 거꾸러지고 꽃그림자가 어지러워졌다. 희고 깨끗한 별과 달은 은하수를 감싸

---

* 대라는 도교의 체계 중 가장 높은 천(天)이며, 용한은 오겁(五劫) 중의 첫 번째 천(天)을 말한다. 또한 겁진은 천지가 온통 뒤집힐 때 일어난다는 먼지이므로 '대라용한에 겁진이 일어난다'는 것은 신선의 세계에 변화가 일어나는 것을 말한다.

고, 맑디맑은 바람과 이슬은 옷을 온통 축축하게 적시니 자연스럽게 백옥루에서의 풍월이 호중천지壺中天地**로 변했다. 다만 시녀와 선동은 난간머리에 공손히 서 있고, 아름다운 봉황과 푸른 난새는 누대 아래에서 서성거렸다.

이때 부처님이 영산도량 설법을 마치고 연화대에 앉아 여러 제자들과 함께 불법을 강론하고 계셨는데, 갑자기 마하지를 맡은 스님이 부처님께 알렸다.

"마하지에 열 송이 옥련화가 시방세계十方世界, 전 세계에 응하여 난만히 피어 있었는데, 오늘 한 송이가 어디로 갔는지 모르겠습니다."

부처님이 한동안 생각에 잠기다 관세음보살에게 이르셨다.

"그 꽃은 천지의 정화精華와 일월의 정기를 띤 것이어서 기이한 향기와 상서로운 빛이 시방세계를 비추니라. 보살은 꽃이 간 곳을 살펴보거라."

관세음보살이 합장하여 명을 받고는 즉시 구름을 타고 공중으로 올라갔다. 위로는 12천을 우러러보고 아래로는 삼천계를 굽어보니, 옥경의 12루에 한 줄기 이상한 빛이 흘러나왔다. 관세음보살이 그 빛을 따라 백옥루에 이르러 보니 술자리는 낭자하고 술잔과 산算가지***는 엇갈려 흩어져 있었으며, 여

** 호로병 속의 세상이라는 의미로, 신선들의 평화로운 세계를 뜻한다.
*** 술을 마실 때마다 마신 잔의 수를 표시하기 위해 사용하는 막대기를 말한다.

섯 선관이 모두 대취한 채 서로 난간을 베고 이리저리 쓰러져 있었다. 그 와중에 연꽃 한 송이가 술자리 위에 놓여 있었다. 관세음보살이 혜안을 들어 살피고 슬며시 웃음을 지으며 연꽃을 집어 들고는 백옥루를 내려왔다.

관세음보살은 다시 구름을 타고 영산으로 돌아와 부처님께 연꽃을 바쳤다. 그리고 여섯 선관들이 취해 쓰러져 있는 일을 말씀드렸다. 부처님은 연꽃을 들고 꽃잎에 쓰여진 시를 보시고는 미소를 지으며 반야바라밀다심경을 외우셨다. 순간 각각의 글자들이 탑 위로 떨어지더니 갑자기 스무 알의 명주明珠로 바뀌었다. 부처님이 다시 윤회에 대한 말씀을 암송하시고는 대자대비하신 모습으로 고요히 선정에 드셨다. 관세음보살이 미소를 지으며 게송 한 구절로 화답하니 이러하다.

묘하여라 연꽃이여	妙哉蓮花
원래 오묘한 법을 가지고 있었구나	原有妙法
봄바람을 함께 띠고	并帶春風
맺혀 있는 업을 내게 보여 주네	示我結習

그때 부처님이 게송을 들으시고 칭찬하셨다.

"훌륭하구나, 부처의 소리여. 다시 한마디 말로 대중들을 깨우치라."

관세음보살이 재배하고 연꽃을 들어 설법했다.

"이 연꽃은 본질이 맑고 천지 사이의 깨끗한 기운을 얻은 것이지만 잠시 윤회의 호탕한 기운을 띠었도다. 중생에 비유하자면 천성이 잡된 생각 없이 마음이 신령하지만 인간 세상의 근기根機가 무겁고 탁하여 오욕칠정을 자기 마음대로 제어하지 못하고 칠계십률七戒十律*에 자신을 맡기는 것과 같도다. 불법佛法이 한량없이 넓고 커서 중생의 정근情根으로 인연을 말하고, 인연으로 말미암아 옛 경계를 깨닫게 하노라. 대개 중생의 성품은 연꽃과 같고 오욕칠정은 봄바람과 같다. 봄바람이 아니면 연꽃이 피기 어렵고 오욕칠정이 없다면 심정을 깨닫기 어렵다. 모든 대중과 선남선녀들은 법의 마음을 갖추고 법의 눈을 밝혀 연꽃이 피어나고 봄바람이 불어오는 곳을 볼지어다. 천지가 청정하고 강산이 텅 비어 적적하니, 이것이 이른바 오묘한 법이요 본래 지닌 깨달음이니라."

부처님께서 관세음보살의 설법을 들으시고 크게 기뻐하며 말씀하셨다.

"훌륭하도다, 설법이여. 누가 이 뜻을 새겨 연꽃과 명주로 후일 인연을 맺으리오."

아난이 합장하며 말했다.

"제자가 비록 법력은 없으나 청컨대 이 연꽃을 패다라貝多羅**

---

* 절도, 사음(邪淫), 망언, 살생, 음주, 육식, 사견(邪見)의 칠계에 헐뜯음, 비방, 사기를 더해 십률이라 한다.
** 고대 인도에서 문자를 기록하는 데 사용한 식물이다.

로 변하게 하여 잎마다 팔만대장경을 써서, 세계 중생의 육근六根과 육진六塵*을 일월처럼 밝게 비춤으로써 청정하고 광대한 세계로 돌아가도록 하겠나이다."

부처님께서 미소를 지으며 말씀하지 않으시자, 관세음보살이 다시 일어나서 연화대 앞으로 나가 부처님께 아뢰었다.

"여덟 가지 진귀한 음식을 먹어 보면 콩과 좁쌀로 만든 음식의 담박함을 알고, 화려한 무늬로 수놓인 옷을 입어 보면 베로 만든 옷의 검소함을 깨닫습니다. 제자가 이 연꽃과 명주로 한 인연을 만들어 천추만세토록 취한 듯 꿈꾸는 듯 살아가는 중생들로 하여금 옛 경계를 깨닫게 하고 불교의 가장 높은 청정광대함을 알도록 하겠습니다."

부처님께서 크게 기뻐하시면서 탑 위에 있던 연꽃 한 송이와 다섯 개의 명주를 하사하셨다. 관세음보살은 합장 재배한 후 보리주菩提珠,염주를 짊어진 채 금실로 수놓은 가사를 입고 왼손에는 명주 다섯 개를, 오른손에는 연꽃 한 송이를 들고 남천문에 올랐다. 대천토大天土를 굽어보니 망망한 괴로움의 바다에 욕망의 물결이 하늘에 닿도록 넘실거리고, 쓸쓸한 먼지 가득한 세상에 취한 듯 꿈꾸는 듯 몽롱했다. 관세음보살이 미소

---

* 인간이 끝없이 윤회하는 것은 업을 쌓기 때문인데, 그것은 인간의 감각 기관에서 시작된다고 한다. 육근은 이 여섯 감각 기관인 눈, 귀, 코, 혀, 몸, 생각을 말한다. 육진은 중생의 참된 마음을 어지럽히는 여섯 경계인 색(色), 성(聲), 향(香), 미(味), 촉(觸), 법(法)을 말한다.

를 지으며 왼손의 명주와 오른손의 연꽃을 동시에 허공으로 던지자 명주는 사방으로 흩어져 간 곳을 알지 못하게 되었다. 다만 연꽃 한 송이는 흰 구름 사이를 날아다니다가 하계에 떨어져서 명산名山이 되었다.

알지 못하겠구나, 관세음보살의 법력이 장차 어떤 인연을 만들어 어떤 결과를 만들어 낼 것인가. 다음 회를 보시라.

제2회

허부인은 옥련봉에서 꿈을 깨고,

양공자는 압강정에서 시를 쓴 종이를 던지다

許夫人覺夢玉蓮峯 楊公子投箋壓江亭

남쪽에 명산 하나가 있으니 둘레는 5백여 리나 되고 높이는 1만 5천 장丈이었다. 놀빛은 백옥을 묶어 놓은 듯하여 멀리서 바라보면 한 송이 연꽃이 푸른 하늘에 우뚝 솟아 있는 듯해 사람들은 그곳을 옥련봉이라고 불렀다.

옛날 한 도사가 지나다가 봉우리 꼭대기에 올라서 산의 형세를 살펴보고 탄식했다.

"아름답구나, 산이여. 우뚝한 형세는 봉황이 날고 용이 서린 듯하다. 맑은 기운을 받았으니 이는 우공禹貢*이 산과 물을 이끌던 산이로구나. 불가에서 말하는 비래봉이니, 3백 년이 지나지 않아 특별한 기남자奇男子를 낳아서 반드시 맑고 밝은

---

* 중국 고대의 성인인 우임금을 말한다. 황하가 해마다 범람하여 수많은 사람들이 희생되었는데, 그의 노력으로 홍수 피해를 막았다고 한다.

땅의 기운에 응하리라."

그 후 몇 백 년이 지나면서 점차 주변에 여러 개의 마을이
만들어졌다. 그 마을 중에 한 처사가 있었으니 성은 양陽이고
이름은 현賢이었다. 그 아내 허許씨와 함께 산에 올라 나물을
캐고 물가에 가서 낚시질을 하면서 세상의 영욕을 뜬구름처
럼 여기니, 짐짓 인간 세상 밖에서 유유자적 노니는 군자였다.
다만 나이 마흔이 다 되도록 자식이 없으니, 부부가 서로 안타
까워했다.

3월 늦봄 어느 날이었다. 허씨가 비단창을 열고 무료하게
앉아 있다가, 마침 봄제비가 쌍쌍이 들보 위에 둥지를 만들고
이리저리 오가면서 벌레를 잡아 새끼를 먹이는 것을 보았다.
허씨는 망연자실 한참을 바라보다가 길게 탄식했다.

"천지만물이 끊임없는 생성의 도리를 타고나지 않은 것이
없고, 자식과 어미의 정리를 모르는 것이 없건마는, 나는 유독
무슨 까닭에 평생의 삶이 처연하고 슬퍼서 저 미물만도 못하
단 말인가."

자연스레 눈물이 옷깃을 적셨다. 양처사가 밖에서 들어오
며 말했다.

"부인은 어찌하여 얼굴에 근심이 어려 있소? 오늘은 날씨
가 맑고 화창하오. 우리 부부가 이곳에 오래 살았지만 한 번도
옥련봉을 오른 적 없으니, 높은 산마루에 올라서 울적한 마음
을 풀어 버리는 것이 어떻겠소?"

허씨가 크게 기뻐하여 두 사람은 대나무 지팡이를 짚고 산 골짜기를 따라 차례로 올라갔다. 이미 살구꽃은 모두 지고 철 쭉이 만발해 여기저기에 나비가 춤추고 곳곳에 벌이 노래하 면서 한 해의 봄을 어쩌지 못하고 빨리 가라고 재촉했다. 흐르 는 물을 희롱하면서 손도 씻고 나무 그늘을 찾아 다리품을 쉬 기도 하면서 조금씩 앞으로 나아갔다. 바위 모서리가 가파르 고 산길이 험하여 허씨가 바위 위에 앉으니, 거친 숨은 끊어질 듯 이어지고 구슬땀은 비단 저고리에 가득했다. 처사가 웃으 며 말했다.

"당신은 아직 범골凡骨, 도를 닦지 못한 평범한 사람을 면치 못했구려. 산꼭대기까지 올라가기 어렵겠소."

허씨가 웃으며 대답했다.

"저야 신선이 될 자질이 없지만 당신 기색 또한 편한치 못 하니, 낭랑히 시를 읊조리며 동정호를 날아서 지나갔다던 신 선 여동빈呂洞賓에 부끄럽습니다. 잠시 바위에 앉아 쉬다가 다 시 올라가는 게 좋을 듯합니다."

처사가 크게 웃으며 대나무 지팡이를 들어 위쪽 봉우리를 가리키면서 말했다.

"이미 여기까지 왔으니 잠시 쉰 다음 이 산을 두루 편력하 고 돌아가리다."

반나절쯤 쉰 후 다시 일어나 부인과 함께 가운데 봉우리로 올라갔다. 산은 높고 골은 깊어 푸른 솔과 오랜 회나무가 앞뒤를 어둑하게 막았다. 기암괴석은 좌우에 벌여 있고 사슴 발자국과 원숭이 그림자는 자못 사람을 놀라게 하며 어수선했다. 허씨가 걸음을 멈추고 두려워하며 말했다.

"이곳은 너무 험준해 나아가기 어려우니 저는 봉우리 정상까지 올라가고 싶지 않습니다."

처사가 미소를 지으며 돌길을 배회하다가 멀리 한곳을 바라보니, 한쪽 석벽이 허공에 거꾸로 솟았는데 낙락장송이 절벽 위에서 아래를 향해 늘어져 있었다. 허씨가 손으로 가리키며 말했다.

"저곳이 깊고 그윽하니 찾아가 보지요."

처사가 고개를 끄덕이면서 덩굴을 잡고 바위 위로 기어올라 백여 걸음 갔다. 거기에는 높이가 거의 수십 장이나 될 듯한 검푸른 바위가 있었는데, 앞쪽에는 무엇인가 조각을 한 흔적이 있었다. 허씨가 손으로 이끼를 벗겨 보니 바로 관세음보살의 모습이었다. 조각이 너무 정교하여 이목이 분명하고 등나무와 담쟁이 덩굴이 마구 뻗어서 예스럽고 기이한 빛을 띠었다. 허씨사 양처사에게 말했다.

"이 부처님은 사람 발길이 닿지 않는 명산에 계시니 반드시 영험이 있을 것입니다. 이곳에서 아들 낳기를 기도하면 어떨까요?"

처사는 원래 불가의 일을 좋아하지 않지만 부인의 정성에 감동하여 대나무 지팡이를 놓고 불상 앞으로 나아갔다. 부부가 공경히 예배하고 후사를 바라며 마음속 깊이 축원했다. 기도를 마치고 서로 마주하여 한심스러운 눈물을 흘리다가 이윽고 황혼 무렵이 되어 어둠이 수풀에 깔리자 부인의 손을 이끌고 오던 길을 찾아 내려갔다. 빈 산은 적막하고 솔바람은 소슬히 부는데, 돌길에 대나무 지팡이 닿는 소리만이 잠든 새를 놀라게 했다. 외롭고 고요한 생각과 처량한 마음인데 허씨는 걸음마다 마음속으로 이렇게 빌었다.

'우리 부부가 스스로 지나온 반생을 돌아보건대 특별히 악행을 저지른 적이 없습니다. 이제 산속에 흘러들어 와서 그 죽은 곳을 알지 못합니다. 몸 밖에 다른 사물이 없는지라, 엎드려 바라건대 신령스러운 관세음보살님께서는 축원 올리는 정성을 어여삐 여기시어 남은 생애를 자비로 살펴주소서.'

축원을 마치고 천천히 걸어가다 보니 어느덧 산 입구에 도착했다. 손을 잡고 집으로 들어가서 부부가 서글픈 마음으로 등불을 돋우고 서로 마주 앉으니, 때는 이미 한밤중이 되었다. 피곤함을 이기지 못하고 가물가물 잠이 들려는데, 허씨 눈앞에 보살님 한 분이 나타나 연꽃 한 송이를 들고 옥련봉에서 내려오더니 공경히 부인에게 하사하는 것이었다. 놀라서 깨어 보니 한바탕 꿈이었다. 그런데 은은한 향기가 방 안에 가득해 처사에게 꿈을 말하자 처사도 이렇게 말했다.

"나도 지금 기이한 꿈을 꾸었소. 한 줄기 금빛이 하늘에서 내려오더니 기이한 사내로 변했소. 그러고는 '저는 하늘의 문창성이온데, 댁에 아직 다하지 못한 인연이 있어 의탁하려고 왔나이다' 하고 말을 하면서 내 품속으로 들어왔소. 상서로운 기운이 방에 가득하고 광채가 휘황찬란했다오. 그러다가 놀라 깨었는데, 이 어찌 평범한 꿈이겠소?"

부부가 마음속으로 기뻐했다. 과연 그 달부터 태기가 있어서 열 달이 되자 귀한 사내아이를 낳았다. 이때 옥련봉 위에서 신선의 음악이 낭랑히 들렸고 상서로운 기운이 온통 뒤덮어 삼일 낮 삼일 밤 동안 흩어지지 않았다.

아이가 태어나니 모습은 관옥冠玉처럼 아름답고 미간은 산천의 정기를 띠었으며, 두 눈에는 일월의 광채가 서려 있어 맑고 빼어난 재질과 준수한 풍모는 선풍도골仙風道骨*이요 영웅군자였다. 부부는 만금을 얻은 듯 기뻐했고 아이를 본 이웃 사람들도 양씨 집안의 상서로운 기린이며 봉황이라 칭찬했다.

아이는 한 살에 말을 할 줄 알았고 두 살에는 시비를 분별했다. 세 살에는 이웃 아이를 따라 문밖으로 놀러 다니며 땅바닥에 글자를 쓰고 돌을 주워 진법을 펼치기도 했다. 때마침 지나던 스님이 한참을 그윽하게 아이를 바라보다가 크게 놀라 말했다.

"문창성과 무곡성武曲星의 정기가 뜻밖에 이곳에 와 있구나! 훗날 반드시 크게 귀한 몸이 되리라."

---

* 신선의 풍채와 도인의 골격으로, 품격이 높고 우아한 사람들을 가리킨다.

말을 마치고 홀연 사라지니, 양처사가 더욱 기이하게 여겨서 아이의 이름을 '창곡'曑曲이라고 했다.

양창곡이 여러 아이들과 뒷동산에 올라갔다가 꽃싸움을 하면서 장난을 치는데, 처사가 와서 보니 여러 아이들은 모두 산꽃을 꺾어서 머리에 가득 꽂았는데 양창곡만은 홀로 꽂지 않았다. 까닭을 물으니, 창곡이 대답했다.

"소자는 이름난 꽃이 아니면 갖지 않습니다."

처사가 웃으며 말했다.

"어떤 꽃을 이름난 꽃이라 하느냐?"

"침향정沈香亭에 핀 해당화의 고요하고도 말쑥한 자태와 서호西湖에 핀 매화의 담박한 절개, 낙양에 핀 모란꽃의 부귀로운 모습을 이름난 꽃이라 합니다."

처사가 웃으며 그 풍류가 평범하지 않음을 알았다.

창곡이 대여섯 살이 되자 글자를 모아 글귀를 만드니, 양처사가 아들의 재주가 많은데 가르치지 못하는 것을 안타깝게 여겼다. 하루는 깊은 밤 달빛이 하늘에 가득하고 별빛이 밝게 빛나는데 창곡을 안고 뜨락을 거닐다가 우연히 달을 가리키면서 말했다.

"저 달로 시를 지을 수 있겠느냐?"

말이 떨어지기가 무섭게 창곡이 즉시 다음과 같은 시구로 대답했다.

큰 별은 번쩍번쩍 빛나고	大星明煌煌
작은 별은 반짝반짝 빛난다	小星明耿耿
오직 한 조각 달만이	唯有一片月
온 천지에 거울처럼 걸려 있구나	四海懸如鏡

양처사가 기특해하면서 허부인에게 자랑했다.

"아이의 기상이 탁월해 아비의 적막함을 닮지 않았구려."

하루는 처사가 옥련봉 아래에서 낚시를 하는데, 양창곡이 아버지를 따라가 경치를 완상하고 있었다. 처사가 창곡을 돌아보며 말했다.

"당나라 시인 두보가 완화계에서 낚시할 때 어린 아들 종문이 그 어른을 흉내내서 바늘을 구부려 낚싯바늘을 만들었다더구나. 두보의 시에 '어린 아들 바늘 두드려 낚싯바늘 만든다'[稚子敲針作釣鉤]는 구절이 지금까지도 전하니, 이 또한 운치 있는 일이요 산중생활의 맛이다. 너는 종문이 낚싯바늘 만든 장난을 흉내 내서 네 아비의 흥취를 돋울 수 있겠느냐?"

창곡이 대답했다.

"종문이 이룬 평생의 업적이 무엇입니까?"

처사가 웃으며 말했다.

"탁월한 업적은 없지."

"어부나 나무꾼과 문답하는 것은 한가한 사람의 일입니다. 대장부는 나이 어리고 기운이 예리하며 팔 힘이 강할 때 사방을 다니며 일을 만들고 만백성을 구제해야 합니다. 어찌 쓸쓸하고 볼 것 없는 낚싯대로 산수 간에 마음껏 노닐면서 적막하게 세월을 헛되이 보내겠습니까?"

이때 양창곡의 나이가 여섯 살이었다. 처사가 속으로는 기쁨을 이기지 못할 지경이었지만, 그 뜻을 보고 싶어서 일부러 아들을 꾸짖었다.

"한신은 국사國士였지만 집이 가난해 성 아래에서 낚시질을 했고, 강태공은 현인이었지만 문왕文王을 만나지 못했을 때는 위수 가에서 낚시질을 했으니, 부귀궁달富貴窮達은 사람의 힘으로 어쩔 수 있는 것은 아니다. 어린아이가 어찌 낚시꾼의 적막한 삶을 비웃는단 말이냐?"

창곡이 꿇어앉으며 말씀을 올렸다.

"일을 완성하는 것은 하늘이지만 포부를 가지고 계획하는 것은 사람의 일입니다. 소자 비록 못나고 어리석지만 옛날의 명재상 고요皐陶, 기夔, 직稷, 설契*과 방숙方叔**, 소호召虎***를 본받아 공적을 후세에 오래도록 전해야 할 터입니다. 그런데 어찌하여 호기나 부리는 늙은 장수와 구걸하는 필부를 부러워하겠

---

* 고요, 기, 직, 설은 모두 순임금을 섬기며 태평성대를 이끌었던 뛰어난 신하들이다. 임금의 훌륭한 신하를 뜻하는 관용적인 표현이다.
** 방숙은 주(周) 선왕(宣王) 때의 어진 신하로, 남쪽 지방을 평정했다.
*** 소호는 주(周) 소공(召公)의 후손으로, 주 선왕을 위해서 회수(淮水) 지역을 정벌했다.

습니까?"

처사가 이 말을 듣고 아들을 더욱 사랑스러워했다.

세월이 흘러 양창곡의 나이 열여섯이 되매 그 성취가 번듯하여 문장은 사람을 놀라게 하고 지식과 견문은 출중했다. 하늘이 낸 효성과 날로 발전하는 학문은 현인군자로서의 빼어난 지조를 갖추었으며, 뛰어난 풍류와 호방한 기상은 천지를 경영할 정도의 재주와 덕을 겸비한 자질이었다. 이때 새 천자天子께서 즉위하시고 천하의 죄인들을 크게 사면하신 후에 널리 많은 선비들을 부르고자 문무文武가 뛰어난 인재를 구한다는 방을 붙였다. 양창곡도 이 소식을 듣고 아버지에게 말씀드렸다.

"남자가 세상에 태어났으니 뽕나무로 만든 활과 쑥대로 만든 화살을 사방으로 쏘아 보내 자신의 뜻을 나타내야 합니다. 옛 책을 읽고 옛일을 배워서 임금을 섬기고 백성에게 은택을 내려 천하 사람들과 좋은 일을 함께해야 합니다. 제가 비록 못나고 어리석지만 이미 지학志學, 15세의 나이를 넘었으니 천하를 걱정하는 것이 마땅합니다. 어찌 구구하게 전원에 자취를 숨기고 살며 부모님께 근심을 끼치겠습니까? 황성皇城으로 가서 과거를 치르고 입신양명하여 부모님을 드러내고자 합니다."

처사가 장한 뜻을 사랑하여 아이를 이끌고 내당으로 들어가서 허씨와 상의했다. 허씨가 한숨을 쉬며 말했다.

"우리 부부가 늦도록 자녀가 없어 한탄하다가 하늘이 도와 너를 낳았구나. 장차 옥련봉 아래에서 나물 캐고 고기 낚으며 너를 우리 슬하에 둔다면 우리 여생이 만족할 것이다. 그러니 부귀공명을 탐하여 어찌 가벼이 이별하겠느냐? 게다가 네 나이 열여덟도 안 되었고 황성은 여기서 천여 리나 된다. 내 어찌 너를 보낼 수 있겠느냐?"

양창곡이 다시 무릎을 꿇으며 아뢰었다.

"소자 비록 제후로서의 식견은 없지만 반정원班定遠의 투필投筆*을 깊이 사모하고 있습니다. 세월은 물처럼 흘러가는 것, 시간은 저를 기다려 주지 않습니다. 만약 이 시기를 놓친다면 조물주가 저를 위해 한가로운 때를 주지 않을 것입니다."

양처사가 개연히 단식하며 말했다.

"남자가 글과 검에 뜻을 두었다면 구구하게 사사로운 정을 돌아보아서는 안 되는 법이다. 부인은 한때의 이별을 안타까워하지 말고 길 떠날 준비를 잘 차려 주는 것이 어떨까 싶소."

허부인이 한편으로는 기뻐하고 한편으로는 슬퍼하며 창곡의 손을 잡고 말했다.

"우리 부부가 아직 나이가 많지 않으니 잠시 떨어지는 것을 어찌 아쉬워할 게 있겠냐마는, 나는 아직도 네가 젖먹이 어린 아이로 보이는구나. 네가 처음으로 부모 슬하를 떠나 먼 길을

---

* 한나라 명장 반초(班超)를 말한다. 그는 어렸을 때 하던 공부를 그만두고 군대를 따라다니다가 흉노를 정벌한 후 정원후(定遠侯)에 봉해졌다.

가는 나그네가 된다니 조석으로 마을 동구 밖에 나가 그리워하는 우리 마음이 어떠하겠느냐?"

말을 마치자 부인은 자신도 모르게 눈물을 흘렸다. 창곡이 어머니를 위로하며 말했다.

"소자 비록 효성스럽지 못하지만 위험한 곳을 건너느라 부모님의 근심을 끼쳐드리지 않겠습니다. 다만 존체尊體 보중하소서."

허부인은 궤 속에 넣어 두었던 옷가지며 패물을 팔아 봇짐을 준비했다. 양창곡은 푸른 나귀 한 마리와 동자 한 명, 은자 수십 냥을 갖추어 날을 잡아 과거길에 올랐다. 처사 부부가 동구 밖까지 나와 전송하니, 애틋한 빛과 당부 속에 사사로운 정을 멈출 수 없었다. 처사는 아들에게 빨리 길을 떠나라고 재촉하고 부인을 이끌어 돌아갔다.

양창곡이 비록 조숙했지만 나이는 아직 어린지라, 처음 부모 곁을 떠나면서 믿는 바는 오직 나귀 등뿐이니 까닭 없는 눈물이 절로 옷깃을 적셨다. 양창곡은 마음을 다시 가다듬고 황성을 향하여 길을 떠났다.

때는 늦봄에서 초여름으로 가는 길목이었다. 녹음은 무성하고 향기로운 풀은 우거졌는데 동풍에 우는 자고새는 나그네의 수심을 돕는 듯했다. 양공자楊公子는 천천히 나귀를 몰아 산천을 감상하고 시구를 생각하면서 망운지회望雲之懷, 고향의 부모를 그리워하는 마음를 풀었다. 열흘 가량 가서 소주蘇州 경계에 이르렀다. 이때 소주에 큰 기근이 들어 도적이 온통 날뛰는 중이었다. 양공자와 동자는 짐을 조심하면서 일찍 객점에 들어 투숙하고 느즈막히 길을 떠나 마을을 지나갔다.

하루는 길에 행인이 드물고 주점이 황량하여 투숙할 곳을 잡지 못했다. 망연자실하여 나귀를 몰아 길을 가는데, 어느새 날이 저물어 황혼이 되었다. 양공자 일행은 당황스러웠지만 앞으로 나아갈 수밖에 없었다. 몇 리를 가다가 한곳에 이르니 나무는 하늘에 닿고 험준한 고개가 앞을 가로막았다. 양공자는 나귀에서 내려 걸어서 넘어갔다. 달빛은 희미한데 산등성이에는 나뭇잎이 흩어져서 꾸불꾸불한 길이 흐릿했다. 동사는 나귀 뒤에서 채찍을 잡아 나귀가 가는 대로 맡겨 두었고 양공자는 그 뒤를 따라갔다. 겨우 고개 아래에 이르자마자 동자가 갑자기 크게 놀라 외마디 소리를 지르면서 채찍을 땅에 떨구며 뒤로 물러났다. 양공자가 곡절을 물으니 동자가 숲속을 가리키면서 말했다.

"이곳에 도적놈이 매우 많다 하더니, 저기 서 있는 게 사람이 아닌가요?"

양공자가 가만히 살펴보니 우듬지가 바짝 마른 고목이 바람에 시달리고 비에 씻겨 썩은 채 달빛 아래 서 있었다. 양공자가 웃으며 동자의 경망스러움을 꾸짖고 다시 채찍을 들어 고삐를 잡고 앞으로 나아갔다. 그런데 수십 걸음쯤 갔을 때 도적 대여섯 명이 숲속에서 뛰쳐나왔다. 도적 떼가 제각각 달빛 아래에서 서슬 퍼런 칼날을 휘두르자 비린내가 코끝에 닿았다. 동자는 다시 크게 소리를 지르며 넘어졌다. 도적이 양공자를 찌르려 했지만 공자는 안색 하나 변하지 않고 태연하게 그들에게 말했다.

"너희들은 평소 양민으로 살다 흉년이 되자 굶주림과 추위를 이기지 못해 행인의 재물을 빼앗게 되었구나. 이는 군자가 측은히 여겨야 할 일이다. 내 봇짐이나 의복은 아깝지 않지만 사람을 해치려는 마음이야 어찌 될 법이나 한 일이겠느냐?"

도적 떼들이 웃으며 말했다.

"세상 사람들은 재물을 목숨보다 더 중히 여긴다. 죽이지 않으면 어떻게 재물을 빼앗겠느냐."

공자가 웃으며 말했다.

"군자는 빈말을 하지 않는다. 너희들이 잠시 물러나 있으면 의복과 봇짐을 모두 주겠다."

도적 떼들이 칼을 거두고 물러서자 공자는 동자에게 봇짐을 가져오라고 하더니 하나하나 꺼내서 도적들에게 주었다. 그러고는 자신이 입었던 옷을 하나씩 벗는데, 기색이 편안하여 조금도 당황하는 빛이 없었다. 도적들은 서로 쳐다보며 혀를 둘렀다. 공자는 입고 있던 옷 한 가지만 빼고 모두 벗고는 말했다.

"내가 입은 이 옷은 값도 높지 않은 데다, 벌거벗은 몸으로는 길을 갈 수 없으니 용서하길 바라네."

도적들이 흔쾌히 응낙하고는 감탄하며 말했다.

"우리가 이 일을 시작한 이래 대담한 남자들을 많이 보았지만, 이 같은 수재秀才.미혼 남성을 높여 이르는 말는 처음 보네."

그러더니 옷과 봇짐을 모두 거두어 숲속으로 사라졌다.

양공자와 동자는 정신을 가다듬었다. 나귀를 끌고 고개에서 내려와 객점을 찾아가니 이미 3-4경頃이 지난 때였다. 객점 문을 두드리니 점원이 나오면서 크게 놀라 말했다.

"어떤 공자시기에 이런 깊은 밤에 도적 소굴을 지나 오셨습니까?"

동자가 도적을 만난 이야기를 대략 말해 주니 점원이 또 놀라면서 밀했다.

"이곳을 지나던 나그네들 중에 죽은 사람이 무수히 많아, 해가 지면 넘기 어렵고 한낮이라도 손님들처럼 단신으로는 오고갈 수 없습니다. 오늘 두 분은 큰 복을 받아 목숨을 보존하신 겁니다."

양공자가 말했다.

"내 듣자 하니 소주는 강남 지역에서 제일 가는 큰 고을이라는데 관의 수령이 어찌 도적을 소탕하지 못해 이 지경이 되었는가?"

그러자 점원이 싸늘하게 웃으며 대답하지 않았다. 점원은 객실 한 칸을 정하여 그들을 편안히 모신 후 등불을 붙이고 들어와 도적 만난 이야기를 다시 물으며 말했다.

"관부官府가 비록 멀지 않은 곳에 있지만 자사刺史가 주색에 빠져서 정사를 조금도 돌보질 않습니다. 그러니 누가 도적을 잡겠습니까?"

점원은 공자 일행이 봇짐도 없는 것을 보고 속으로 가엾게 여겨 찬밥을 내놓았다. 양공자 일행은 함께 밤을 새운 뒤 날이 밝으면 길을 갈 계책을 세웠지만 앞길이 아득했다.

그때 홀연 두 소년이 들어왔다. 그들은 손에 각각 활을 들었으며 호협한 기운이 얼굴에 흘러넘쳤다. 그들은 주인을 불러 술을 주문하고는 양창곡 일행이 쓸쓸히 앉아 있는 것을 보더니 물었다.

"수재는 어디로 가시오?"

"황성으로 갑니다."

"수재는 나이가 어찌 되오?"

"올해 열여섯이올시다."

"나이도 어린 수재가 먼 길을 가는 행색이 어찌 그리 단촐하오?"

양창곡이 대답했다.

"집안이 가난하여 노자를 제대로 준비하지 못한 데다가, 도중에 도적을 만나 옷과 봇짐을 모두 빼앗겼소. 길을 갈 계책이 없네요."

그러자 소년이 웃으며 말했다.

"대장부가 한 사람을 감당하지 못해서 저렇게 낭패를 당하니, 수재가 용기 없다는 걸 알겠소. 황성으로 간다니 분명 과거를 치르러 가는 선비일 터, 시문은 좀 할 줄 아시오?"

양창곡이 대답했다.

"먼 시골에서 자라서 견문이 고루합니다. 문자를 조금 배우긴 했지만 글자도 제대로 분간하지 못하는 수준입니다."

소년이 웃으며 말했다.

"수재는 너무 겸손을 보이지 마시오. 그대를 위해 노잣돈을 얻을 계책을 알려드리지. 내일 소주자사가 압강정에서 큰 잔치를 열어 소주와 항주 문인재사들을 모아 놓고 압강정 시를 짓게 할 거요. 장원을 한 사람에게는 큰 상을 내린다 하니, 수재가 만약 시를 짓는 재주가 있다면 황성으로 갈 노자를 어찌 걱정하겠소?"

다른 소년이 말했다.

"거기엔 또 다른 기묘한 사정이 있소. 수재가 아직 관례冠禮 올릴 나이는 안 되었지만 결국 남자 아닙니까. 그러니 이런 사정이 있다는 걸 알아도 관계는 없을 것이오. 강남 지역 서른여섯 고을 중에서 기악으로는 항주가 제일이고, 항주 서른여섯 교방敎坊 중에서 기녀로 이름난 이는 강남홍江南紅이라오. 노래와 춤과 문장, 지조와 자색이 강남 제일이오. 자사와 수령 중에서 강남홍에게 마음을 기울이지 않는 자가 없으나, 강남홍의 성품이 고결하고 강직하여 지기知己가 아니면 죽어도 몸을 허락하지 않는다 하오. 그녀의 나이 바야흐로 열네 살이로되

한 번도 가까이 한 자가 없었다 하오. 그런데 이번 소주자사는 승상丞相 황의병의 아들로서 나이는 서른에 인물이 훤칠하고 문장으로 황성에 이름이 났으며 풍채는 옛사람을 압도한다 하오. 애초에 풍류와 주색에 빠졌기에 강남홍을 끌고 와서 자기 옆에 두고 싶어 하지요. 내일 압강정 유람도 의도가 전적으로 강남홍일 거요. 그 가운데 분명 장관壯觀이 있을 거요. 우리는 무부武夫라, 문인들의 좌석에는 참석하기 어렵지만 수새아 문사文士니 한번 가 보시는 게 어떨는지요."

양창곡이 웃으며 말했다.

"내 본디 재주가 없는데 어찌 그런 성대한 모임에 참석할 수 있겠습니까?"

두 소년은 크게 웃으며 비단주머니를 풀어 술값을 치르고 나갔다. 양창곡은 속으로 생각했다.

'황자사는 조정의 명을 받은 관리로 주색에 빠져 정사를 돌보지 않으니 상대하고 싶지 않다. 그렇지만 이렇게 곤란한 지경에 이르니 진퇴양난이라. 소년의 말대로 잠깐 융통성을 발휘하여 한바탕 웃음거리나 만들어 볼까.'

그러다가 다시 생각했다.

'강남은 천하의 명승지다. 문장과 물색이 분명 볼 만한 곳이 있을 것이다. 강남홍은 도대체 어떤 기생이기에 의지와 안목이 이렇듯 고상하여 풍류남아의 호탕한 마음을 뒤흔드는 것일까?'

그는 즉시 주인을 불러 물었다.

"여기서 압강정까지 몇 리나 되오?"

"30리입니다."

"여기까지 와서 노잣돈이 떨어져 길을 갈 수 없게 되었소. 이 나귀를 객점에 맡겨 둘 테니 우리 두 사람이 며칠 먹을 식사를 마련해 줄 수 있겠소?"

"평범한 나그네라도 노자가 떨어지면 업신여길 수 없는 법인데, 하물며 공자 같은 비범한 풍채를 흠모하는 처지에 며칠 동안의 보잘것없는 음식을 올리는 것이 어찌 어렵겠습니까?"

양창곡이 기뻐하며 다시 객점에서 하루를 더 묵었다. 다음 날 주인에게 압강정 경치를 구경하고 오겠노라 말한 뒤 동자를 데리고 떠났다. 동쪽으로 십수 리를 가니 산천은 밝고 아름다우며 물색은 변화하여 곳곳의 경치가 뛰어났다. 그는 압강정이 강가에 있으리라 생각하며 흐르는 물을 따라 올라갔다. 다시 몇 리를 더 갔다. 강 빛이 탁 트이고 산세가 수려하여 푸른 구름은 산봉우리에 어려 있고 흰 갈매기는 흰 모래사장에 졸고 있어, 압강정이 멀지 않은 곳에 있다는 것을 알 수 있었다. 다시 수십 걸음을 나아가니 바람결에 희미하게 음악소리가 점점 들려왔다. 과연 정자 하나가 날개를 펼친 듯 강가에 우뚝 솟아 있었다. 정자의 규모가 큼직하여 아래에는 수레와 말이 떠들썩하고, 구경꾼들이 세 겹으로 둘러서서 인산인해를 이루고 있었다. 정자 위를 바라보니 푸른 기와에 붉은 난간은 아스라이 허공에 솟아 있는데, 황금으로 크게 쓴 현판이 높게 달려 있었다. 바로 압강정이었다. 첩첩이 둘러친 비단 휘장은 바람결에 나부끼며 상서로운 구름을 일으키고, 흐릿한 연기는 강 위로 흩어지면서 푸른 안개로 서렸는데, 질탕한 음악과 청아한 가곡이 누대를 울리고 있었다.

양창곡이 동자에게 이곳에서 기다리라 이르고는, 정자 아래로 가서 소주와 항주에서 모인 선비들을 따라 정자로 올라가 살펴보았다. 정자의 넓이는 수백 칸이나 되고, 금빛 푸른빛 단청은 사치스러워 진정 '강남제일누관'江南第一樓觀이었다.

오사모烏紗帽에 홍포紅袍 차림으로 반쯤 취하여 동쪽 의자에 앉아 있는 사람이 바로 소주자사 황여옥黃汝玉이요, 아름다운 얼굴에 백발로 서쪽 의자에 엄숙하게 앉아 있는 사람이 항주자사 윤형문尹衡文이었다. 윤형문은 사람됨이 너그러워 나이로 보나 뜻과 기상으로 보나 황여옥과 맞지는 않았지만 이웃 고을 관장으로서 우의를 빌미로 간절히 요청받아 이 자리에 온 것이었다.

정자를 가득 메운 소주와 항주의 문사들은 의관을 가지런히 갖추고 종이와 붓을 선택하여 동쪽과 서쪽으로 나누어 앉았다. 소주와 항주 두 고을에서 모인 기녀 백여 명은 울긋불긋 화려하게 치장을 하고 좌우에 벌여 앉아 아리따운 웃음과 자태로 자색을 서로 자랑하면서 제각각 풍류로운 마음을 희롱하고 있었다.

양창곡은 가을빛 같은 두 눈을 들어 하나하나 살폈다. 그러다 어떤 기녀 하나가 말도 하지 않고 웃지도 않은 채 고요히 앉아 있는 것을 보았다. 구름 같은 귀밑머리는 흩어져 날리고 있었고 파리한 얼굴은 초췌했다. 냉담한 기색은 서늘하면서도 투명한 가을달이 정기를 머금은 듯했고, 총명한 재질은 넓은 바다 속의 밝은 구슬이 빛을 감춘 듯하여, 오히려 침향정 위에 졸고 있는 해당화보다 더 뛰어났다. 양창곡은 마음속으로 '나라를 기울게 하고 성을 기울게 하는 자태를 옛 책에서나 읽어 알았는데, 이제 그런 사람을 보는구나. 분명 평범한 여인은 아닐 터, 소년들이 말하던 강남홍이 이 사람이겠구나' 하고 생각하면서 여러 선비를 따라 말석에 앉았다.

이때, 강남홍은 힘없이 앉아 두 눈을 들어 자리에 앉은 여러 선비들을 살피고 있었다. 방탕한 거동과 왁자지껄한 언사가 어리숙해 한심하지 않은 자가 없었다. 그러던 중에 한 수재가 말석에 앉아 있는 것이 보였다. 그가 비록 보잘것없는 옷차림으로 가난한 선비의 모습을 하고 있지만 훤칠하고 우뚝한 기상은 온 좌석을 압도하여 마치 단산丹山의 아름다운 봉황이 닭의 무리에 섞여 있는 듯했고 창해의 신룡神龍이 바람과 구름을 타고 오르는 듯했다.

강남홍은 마음속으로 놀라 생각했다.

'내가 청루青樓, 기생집에 의탁하여 수많은 사람들을 보았지만 저이와 같은 기이한 남자는 처음이구나!'

그녀는 자주 눈을 들어 선비의 동정을 살폈다. 양창곡 역시 정신을 모아 은근히 강남홍의 기색을 주시했다.

황여옥은 모든 선비들을 정자 위에 모아 놓고 강남홍을 돌아보며 말했다.

"압강정은 강남에서 최고의 누관이다. 오늘 문인재사들이 자리에 가득하니, 그대는 맑은 노래 한 곡조를 연주하여 선비들의 흥을 돕도록 하라."

강남홍이 조용히 머리를 숙여 한동안 고민하더니 말했다.

"상공께서 오늘 성대한 잔치를 베푸셨습니다. 시인과 문사들이 아름답게 모인 자리에서 어찌 세속의 천박한 곡조로 옥 같은 자리를 더럽히겠습니까. 마땅히 여러 선비님들의 아리따운 문장을 빌려서 '황하백운'黃河白雲*의 맑고 신선한 노래로 주석에서 시문의 등급을 매기던 옛 고사를 본받을까 합니다."

모든 선비들이 일제히 대답하며 좋아 날뛰자, 황여옥은 속으로 불쾌했으나 속으로 생각했다.

'오늘 유람은 내가 풍류로 강남홍을 유혹해 내려는 것인데, 만약 저들 가운데 왕지환과 같은 재사才士가 있다면 내가 무색

---

* 당나라 현종 때 시인 왕지환, 고적, 왕창령 등이 주점에 가서 기생들과 어울려 술을 마시게 되었다고 한다. 배꽃이 활짝 핀 정원을 보면서 각자 시를 지은 뒤, 가장 잘 지어진 작품을 골라 노래를 부르기로 했다. 그중 왕지환이 지은 구절 중에서 "황하 따라 멀리 흰 구름 사이로 올라가면 / 한 조각 외로운 성이 만 길 높은 산에 있구나"[黃河遠上白雲間, 一片孤城萬仞山]라는 「양주사」(凉州詞) 구절이 최고의 절창으로 뽑혔다고 한다.

해지겠구나. 그러나 강남홍의 뜻과 모든 선비들이 좋아 날뛰는 것이 이러하니, 놀이를 막아 버린다면 더더욱 용렬한 처지가 되리라. 차라리 내가 먼저 시 한 수를 지어 좌중을 압도해 강남홍이 내 재주를 알도록 해야겠구나.'

그는 흔연히 웃으며 말했다.

"홍랑紅娘, 강남홍의 말이 진정 내 뜻에 딱 맞는구나. 급히 시를 짓기 전에 약속을 정하는 시령을 내리라."

그러고는 여러 선비들을 돌아보며 말했다.

"모두에게 각각 색종이 한 장씩 내릴 테니, 압강정 시를 써서 등수를 정하겠노라."

소주와 항주의 모든 선비들이 반드시 이기려고 어수선하게 붓을 뽑아 들고 시를 짓는 재주를 다투었다. 황여옥은 몸을 일으켜 방 안으로 들어가 시구를 고심했지만 시상은 난삽하고 시어와 내용은 삭막하여 급한 마음에 눈썹을 찌푸리고 앉아 억지로 웃으며 말했다.

"옛날 조자건曹子建은 칠보시七步詩**를 지었는데, 지금 여러 선

** 일곱 걸음 만에 짓는 시라는 뜻으로, 즉석에서 읊는 시를 말한다. 조자건은 동아왕(東阿王) 조식(曹植)이다. 위나라 문제(文帝)가 자기 동생인 동아왕 조식에게 일곱 걸음을 걷는 동안 시를 한 편 짓도록 하면서, 짓지 못하면 극형에 처하겠다고 했다. 동아왕은 명령이 떨어지자마자 곧장 다음과 같은 시를 지었다. "콩을 삶아 국을 만들고, 콩을 걸러 즙을 만든다. 콩깍지는 솥 아래서 타고, 콩은 솥 안에서 운다. 본래 같은 뿌리에서 나왔는데 서로 지지고 볶는 것이 어찌 이리도 급한가." 이에 문제는 부끄러워했다.

비들께서는 시령을 내린 지 반나절이 지났건만 겨우 시 한 수를 지었으니, 어찌 그리도 늦는 게요?"

이때 강남홍은 은근히 눈길을 보내며 양창곡의 거동을 살폈다. 공자는 시령을 듣고 즉시 미소를 지으며 종이를 펼치더니 물이 산속에서 흘러넘쳐 나오는 듯 붓을 든 손을 멈추지 않고 잠깐 사이에 시 세 편을 지어 좌석 옆으로 던졌다. 강남홍이 일부러 소주와 항주의 여러 선비들이 지은 시를 먼저 집어 들고 수십 편을 살펴보았지만 모두 진부한 것들이고 출중한 것이 없는지라, 어여쁜 눈썹을 찌푸리며 무료해했다. 그러다가 양창곡이 던진 종이를 주워서 살펴보니, 종요와 왕희지의 필법에 안진경과 유공권*의 글씨체로 용이 날아오르는 듯 종이에서 구름과 안개가 피어나는 듯했다. 강남홍이 눈이 휘둥그래지면서 그 시를 다시 논해 보니, 풍류재사의 기이하고 수려한 수법으로 성당盛唐시대 여러 사람들의 웅장한 생각에 포조鮑照**의 빼어남과 유신庾信***의 맑고 산뜻함까지 더하여 물속의 달이요 거울 속의 꽃이라 할 만했다. 그 시는 다음과 같다.

---

* 이들 네 사람은 모두 중국의 대표적인 명필들이다.
** 포조는 남북조 시대 송나라의 시인이다. 시와 문장이 빼어나고 표현이 아름다워 당시에도 호평을 받았고, 훗날 두보 등 당나라 시인들에게도 큰 영향을 끼쳤다.
*** 유신은 북주(北周) 때의 시인이다. 박학하고 아름다운 문장으로 널리 알려졌으며 특히 변려문을 잘 썼다.

높고 높은 정자 큰 강가에 있어 崔巍亭子大江頭

그림 기둥 붉은 난간 푸른 물결 누른다 畫棟朱欄壓碧流

흰 물새는 풍경 소리 익히 들어 白鳥慣聞鍾磬響

비끼는 햇살에 점점이 평평한 모래톱에 내린다 斜陽點點落平洲

모래사장에 달 어리고 나무엔 안개 어려 平沙籠月樹籠煙

고인 물에 비친 달은 하늘과 한 빛이다 積水空明一色天

좋구나 그대여, 평지에서 바라보라 好是君從平地望

그림 속 누각이요 거울 속 신선일세 畫中樓閣鏡中仙

강남 팔월에 향기로운 바람 불어오니 江南八月聞香風

만 송이 연꽃 중에 한 송이만 붉어라 萬朵蓮花一朵紅

꽃 아래 원앙 쳐서 일어나게 하지 말라 莫打鴛鴦花下起

원앙이 날아가면 꽃떨기만 꺾이리니 鴛鴦飛去折花叢

강남홍이 그윽이 살펴보다가 검푸른 눈썹을 펴고 붉은 입술을 반쯤 열더니 머리에 꽂은 봉황비녀를 뽑아 술 호로병을 치면서 맑은 소리를 굴려 노래를 부르니, 마치 남전藍田****의 옥조각이 돌 위에 떨어져 부서지는 듯하고 푸른 하늘 외로운 학이 구름 사이에서 우는 듯했다. 정자 대들보의 먼지가 날리며

**** 중국 섬서성에 있는 지명으로, 옥의 산지로 유명하다.

맑은 바람이 쏴아 불어오자 소주와 항주의 문사들이 섬뜩하게 얼굴빛을 바꾸고는 서로 돌아보았지만 누구의 작품인지 알 수 없었다. 강남홍은 노래를 마치자 두 손으로 시를 적은 종이를 받들어 두 자사에게 올렸다. 황여옥은 너무도 불쾌해했지만, 항주자사 윤형문은 재삼 음미하면서 무릎을 치며 감탄하고는 시를 지은 사람의 이름을 열어 보라고 재촉했다.

이때 강남홍은 이런 생각을 했다.

'내 비록 사람을 알아보는 눈은 없지만 평생의 지기를 만나 한평생을 의탁하려 했다. 그러나 반악潘岳*의 풍채를 지닌 사람은 한신과 부필富弼**처럼 나라에 큰 공을 세우지 못하고, 이태백과 두보 같은 문장을 품은 사람은 사마상여司馬相如*** 같은 방탕함이 있는 법, 이런 사람들은 내가 원하는 바가 아니다. 뜻밖에 잔치자리 말석에 앉은 보잘것없는 한 수재가 구슬을 품어 이 자리의 보배가 되리라고 어찌 생각이나 했겠는가. 이는 하늘이 이 강남홍이 짝이 없는 것을 불쌍히 여겨 기상이

---

* 반악은 진(晉)나라의 문인이다. 시도 잘 썼고 풍채도 뛰어났다. 그가 낙양에 머무를 때 거리를 지나간다는 소식이 들리면 마을 여자들이 다투어 수레를 잡거나 과일을 던져서 연모의 정을 드러내는 바람에 제대로 지나가지 못했다고 한다.

** 부필은 송나라 때의 대신으로, 뛰어난 문장으로 이름났으나 왕안석의 청묘법이 시행될 때 자신이 다스리는 지역에 적용하지 않아 문제가 되기도 했다.

*** 전한(前漢) 때의 문인으로 자는 장경(長卿)이며 사부(辭賦)에 능했다. 임공에 머물 때 그 지방 부자인 탁왕손의 딸 탁문군을 꾀어 결혼했다. 탁왕손이 그 결혼에 반대하자 이들은 야반도주해 타향을 떠돌았으며, 생계가 어려워지자 다시 임공으로 돌아와 시장에서 장사를 했다.

단아하고 풍류 넘치는 영웅군자를 보내 내 오랜 숙원을 이루어 주려는 것이리라. 그러나 수재의 행색을 보아 하니 소주와 항주 지역의 선비는 아닌 게야. 만약 이름을 밝히면 방탕하고 무뢰한 황자사와 패악스럽고 법도가 없는 여러 문사들이 그 재주를 시기할 터, 저렇게 외로운 수재는 곤경에 빠질 게 분명하다. 어찌하면 좋을까.'

순간 그녀는 계책을 생각해 내고 두 자사에게 아뢰었다.

"오늘 첩이 여러 선비님들의 시로 노래를 부르는 것은 성대한 모임의 화락함을 돕고자 한 것이지 감히 재주의 우열로 모든 분들을 무색하게 하려는 것은 아닙니다. 바라건대 이름을 드러내지 말고 종일 함께 즐기는 것이 가장 좋을 것입니다. 나중에 날이 저물면 이름을 열어 보는 것도 괜찮을 듯합니다."

두 자사가 허락했다. 양창곡은 총명한 남자라, 어찌 강남홍의 뜻을 모르겠는가. 속으로 자신도 모르게 탄복하면서 공경하는 마음이 일어났다. 잠시 후 술과 음식들이 진상되었고, 아름다운 음악과 뛰어난 노래, 춤으로 강가 하늘이 진동했으며, 물과 뭍의 온갖 진귀한 음식으로 온 자리가 떠들썩했다.

이때 황자사가 여러 기생들에게 명하여 각각 술잔을 차례대로 올리라 했다. 양창곡은 원래 남보다 주량이 뛰어난지라 술잔을 사양하지 않고 계속 마셨지만 약간의 취기만 있을 뿐이었다. 그래도 강남홍은 혹여 양공자가 실수할까 염려되어 자신도 여러 기생들과 함께 술잔 돌리기를 요청하여 차례로 술잔을 올렸다. 양창곡 차례가 되어 짐짓 술상을 기울이면서 놀란 척하니, 양창곡도 이미 그 뜻을 알고 크게 취한 척하면서 일부러 돌리는 술잔을 사양했다. 술이 십여 잔 이상 돌아가자 좌중의 사람들은 크게 취하여 행동이 어지러워지고 언사도 도리에 어긋나게 했다. 소주와 항주의 여러 선비들 중에 몇 사람이 일어나 황여옥에게 요청했다.

"저희들이 외람되게도 성대한 연회에 참여하여 보잘것없고 어지러운 시구로 홍랑의 눈썰미를 속이지 못했으니 거기에 대하여 원망하는 바는 없습니다. 듣자 하니 오늘 홍랑이 부른 작품은 소주나 항주 선비가 지은 것이 아니라고 합니다. 저희들이 그 작품의 주인을 찾아서 다시 우열을 비교해 자웅을 가려 소주와 항주 두 고을의 치욕을 씻고 싶습니다."

황여옥이 미처 대답을 준비하지 못했으나 강남홍은 속으로 크게 놀라서 생각했다.

'저 무뢰배들이 취중에도 기분 나빠 하니, 수재가 화를 당할 게 분명하다. 내가 구하지 않으면 안 되겠구나.'

강남홍은 손에 단판牆板*을 들고 좌중에 나아가 말했다.
"소주와 항주의 문사들이 천하에 이름을 날리는 것은 온 세상이 다 알고 있습니다. 오늘 여러 선비님들의 울분은 좋은 시를 가리는 첩의 안목이 밝지 못한 죄 때문입니다. 해가 이미 저물

---

* 박자를 맞출 때 사용하는 널판지처럼 생긴 악기다.

고 좌중이 모두 취하셨으니, 다시 시문을 논하기는 어려울 듯
합니다. 첩이 마땅히 노래 몇 곡으로 선비님들의 취흥을 도와
작품 평가를 명확히 하지 못한 죄를 대신하고자 합니다."

윤형문 항주자사가 웃으며 훌륭하다고 칭찬하니, 강남홍이
다시 아름다운 눈썹을 펴고 단판을 치면서 강남곡江南曲 몇 수
를 노래했다.

전당강 밝은 달 아래 연밥 따는 아이들아	錢塘明月下採蓮兒
십 리 맑은 강에 배를 띄우고	泛舟十里淸江
물결이 어여쁘다 말하지 말라	莫言水波艶
너희들 노래 소리에 물속 용이 깨어나면	爾歌驚潛龍
풍파 일으킬까 두렵구나	恐起風波
푸른 나귀 급히 몰아	急驅靑驢
그대여 어디로 가시나요	那去這人
날은 저물고 갈 길이 머니	日暮路遠
주점에서 술에 취하지 마세요	莫醉酒店
이후에 폭풍과 급한 비 한꺼번에 치면	爾後暴風急雨並作
옷이 젖을까 걱정되네요	疑其濕衣
항주성 돌아들면	回入杭州城
큰길가 기생집 몇 군데런가	大道靑樓幾處

문 앞에 벽도화	門前碧桃花
우물가에 어지러이 피어 있고	井上亂開
담장 머리로 누각 솟아	牆頭樓閣
강남의 풍월이 분명할지니,	江南風月分明
이곳에서 아이 부르면 연옥이 나오리다	此處呼兒來蓮玉

이 노래는 강남홍이 급하게 지은 것이었다. 첫 번째 노래는 자사와 여러 선비들이 양창곡의 재주를 시기하여 풍파를 일으키려 한다는 뜻이고, 두 번째 노래는 양창곡에게 달아나라는 뜻이었다. 세 번째 노래는 강남홍이 자기 집을 가르쳐 주는 뜻이었다.

이때 황여옥과 소주와 항주 선비들은 모두 취하여 떠드느라 자세히 들을 수 없었지만, 양창곡만은 뛰어난 총명으로 강남홍의 뜻을 알아차렸다. 양창곡은 속으로 크게 기뻐하며 즉시 측간에 간다고 핑계를 댄 뒤 몸을 일으켜 누각을 내려갔다.

잠시 후 해가 서산에 져 촛불을 밝힌 뒤 잔치를 끝내려고 했다. 황여옥은 주위 사람에게 장원의 시 작품을 가져오라고 하여 봉투를 열어 보니, 바로 여남汝南의 양창곡이었다. 황급히 양창곡의 이름을 불렀지만 응답이 없었다. 주변 사람들이 말했다.

"조금 전에 말석에 참여했던 수재가 어디로 갔는지 모르겠습니다."

황여옥이 크게 노하여 말했다.

"웬 꼬마가 나의 성대한 연회를 능멸한단 말인가. 망령되이 옛 시로 좌중을 속이다가 본색이 탄로날까 두려워 몰래 도망치다니, 어찌 당돌하지 아니한가."

그는 부하들에게 당장 잡아들이라고 호통쳤다. 소주와 항주의 여러 선비들 중에 무뢰배들이 무리를 이루어 팔을 흔들어 대며 큰소리쳤다.

"우리 소주와 항주 두 고을은 시와 술과 풍류로 천하에 이름이 높다. 거렁뱅이 녀석에게 농락을 당해 성대한 연회가 무색해졌으니 우리의 수치다. 이 녀석을 사로잡아 치욕을 씻으리라."

그러고는 일제히 일어났다.

알지 못하겠구나, 양창곡의 목숨은 어떻게 될 것인가. 다음 회를 보시라.

제3회

노파는 항주에서 청루를 말하고,
수재는 객관에서 홍랑을 만나다

老婆杭州談靑樓 秀才客館遇紅娘

강남홍은 양창곡이 누각 아래로 내려가는 것을 보았다. 그녀
는 나이 어린 공자가 꾀죄죄한 행색으로 술 때문에 힘들게 되
었으니 혹여 실수라도 하지 않을까 염려되었다. 그리고 자신
의 집을 가르쳐 주었으니 저 기이한 수재가 반드시 자기 뜻을
알고 찾아오리라 생각했다. 그러나 원래 알지 못하는 사이에
항주 같은 번잡하고 소란스러운 곳에서 어떻게 찾을 수 있을
지 걱정이었다. 강남홍은 초조한 마음에 몸을 빼내 그 뒤를 따
라가고 싶었지만 도저히 빠져나갈 방법이 없었다.

소주자사 황여옥은 너무 취했고, 잔치자리도 요란해져 여
러 선비들이 소란을 피울 태세였다. 강남홍은 놀라 생각했다.

'무뢰한 자들이 이처럼 분노하니 공자 같은 혼자 몸의 나그
네가 어찌 도중에 곤경에서 벗어나겠는가. 내가 먼저 이 자리
를 진정시켜야겠구나.'

그러고는 황여옥에게 알렸다.

"첩이 감히 여러 선비님들의 시를 평하여 자리가 어지러워졌으니, 어찌 이 자리에서 계속 모실 수 있겠습니까. 마땅히 물러나 죄 묻기를 기다리겠나이다."

황여옥이 이 말을 듣고 생각했다.

'오늘의 놀이는 오로지 홍랑을 위한 것이지 여러 선비들의 문장을 겨루려는 게 아니다. 그런데 홍랑이 좁은 소견으로 이 자리를 피하겠다고 고집을 피우니 어찌 살풍경한 일이 아니겠는가.'

그는 화를 거두고 웃음을 머금으면서 여러 선비들을 위로하며 말했다.

"창곡은 별 볼 일 없는 아이라, 어찌 비교가 되겠는가? 다시 자리를 정돈하고 시령을 내려서 촛불을 밝히고 밤늦도록 놀이를 계속하라."

강남홍은 이 말을 듣고 더욱 놀라서 몰래 생각했다.

'양공자께서 주인 없는 빈 집에서 홀로 나를 기다릴 텐데 황자사의 방탕함 때문에 내가 이곳에서 밤을 새울 순 없다. 하지만 이 상황을 모면할 도리가 없으니 어찌하면 좋을까?'

한참 고민하던 끝에 그녀는 계책을 생각해 내고는 웃음을 띠며 황여옥에게 말했다.

"여러 선비님들께서 관용으로 첩의 당돌한 죄를 용서해 주신 데다, 다시 잔치자리를 열어 밤에도 낮 놀이를 계속하려 하시니 어찌 아름다운 일이 아니겠습니까. 첩이 듣자니, 시를 지을 때는 시령이 있고, 술을 마실 때는 주령이 있다고 합니다. 바라건대 주령을 내리시어 좌중의 흥취를 돕게 하소서."

황여옥이 크게 기뻐하면서 말했다.

"홍랑이 한번 입을 열면 어찌 거역할 수 있겠느냐."

그러고는 주령을 어떻게 하면 좋을지 물었다. 강남홍은 웃으면서 말했다.

"첩이 비록 어리석으나 조금 전에 소주와 항주 고을 선비님들의 아름다운 시구가 여전히 제 가슴속에 새겨진 듯합니다. 제가 차례로 그 시를 낭송할 테니 시 한 수를 낭송할 때마다 선비님들은 술 한 잔씩을 사양치 말고 드십시오. 선비님들의 주량과 첩의 총명함을 서로 시험하여 우열을 비교해 보면 문장과 술을 벌인 잔치자리에 딱 맞는 절묘한 주령이 아니겠습니까?"

모든 선비들이 이 말을 듣고 일제히 무릎을 치면서 감탄하며 황여옥에게 말했다.

"저희들의 졸작이 홍랑의 노래에 들지 못한 것을 한스러워했는데, 한번 음송해 준다면 치욕을 씻을 수 있을 듯합니다."

황여옥이 허락하니 강남홍이 웃으면서 자리에 나아가 아미를 드리우고 옥이 부서지는 듯한 소리를 내어 수많은 선비들의 시 작품을 암송했는데, 한 글자도 틀린 곳이 없자 선비들은 와자하게 칭찬하면서 강남홍의 총명이 기이하다며 놀랐다. 한 작품을 암송할 때마다 강남홍은 여러 기생들에게 술잔 들기를 재촉하도록 하니 모든 문사들이 취했다. 그러나 그들은 자신의 시가 암송되는 것을 영광으로 알아서 다투어 술잔을 돌리면서 오히려 낭송을 재촉했다. 그녀가 계속하여 시 50, 60편을 암송하자 술 역시 50, 60잔을 넘겼다. 바야흐로 좌중이 모두 취하여 이리저리 넘어지고 쓰러지며 토악질을 하고, 술잔을 뒤엎기도 하며 차례로 정신을 잃었다. 황여옥 역시 눈이 몽롱해지고 말이 모호해져 이렇게 말했다.

"홍랑은 총명하고 총명하도다."

그러고는 술상에 기대어 잠이 들었다.

이때 항주자사 윤형문은 술자리를 피하여 다른 방에 들어가 있었다. 강남홍은 몰래 정자 아래로 내려와 항주의 하인에게 말했다.

"내가 지금 술자리에서 실수하여 우리 고을 자사님께 죄를 지어 목숨이 경각에 달렸소. 여기서 도망하려 하니 잠시 옷을 빌려주오."

그녀는 머리에 꽂은 금으로 만든 봉황비녀를 뽑아서 하인에게 주며 말했다.

"이 비녀는 천금짜리요. 이것을 줄 테니 내가 항주로 가더라는 말을 하지 말아 주오."

하인은 이미 같은 고을 사람으로서 정을 느낀 데다 천금까지 얻었으니 크게 기뻐하면서 응낙하고는 머리에 썼던 푸른 복건과 입었던 푸른 옷, 짚신 한 켤레를 모두 벗어 주었다.

강남홍은 옷을 바꿔 입자마자 황망히 문을 나서서 항주로 가는 길을 바라보며 십여 리를 갔다. 3, 4경이 된 깊은 밤, 달빛은 희미해 겨우 길을 분간할 정도였고 미세한 안개는 분분히 날리며 옷을 축축이 적셨다. 주점을 찾아 문을 두드리자 주인이 나와 한밤중에 무슨 일이냐며 괴이하게 여겨 물었다. 강남홍이 대답했다.

"저는 항주의 종놈입니다. 급한 일로 우리 고을로 가는데, 조금 전에 어떤 수재가 이 길로 지나가지 않았던가요?"

"가게 문을 닫은 지 오래됐네. 게다가 나는 술을 파는 사람이나, 밤이 깊도록 길가에 앉아 있어도 지나가는 수재는 못 봤는걸."

강남홍이 이 말을 듣고 마음이 더욱 급해져 바삐 주점 주인과 헤어지고 다시 십여 리를 갔다. 행인을 만나면 양창곡의 행색을 물었지만 모두 못 봤다고 했다. 강남홍은 정신이 황망해지고 겁이 나서 앞으로 나아갈 마음이 사라져 길가에 앉아 생각했다.

'공자가 이 길로 갔다면 반드시 만난 사람이 있을 텐데 행인들 중에 한 사람도 만나지 못했다고 하니, 필시 저 무뢰배들을 만나 욕을 당한 게 틀림없다. 이건 내 잘못이다. 어찌 홀로 마음 놓고 집으로 돌아갈 수 있을까. 차라리 발길을 돌려 죄 없는 공자를 구해야겠다.'

강남홍은 다시 소주로 향했다.

한편, 양창곡은 측간에 간다고 핑계를 대고는 누각에서 내려와 동자를 데리고 다시 주점에 돌아왔다. 그리고 주인에게 말했다.

"갈 길은 바쁘고 노자는 없으니, 이 나귀를 주점에 맡겼다가 돌아오는 길에 다시 찾으리라."

"잠깐 동안일지라도 주인과 손님의 정의가 있는 법인데, 그렇게 하는 건 사람의 도리가 아니지요. 공자께서는 봇짐을 보중하시고 조금도 괘념치 마오."

주인은 웃으면서 나귀를 다시 내주었다. 양창곡이 두세 번 말했지만 끝내 듣지 않았다. 어찌할 도리가 없어 기약을 남기고 주인과 이별했다. 양창곡은 다시 동자를 시켜 나귀를 채찍질하여 가게 되었지만, 망설여지는 바가 있었다.

'홍랑의 세 번째 노래가 자기 집을 가리키는 게 분명하다. 하지만 초행길인데 틀리지 않고 찾아갈 수 있을까? 그렇다고 곧장 황성으로 간다 해도 노잣돈이 없으니 어찌할까.'

양창곡은 한참 생각했다.

'홍랑은 둘도 없는 국색國色이다. 말투가 너무도 사랑스러워 몰래 아름다운 약속을 맺은 것이다. 나 또한 대장부 마음이 있는데 어찌 그 은근한 정을 저버릴 수 있으랴. 지금 즉시 가는 게 옳다.'

그는 더욱 채찍질하면서 항주로 향했다. 밤이 깊어 행인이 드무니 길을 물어볼 곳이 없었다. 주점 한 곳을 찾아 문을 두드리자 주인이 나와서 행색을 자세히 살피며 혼잣말로 중얼거렸다.

"과연 오늘 오셨네."

양창곡이 괴이하게 여겨 물었다.

"저는 주인과 일면식도 없는데 어찌 제가 오는 걸 알았소?"

"얼마 전에 하인 하나가 급하게 항주로 가면서 수재의 행적을 물어봅디다. 그래서 혼잣말을 한 거요."

"그 하인이 무슨 일로 가던가요?"

"그거야 미처 물어보지 못했지만 행색이 급해 보였소."

양창곡은 다른 것은 묻지 않고 나귀를 채찍질하여 길을 갔다. 마음속에 무언가 의심이 생겨났다.

'홍랑의 노래에 주점에서 술에 취하지 말라는 대목이 나오는데 주점에 들어간 게 후회되는구나. 그 하인은 황여옥 자사의 하인으로 쫓아왔을 터, 만약 그를 만나기라도 한다면 이 어찌 불행이 아니겠는가.'

다시 몇 리를 가니 먼 마을에서 닭 소리가 꼬끼오 들리고 새벽빛이 동쪽에서 희미하게 밝아 왔다. 멀리 바라보니 어떤 하인이 바삐 오고 있었다.

'저 사람은 분명 소주의 하인일 것이다. 내 종적을 보지 못하고 돌아오는 것일 테니 잠시 피해야겠다.'

양창곡은 동자에게 나귀를 돌려서 길옆 숲속에 몸을 숨기고 동정을 살피도록 했다. 그 하인은 급한 걸음으로 지나쳐 갔다. 양창곡은 다시 나귀를 몰아 몇 리를 갔다. 하늘은 이미 훤히 밝았다. 지나가는 사람에게 항주 가는 길을 물었더니 30여 리쯤 남았다고 했다.

어느 곳에 이르니 산은 나지막하고 물은 맑은데 그림처럼 아름답고 밝은 데가 나왔다. 제방 위 버드나무와 물가 누각의 경치가 매우 뛰어났다. 큰 다리는 허공에서 무지개가 되었고 열두 굽이 돌난간은 백옥을 아로새겨 영롱하게 빛났다. 이곳은 바로 소공제蘇公堤였다. 옛날 송나라 소동파가 항주자사를 지낼 때 서호의 물을 끌어들여 긴 제방을 쌓고 이 다리를 놓았다. 다리 위에는 정자를 지었는데 7, 8월에 연꽃이 한창 피어나면 여러 기생들과 물속에서 연꽃을 따면서 노닐며 완상했던 곳이다.

양창곡은 마음이 다급하여 풍광 완상에는 관심 없었다. 곧바로 성안으로 들어가 큰길을 따라갔다. 사람과 물자가 번화하고 저잣거리가 붐비니 소주와는 비교도 되지 않았다. 청루와 술집이 길옆에 즐비하고, 청루 앞 붉은 깃발은 곳곳에서 휘날렸다. 양창곡은 나귀를 몰면서 문 앞에 벽도화가 피어 있는 곳을 살폈지만 발견하지 못했다. 양창곡은 마음속에 의심이 구름처럼 겹겹이 피어났다.

'수재 처지에 청루를 찾아가는 게 괴이한 일이지.'

속으로 생각하면서 나귀에서 내려 길옆 술집으로 들어갔

다. 짐짓 쉬는 척하면서 노파에게 물었다.

"저 길옆에 깃발 꽂은 곳은 뉘 집이오?"

노파가 웃으며 말했다.

"공자께서는 이곳을 처음 와 보시는군요. 깃발을 매달아 놓은 곳은 모두 청루지요. 항주의 청루와 교방은 모두 일흔두 곳입니다. 내교방이 서른여섯이고 외교방이 서른여섯입니다. 외교방에는 창녀가 있고 내교방에는 기녀가 있습지요. 내교방과 외교방은 완전히 다릅니다."

"내가 옛 책을 보니 창녀와 기녀는 같은 무리라 하던데, 어째서 그렇게 구별하는 것이죠?"

"모르겠네요. 간혹 구분하지 않는 곳이 있습니다만, 항주에서는 창녀와 기녀의 구분이 정말 엄격합니다. 창녀는 외교방에 거처하는데 아무 사람이라도 만날 수 있습니다. 기녀는 내교방에 거처하는데 그들을 보는 데는 네 등급이 있습니다. 첫번째는 지조, 두 번째는 문장, 세 번째는 가무, 네 번째는 자색을 봅니다. 금과 비단을 산처럼 가져온다 해도 취할 만한 문장과 재예가 없다면 만나 보기 어렵고, 곤궁하고 한미한 선비라도 뜻과 기상이 서로 맞으면 절개를 지켜 마음을 바꾸지 않습니다. 어찌 이들을 구분하지 않겠습니까?"

"그렇다면 내교방은 어디에 있으며, 기녀는 몇이나 되오?"

"여기 깃발을 매달아 놓은 곳은 모두 외교방입니다. 남쪽으로 가면 돌아 들어가는 굽은 길이 나오는데, 그 길을 따라 내려가시면 좌우로 청루가 있습니다. 거기가 내교방 청루입니다. 외교방의 창녀는 수백 명이나 되지만, 내교방의 기녀는 겨우 삼십여 명입지요. 그중에서도 가무와 자색과 지조와 문장을 모두 갖춘 기녀는 첫 번째 방坊에 거처하고, 지조와 문장만 가진 기녀는 두 번째 방에 거처하여 각자 스스로 엄격하게 지킵니다."

"지금 첫 번째 방의 기녀는 누구요?"

"강남홍이라는 기녀가 있습니다. 항주 인사들의 논의로는 지조와 문장, 가무와 자색으로 강남홍이 최고랍니다."

공자가 웃으며 말했다.

"노파는 항주를 지나치게 자랑하지 마시구려. 내 돌아가는 길이 바쁘니 후에 다시 만나리다."

그러고는 나귀를 타고 다시 남문길을 나와 좌우를 살피면서 갔다. 과연 굽은 길이 나왔다. 양창곡은 갑자기 강남홍의 노래 구절이 생각났다. 그녀의 노래에 '항주성 돌아들면 큰길가 기생집 몇 군데런가'라고 했으니 분명했다. 길을 따라 내려가면서 좌우를 살폈다. 거리는 가지런히 정비되었고 누각은 정밀하고 치밀해 외교방보다 나았다. 푸른 기와 붉은 난간은 석양에 비치어 영롱하고, 연약한 버들과 기이한 꽃은 봄바람에 흔들려 살랑거렸다. 곳곳에서 악기를 연주하는 소리와 집집마다 노랫소리가 귓가에 들려와 아련히 울리면서 호탕한 마음을 일으켰다.

양창곡은 나귀가 가는 대로 길을 가면서 서른다섯 청루를 지났다. 마지막 한 곳에 이르니 분으로 칠한 담장은 높고 정갈하며 그림 같은 누각은 솟구쳐 화려했다. 맑은 시내에는 흰 모래를 펼쳐 놓았고 수정 같은 물을 끌어들여 작은 다리에는 무지개를 만들어 작은 길을 만들어 놓았다. 그가 돌다리를 건너 십여 걸음 가니 과연 벽도화 한 그루가 우물가에 피어 있었다. 양창곡이 나귀에서 내려 문 앞에 이르렀다. 그 문에는 큰 글씨로 '제일방'第一坊이라고 특별히 쓰여 있었다. 동쪽으로 분칠을 한 담장이 버드나무 사이로 은은히 비쳤고, 여러 층의 누각이 담장 머리로 우뚝 솟아 있었다. 분칠 담장과 비단 바른 창에 주렴을 드리웠는데, '서호풍월'西湖風月 네 글자를 분명히 써서 걸어 놓았다.

동자에게 문을 두드리도록 했다. 한 여종이 푸른 옷에 붉은 치마를 입고 나왔다. 양창곡이 그녀에게 물었다.

"네 이름이 연옥이냐?"

"공자는 어디 사시는 분이신가요? 어떻게 제 이름을 아시는지요?"

"네 주인이 지금 집에 계시느냐."

"어제 고을 자사님과 소주 압강정 유람하러 가셨습니다."

"네 주인과 친분이 있어서 찾아왔다가 만나지 못하니 안타깝구나. 언제 돌아오시느냐?"

"오늘 돌아오십니다."

"그렇다면 주인 없는 집안에 머무를 수 없으니 이웃 술집에서 기다려야겠다. 주인께서 돌아오시면 즉시 알려줄 수 있겠느냐?"

"이미 제 주인을 찾아오셨으니 객점에서 서성거리시게 할 수는 없지요. 제 방이 누추하지만 가장 조용합니다. 잠시 쉬시면서 기다리십시오."

양창곡은 '청루가 소란스러운 곳이라 수재 신분으로 이곳에서 머문다면 남의 이목에 띄겠구나'라고 생각하여 나귀를 타고 연옥을 돌아보며 말했다.

"주인께서 돌아오면 다시 오겠노라."

양창곡은 근처 술집에 머물러 쉬면서 강남홍이 돌아오기를 기다렸다.

한편, 강남홍은 항주로 향해 되돌아오다가 발이 부르터서 더 갈 힘이 없었다. 하늘빛이 점점 밝아지니 복색은 하인이지만 용모와 자색은 감출 도리가 없었다. 아까 지나갔던 주점으로 다시 들어오자 주인이 말했다.

"너는 어제 저녁 이곳을 지났던 하인이 아니냐?"

강남홍이 말했다.

"밤에 한 번 본 사람을 아직도 기억하시니, 주인의 다정하심에 감사드립니다."

그러자 주인이 말했다.

"아까 네가 웬 수재의 행색을 묻지 않았느냐? 과연 한밤중에 어떤 수재가 이 길을 지나 항주 쪽으로 가더구나."

강남홍이 그 말을 듣고 한편으로는 놀라고 다른 한편으로는 기뻐서 자세히 물었다.

"수재의 행색이 어떻던가요?"

"밤이라 완전히 구별하기는 어려웠지만, 동자 하나와 푸른 나귀 한 마리에 봇짐은 보잘것없고 의복은 남루하더라. 행색은 정말 바빴지만 용모와 풍채는 상당히 비범했다. 무엇 때문에 자네 두 사람이 만나지 못했는지 모르겠네."

"깊은 밤 먼 길에 교묘하게 어긋난 일이 그리 괴이할 게 못 됩니다만, 그 수재가 정말 항주 가는 길로 가던가요?"

"확실히 항주로 향해 갔네. 길을 잃어버려 두세 번 묻는 걸 보면 아마도 초행길 같던데."

강남홍은 술집 주인의 말을 듣고 속으로 생각했다.

'공자께서 이미 이 길로 가셨다면 화를 면했다는 것이겠지. 하지만 우리 집을 방문했다 주인이 없다면 상당히 서먹서먹할 것이다.'

다시 생각하매 도리어 마음이 조급해졌지만 한 걸음도 나아가기 어려웠다. 바야흐로 고민만 하던 차에, 갑자기 문밖에서 길을 비키라는 소리가 나며 한 관리가 지나갔다. 강남홍이 창틈으로 몰래 엿보니 바로 항주자사 윤형문이었다. 이날 소주자사 황여옥이 여러 선비들과 크게 취하여 소란을 피우자 윤형문은 기분이 나빴다. 또한 수재와 강남홍이 어디로 갔는지 몰라 이상하게 여겼다. 그런데 소주자사 황여옥이 잠에서 깨어나 강남홍과 수재가 없는 것을 알아차리고 크게 화를 냈다. 고을 관속들을 두 길로 나누어 한 무리는 황성 가는 길로 보내 양창곡을 잡아 오도록 시키고, 다른 무리는 항주 가는 길로 보내어 강남홍을 잡아 오도록 하니 고을 전체가 진동했다. 소주와 항주의 여러 선비들이 술 취한 기운을 타고 주정을 하니 형세가 매우 위태롭고 패악스러웠다.

윤형문이 정색하며 말했다.

"노부老夫가 명공明公*과 함께 천자의 은혜를 입어 태평성대에 고을을 맡아 다스리는 임무를 받았소이다. 백성이 편안하고 즐거우며 공무도 한가로워서 술, 여인, 음악, 기생과 더불어 누관에서 노니는 것은 장차 위로는 춘대옥촉春臺玉燭이 아름답게 빛나는 태평성대의 다스림을 찬양하고 아래로는 강구연월康衢煙月「격양가」擊壤歌**에 화답함으로써 성은에 대해 만분의 일이라도 갚고자 함이오. 이제 압강정의 놀이는 소주와 항주에서 모르는 사람이 없거늘, 명공의 지위가 높고 노부의 나이가 많은데 일개 창기의 풍정 때문에 소란이나 만들어 내고 삼

---

* 높은 자리에 있는 사람을 부르는 존칭이다.
** 강구연월은 번화한 길거리에서 달빛이 연기에 은은하게 비치는 모습을 나타내는 말로, 태평한 세상의 평화로운 풍경을 이른다. 「격양가」는 요임금이 평복을 입고 백성들의 생활을 돌아보기 위해 거리를 다니다 들었다는 노래로 태평시절을 담았다. "해가 뜨면 나가서 일을 하고, 해가 지면 들어와 쉰다. 우물을 파서 물을 마시고, 밭을 갈아 음식을 먹으니, 제왕의 힘이 나에게 무슨 상관이 있으리오."

척동자의 재주를 시기하여 지나친 행동을 하셨소. 이 일을 듣는 사람들은 모두 '두 고을의 자사는 정사를 내팽겨치고 주색에 빠져서 체면과 지조를 잃었다'고 할 것이외다. 이 어찌 성은에 보답하는 것이라 하겠소이까? 강남홍은 노부가 다스리는 고을의 기녀요. 그 애가 도망친 데에는 분명 이유가 있겠지만, 조용히 처리하기에 아직 늦지 않았을 겁니다. 양창곡은 다른 고을 사람인 데다 과거를 보러 가는 도중에 종적을 감추고 능력을 자랑하여 문장을 희롱하는 것도 문인의 일상사입니다. 명공이 지금 관청의 하인들을 마구 부리면서 무리를 이루고 당파를 만든다면 장애물이 될 뿐이오. 노부가 불행하게도 이 자리에 끼어들어 관계하니 참으로 부끄럽소."

말을 마치자 기색이 엄숙했다. 황여옥은 부끄러워하며 사과했다.

"시생이 나이도 어리고 기운이 날카로워서 생각이 거기까지 미치지 못했습니다."

그러고는 주변 사람들을 야단쳐 물리쳤다. 그런데 오히려 여러 선비들이 더욱 화를 냈다. 윤형문이 정색하면서 말했다.

"선비의 도는 마땅히 배움에 힘쓰고 문예를 닦으며, 나보다 나은 이를 원망하지 않는 것이 옳다. 오히려 다른 사람의 재주를 시기하여 해괴망측한 짓을 벌이니, 노부가 비록 불민하지만 백성을 대하면 법관이요 문예를 닦으면 사표師表, 남의 모범이 될 만한 인물다. 만약 가르침을 듣지 않는 자가 있다면 마땅히 회초리로 스승과 제자의 존엄함을 알도록 할 것이다."

말을 마치고 윤형문은 행장을 수습하여 돌아가고자 했다. 하지만 황여옥이 잠시 소주부에 들러달라고 요청하는 바람에 차마 거절하지 못하고 들어갔다. 황여옥이 술잔을 올리면서 조용히 고백했다.

"시생이 절친한 후의를 믿고 감히 우러러 청할 말이 있습니다. 선생께서는 제 당돌한 죄를 용서해 주십시오."

윤형문이 웃으며 말했다.

"청하시는 게 무엇인지요?"

황여옥 역시 웃으며 말했다.

"시생의 나이 아직 서른을 넘지 않는 데다가, 일처일첩—妻—妾은 남자에게 예사로운 일입니다. 비록 제가 천하의 사물을 모두 보지 못했지만 강남홍과 같은 국색은 예나 지금이나 쌍벽을 이룰 이가 없습니다. 시생이 만약 강남홍을 제 옆에 두지 못한다면 제 명대로 살지 못할 겁니다. 옛말에 이르기를, 여자 문제에는 영웅열사가 없다고 했습니다. 이제야 이 말이 진정 그렇다는 걸 알겠습니다. 선생께서 강남홍을 잘 타일러서 제가 바라는 바를 이루도록 해주십시오."

"세상 사람들 말에 이르기를, 백만 명 군대 중에서 상장군上將軍의 머리를 얻는 것이 오히려 쉽지, 한 사람의 뜻을 빼앗기는 어렵다고 합니다. 강남홍이 천한 기녀이기는 하지만 마음을 지키는 것을 노부 역시 어찌할 수 없지요. 노부는 다만 방해하지는 않겠소이다."

"그렇다면 시생은 이 세상 사람이 되기는 어렵겠습니다. 제게 계책 하나가 있습니다. 먼저 금은비단으로 마음을 유혹하고, 5월 5일 전당호錢塘湖에서 배젓기 경주를 열어 선생을 초청하겠습니다. 물론 강남홍도 부른다면 오지 않을 수 없을 겁니다. 제가 그때를 틈타서 교묘한 방도를 마련하겠습니다."

윤형문은 웃으며 응낙하고 몸을 일으켜 황여옥과 헤어져 항주로 향했다.

새벽빛이 밝아 올 때 항주자사 일행이 주점을 지나는데, 홍랑이 몸 둘 바를 모르고 주점 안에 있다가 기뻐하며 수레 앞에 나아가 문안 인사를 올렸다. 윤형문이 홍랑의 복색을 보고 갸웃하며 물었다.

"너는 누구냐?"

"첩은 항주 기녀 강남홍입니다."

윤자사가 놀라서 물었다.

"잔치자리가 끝나기 전에 아무 이유 없이 달아난 이유가 무엇이냐?"

강남홍이 사죄하며 말했다.

"첩이 들으니 주나라의 여상呂尙*은 위수渭水에서 80년 동안

---

* 여상은 강태공의 이름이다. 위수 부근에서 낚시질을 하면서 은거하며 세월을 보내다가 일흔이 넘어서야 문왕에게 발탁되어 재상을 지냈다. 주나라가 천하를 통일하는 데에 기틀을 세웠다.

낚시질을 했고, 은나라의 부열傅說*은 바위 아래에 담장을 쌓고 살며 곤궁해도 평범한 군주를 섬기지 않고 은나라의 탕왕湯王과 주나라의 문왕文王을 기다려 몸을 허락했다 합니다. 나를 알아주는 지기를 만나지 못하면 복종하지 않는 마음은 귀천과 남녀를 막론하고 모두 같습니다. 첩이 비록 기녀라는 천한 이름을 가지고 있지만 스스로 지키는 마음은 옛사람과 다를 바 없습니다. 그런데 오늘 소주자사께서 아무 이유 없이 저를 천하게 대하고 마음을 핍박해서 그 낌새를 보고 도망친 것입니다. 다만 자사께 알리지 않은 것은 만 번 죽어도 애석하지 않습니다."

윤자사가 대답 없이 묵묵히 한참 생각하더니 물었다.

"항주는 여기서 멀다. 걸어서 갈 수 있겠느냐?"

"첩이 밤을 타서 도망하다가 다리 힘이 다하고 몸의 기운이 고르지 못하여 나아갈 방도가 없습니다."

"네가 올 때 탔던 수레가 뒤에 따라오고 있으니 그것을 타고 돌아가도록 해라."

강남홍이 사례를 올린 뒤 하인 옷을 벗고 수레에 올라타 윤자사 뒤를 따라 항주로 향했다. 항주에 이르러 윤자사가 수레에서 내리는 것을 뵙고 막 물러나려 하는데 자사가 말했다.

---

* 은나라 고종 때의 명재상이다. 고종이 꿈에 본 사람을 찾도록 했는데, 부암(傅巖) 들판에서 가난하게 살던 부열을 발견해 재상으로 발탁했다.

"소주자사가 5월 5일에 너를 다시 초대하여 전당호에서 노젓기 시합을 하려고 한다. 명심하고 있거라."

강남홍이 고개를 숙이고 대답하지 않자 윤자사를 그 뜻을 알고 물러가도록 했다. 강남홍이 문을 나서서 수레에 올랐지만, 양창곡의 소식을 몰라서 수레 창문 틈으로 길가를 엿보면서 갔다. 그런데 남문 안 작은 주점에 웬 동자 하나가 길옆에 나귀를 매고 서 있었다. 자세히 살펴보니 주점 안에 앉아 있는 수재가 바로 양창곡이었다. 강남홍은 기뻐서 어쩔 줄 몰랐으나 다시 한번 생각했다.

'내가 여러 사람들이 있는 자리에서 양공자를 급하게 대면했기에 겉모습과 문장은 대략 알지만 언행이나 지조는 알지 못한다. 평생을 의탁하려 한다지만 갑작스럽게 몸을 허락하기는 어려우니 잠깐 비정상적인 방법으로 그의 마음을 시험해 봐야겠구나.'

그녀는 곧바로 수레를 몰아 집으로 돌아왔다. 연옥이 기쁘게 나와서 맞이하기에 강남홍이 물었다.

"그동안 나를 찾아온 사람이 있었느냐?"

"얼마 전에 한 수재가 아가씨를 찾아왔다가 외출하신 탓에 앞마을 주점에 머무르면서 기다리고 있어요."

강남홍이 웃으며 말했다.

"찾아오신 손님을 주인이 없다는 이유로 정성스럽게 대접하지 못했으니 무례를 범했구나. 네가 술잔과 과일을 들고 그 주점에 가서 수재를 접대하되 이렇게 하거라."

연옥이 웃으면서 알겠다며 대답하고 갔다.

이때 양창곡은 혼자 외딴 주점에 앉아서 무료하게 반나절을 보냈다. 석양이 산에 걸리고 저녁 연기가 사방에서 피어올랐다. 그는 사람을 기다린다는 것이 얼마나 어려운지 새삼 깨달았다. 그런데 홀연 문밖에서 소란스러운 소리가 나더니 한 관원이 지나갔다. 옆에 앉은 사람에게 물어보니 바로 이 고을의 자사라는 것이었다. 양창곡은 속으로, 이곳 자사가 잔치를 끝내고 돌아왔으니, 홍랑 역시 머지않아 귀가하리라고 생각했다. 그는 동자에게 나귀를 쓸어 주라 하고 연옥의 전갈을 기다렸다. 그때 여종 하나가 술과 안주를 들고 왔다. 자세히 보니 바로 연옥이다. 그는 기뻐하며 물었다.

"주인이 돌아오셨느냐?"

"방금 우리 고을 자사께서 관아로 복귀하셔서 우리 아가씨 소식을 여쭈어 보니 소주자사님이 만류해 대엿새 뒤에나 돌아오신답니다."

양창곡은 그 말을 듣고 기운이 떨어져 말없이 한참 있다가 말했다.

"이 술과 과일은 웬 것이냐?"

"공자께서 적적한 주점에서 마음이 어지러우실까 싶어 제가 보잘것없는 술과 남은 과일로 주인 아가씨를 대신해 왔습니다."

양창곡은 그녀의 은근한 마음을 기특하게 여겨서 곧바로 술 한 잔을 마셨다. 그러나 서글픈 마음을 어쩌지 못해 더 마실 마음이 사라져 연옥을 돌아보고 말했다.

"내 갈 길이 너무 급해 오래 머물 수 없구나. 하지만 오늘은 날이 저물었으니 길을 떠나지 못하리라. 아직 묵을 곳을 정하지 못했으니 이 부근에서 묵을 만한 객점을 정해 주겠느냐?"

연옥이 즉시 대답했다.

"저희 집이 주인 아가씨 댁과 그리 멀지 않은 데다가 좁지도 않습니다. 공자께서 여러 날 머무르셔도 관계 없습니다."

양창곡이 크게 기뻐하며 연옥을 따라 그 집에 이르니 과연 아주 한갓지고 외진 곳이었다. 양창곡은 나귀와 동자를 연옥에게 맡기고 사랑방 한 칸을 정해서 쉬었다.

연옥이 돌아가서 강남홍에게 하나하나 이야기를 해주자, 강남홍이 웃으며 말했다.

"내 마땅히 저녁을 지어 올려야겠구나. 절대로 이 말을 누설하면 안 된다."

연옥이 대답을 하고 저녁밥을 준비해 사랑방으로 갔다. 양창곡이 식사를 마친 뒤 연옥에게 고마워하며 말했다.

"한때의 나그네를 이토록 극진히 대접해 주니 내 마음이 너무도 불안하네."

"주인께서 계시지 않아 공자를 누추한 방에 머무르게 했습니다. 거친 밥에 나물국으로 대접하니 도리어 인간의 정이 아닙니다."

그러고는 편히 주무시라고 말을 하고 다시 강남홍에게 돌아와 보고했다. 강남홍이 웃으며 말했다.

"내 보아 하니 공자는 녹록한 서생이 아닌 듯하구나. 풍류 남아의 기상을 띠었지만, 오늘 밤 내 계책에 빠지면 곤란을 당하리라."

강남홍은 연옥에게 몰래 일러두었다.

"다시 사랑방으로 가서 공자의 동정을 살피고 오너라."

연옥이 웃으며 나와 사랑방에 이르렀다. 그리고 창밖에 몸을 숨기고 그 동정을 엿보았다. 사랑방은 코고는 소리도 없이 고요하더니 홀연 등불이 켜졌다. 연옥이 창틈으로 엿보았다. 공자는 방 안에서 슬프게 등불을 마주하고 앉았는데, 서글픈 기색과 쓸쓸한 심회가 얼굴에 나타나고 아득한 마음과 어둑한 정서가 미간에 가득했다. 길게 탄식하기도 하고, 이리저리 뒤척이면서 잠을 못 이루기도 했다.

연옥이 자취를 감추고 돌아가려 하는데, 방 안에서 다시 신음 소리가 나면서 양창곡이 문을 열고 나왔다. 연옥은 얼른 담장 뒤로 숨어서 몸을 숨기고 엿보니 공자가 뜨락에 내려와 거니는 것이었다. 밤은 이미 삼경이라, 반달은 서산에 걸려 있고 차가운 이슬은 하늘에 가득했다. 공자는 기운 달을 향해 망연자실 서 있다가 홀연히 시 한 편을 읊었다.

종소리 쇠잔하고 물시계 재촉하며 　　　　　鍾殘漏促轉星河
은하수를 움직이는데
객관 외로운 등잔 불꽃을 여러 번 잘라 낸다 　客館孤燈屢剪花
어찌하여 바람은 뜬구름 일으키는가 　　　　緣何風掇浮雲起
달을 보아도 소아* 보기가 어렵도다 　　　　難向月中見素娥

연옥은 원래 총명하고 지혜로운 여인이었다. 오랫동안 강남홍을 따라 다니면서 시의 뜻을 상당히 아는 처지였으므로, 마음속에 양창곡의 시를 기억했다가 돌아가서 자세히 이야기했다. 강남홍이 연옥에게 물었다.

"공자의 겉모습이나 기색이 어떻더냐?"

"어제는 공자의 모습과 기색이 변화하고 아름다워서 동풍에 온갖 꽃이 봄비를 머금은 듯했는데, 하룻밤 사이에 안색이 초췌하여 찬 서리 맞은 붉은 잎이 마치 쓸쓸한 빛을 머금은 듯하니 매우 괴이했습니다."

강남홍이 꾸짖으면서 말했다.

"말이 너무 지나치구나."

"제가 말이 어눌하여 오히려 그분의 모습을 다 말씀드리기 어렵습니다. 공자께서 침소로 가시면서 신음 소리가 끊이지 않았으며, 등불을 마주하고서는 처량한 얼굴빛이 가엾어 보

---

* 달 속에 살고 있다는 선녀로, 항아를 말한다.

이던걸요. 작은 병에 걸리신 것이 아니라면 분명 수심이 있으실 겁니다."

강남홍이 듣고 나서 마음속으로 생각했다.

'자고로 대장부는 아녀자에게 속지 않을 수 없으니 내가 지나치게 조롱하는 건 아니다.'

그러고는 연옥을 돌아보며 말했다.

"공자께서 저토록 심란해하시니, 내 어찌 위로해드리지 않겠는가."

강남홍은 궤짝에서 남자 옷 한 벌을 꺼내 놓았다. 이 일이 장차 어떻게 될 것인가. 다음 회를 보시라.

제4회

원앙침 위에서 운우지정을 꿈꾸고,

연로정 앞에서 버드나무 가지를 꺾다

鴛鴦枕祥夢雲雨 燕勞亭前折楊柳

강남홍이 남장을 하고 거울을 들어 비추며 웃었다.

"옛날 무산^{巫山} 신녀^{神女}는 아침에 구름이 되고 저녁에 비가 되어 초양왕^{楚襄王}을 속였다던데,* 오늘 강남홍은 남자가 되었다가 여자가 되었다가 하면서 양공자를 희롱하니 이 어찌 우습지 않은가."

연옥이 웃으며 말했다.

"아가씨께서 남자 옷을 입으시니 모습이나 풍채가 양공자

---

* 초나라 양왕이 고당(高唐)에 와서 놀다가 낮잠을 잤다. 꿈에 한 부인이 찾아와, "저는 무산의 여자인데 고당의 나그네가 되었습니다. 왕께서 이곳에 계시다는 소문을 듣고 왔으니, 잠자리를 모시게 해주십시오" 하고 말했다. 양왕은 부인과 하룻밤을 지내고 다음 날 아침 헤어졌다. 이때 부인이 "저는 무산의 양지 쪽 언덕에 사는데 매일 아침이면 구름이 되고 저녁에는 비가 됩니다" 하고 말했다. 이로 인해 운우지정(雲雨之情)은 남녀 사이에 하룻밤 잠자리를 함께하는 것을 의미하게 되었다.

님과 비슷하시네요. 그렇지만 얼굴에 여전히 화장 흔적이 있어 본색을 드러낼까 걱정되는걸요."

"옛날 반악은 남자였지만 얼굴에 화장을 했다. 세상에는 백면서생이 워낙 많은데, 하물며 한밤중 달빛 아래에서 어떻게 명확히 분간하겠느냐?"

두 사람은 큰 소리로 웃다가 귀에 대고 작은 소리로 말하더니 가볍게 문을 나섰다.

양창곡은 압강정에서 잠깐 강남홍을 보고는 밤낮으로 애모의 정을 잊을 수 없었다. 잠시 뒤에 만날 수 있으리라 생각했지만 호사다마인지 좋은 기약이 계속 늦어졌다. 객관의 외로운 등불에 밤이 깊도록 잠을 이루지 못하고 쓸쓸한 심회로 달빛 아래 서성거리며 시 한 수를 지어 읊고 슬픈 마음으로 방황하며 찬 이슬에 옷이 젖는 것을 깨닫지 못했다. 그 순간 홀연 한바탕 서풍에 책 읽는 소리가 낭랑하게 들려왔다. 귀를 기울여 조용히 들어 보니 남자인지 여자인지 구분되지 않았지만 읽는 책은 바로 좌사左思*의 『초은조』招隱調였다. 암송하는 소리가 청아하여 구절마다 음율에 맞아서 마치 가을 하늘 돌아가는 기러기가 짝을 찾는 듯, 단산의 외로운 봉황이 짝을 부르

---

* 위진 시대의 문인이다. 어렸을 때는 매우 아둔했지만, 아버지가 자신을 두고 한탄하는 소리를 들은 뒤 열심히 공부해서 대성했다. 특히 그가 10년 동안 공들여 지은 「삼도부」(三都賦)는 중국문학사에 길이 빛나는 명작이다. 이 작품을 읽기 위해 사람들이 앞을 다투어 베끼는 바람에 낙양의 종이가 귀해졌다고 한다.

는 듯, 평범한 사람의 읊조림이 아니었다.

양창곡은 매우 기이하게 생각하며 조자건의 「낙신부」洛神賦** 를 암송하여 화답했다. 그러자 동서가 상응하여 한 번 낭송하면 한 번 화답했다. 서쪽에서 나는 소리는 맑으면서도 멀리까지 퍼져 나가 마치 옥쟁반에 구슬이 구르는 듯했고, 동쪽에서 나는 소리는 호방하여 마치 전쟁터에서 칼과 창이 서로 울리는 듯했다. 한참 서로 화답하고 나자 서쪽 소리가 홀연 끊어지더니, 문을 두드리는 소리가 들렸다. 양창곡이 급히 나가 보았다. 그러자 웬 수재 한 사람이 달빛 아래 서 있었다. 옥 같은 얼굴에 별빛 같은 눈동자로 모습이 돋보였으며 풍채가 빼어나서 속세의 인물이 아니라 하늘의 신선이 죄를 짓고 인간 세상에 귀양을 온 듯했다. 양창곡이 황망히 맞이하면서 말했다.

"밤이 깊었습니다. 객관이 고요하거늘, 어떠한 수재이기에 수고스럽게도 방문하셨는지요."

수재가 웃으며 말했다.

** 조식은 자신의 형수인 견씨에게 연정을 품었으나 표현하지 못했다. 나중에 조식은 산동의 임치로 가서 울적한 나날을 지내던 중에 견씨가 죽었다는 소식을 들었다. 훗날 그가 낙수(洛水)를 지나다가 배 위에서 꿈을 꾸었는데, 견씨의 영혼이 나타나서 진주를 주기에 조식은 답례로 옥패를 주었다. 둘은 아쉬워하다가 꿈에서 깨어났다. 이것을 소재로 지은 작품이 바로 「감견부」(感甄賦, 견씨에 감응하여 지은 노래)이다. 나중에 견씨의 아들 조예가 왕위에 오른 뒤 어머니 견씨를 황후로 승격시켰는데, 「감견부」가 어머니의 명예를 실추시킬까 걱정되어 이 작품의 제목을 「낙신부」로 바꾸고 작품 속의 주인공도 견씨에서 낙수의 신(神)인 낙신으로 바꾸어 내용을 허구로 만들었다고 한다.

"소제小弟는 서천 사람으로 산수자연을 좋아하는 취미가 있습니다. 소주와 항주의 아름다움이 천하에 이름이 높다 하여 유람하고자 왔습니다. 부근의 객관에 머무르다가 마침 고문을 읊조리며 심회를 풀고 있었습니다. 그런데 수재의 글 읽는 소리를 들으니 마치 옥구슬 부서지는 듯하더군요. 특별히 이렇게 달빛을 띠고 와서 그대와 함께 깊은 밤에 이야기를 나누는 것이 십 년 동안 글을 읽는 것보다 나을 듯싶어서 서로 나그네 시름이나 풀자고 왔습니다."

양창곡이 크게 기뻐하면서 자신의 객방으로 들어오라 청하니, 수재가 말했다.

"이 같은 달빛을 두고 방에 들어가서 무얼 하겠습니까? 함께 달빛 아래 앉아 심회를 나누는 것도 괜찮을 듯싶습니다."

양창곡이 미소를 지으며 달을 향해 마주 앉았다. 총명한 그가 어찌 반나절이나 상대했던 강남홍을 알아보지 못할까 싶지만, 달빛이 빛난다 해도 백주대낮과는 달라 어둑한 데다가 남장을 했으되 조금도 부끄러워하는 모습이 없으니 어쩔 도리가 없었다. 양창곡은 마음이 황홀해지면서 정신은 취한 듯 홀린 듯했다.

'강남 지역의 인물이 천하에 이름을 떨쳐서 산천의 빼어난 기운을 타고나니 여자 같은 남자가 있기야 하겠지만, 이렇게 아름다운 남자가 어디 또 있단 말인가.'

양창곡이 이렇게 생각하고 있는데, 수재가 물었다.

"어디로 가시는 길인지요?"

양창곡이 대답했다.

"소제는 본래 여남 사람인데, 과거에 응시하려고 황성으로 가는 길입니다. 이곳에 있는 친한 벗을 찾아왔는데, 그 친구가 유람을 떠났다기에 이렇게 객관에 머무르는 중입니다."

"부평초 같은 남자들의 만남이 본래 이와 같은 법이지요. 오늘 저녁의 만남은 하루살이 같은 인생에서는 쉽게 얻을 수 없는 기이한 인연입니다. 어찌 서먹하게 상대하며 무료하게 달빛을 헛되이 보낼 수 있겠습니까. 제 주머니 속에 동전 몇 닢이 있고 문밖에는 데리고 온 동자가 있으니, 형장兄丈께서는 한 잔 봄술을 사양하지 마십시오."

"제가 비록 이태백 같은 주량은 없지만 형장께서는 비싼 가죽옷을 술과 바꿔 마셨다는 당나라 하지장賀知章* 같은 풍모가 있으시니 술잔을 어찌 사양할 수 있겠습니까?"

수재가 웃으며 비단주머니를 풀어 작은 소리로 동자를 부른 뒤 술을 사오라고 했다. 잠깐 사이에 술상이 올라오자 두 사람은 권커니 잣거니 대작하면서 어느새 취기가 약간 올랐다. 그러자 수재가 웃으며 말했다.

"우리가 이렇게 서로 만났으니 자취를 남겨야겠지요. 하찮

---

* 당나라 때의 시인이다. 시문에 뛰어났으며 초서와 예서를 잘 썼다. 술을 매우 좋아하여 항상 술에 취하여 시를 썼다고 한다.

은 이야기가 몇 구절 시보다 못한 법, 제가 비록 술 한 말에 시 백 편을 짓는 이태백의 재주는 없지만 뇌문포고雷文布鼓*의 부끄러움을 피하지 않겠습니다. 형장께서는 목과경거木瓜瓊琚의 투보投報**를 아끼지 마십시오."

말을 마치자 그는 양창곡의 부채를 달라고 하더니 주머니에서 아름다운 벼루를 꺼내서 잠깐 생각을 한 뒤 달을 향해 시 한 수를 썼다.

서른 개의 굽은 교방에서 동서를 물으니	曲坊三十問東西
안개비에 누대는 곳곳이 아련하다	烟雨樓臺處處迷
꽃 속의 새를 무심하다 말하지 마오,	莫道無心花裏鳥
변한 목소리로 다시금 마음 다해 울려 하나니	變音更欲盡情啼

양창곡이 그 시를 보고 문자의 정묘함과 시정詩情의 핍진함에 감탄했다. 그러면서도 시에 뜻이 있어 마음이 담겨 있는 것을 이상하게 여겼다. 두세 번 깊이 보고는 수재의 부채를 달라고 하여 시 한 수를 지어 화답했다.

---

* 뇌문은 중국 회계(會稽)의 성문 이름이다. 여기에 북을 매달아 놓았는데, 그 소리가 백 리 밖까지 들렸다고 한다. 여기서는 자신의 재주가 없다는 것을 드러내는 것을 말한다.
** 나쁜 것을 받고 좋은 것으로 갚아 준다는 뜻이다.

방초 우거진 곳에 해는 이미 저무는데	芳草萋萋日已斜
벽도나무 아래에서 뉘 집을 찾는가	碧桃樹下訪誰家
강남으로 돌아가는 나그네 좋은 인연 없는지	江南歸客仙緣薄
전당호만 보았을 뿐 꽃은 보지 못했네	只見錢塘不見花

수재가 보고 낭랑히 읊조리더니 말했다.

"형장의 문장은 소제가 미치기 어렵군요. 그러나 두 번째 구절에서 말한 '벽도나무 아래에서 뉘 집을 찾는가' 하는 구절은 누구의 집을 말씀하시는 건가요?"

양창곡이 웃으며 말했다.

"우연히 쓴 겁니다."

강남홍은 몰래 생각했다.

'양공자의 문장은 다시 시험해 볼 필요가 없겠지만, 속마음은 다시 시험해 봐야겠구나.'

그녀는 남은 술을 기울여 양창곡에게 권하면서 말했다.

"이 같은 달빛 아래서 어찌 취하지 않을 수 있겠습니까? 제가 듣자 하니, 항주 기생집의 분위기가 천하에 이름이 났다 합니다. 오늘 밤 우리가 달빛을 띠고 잠시 가 보는 게 어떻겠습니까?"

양창곡이 한참 생각하더니 말했다.

"선비의 몸으로 기생집에서 노닐다니 안 될 말입니다. 게다가 형장과 나는 수재입니다. 번잡하고 시끄러운 곳에 갔다가 다른 사람에게 띈다면 체면이 손상될까 두렵군요."

수재가 웃으며 말했다.

"형장의 말씀이 지나치시네요. 옛말에 이르기를 '사람을 논할 때 주색은 빼놓고 하라' 했습니다. 한나라 충신 소무蘇武*는 흉노족의 눈 쌓인 감옥에서도 가죽옷을 씹어 먹으며 지냈던 충렬忠烈 있는 분이었지만 오랑캐 여자를 가까이하다가 살아서 고국으로 돌아왔습니다. 사마상여는 문장이 뛰어났지만 탁문군을 사모하여 봉황곡을 연주했지요. 이로 보건대 색계에 정인군자正人君子가 어찌 있겠습니까?"

"그렇지 않습니다. 사마상여는 탁문군을 유혹해 내어 쇠코잠방이를 입고 길가에서 술을 팔게 했습니다. 그 방탕한 주색을 평범한 사람에게 본받게 한다면 성인의 가르침에 죄를 짓는 것이어서 천추에 버림받을 것입니다. 사마상여의 문장은 당대에 독보적이어서, 충성은 임금을 비판하고 직간할 만했으며, 교화를 남긴 흔적이 촉蜀에 우레와 같았으며, 풍채와 기상이 후세까지 휘황찬란했습니다. 풍류와 주색 같은 작은 허물로 그 명성을 가릴 수는 없겠지만, 이 또한 흠결이라 하기에 충분합니다. 지금 형장의 문학은 옛사람을 감당할 수 없고 명

---

* 한나라의 명장으로. 흉노족과의 전투에서 포로가 된 뒤 절의를 굽히지 않았고, 움집에 유폐되어서도 먹을 것 없이 강추위를 버텼다. 자신이 입던 가죽옷을 씹어 먹고 문틈으로 들어오는 눈을 녹여 먹으면서 지내다가, 훗날 한나라와 흉노가 화친한 뒤 고국으로 돌아왔다고 한다.

망 또한 미치지 못합니다. 그런데 옛사람의 덕과 업적은 말씀하지 않으시고 그 잘못된 점만을 본받으시려 하시니, 이 어찌 잘못이 아니겠습니까?"

강남홍이 이 말을 듣고, '공자가 풍류남아인 줄만 알았으니 도학군자道學君子의 풍모를 겸비했다는 사실을 어찌 알았겠는가!' 하고 감탄을 하면서 또 물었다.

"그것은 그렇지만, 옛말에 이르기를 '선비는 자신을 알아주는 지기를 위하여 죽는다'고 했습니다. 무엇을 '지기'라고 말할까요?"

양창곡이 웃으며 말했다.

"형장께서 모르지 않으실 텐데 저를 시험해 보시려는군요. 다른 사람과 서로 친하여 그 마음을 아는 사람이 있다면 '지기'라고 할 만하지요."

"저는 다른 사람의 마음을 알지만 그이는 내 마음을 모른다면, 이런 경우에도 '지기'라 할 수 있을까요?"

"백아伯牙가 거문고를 연주한다면 종자기鍾子期가 있는 법입니다.** 사람이 지조를 닦아서 마음속에 있는 덕이 밖으로 발현되기만 한다면 구름이 용을 따르고 바람이 호랑이를 따르듯,

---

** 백아와 종자기는 친한 벗이었다. 백아가 거문고를 연주하면 종자기가 그 뜻을 가장 잘 알아주었다. 종자기가 죽자 백아는 더 이상 자신의 마음을 알아줄 사람이 없어졌다 하면서 다시는 거문고를 연주하지 않았다고 한다. 이 때문에 마음을 알아주는 벗을 '지음'(知音)이라고 한다.

같은 소리로 응하고 같은 기운으로 구할 겁니다. 어찌 모를 리가 있겠습니까?"

"세상에는 두 사람이 마음을 같이하는 경우가 거의 없습니다. 곤궁할 때 서로 나누던 마음을 부귀를 얻으면 잊어버리는 자가 굉장히 많습니다. 부귀하든 곤궁하든 현달하든 처음과 끝이 한결같은 사람을 볼 수 있을까요?"

"옛말에 이르기를, '빈천할 때 함께한 친구는 잊을 수 없고 어려울 때 함께한 아내는 버리지 못한다'고 했습니다. 부귀와 궁달로 친했다 멀어졌다 한다면 이는 경박한 일이지요. 어찌 이 때문에 세상을 의심한단 말입니까?"

"형장의 말씀은 충후忠厚한 것 같군요. 소제는 본디 지조가 없는 사람입니다. 옛말에 이르기를, '나는 새도 나뭇가지를 가려서 깃든다'고 했습니다. 신하가 임금을 섬기거나 선비가 벗을 사귈 때 어떤 사람은 명망을 닦고 예절을 지켜 도리로 부합하게 하는가 하면 어떤 사람은 재주를 드러내고 권력을 사양하지 않고 친분을 구하는 사람도 있습니다. 형장은 어찌 생각하시는지요?"

"사람이 나아가고 물러나는 것을 어찌 쉽게 논할 수 있겠습니까? 성인도 임시방편을 씁니다. 임금과 신하 사이와 친구 사이에 한 조각 마음을 비추어 볼 뿐입니다. 저 또한 과거를 보러 가는 선비라 덕을 닦아 이름을 날릴 수 없고 다만 문장 찌꺼기로 망령되이 군부君父의 은혜를 맞이하려 하니, 이 어찌 규중의 처녀가 얼굴을 가리고 자기 스스로 중매 서는 것과 다를 바 있겠습니까? 이로써 보자면 나아가고 물러남, 벼슬에 진출함과 은거함이 공명정대하고 깨끗하여 옛사람에게 부끄러움이 없는 사람이 몇이나 되겠습니까?"

양창곡의 말을 듣자 수재는 미소를 띠고 몸을 일으키면서 말했다.

"밤이 깊었네요. 여행 중에 잠을 제대로 자지 않는 것은 건강을 지키는 도리가 아닙니다. 내일 다시 끝없는 정담을 기약합시다."

양창곡은 차마 수재를 보내지 못하여 그의 손을 잡고 다시 달빛을 완상하는데, 수재가 홀연 생각에 빠지더니 시 한 수를 읊었다.

점점이 빛나는 성근 별과 반짝이는 은하수에	點點踈星耿耿河
푸른 창은 깊이 벽도화에 가리었다	綠窓深鎖碧桃花
어찌 알랴, 오늘 밤 달 보는 나그네	那識今宵看月客
이전에는 달 속의 항아였는 걸	前身曾是月中娥

양창곡은 수재의 시를 듣고 너무 이상하게 생각되었다. 그 뜻을 꼭 알고 싶어 다시 물어보려 했지만, 수재는 소매를 떨치며 표연히 가 버렸다.

강남홍이 양창곡의 뜻을 보려고 수재의 옷차림으로 객관에서 만나 몇 마디 들으니 식견을 알 수 있었다. 그가 마음을 허락하여 백년가약을 결정했다는 사실 또한 의심할 여지가 없다는 것도 알게 되었다. 그래서 시 한 수를 읊어서 자신의 정체를 은근히 드러냈던 것이다. 강남홍은 표연히 돌아와서 즉시 옷을 바꿔 입었다. 선연한 옷과 아리따운 화장으로 본색을 드러내고, 등불을 돋우고 앉아 객관으로 연옥을 보내 양창곡을 모셔 오도록 했다.

양창곡은 수재를 보내고 나서 눈앞이 번쩍번쩍하며 취한 듯 꿈인 듯 침상에 누웠다. 그러다가 다시 수재의 모습과 읊조린 시를 생각하다 깨닫고는 환히 웃으며 말했다.

"내가 강남홍에게 속았구나."

바로 그때 창밖에 홀연 인기척이 있어 놀라 살펴보니 바로 연옥이었다.

"주인 아가씨께서 막 돌아오셔서는 공자님 뵙기를 청하십니다."

연옥이 웃으며 말을 하자 양창곡 역시 빙그레 웃으며 연옥을 따라 강남홍의 집에 이르렀다. 강남홍은 중문中門에 기대어 기다리다가 웃으며 맞이했다.

"첩이 너무 늦게 돌아오는 바람에 공자를 객점에서 고생하시게 했습니다. 오만하다는 죄를 피하기 어렵습니다만, 좋은 밤 달빛 아래 새로운 벗을 만나 시와 술로 거니셨으니 축하해 마지않습니다."

"사람이 세상을 살다 보면 만남과 이별이란 게 모두 꿈같은 것이오. 압강정에서 미인과 약속을 한 것도 꿈이고, 객점에서 수재를 만난 것도 꿈이지요. 황홀한 큰 꿈이 무정하게도 표연히 사라지니, 장주莊周가 꿈에 나비가 된 것인지 나비가 꿈에 장주가 된 것인지* 누가 분별할 수 있겠소?"

　두 사람이 기쁘게 웃으며 방으로 올라가 자리에 앉자, 강남홍이 용모를 가다듬고 사죄했다.

　"첩이 천한 창기라 노류장화路柳墻花, 아무나 꺾을 수 있는 꽃의 본색을 면치 못하여 노래로 공자와 약속하고서도 한밤중에 변복하고 객관으로 가 희롱했으니 군자에게 용서를 빌어야겠지요. 구구한 소회는 측간에 떨어진 꽃이 향기 없음을 한탄하고 먼지 속에 묻힌 옥이 광채를 잃지 않은 것과 같습니다. 바다와 산에 맹세를 하여 한 분께 이 몸을 의탁하고 종고금슬鐘鼓琴瑟 같은 화목한 정으로 백년을 함께 누리고 싶습니다. 공자께서 대장부의 한마디 말을 귀중하게 여기신다면 첩 또한 십 년 동안 청루 생활에서 고생했던 한 조각 마음으로 평생의 소원을 이루어 볼까 합니다."

　강남홍의 말투는 슬픈 빛을 띠고 얼굴색은 북받쳐 슬펐다. 양창곡은 그녀 앞으로 가서 손을 잡고 말했다.

---

* 　장주는 장자(莊子)의 본래 이름이다. 장자가 어느 날 꿈에 나비가 되었다. 꿈에서 깨어 생각해 보니, 자신이 원래 나비인데 지금 사람이 된 꿈을 꾸고 있는 것인지, 아니면 원래 사람인데 나비가 된 꿈을 꾼 것인지 의심스러웠다고 한다.

"내 비록 호탕한 남자지만 옛 책을 읽어서 신의를 아오. 어찌 꽃이나 탐하는 미친 나비 같은 무정한 짓을 하여 오월에도 서리가 날리는 원한을 품게 하겠소?"

그러자 강남홍이 사례하며 말했다.

"공자께서 이미 천한 이 몸을 거두어 주셨으니, 아녀자는 마땅히 견마犬馬의 정성을 본받을 것입니다. 그런데 궁금한 것이 있습니다. 공자의 짐이 어째서 이토록 보잘것없으신지요? 부모님께서는 모두 건강하시며, 기쁘고 아름다운 빛으로 여전히 모시고 계시는지요?"

양창곡이 말했다.

"내 본디 여남 사람이오. 부모님 모두 살아 계시며, 춘추 또한 일흔이 안 되셨지요. 집안은 원래 한미한데, 망령되게도 안탑雁塔*에 이름을 써 보려고 황성으로 과거시험을 치르러 가다가 도중에 도적을 만나 노잣돈을 모두 잃어버렸소. 길을 갈 방법이 없어 객점에 머무르다 압강정을 완상하려고 갔다가 우연히 홍랑을 만난 것이오. 이 또한 아름다운 인연이지요. 그대는 어떠한 사람이며 이름은 무엇이오?"

"첩은 본래 강남 사람으로, 성은 사謝씨입니다. 첩이 겨우

---

* 당나라 장안에 있던 자은사(慈恩寺) 대안탑(大雁塔)을 말한다. 당나라의 고승인 현장 스님이 세운 것으로, 당나라 때 진사(進士)가 자기 이름을 이곳에 썼다고 한다. 이 때문에 대안탑에 이름을 쓴다는 것은 바로 과거에 급제하는 것을 의미하게 되었다.

세 살이 되었을 때 산동 지역에 도적이 일어나서 난리통에 부모님을 잃고 이리저리 떠돌아다니다가 청루에 팔렸습니다. 이 또한 기박한 운명이지요. 성질이 본디 괴이하여 평범한 남아에게 몸을 허락하고 싶지 않았습니다. 여러 해 동안 청루에 있으면서 수많은 사람을 보았지만 지기를 만나기 어려웠습니다. 그러다가 지금 공자를 뵈니, 제가 비록 관상가의 안목은 없지만 이 시대 최고의 인물이라는 걸 알겠더군요. 그래서 이 한 몸 의탁하여 천한 이름을 씻어 볼까 합니다."

그러고는 술상을 올리고 은근한 정회와 따뜻한 이야기를 하니, 마치 푸른 물의 원앙이 봄 물결을 희롱하는 듯, 단산의 봉황이 벽오동 나무에서 조화롭게 노래를 하는 듯했다.

바야흐로 비단이불을 펴고 원앙침을 나란히 베고 누워 운우雲雨의 꿈을 꾸려 할 때였다. 강남홍이 비단옷을 벗자 옥 같은 팔뚝에 앵혈鶯血** 한 점이 촛불 아래 선명히 드러났다. 동풍에 날리는 복숭아꽃이 봄눈 위에 떨어지는 듯, 바다 위 붉은 해가 구름 사이로 솟아오르는 듯했다. 양창곡이 놀라 말했다.

"내가 그대의 얼굴을 보았지만 마음을 보지 못했으며, 그 마음을 알게 되었지만 여전히 자네 지조가 이처럼 뛰어난 줄 믿지 못했네. 어찌 청루의 이름난 기생의 몸으로 규중 여인의

** 여자의 팔에 붉은 점으로 문신한 자국을 말한다. 남자와 잠자리를 하면 자국이 없어진다 하여 고전소설에서 처녀의 징표로 자주 등장한다.

정절과 고요한 마음을 지켰으리라 기대했겠소."

강남홍은 절대가인이요 양창곡은 소년재사라, 잠자리의 풍류스러운 정회가 어찌 담박했겠는가. 바삐 울리는 물시계 소리와 반짝이는 은하수는 오히려 육경六更 긴긴 밤이 짧다고 한탄하던 이삼랑李三郞과 같았다. 강남홍이 베갯머리에서 양창곡에게 말했다.

"공자께서는 나이가 찼으니 마땅히 높은 문벌과 혼약을 하셨겠지요? 혼처는 정하셨는지요?"

"집안이 본래 한미한 데다가 워낙 시골 구석이라 아직 정하지 못했소."

"첩이 한 말씀 올리겠습니다. 공자께서는 외람되다 꾸짖지 마십시오."

"이미 마음을 허락한 사이외다. 품고 있는 생각을 말해 보시오."

"첩은 석 잔 술을 마실지언정 뺨 석 대는 맞지 않겠습니다. 느티나무 그늘이 무성한 뒤에야 칡넝쿨이 번성하는 법입니다. 공자께서 현숙한 배필을 정하시는 것은 첩의 복입니다. 지금 우리 고을의 자사인 윤형문 공께 어여쁜 따님이 한 분 계십니다. 나이는 열일곱인데, 달 같고 꽃 같은 자태에 정숙하고 차분하여 군자의 짝이 될 만합니다. 윤공께서 좋은 사윗감을 구하고자 하셨지만 아직도 정혼처를 구하지 못했습니다. 공자께서 이제 과거에 급제하시어 이름이 안탑雁塔에 오르시는 것은 첩이 예견하는 바입니다. 그러니 좋은 배필은 다른 곳에서 구하실 필요가 없이 제 말씀대로 하시지요."

강남홍이 웃으며 말하자 양창곡은 머리를 끄덕였다.

동쪽이 밝아 오자 강남홍은 일어나 단장을 마치고 거울을 바라보았다. 복스럽게 도톰한 얼굴에는 조화로운 기운이 가득하여 모란꽃이 새로 봉우리를 터뜨린 듯했다. 하룻밤 사이에 조화롭고 기쁜 모습이 더욱 풍미豐美하니 마음속으로 놀라면서도 기뻐했다. 양창곡이 강남홍에게 말했다.

"갈 길이 바빠서 오래 머무를 수가 없구려. 내일은 황성으로 가야겠소."

강남홍이 슬픈 빛을 띠며 말했다.

"아녀자의 좁고 잔단 소견으로 군자의 큰일을 그르치면 안 되겠지요. 마땅히 행장을 준비하겠습니다만, 모레쯤 출발하시면 어떠실는지요."

양창곡 역시 이별하기 어렵던 차라, 이틀을 더 묵은 뒤 출발했다. 강남홍이 말했다.

"공자님의 행색이 너무 보잘것없군요. 첩이 비록 가난하지만 노자를 좀 준비했습니다. 옷 한 벌과 은자銀子를 약간 드리니 하찮다 마시고 받아 주십시오. 황성이 여기서 천여 리나 됩니다. 나귀 한 마리와 하인 한 명으로는 일이 생길까 염려됩니다. 첩의 집에 하인이 더 있으니 행장을 꾸리게 할 만하실 겁니다. 데려가신다면 다행이겠습니다."

양창곡이 응낙하고 길을 나섰다. 강남홍은 술상을 갖추어 연옥과 하인을 데리고 작은 수레에 올라 십여 리 밖에 있는 역정驛亭까지 나와 전별했다. 산모퉁이에 있는 정자에는 '연로정'燕勞亭이라 써 있었다. '동쪽으로는 때까치 날아가고 서쪽으로는 제비 날아간다'[東飛伯勞西飛燕]는 시구에서 따온 것이다. 큰 길가에 자리한 정자 좌우로는 버드나무가 늘어져 푸르렀다. 앞으로는 강물이 흘렀는데 무지개 모양의 홍교虹橋가 가로놓여 있었다. 이곳은 예로부터 재자가인才子佳人이 이별하던 곳이었다.

강남홍과 양창곡은 버드나무에 수레와 나귀를 매어 놓은 뒤, 손을 잡고 정자에 올랐다. 이때가 4월 초순이었다. 버드나무 사이로 꾀꼬리 소리가 간간이 들려오고 시냇가에는 향기로운 풀들이 우거졌다. 보통 사람이라도 애간장을 녹일 터인데 하물며 미인이 옥 같은 낭군을 이별하고, 옥 같은 낭군이 미인을 이별하니 오죽하랴! 두 사람은 슬픈 빛으로 마주보며 말을 하지 못했다. 연옥이 술잔을 올리니 강남홍이 서글프게 잔을 들어 양창곡에게 드리며 시 한 편을 노래했다.

동쪽으로는 때까치 날아가고   東飛伯勞西飛燕

서쪽으로는 제비 날아가니

실 같은 버드나무 가지 천 줄기에 만 줄기   弱柳千絲後萬絲

실실마다 끊어질 듯 풍정 적으니   絲絲欲斷風情少

노래 자리를 쓸면서 이별을 슬퍼하는 듯　　　　爲拂歌筵悵別離

양창곡이 술 한 잔을 기울여 마시고 다시 한 잔을 부어 강남홍에게 주면서 시 한 편으로 화답했다.

동쪽으로는 때까치 날아가고　　　　　　　東飛伯勞西飛燕
서쪽으로는 제비 날아가니
푸르디 푸른 버드나무는 위성을 쓸어댄다　　楊柳靑靑拂渭城
갈래길에서 남북으로 갈라지는 것 미워라　　生憎岐路分南北
보내는 마음 떠나는 마음 어느 쪽이 더 슬플까　送客何如去客情

강남홍이 잔을 받는데 눈물이 소매에 가득했다.

"첩의 구구한 소회는 공자께서 환히 아실 터이니 다시 말씀드릴 필요는 없겠지요. 부평초 같은 종적이 남북 천리로 구름처럼 나뉘네요. 아득한 뒷기약이야 있겠지만, 사람의 일이 뒤바뀌고 만남과 이별이 정해진 게 아니라 어찌 가늠할 수 있겠습니까? 하물며 첩의 신세는 관청에 매인 몸, 저를 핍박하는 자가 많아서 앞일을 알지 못합니다. 바라건대 공자께서는 천금 같은 몸을 잘 지키시고 길을 조심하십시오. 공명을 세워서 훗날 금의환향하시는 날, 천첩을 잊지 마소서."

양창곡 역시 서글픈 마음을 이기지 못하여 강남홍의 손을 부여잡고 위로했다.

"인간 세상 모든 일은 하늘이 정해 놓은 것이지 사람이 억지로 해서 될 일이 아니오. 그대와 이렇게 만난 것도 하늘이 정해 놓으신 바요, 오늘 서로 이별하는 것도 하늘이 정해 놓으신 바니, 우리의 인연을 이어서 부귀를 누리는 것 또한 하늘이 정해 놓으셨을 것이오. 잠시 이별하는 것이니 너무 상심하여 떠나는 내 마음을 흔들지 마시구려."

강남홍이 하인을 돌아보며 말했다.

"너는 공자를 모시고 조심해서 잘 다녀오도록 하여라."

양창곡이 몸을 일으켜 막 정자를 내려가려는데, 강남홍이 다시 술잔을 올리면서 말했다.

"이제 이별하면 구름 낀 산은 어둑하고 소식은 아득해질 것입니다. 바람 부는 아침과 비 오는 저녁, 외로운 객점의 가물거리는 등잔불을 대하시면 애끊는 이 몸을 생각해 주소서."

양창곡은 묵묵히 한마디 대답 없이 나귀에 채찍질을 하여 길을 갔다. 동자와 하인을 거느리고 돌다리를 건너 표연히 떠나가자 강남홍은 정자 난간에 홀로 서서 길 떠나는 나그네를 아득히 바라보았다. 첩첩이 쌓인 먼 산은 석양 빛을 받아 들쭉날쭉하고 아득한 들판은 저녁 안개를 머금고 평평히 펼쳐졌다. 푸른 나귀 한 마리가 문득 간 곳을 모르게 되자 숲속 새소리는 바람결에 지저귀고 하늘 끝 돌아가는 구름은 비를 머금었는지 어둑했다. 강남홍은 비단 옷자락을 들어 자주 얼굴을 가렸지만 자기도 모르게 옥 같은 눈물이 뚝뚝 떨어졌다. 연옥이 술상을 거두어 돌아가기를 재촉하자 강남홍은 눈물을 뿌리며 수레에 올라 집으로 돌아갔다.

이때 양창곡은 강남홍과 헤어져 황성으로 향했지만 오직 강남홍 생각만 또렷해질 뿐이었다. 객점에 들어가면 가물거리는 등불을 마주하고 잠을 이루지 못했으며, 길을 가다가 높은 언덕이나 흐르는 물가에 설 때면 외롭고 서글픈 정회를 한곳에 두지 못했다.

양창곡은 열흘가량 걸려서 황성에 도착했다. 장대하고 화려한 궁궐과 시끌벅적한 저잣거리는 황성이 얼마나 번화한지 알려 주었다. 객관을 정하고 짐을 풀어 며칠 쉰 뒤 강남홍의 하인을 돌려보낼 때, 그는 예쁜 채색 종이에 편지 한 장을 썼다. 편지를 하인 편에 부치면서 은자 다섯 냥을 주고 서둘러 돌아가게 했다.

"쇤네가 공자님 묵으시는 객관을 알고 있으니, 우리 아가씨의 답장을 받아 오겠습니다."

하인은 슬픈 빛으로 하직 인사를 올리고는 항주를 향해 떠났다.

한편, 강남홍은 양창곡을 보내고 집에 돌아와 문을 닫고 병핑계를 대며 손님들을 사절했다. 남루한 옷을 입고 머리 손질이나 화장을 전혀 하지 않았다. 어느 날 그녀는 이런 생각이 들었다.

'내가 윤자사님의 따님을 그분께 천거했다. 공자께서는 신의가 있는 남자라 아마도 그 말을 잊지 않으셨을 것이다. 그렇다면 윤소저는 나와 평생 괴로움과 즐거움을 함께할 분이다. 내 어찌 먼저 그분과 두터운 정을 붙이지 않겠는가.'

그러고는 즉시 옅은 화장을 하고 편안한 복장을 한 다음 항주부 관아로 들어갔다. 강남홍이 우선 항주자사에게 문안 인사를 올리니, 자사가 웃으며 말했다.

"요즘 네 몸이 불편하다는 소식을 들었는데 어째서 이 늙은이를 찾아왔느냐?"

"첩이 관부에 매인 몸인데도 아직 명을 받은 적이 없어서 자사 어른을 알현하지 못했습니다. 오늘 하찮은 생각이 들어 감히 이렇게 찾아뵙습니다."

"요즘은 번거로운 공무도 없어서 언제나 시간이 남는구나. 너를 불러 담소라도 나누며 시간을 보낼까 했는데, 네가 아프다는 말을 듣고 부르지 못했다. 그런데 무슨 생각이 들었다는 것이냐?"

"첩이 요즘 마음의 병이 생겨서 청루의 왁자한 분위기가 너무 괴롭습니다. 바라건대 관아를 출입하면서 내당 아가씨를 모시면서 바느질과 길쌈을 배우고, 집안 청소와 머리 손질을 도와드리면서 병을 다스리고 싶습니다."

자사는 원래 강남홍의 단정하고 한결같은 규중 처녀의 풍모를 아끼던 터라 그 말을 듣고 크게 기뻐하며 허락하고는, 강남홍을 데리고 내당으로 들어가 딸을 불러서 당부했다.

"아비는 항상 네가 외로울까 걱정이다. 마침 강남홍이 집안의 번우한 일 때문에 너를 따라 노닐고 싶어 하기에 이미 허락했다. 네 뜻은 어떠냐?"

윤소저는, '강남홍은 기생이다. 비록 지조가 있다 하나 어찌 기생의 본색이 전혀 없겠는가. 같이 지내며 노는 게 마땅한 일은 아니지만, 아버님께서 이미 허락하셨다 하시니 거역하기 어렵겠구나' 생각하고 이렇게 대답했다.

"아버님 명대로 하겠습니다."

윤자사는 크게 기뻐하면서 강남홍을 불러 자리를 내주면서 반나절 동안 담소를 나누다가 외당으로 나갔다. 강남홍이 윤소저에게 말했다.

"첩은 나이 어리고 배운 것이 없습니다. 청루의 방탕함만 보았을 뿐 규중 법도와 아녀자의 예절은 들어 본 적 없기에 항상 소저를 모시면서 가르침을 받겠습니다. 옆에 있도록 허락해 주시니 진심으로 두터운 은혜에 감사드립니다."

윤소저는 살짝 웃기만 할 뿐 대답은 하지 않았다. 날이 저물자 강남홍은 집으로 돌아가겠노라 고하고 연옥에게 집을 지키게 했다. 다음 날 아침 다시 관아로 들어가 곧바로 윤소저의 침실로 갔다. 소저는 『열녀전』列女傳* 을 읽고 있었다. 강남홍이 책상 앞으로 나아가 물었다.

---

* 한나라 유향(劉向)이 지은 책으로, 훌륭한 여인들의 사적을 모아서 편찬했다.

"아가씨께서 보시는 책은 무엇입니까?"

"『열녀전』일세."

"첩은 『열녀전』에서 이런 말을 들었습니다. '주나라 태사太姒는 문왕의 아내인데, 여러 첩실들이 「규목시」樛木詩*를 지었다.' 그건 태사께서 아랫사람들을 잘 다스려서 여러 첩실이 화목했다는 뜻인가요, 아니면 여러 첩실들이 윗사람을 잘 섬겨서 태사께서 감동하셨다는 뜻인가요? 옛 시에서 이르기를, '여자가 아름답건 못생겼건, 궁중에 들어가면 질투를 받는다'고 했습니다. 아녀자들의 질투는 예부터 있었지만 한 사람의 덕으로 여러 첩실들의 질투를 감화했다고 하니, 저는 믿지 못하겠습니다."

이 말을 듣자 윤소저는 눈을 들어 강남홍을 바라보고 부끄러워했다. 그러고는 한참 뒤에 말했다.

"듣자 하니, '샘이 맑으면 흐르는 물도 맑고, 모습이 단정하면 그림자도 그에 따라 바르다'고 하더군요. 몸을 수양하면 오랑캐의 땅이라도 몸을 수양할 수 있는데, 하물며 한 집안 사람이야 말할 게 없겠지요."

---

* 『시경』「주남」(周南)에 있는 작품 편명이다. '규목'은 가지가 늘어진 나무를 의미하는데, 그 시는 다음과 같다. "남쪽에 규목이 있으니, 칡덩굴이 감겨 있네. 즐거운 군자여, 복록으로 편안히 하도다[南有樛木 葛藟纍之 樂只君子 福履綏之]. / 남쪽에 규목이 있으니, 칡덩굴이 덮여 있네. 즐거운 군자여, 복록이 도와주네[南有樛木 葛藟荒之 樂只君子 福履將之]. / 남쪽에 규목이 있으니, 칡덩굴이 얽혀 있네. 즐거운 군자여, 복록이 이루어 주네[南有樛木 葛藟縈之 樂只君子 福履成之]."

강남홍이 웃으며 말했다.

"『주역』周易에 이르기를, '구름은 용을 따르고 바람은 호랑이를 따른다'고 했습니다. 요임금이나 순임금이 덕이 있더라도 직, 설 같은 신하가 없었더라면 어찌 태평성대를 이루었겠습니까. 탕임금과 무왕이 어질어도 이윤伊尹과 주공周公 같은 신하가 없었다면 어찌 은나라와 주나라 같은 뛰어난 정치를 시행했겠습니까. 이로 보건대 태사의 덕이 비록 크기는 하지만 여러 첩실 중에 포사褒姒**나 달기妲己*** 같은 간악한 이가 있다면 규목의 교화를 드러내기 어려우리라 생각됩니다."

"어질고 어질지 못하고는 나에게 달렸고, 행운과 불행은 하늘에 달렸다고 하더군요. 군자는 나에게 달린 도리를 말할 뿐 하늘에 달린 운명은 말하지 않는 법이지요. 만약 착하지 못한 여러 첩실들을 만나더라도 이 또한 운명이오. 태사는 덕을 닦기만 했을 뿐, 그가 어찌한 것은 아니오."

윤소저의 이 말에 강남홍은 탄복해 마지 않았다. 이때부터

** 주나라 유왕(幽王)이 총애하던 애첩이다. 평소에 웃음이 없어 유왕은 그녀의 웃음을 보는 것이 소원이었다. 그런데 어느 날 전쟁이 일어났다고 봉화가 잘못 올라 제후와 장군들이 우왕좌왕하자 그 모습을 보고 포사가 웃었다고 한다. 이에 유왕은 포사를 웃게 하려고 수시로 봉화를 올려 제후와 장군을 소집했다. 하지만 정작 진짜 전쟁이 일어났을 때에는 봉화를 보고도 아무도 오지 않았다고 한다.
*** 은나라 주왕(紂王)의 왕비이다. 주왕과 함께 주지육림(酒池肉林)을 즐기면서 포악한 정치에 참여하여 백성들의 원망을 샀다. 후에 주나라 무왕이 이들을 정벌했는데, 달기 역시 이때 목숨을 잃었다.

강남홍은 윤소저의 현숙함에 탄복했고 윤소저는 강남홍의 총명함을 사랑하게 되었다. 서로 정의情誼가 두터워져, 앉으면 책상을 함께하고 누우면 베개를 나란히 하면서 고금 인물들의 덕과 공적과 문장을 토론했다. 이들은 서로 너무 늦게 만난 것을 안타까워할 정도였다.

하루는 강남홍이 집에 돌아가 연옥에게 말했다.

"황성으로 갔던 하인이 돌아올 때가 지났는데 오지 않으니 괴이하구나."

강남홍이 마음이 어지러워 난간에 기대 멀리 바라보는데, 그녀 얼굴에는 근심이 가득했다. 그 순간, 까치 한 쌍이 갑자기 버드나무 가지에 앉았다가 난간 머리로 내려오면서 울었다. 강남홍이 이상하게 여기며 혼잣말로 중얼거렸다.

"우리 집에 딱히 기쁜 일이라고는 없는데, 혹시 하인이 돌아오려는 건가?"

혼잣말이 끝나기도 전에 과연 하인이 들어오더니 양창곡의 편지를 올렸다. 강남홍이 바삐 받아 손에 들고 다급하게 양창곡의 안부를 물었다. 하인은 양창곡이 무사히 도착하고 객관에 편히 짐을 풀었다며 자세히 말했다. 강남홍은 슬퍼하기도 하고 기뻐하기도 하면서 편지를 뜯었다. 그 내용은 이러했다.

여남의 양수재가 강남의 풍월주인에게 편지를 보냅니다. 나는 옥련봉 아래 보잘것없는 백면서생이요, 낭자는 강남 가운데 가장 번화한 청루의 가회입니다. 나는 사마상여처럼 거문고를 연주하는 솜씨도 없으니 그대 또한 양주에서 귤을 던지는 풍치風致*를 가지지 않았을 터, 하늘이 녹림 호걸을 보내어 월하노인月下老人**이 엮은 붉은 끈으로 인연을 이루었지요. 압강정에서 꽃을 희롱하고 연로장 아래에서 버드나무 가지를 꺾은 것은 진심으로 풍류로운 성색聲色, 음악과 여색을 마음에 두었던 것이 아니오. 높은 산 흐르는 물가에서 지기를 만나니, 창진昌津의 검과 성도成都의 거울이 잠시 나뉘는 것을 어찌 슬퍼하리오. 다만 여관의 차가운 등불 아래 외로이 누워 새벽을 알리는 북소리와 물시계 소리에 정신이 또렷해져 잠을 못 이루고 있소. 서호와 전당강의 아름다운 풍경과 굽은 골목에 있는 청루에서 마음껏 노닐던 자취가 눈앞에 가물하여 괜시리 남쪽 하늘을 바라보면서 처량하고 쓸쓸하게 내 마음을 녹이고 애를 끊고 있소. 하인이 돌아간다 하는군요. 산천은 아득히 멀고 소식은 전할 길 없어 바람 편에 몇 줄 편지를 쓰니, 어찌 끊이지 않는 회포를 다 풀어내겠소? 구구하게 바라는 바, 애써 밥을 잘 드시고 제발 자신을 아껴서 천리 밖 먼 길 나온 나그네가 애련한 마음을 갖지 않게 해주오.

---

* 당나라의 시인 두목(杜牧)은 풍채가 좋아서 그가 지나갈 때면 양주의 여자들이 귤을 던져 그의 눈길을 끌려고 했다. 두목이 거리를 한번 지나가면 그의 수레에는 귤이 가득했다고 한다.

** 달빛 아래에서 웬 노인이 푸른 실과 붉은 실을 열심히 엮어 주는 것을 보았는데, 알고 보니 그 노인은 바로 남녀가 인연을 맺어 결혼하도록 도와주는 신이었다고 한다. 이 때문에 중매하는 사람을 월하노인이라고 부르게 되었다.

강남홍이 편지를 다 읽더니 구슬 같은 눈물을 줄줄 흘리며 옷깃을 적셨다. 편지를 두 번 세 번 읽으며 더욱 슬퍼하면서 묵묵히 말이 없다가, 하인을 부르더니 금전 열 냥을 상으로 주고 나중에 다시 황성에 다녀오도록 했다.

강남홍이 막 몸을 일으켜 항주부 관아로 들어가려고 하는데, 갑자기 연옥이 와서 말했다.

"문밖에 소주의 하인이 왔습니다."

강남홍이 너무 놀라 얼굴빛을 잃으니 무엇 때문일까? 다음 회를 보시라.

제5회

노젓기 경주에서 방탕한 자 풍파를 일으키고,
전당호에서 여러 기생들이 떨어진 꽃에 울다

競渡戲蕩子起風波 錢塘湖諸妓泣落花

소주자사 황여옥은 방탕한 버릇과 호색한 마음으로 압강정에
서 노닐다가, 강남홍이 몰래 달아나 자신의 욕심을 채우지 못
한 것을 통한했다. 그러나 사랑과 그리움이 앞서면서 자나 깨
나 강남홍을 잊지 못했다. 그는 위세와 힘으로는 그녀를 어떻
게 해보기 어렵다고 생각해 부귀로 유혹하려고 황금 백 냥과
비단 백여 필, 온갖 노리개 한 궤짝을 선물로 준비했다. 거기
에 편지 한 통을 써서 자신의 심복인 창두를 불러 강남홍에게
보냈다.

강남홍이 황자사의 편지를 열어 보고 기색이 참담해지며
이런 생각을 했다.

'황자사가 비록 방탕하지만 욕심이 이성을 완전히 가려서
마구 행동하는 부류는 아니다. 내가 한낱 기생 신분이면서 알
리지도 않고 도망쳤으니 어찌 원통하고 놀라지 않았겠는가.

이제 분노 대신 달콤하게 유혹하니 뭔가 깊은 뜻이 있을 것이다. 이 상황을 어떻게 모면할까? 게다가 소주와 항주는 가까운 이웃 고을이다. 그가 내린 선물을 사양한다면 윗사람을 모시는 도리가 아니고, 그렇다고 받아들이는 것 또한 내 뜻이 아니다. 어찌하면 좋을까?'

한참 생각한 끝에 그녀는 답장을 쓰기로 했다.

항주의 천한 기생 강남홍이 소주 상공相公께 글을 올립니다. 첩이 원래 속병이 있어 약으로도 고칠 수 없는 처지라 지난번 성대한 잔치자리에서 아뢰지 않고 집으로 돌아왔습니다. 상공께서 그 죄를 다스리지 않고 도리어 상을 내려 주셨지만, 감히 받을 수 없음을 잘 알고 있습니다. 소주와 항주는 형제 고을이라, 천한 기생이 웃어른을 모실 때 부모와 다를 바 없어야 하거늘 상을 하사해 주시나 도리어 이를 물리면 불효막심한 일입니다. 감히 봉하여 두고 황공한 마음으로 죄 받기를 기다리겠나이다.

강남홍이 편지를 소주에서 온 하인에게 들려 보내고 마음이 편치 못하여 항주부 관아로 들어갔다.

윤소저의 침실에 이르니, 소저는 마침 창 아래에 앉아 마음을 다해 붉은 비단에 원앙을 수놓느라고 강남홍이 온 것을 알아차리지 못했다. 강남홍은 그 모습을 몰래 살펴봤다. 윤소저가 섬섬옥수로 금빛 실을 뽑아 수를 놓는 모습이 누에 채반

위의 봄누에가 실을 뽑아내는 듯, 바람 앞의 나비가 꽃송이를 희롱하는 듯했다. 강남홍은 억지로 슬픈 마음을 털어내면서 웃음을 띠고 말했다.

"아가씨는 바느질에 빠져 사람이 들어오는데도 돌아보지 않으시나요?"

윤소저가 놀라 돌아보며 웃었다.

"심심해서 시간을 보내려다가 보잘것없는 솜씨를 낭자에게 들켰구려."

두 사람은 깔깔거리며 웃음을 터뜨렸다. 윤소저가 놓던 자수는 바로 원앙 한 쌍이 꽃 아래에 앉아 조는 그림이었다. 강남홍이 표정을 바꾸고 원앙을 가리키며 탄식했다.

"이 새는 반드시 짝이 있어서 절대 스스로 떨어지지 않는다는군요. 그런데 지극히 신령스러운 인간으로서 이 새만도 못하여 내 마음을 뜻대로 하지 못하니, 어찌 가련치 않으리오."

윤소저가 무슨 말이냐고 묻자, 강남홍은 소주자사가 자신을 핍박하는 상황을 자세히 말하면서 옥 같은 눈물을 글썽거렸다. 윤소저가 탄식하며 위로했다.

"낭자의 뜻과 절개는 이미 아는 것이네만, 어찌 청춘 시절을 혼자 보낼 수 있겠는가."

강남홍이 슬픈 빛으로 대답했다.

"첩이 들으니 봉황은 대나무 열매가 아니면 먹지 않고 오동나무가 아니면 둥지를 틀지 않는다고 합니다. 그런데 굶주리는 걸 보고 썩은 쥐를 던져 주고, 둥지 없는 걸 보고 등나무 덩굴을 가리킨다면 어찌 속마음을 안다 하겠습니까?"

이야기를 마친 강남홍은 원망하는 빛이 역력했다.

"내가 어찌 낭자의 뜻을 모르겠는가. 조금 전은 농담 삼아한 말이네. 그러나 낭자의 얼굴빛을 보니 마음속에 뭔가 난처한 일이 있는 것 같네. 규중 아녀자가 거론할 일은 아니네만, 아버님께 고하여 방법을 강구해 보게."

윤소저가 사과하며 말하자 강남홍은 고맙다고 인사했다.

한편, 소주자사 황여옥은 강남홍의 편지를 보고 몹시 화가나 말했다.

"이웃 고을의 천한 기생에 지나지 않는 것이 나에게 모욕을주다니. 벌을 줄 방법이 없겠는가."

그는 한참 생각하다가 다시 웃으며 말했다.

"자고로 이름난 기생은 지조를 거짓 삼아 교만한 짓거리를하면서 자기가 뜻을 지킨다는 것을 보였지. 허나 그 마음은 재물을 탐하고 위세를 좇음에 불과하니 어찌 묘책이 없겠는가."

그러고는 손가락을 꼽아 날짜를 헤아려 보더니 노젓기 경주를 준비시켰다.

세월은 흘러 어느덧 5월 1일이 되었다. 황여옥은 항주자사윤형문에게 글을 보내, 4일에는 압강정 아래에서 배를 타고 5일 이른 아침에는 전당호로 거슬러 올라갈 것이니, 강남홍과여러 기생들 그리고 악공들을 데려오라고 했다. 윤형문은 강남홍을 불러 황여옥의 편지를 보여 주었다. 강남홍은 묵묵히 대답하지 않고 곧바로 집으로 돌아가 여러 날 동안 관아를 출입하지 않고 불편한 마음을 보였다.

'지난번 편지에 이미 압강정에서의 원한이 남았는데, 황자사의 방탕무도함을 보면 반드시 예측 못할 계책을 꾸민 게 분명하다. 어차피 상황을 모면할 계책이 없으니, 사태를 보면서 만경창파 깊은 강물에 몸을 던져 이 몸을 깨끗이 하리라.'

강남홍은 이렇게 마음을 정하자 절로 태연해졌다. 다만 양창곡을 다시 보지 못하는 것은 아득한 원한이 되었다. 생사이별에 어찌 한마디 말이 없으랴 생각한 그녀는 즉시 하인을 불러 부탁했다.

"내일 다시 황성을 다녀오너라."

강남홍은 저녁을 먹은 뒤 누각에 올라 멀리 황성을 바라보며 한숨을 내쉬고 탄식했다. 이때 막 떠오른 반달은 처마 끝에 걸렸고 반짝이는 은하수는 한창 밤빛을 재촉했다. 강남홍은 난간에 기대어 이태백의 「원별리곡」怨別離曲을 노래하고 길게 탄식했다.

"인간 세상에서 이 노래가 어찌 「광릉산」廣陵散*이 되지 않겠

---

* 거문고 곡조 제목이다. 위나라 혜강(嵇康)이 화양정(華陽亭)에 묵으면서 거문고를 연주했는데, 한밤중에 웬 나그네가 찾아와 「광릉산」을 전수해 주었다. 곡조가 절륜하고 아름다웠지만, 나그네는 다른 사람에게 전하지 말라고 당부했다. 후에 혜강이 사마소(司馬昭)에게 죽는 바람에 「광릉산」의 전승 또한 끊겼다고 한다.

는가."

강남홍은 다시 침실로 들어가 등불을 돋우고 채색 종이를 펼쳐 편지를 한 통 썼다. 그리고 두세 번 읽으며 길게 탄식하다가 침상에 기대 뒤척이며 잠을 이루지 못했다. 창밖으로 새벽빛이 희미하게 밝아 오자 하인을 불러 봉투와 은자 백 냥을 주고, 빨리 돌아오라고 당부하며 눈물이 그렁그렁했다. 하인이 이상하게 여겨 위로했다.

"쇤네가 반드시 빨리 돌아와서 공자의 안부를 알려드리겠습니다. 너무 상심하지 마세요."

하인은 편지와 은자를 받아 들고 황성을 향해 떠났다.

이때, 황여옥은 자신의 부귀를 과시하려고 성대하게 옷을 갖추어 입고 위의威儀를 차린 뒤 5월 4일 압강정 아래에서 배를 타고 항주로 향했다. 배 10여 척을 연결하고 소주의 기생과 악공 12대隊를 뽑아 배에 가득 실었다. 북을 울리며 배를 운행하니, 온갖 노랫소리는 물속의 용을 일어나 춤추게 하고 비단 닻줄과 상아 돛대는 모랫벌의 물새를 놀라 일어나게 만들었다. 물가 언덕에서 구경하는 사람들이 구름처럼 몰렸다.

윤형문은 황여옥이 온다는 소식을 듣고 강남홍을 불렀다. 그녀는 곧바로 관아로 들어가 윤소저의 침실로 갔다. 윤소저가 기뻐하며 말했다.

"낭자는 어찌하여 며칠 동안 찾아오질 않았소?"

강남홍이 웃으며 말했다.

"며칠 발걸음을 끊은 것이 평생 발걸음을 끊는 것이 아니라고 할 수 있겠습니까?"

그러자 윤소저는 깜짝 놀라 무슨 연고인지 물었다. 강남홍이 대답했다.

"첩이 소저의 사랑과 동정을 입어 평생 옆에서 모시며 온 정성을 다하고 싶었습니다. 조물주가 시기했는지 이제 이별할까 합니다. 바라건대 소저께서 훗날 좋은 분을 만나 온갖 악기가 조화롭게 어울리듯 금슬 좋은 생활을 누리실 때 오늘 저의 마음을 생각해 주십시오."

말을 마치자 강남홍은 윤소저의 손을 잡고 눈물을 비 오듯 쏟았다. 소저는 이유를 알지 못했지만 자신도 모르게 눈물을 머금고 말했다.

"그동안 상서롭지 못한 일은 한 번도 입에 담지 않더니, 오늘 하는 말은 정말 이상하구려."

강남홍은 다시 대답할 수 없었다. 그리고 외당으로 나가 윤형문에게 인사드리니, 자사가 눈물 자국을 보며 말했다.

"황자사가 오늘 놀이를 연 의도를 이 늙은이도 알고 있다. 그렇지만 불행히도 이웃 고을이라 구해 줄 방도가 없구나. 너는 상황을 보아 행동하도록 해라."

강남홍은 절을 하며 감사를 올리고 집으로 돌아가 짐을 챙겼다. 그리고 근심 가득한 얼굴에 해진 옷과 화장하지 않은 처연한 빛으로 수레에 올랐다. 연옥을 돌아보며 비단 옷자락으로 얼굴을 가리고는 자신도 모르게 옥 같은 눈물을 수레에 떨구었다. 연옥은 까닭을 묻지 못하고 마음속으로 의아해했다.

윤형문은 내당으로 들어가 전당호로 가야 한다고 했다. 윤소저가 말했다.

"조금 전에 강남홍이 전당호로 간다면서 말투가 너무 이상했습니다. 오늘 놀이에 무슨 까닭이 있는 건가요?"

윤형문이 한참 생각하다가 말했다.

"소주자사가 강남홍을 너무 사모해서 그 애의 정절을 빼앗기 위해 계책을 꾸미는 것 같구나."

윤소저가 놀라서 말했다.

"강남홍은 죽습니다. 홍랑은 곧은 협객이니 방탕한 자에게 핍박당하지 않을 것입니다. 죄 없는 여인을 물고기 뱃속의 혼백으로 만드시는군요."

윤소저는 말을 마치고 눈물을 줄줄 흘렸다. 윤형문은 묵묵히 방을 나갔다. 그는 항주의 기생과 악공들에게 강가에 대기하라 명하고는 수레에 올라 전당호로 갔다. 황여옥은 이미 강가에 배를 대고 정자에 올라 윤형문을 기다리고 있었다. 윤형문이 나타나자 그는 기쁘게 맞이하며 강남홍이 왔는지 물었다. 윤형문이 웃으며 말했다.

"그 아이가 따라왔습니다만 몸에 병이 있어 무료함을 없애기 어려울 것입니다."

그러자 황여옥이 웃으며 대답했다.

"그 병은 시생이 잘 압니다. 풍류로운 명기가 남자를 유혹하는 본 모습이지요. 선생 같은 충후한 어르신은 속일 수 있겠으나, 시생을 속이기는 어려울 것입니다. 오늘 잔치자리에서 솜씨를 한번 구경하십시오."

윤형문은 하릴없이 웃으며 대꾸하지 않았다. 이렇게 담소를 나누고 있는데, 멀리서 작은 수레가 다가왔다. 황여옥은 난간머리로 옮겨 앉아 자세히 살펴보았다. 하인 둘이 작은 수레를 끌고 정자 아래 이르더니, 한 미인이 수레에서 나오는데 흩어진 머리는 봄 구름이 어지러이 떠 있는 듯하고, 때가 낀 얼굴은 밝은 달이 가려진 듯했다. 담박한 자태와 초췌한 빛은 마치 푸른 물에 연꽃이 서리를 띠고 있는 듯했고, 미친 듯 부는 바람에 버드나무 솜털이 진흙에 떨어진 듯했다. 자기도 모르는 사이에 탕자의 눈은 아련해지고 마음이 미혹되니, 그 미인이 바로 강남홍이었다.

황여옥은 웃음을 띠고 정자에 오르라 명했다. 강남홍이 정자에 올라 아름다운 눈길을 보내어 황여옥을 바라봤다. 황여옥은 머리에 오사절각모烏紗折角帽를 쓰고 몸에는 비단으로 지은 학창의鶴氅衣를 입고 있었다. 허리에는 야자대也字帶를 가로질러 맸으며, 난간에 기대 느긋하게 홍접선紅摺扇을 흔들고 있었다. 취한 듯한 눈으로 몽롱하게 앉아 있으니, 그 방탕한 모습이나 행동거지에 험하고 거친 기상이 넘쳐흘렀다. 강남홍은 지척에 있는 맑은 물로 자신의 눈을 씻어 내고 싶었지만,

어쩔 수 없이 앞으로 나아가 문안을 올리고 항주 기생을 따라 앉았다. 황여옥이 상당히 성난 표정으로 꾸짖었다.

"소주와 항주는 이웃 고을이다. 네가 지난번 압강정에서 잔치가 끝나기도 전에 몰래 달아났으니, 이 어찌 윗사람을 모시는 도리겠느냐."

"도망한 죄는 제 몸에 병이 있어 그리한 것이라 상공께서 용서하셨습니다. 그날 저의 죄는 세 가지입니다. 군자들이 문장과 술로 여는 잔치자리에 감히 천한 신분으로 참여했으니 첫 번째 죄입니다. 감히 문사들의 문장을 논했으니 두 번째 죄입니다. 기생의 본색은 모든 사람을 기쁘게 하는 것으로 그 행실을 논할 필요조차 없는 것입니다만, 감히 보잘것없는 생각을 지키느라 고집을 꺾지 않았으니 세 번째 죄입니다. 세 가지 큰 죄가 있는데도, 상공께서 인후관대仁厚寬大하시어 방백 수령으로서 체면을 돌아보시고 풍화風化로 백성을 대하시며 예절로 온 고을을 이끄시면서, 천첩의 미천함을 가련히 여기시고 지조를 지키려는 뜻을 살피시어 죄를 용서하셨을 뿐 아니라 상까지 내리셨습니다. 제가 더욱 죽을 곳을 모르겠습니다."

강남홍의 말에 황여옥은 머쓱한 표정으로 말했다.

"지나간 일은 말하지 말라. 내가 강가에 배 몇 척을 대 놓았으니, 반나절 함께 소일하는 것을 사양치 말라."

그는 윤형문에게 배에 오르기를 청했다. 두 자사가 양쪽 고을의 기생과 악공을 데리고 정자에서 내려와 배에 올랐다. 큰 강엔 바람이 고요하여 거울같이 맑은 십 리 물결이 펼쳐졌다. 펄펄 나는 갈매기들은 춤추는 자리에 내려와 날개를 떨치고, 물소리는 노랫소리와 함께 흘러갔다. 배는 물 가운데 쪽으로 마음대로 흘러가게 두었다. 술상이 어지럽고 음악소리가 질탕하자, 황여옥은 방탕한 마음을 이기지 못하고 계속 술을 마시고는 뱃전을 두드리며 노래를 불렀다.

미인을 이끌어 반짝이는 물빛을 거슬러 올라	携美人兮溯流光
물 가운데를 소요하니 즐거움이 끝없어라	中流逍遙兮樂未央

노래가 끝나자 그는 강남홍에게 화답하도록 했다. 그녀는 사양하지 않고 노래를 불렀다.

맑은 물에 배 띄우고 노젓기 경주를 하니	泛淸波而競渡兮
언덕에는 단풍이요 물가에는 난초 있다	岸有楓兮汀有蘭
배 안은 초나라보다 크니	舟中大於楚國兮
충신의 외로운 혼 의탁했어라	托忠臣之孤魂
그대여, 다투어 건너가 외로운 혼 부르지 마오	君莫競渡招孤魂兮
외로운 혼은 참된 곳으로 돌아가* 편안하도다	孤魂安所返眞

---

* 참된 곳으로 돌아간다는 것은 죽음을 의미한다.

강남홍이 노래를 마치자 황여옥이 웃으며 말했다.

"그대는 강남 사람이다. 노젓는 경주의 의미를 알겠지?"

이때 강남홍이 맑은 강을 마주하니 눈에 가득한 풍광이 감개하고 울적한 마음을 돋울 뿐이었지만, 속마음을 뱉어 낼 곳이 없던 터였다. 마침 황여옥이 질문하자 슬픈 빛으로 말했다.

"제가 듣자니, 옛날 초나라 삼려대부三閭大夫를 지낸 굴원은 초나라의 충신이라고 합니다. 충성을 다하여 초나라 회왕을 섬겼지만 회왕은 그를 모함하는 말만 믿고 멱라수 강가로 쫓아냈습니다. 삼려대부는 맑고 깨끗한 마음과 굳세고 결백한 뜻으로 더러운 세상에서 구차하게 살아가고 싶지 않았습니다. 그래서 「어부사」漁父辭를 지어 놓고 5월 5일 돌을 안은 채 강 한가운데로 몸을 던졌습니다. 후세 사람들이 원통한 죽음을 가련히 여겨, 그분이 돌아가신 날이 되면 강에 배를 띄우고 충성스러운 혼을 건지려 했다고 합니다. 그러나 삼려대부의 영혼이 있다면 맑은 강 물고기 뱃속에 깨끗이 씻은 몸을 맡겨 더러운 세상과 인연을 맺지 않게 하는 것이 즐겁고 편안한 일일 것입니다. 어찌 방탕한 범부들이 돛을 희롱하고 물결을 일으킬 수 있는 일이겠습니까?"

황여옥은 이미 크게 취했으니, 강남홍의 말에 의도가 있음을 어찌 알 수 있었겠는가. 그가 웃음을 머금고 말했다.

"내가 성주聖主를 섬기매 어린 시절부터 공명이 재상의 반열에 올라 온갖 부귀와 영화를 누리고 있다. 그러니 초췌한 모습으로 시대를 만나지 못한 굴원 같은 사람은 거론하지 말라. 나는 왼손으로 강산의 풍월을 움켜쥐고 오른손으로는 절대가인을 잡고 있다. 한 번 웃으면 봄바람이 크게 불어오고 한 번 노하면 서리와 눈이 어지러이 일어난다. 마음속 욕망, 눈과 귀에 좋은 것을 감히 막을 자 없으리라. 어찌 감히 적막한 강 속의 쓸쓸한 충혼忠魂을 입에 올리느냐."

그는 여러 기생들에게 풍악을 울리라 명했다. 질탕한 음악소리는 푸른 하늘에 울려퍼지고 펄펄 춤추는 소맷자락은 강바람에 휘날렸다. 붉고 푸른 장식들이 물속에 비쳐서 10리 전당호가 한 조각 꽃 같은 세계로 변한 듯했다. 황여옥은 큰 잔을 기울여 10여 잔을 마시고 취흥이 도도하여 강남홍의 어깨를 쓰다듬으며 웃었다.

"인생 백년이 흐르는 물과 같다. 어찌 쓸데없는 생각을 하겠느냐. 이 황여옥은 풍류남요, 강남홍 너는 절대가인이다. 재자와 가인이 경관을 함께 나누며 강 위에서 상봉했으니, 유쾌한 정취야말로 어찌 하늘이 내려 주신 인연이 아니겠느냐."

강남홍은 사태가 점점 급박해지는 것을 알아차리고 슬픈 표정으로 대답하지 않았다. 황여옥은 미친 듯한 취흥을 이기지 못하고 좌우에 호령하여 작은 배 한 척을 끌어와서 물 한가운데에 띄우라고 했다. 그러고는 소주의 여러 기생들에게 강남홍의 손을 잡고 배에 오르도록 했다. 배 안에는 비단 장막이 겹겹이 쳐 있을 뿐 다른 물건은 없었다. 황여옥은 배 안으로 뛰어들어 가 강남홍의 손을 잡고 말했다.

"너의 간장이 쇠나 돌 같다 한들 이 황여옥의 불같은 욕심에 어찌 녹지 않겠느냐. 오늘은 내가 오호五湖의 일엽편주에 서시西施를 태운 범대부范大夫*를 본받아 평생을 즐길 것이다."

강남홍이 그가 하는 짓을 보고 조처하려 했지만 어쩔 도리가 없었다. 힘에 눌려 모욕을 당할까 두려웠지만, 그녀는 얼굴빛 하나 바꾸지 않고 태연하게 말했다.

"상공의 체모로 보아 천한 기생 하나를 이토록 겁박하시니 주변 사람들에게 부끄러운 짓입니다. 제가 청루의 천한 신분으로 어찌 감히 보잘것없는 지조를 말씀드리겠습니까마는, 평생토록 지키던 것을 오늘 무너뜨리게 되었습니다. 원컨대 저 거문고를 빌려서 몇 곡 연주하여 제 근심을 모두 풀어내고, 기쁜 기운으로 상공의 즐거운 흥취를 도울까 합니다."

황여옥은 강남홍이 자신의 위세를 두려워하여 마음을 돌려서 즐거이 따르는 것이라고 생각을 했다. 그는 강남홍의 손을 멋대로 잡고 웃으면서 말했다.

"그대는 실로 여자 중의 호걸이라 솜씨 또한 절묘하구나. 내 일찍이 황성의 청루를 두루 돌아다녔는데 이름을 날리는 기생이나 지조를 지키는 여인일지라도 내 손에서 벗어날 수

---

* 춘추시대 월나라의 범려(范蠡)를 말한다. 그는 원래 초나라 사람인데, 가족의 원수를 갚기 위해 월왕 구천을 도와 오나라를 멸망시켰다. 공을 세운 뒤 당대 최고의 미인 서시를 조각배에 태우고 오호로 들어가 은거했다고 한다.

없었다. 그런데 그대가 계속 고집을 부려 순종하지 않는다면 서릿발 같은 위세를 면치 못할 것이다. 이제 이렇게 마음을 돌리니 전화위복이라, 이는 그대의 복이다. 내가 대단히 존귀하지는 못하지만, 현재 재상의 사랑하는 아들인 데다가 한 지역의 수령을 겸하고 있다. 마땅히 황금으로 집을 지어 그대가 평생토록 부귀를 누리도록 해주겠다."

황여옥은 손수 거문고를 들어 강남홍에게 주면서 말했다.

"그대는 모든 솜씨를 다하여 화락和樂한 곡조로 조화로운 음악을 연주하라."

강남홍이 미소를 지으며 거문고를 받아들고 한 곡 연주했다. 그 소리는 화창하면서도 자유분방하여 3월 봄바람에 온갖 꽃이 만발하는 듯, 오릉五陵의 소년들이 준마를 달리는 듯, 언덕의 버드나무는 비를 머금고 물새는 몸을 뒤집으며 춤을 추는 듯했다. 황여옥은 호탕한 마음을 이기지 못하고 장막을 걷어 주위에 명하여 다시 술상을 올리도록 했다.

그러나 강남홍에게 다른 뜻이 있었다는 것을 뉘 알았으랴. 강남홍은 다시 섬섬옥수로 거문고 줄을 고르더니 또 한 곡 연주했다. 그 소리는 소슬하면서도 처절하여 마치 소상강瀟湘江 반죽斑竹에 성긴 빗방울이 떨어지는 듯,** 변방 밖 오랑캐 땅 왕

** 순임금의 두 왕비는 순임금이 죽었다는 소식을 듣고 소상강에 몸을 던져 죽었다. 그들이 흘린 피눈물이 대나무에 얼룩으로 남아 반죽이 되었다고 한다.

소군王昭君*의 무덤에 찬 바람이 일어나는 듯, 강가 나뭇잎에 비바람이 쓸쓸히 불고 하늘가 기러기가 슬피 우는 듯했다. 자리에 있던 사람들이 모두 처연한 빛을 띠었고 소주와 항주의 모든 기생들이 자기도 모르는 사이에 눈물을 떨구었다. 강남홍이 이에 곡조를 바꾸어 작은 줄을 거두고 큰 줄을 울려서 우조羽調를 연주하니, 그 소리는 비창하면서도 강개하여 백정으로 변장한 협루가 저물녘 비끼는 햇살에 원수를 갚으려고 칼을 들고 있는 마음인 듯, 연나라 남쪽에서 진시황을 암살하기 위해 출발하면서 형가荊軻**가 노래와 축筑으로 화답하는 듯했다. 그 불평한 심사와 오열하는 흉금이 잔치자리를 온통 놀라게 하자, 배 안에 앉아 있던 사람들이 모두 두려워서 얼굴 표정을 바꾸었다.

강남홍은 거문고를 밀쳐놓았다. 매서운 빛이 강남홍의 얼굴에 가득했다. 그녀는 마음속으로 축원했다.

'유유한 푸른 하늘이시여. 저를 이 세상에 낳을 적에 처지

---

* 한나라 효원제(孝元帝)의 궁녀로, 흉노족 선우(單于)에게 시집을 갔다. 매우 아름다운 여인이었지만 초상화를 그리는 화공에게 뇌물을 주지 않은 탓에 못생긴 모습으로 그려졌다. 한나라가 흉노족과 화친을 하면서 공주나 후궁을 북방으로 시집을 보내야 했는데, 효원제는 궁녀들을 그린 화첩을 가져오게 했다. 그리고 화첩 중에서 가장 못생긴 여인을 선발했는데, 막상 출발하는 날 보니 절세미인이었다. 그녀가 바로 왕소군으로, 수십 년 동안 북방에서 살다가 그곳에 묻혔다.

** 진시황을 암살하려다 실패했다. 형가는 연나라 태자의 후원을 받아 진나라로 출발하게 되었는데, 그들은 이별하기 직전에 축을 연주하면서 슬프고 비장하게 노래를 불렀다.

를 미천하게 하셨으면서 또 뛰어난 재주를 주셨습니다. 넓고 넓은 천지에 보잘것없는 이 몸을 용납할 데가 없으니 무슨 까닭입니까. 맑은 강 물고기 뱃속에서 그 누가 굴원을 찾겠습니까? 바라건대 제가 죽은 뒤에 이 몸을 떠오르게 하지 마시고, 외로운 혼백이 깨끗한 땅에서 노닐게 해주소서.'

강남홍은 축원을 마치자 물속으로 뛰어들었다. 애석하여라, 그녀의 목숨은 어찌될 것인가. 다음 회를 보시라.

제6회

강남홍이 백운동에 몸을 의탁하고,

양창곡이 자신전에 책문을 올리다

江南紅託身白雲同 楊昌曲對策紫宸殿

강남홍이 강물에 몸을 던지자 배 안에 있던 사람들이 크게 놀라 당황하여 급히 구하려 했다. 그러나 그녀의 몸은 가볍고 물살은 급해서 미처 잡아채기도 전에 치맛자락이 풍파에 표연히 날리며 잠깐 사이에 어디로 사라졌는지 알 수 없었다. 소주와 항주의 모든 기생들이 얼굴을 가리고 통곡했다. 두 자사 역시 아연실색하여 사공들에게 급히 구하도록 했다. 서로 묶었던 배를 풀어서 온 강을 가득 채워 수색했지만 찾을 수 없었다. 여러 사공들이 서로 돌아보며 말했다.

"사람이 물에 빠지면 반드시 떠오르는데, 간 곳이 없으니 괴이한 일일세."

두 자사 역시 어쩔 도리가 없어서 사공과 어부들을 모아 놓고 물이 드나드는 입구를 막도록 했다. 사공과 어부들이 이구동성으로 말했다.

"이 호수에서 찾지 못한다면 하류로 쓸려 갔을 텐데, 하류 쪽은 밀물과 썰물이 드나드는 곳이라 물살이 매우 빠릅니다. 만약 모래 속에 묻히기라도 하면 찾기 어렵습니다."

두 자사는 더더욱 놀라서 각자 고을 관아로 돌아갔다.

한편, 윤소저는 강남홍을 보내고 속으로 생각했다.

'강남홍의 성품으로 보건대 오늘 일을 당하면 필시 구차하게 목숨을 이어 가려 하지 않을 것이다. 나는 이미 그이와 지기로서 교유를 맺었다. 지기가 죽으려는 것을 알고도 구하지 않는다면 이는 도리가 아니다.'

그러면서 백방으로 강남홍을 구할 방법을 찾던 중, 때마침 유모 설파薛婆가 밖에서 들어오는 것을 보았다. 설파는 경성 사람으로, 영리하지는 않아도 마음은 충성스럽고 정직했다. 윤소저를 따라 이 관아에서 거처한 것이 여러 해라, 항주에서 친하게 지내는 사람들이 많았다. 윤소저가 설파를 보고 기뻐하며 말했다.

"할멈에게 할 말이 있소. 나를 위해 주선 좀 해주겠소?"

"늙은 이 몸은 아가씨를 위하는 일이라면 끓는 물에 뛰어들고 불을 밟는 일도 마다하지 않을 겁니다. 무슨 어려운 일이라도 있으신지요."

"강남 사람들은 물에 익숙해 물속에 잠수하여 수십 리를 갈 수 있는 사람도 있다더군요. 할멈 아는 사람 중에 혹시 그런 사람이 있소?"

설파가 한참 생각하다가 말했다.

"널리 구해 보면 있을 듯합니다."

"일이 급박해요. 때를 놓치면 소용없으니, 빨리 사람을 소개해 주세요."

설파가 다시 한참 동안 생각하다가 말했다.

"아가씨는 규중의 아녀자인데, 그런 사람을 구해서 무엇하시려는 것인지요? 정말 모를 일이네요."

윤소저가 미간을 찌푸리면서 말했다.

"할멈은 사람을 추천한 뒤에 그 이유를 들어 보오."

설파가 즉시 몸을 일으켜 나갔다. 윤소저가 따라 나가면서 신신당부를 했다.

"꼭 지체하지 마오."

설파는 고개를 끄덕였다. 잠시 후 한 사람을 끌고 와서는 윤소저에게 말했다.

"남자 중에는 딱 맞는 사람이 없고, 이 여인뿐입니다. 이이는 강과 호수에서 연꽃을 따는 여인인데, 물속에서 50, 60리를 갈 수 있지요. 그래서 '수중야차 손삼랑'水中夜叉 孫三娘이라고 부른답니다."

윤소저가 신기해하면서 들어오라 한 뒤 살펴봤다. 키는 8척이나 되고 머리카락은 누런색에 얼굴은 검었으며, 비린내가 코를 찔렀다. 윤소저가 놀라 물었다.

"삼랑은 물속에서 몇 리를 갈 수 있는지요?"

손삼랑이 대답했다.

"이 늙은이가 강어귀에서 연꽃을 딸 때 교룡蛟龍을 만나 싸우다 10여 리를 따라가서 결국 사로잡아 짊어지고 나온 적이 있습니다. 그때 밀물과 썰물에 떠밀려 다시 수십 리를 흘러가서 물 밖으로 나왔습니다. 아무것도 들지 않고 맨몸으로 간다면 70, 80리는 갈 수 있습니다. 그런데 무언가 들고 간다면 수십 리밖에 못 갈 겁니다."

윤소저는 한편으로 놀랍고 한편으로 기뻐하면서 말했다.

"내가 손삼랑을 쓸 데가 있어요. 삼랑은 노고를 아끼지 말고 도와주실 수 있을는지요."

"당연히 힘을 다해야지요."

윤소저가 백금 20냥을 내놓으며 말했다.

"비록 약소하지만 먼저 제 마음을 표하는 겁니다. 성공한 뒤에 다시 큰 상을 드리지요."

손삼랑이 크게 기뻐하면서 자신이 필요한 곳을 물었다. 윤소저는 주변 사람들을 물리치고 말했다.

"오늘 두 고을의 자사께서 전당호에서 노젓기 경주를 할 겁니다. 그때 여자 하나가 물에 빠질 터인데, 삼랑이 잠수해 있다가 곧바로 구해 물속으로 멀리 달아나세요. 만약 소주 사람들에게 발각된다면 큰 재앙이 생기니 십분 조심하세요. 성공하면 큰 상을 내릴 뿐만 아니라 사람을 살려 준 은혜 또한 죽을 때까지 잊지 않겠습니다."

손삼랑이 응낙하고 나갔다. 윤소저는 두세 번 더 부탁하면서 말했다.

"삼가하여 절대 이 큰 일을 누설하지 마세요."

손삼랑은 백금 20냥을 받아 집으로 돌아가 깊이 감추고는 전당호 물가로 갔다. 반나절 동안 한가롭게 앉아서 노젓기 경주를 구경했지만 물에 빠지는 사람은 없었다.

석양이 서산에 걸리는 저녁이었다. 작은 배 한 척에서 소주의 여러 기생들이 미인 한 명을 부축하고 있었다. 손삼랑은 분명 무슨 곡절이 있으리라 생각하고는, 즉시 물속으로 뛰어들어 자맥질로 배 밑에 엎드렸다. 잠시 후 배 안에서 거문고를 연주하는 소리가 들렸다. 손삼랑이 귀를 기울여 몰래 듣는데, 갑자기 배 안이 요란해지면서 어떤 미인이 뱃머리에서 떨어졌다. 삼랑은 몸을 솟구쳐 그녀를 받아서 등에 업고 화살처럼 헤엄쳐 순식간에 60리를 달아났다. 인적이 드문 곳에 이르자, 등에 업힌 여자가 오래도록 물속에 있는 게 불쌍해 물 위로 솟구쳐서 언덕을 찾으려 했다. 마침 고깃배에 두 어부가 낚시대를 들고 어부가를 부르면서 오고 있었다. 손삼랑은 큰 소리로 외쳤다.

"여기 죽어 가는 사람 좀 구해 주세요."

어부들이 노래를 멈추고 노를 저어 재빨리 다가왔다. 삼랑은 강남홍을 업고 배 안으로 뛰어 올라갔다. 그리고 강남홍을 눕힌 뒤 자세히 살펴봤다. 구름 같은 머리는 모두 흩어지고 옥 같은 얼굴은 푸른빛을 띠어 생기가 전혀 없었다. 마른 곳을 골라 눕히고 젖은 옷을 볕에 쪼이며 살아나기를 기다릴 뿐이었다. 어부가 물었다.

"웬 낭자기에 이렇게 참혹한 횡액을 당했소?"

손삼랑이 대답했다.

"저는 원래 연꽃을 따는 사람입니다. 때마침 이 여인이 물에 빠져 죽으려는 것을 보고 급히 달려가 구한 겁니다. 그런데 이 배는 어디로 가는 건가요?"

"우리는 어부요. 물가에서 태어나고 자라서 물에서 일어나는 사고를 많이 봤지만 이런 변고는 처음 보는군요. 이곳에는 인가가 없는데 어떻게 사람을 살린단 말입니까?"

"잠시 기다려 보죠. 만약 살아날 가망이 있으면 다시 의논하는 게 좋겠네요."

그러고는 손과 발을 진맥했는데 다행히 살아날 듯했다. 잠시 후 강남홍이 가늘게 눈을 떠서 살피더니 겨우 소리를 내어 말했다.

"노랑老娘은 누구시기에 죽어 가는 저를 구하셨습니까?"

손삼랑은 옆에 껄끄러운 이목이 있어 재빨리 말했다.

"먼저 정신을 수습하고 사연은 천천히 얘기하세요."

그리고 어부들을 돌아보고 말했다.

"날은 저물고 인가는 드무니 배에서 머무를 수밖에 없네요. 우리 같은 사람이야 노숙해도 관계 없으나, 이 여자는 규중에서 자란 약한 몸으로 죽다 살아난 처지입니다. 만약 바람과 이슬을 맞는다면 해로울 겁니다. 배 안에 바람을 막을 도구가 있을까요?"

어부가 돛자리 몇 조각으로 쉴 곳을 마련하고 곧 물 한가운데에 배를 멈추었다. 한밤중이 되자 두 어부는 밖에서 잠이 들었다. 손삼랑이 강남홍에게 작은 소리로 물었다.

"낭자는 항주자사의 따님 윤소저를 아시나요?"

강남홍이 놀라 일어나 앉으며 이유를 물었다. 손삼랑은 윤소저가 자기를 보내 강남홍을 구하도록 한 일을 자세히 이야기해 주었다. 강남홍이 그 말을 듣고 한숨을 쉬며 탄식했다.

"제기 바로 항주의 강남홍입니다."

그러고는 자신이 죽으려고 한 이유를 자세히 말해 주었다. 손삼랑이 크게 놀라 말했다.

"그렇다면 낭자는 제일방 청루의 강남홍이군요."

"노랑께서 어찌 제 이름을 아시는지요?"

손삼랑이 다시 놀라 말했다.

"낭자의 시중을 드는 애가 연옥이 아닌가요?"

"맞습니다."

손삼랑이 놀란 표정으로 강남홍의 손을 잡으며 말했다.

"제가 바로 연옥이 이모입니다. 연옥이가 항상 낭자의 이름과 절개를 칭송하는 바람에 존경스러워 한번 뵙고 싶었습니다. 그러나 제 삶이 너무도 괴이한지라 추한 모습을 보일 수 없어 뜻을 이루지 못했더랬지요. 이렇게 막힌 길에서 만나 뵈니, 하늘이 내려 주신 기회인 듯합니다."

그러면서 더욱 공경한 빛을 띠었다. 강남홍 역시 놀라 기뻐하면서 더욱 친근함을 느껴 서로 위로하며 누웠다.

강가 하늘엔 달이 지고 4, 5경 무렵이 되었다. 선창 밖에서 어부가 조그맣게 말하는 소리가 들렸다. 손삼랑이 귀를 기울여 들어 보니 한 어부가 이렇게 말했다.

"확실하지도 않은데 어찌 경솔하게 움직이겠는가?"

그러자 다른 어부가 대답했다.

"내가 고깃배를 팔려고 항주의 청루를 지나간 적 있었네. 그때 청루 위에 앉아 있던 여자가 이 여자랑 모습이 비슷했지. 속으로 너무 의아했는데, 지금 저 할멈 말을 들으니 과연 항주 제일방의 강남홍일세."

"우리가 몇 년 동안 강호에서 도적질을 업으로 삼고 있지만 아내를 얻어 살아가는 즐거움은 없었지. 강남홍은 강남 제일 기생인데 이렇게 좋은 기회를 놓치면 안 되지 않겠는가. 우리 두 사람이 힘을 합쳐서 저 할멈을 죽여 버리면 약하디 약한 계집애 하나쯤은 문제없을 걸세."

손삼랑이 그들의 대화를 듣고, 강남홍에게 귓속말했다.

"겨우 위험한 곳을 벗어났는가 했더니 다시 사지로 들어 섰네요. 배 안 사람들이 모두 우리의 적인 줄 어찌 알았겠소?"

강남홍이 탄식하며 말했다.

"저는 하늘이 죽이려는 몸이니 어쩔 도리가 없습니다만, 노랑은 살아날 방법을 생각하세요."

"이 늙은 몸이 비록 용기는 없지만 한 명 정도는 감당할 수 있습니다. 다만 두 명은 대적할 수 없으니 어쩌면 좋을까요?"

강남홍이 한참 생각에 잠겼다가 이렇게 말했다.

"구차하게 살아나는 게 죽느니만 못하지만, 제가 노랑을 위해 계책을 내놓지요. 노랑은 이렇게 하세요."

그러고는 다시 코를 고는 소리를 냈다. 잠시 후 두 어부가 창문을 깨뜨리면서 들어왔다. 손삼랑이 크게 놀라 소리를 한 번 지르고 물속으로 뛰어들어 갔다. 어부는 손삼랑이 물속으로 뛰어드는 것을 보고 강남홍에게 말했다.

"낭자의 목숨은 이제 우리에게 달렸다. 우리 뜻을 따르면 살 것이요 거역하면 죽을 게야."

강남홍이 냉소를 지으며 문밖으로 나가 뱃머리에 서서 말했다.

"나이 어린 여자로 풍류 마당에서 노닐면서 수많은 사람을 보았소. 어찌 따르지 않으리오. 그러나 두 사람이 여자 하나를 놓고 다투는 건 정말 창피하고 싫습니다. 한 사람이 저를 차지하신다면 저는 당연히 제 몸을 허락할 겁니다."

두 어부 중 나이가 어리고 건장한 녀석이 손에 작살을 잡더니 그녀 앞을 가로막으며 말했다.

"내가 마땅히 이 여자를 차지하겠다."

말이 끝나기도 전에 녀석의 등 뒤에 서 있던 자가 들고 있던 작살로 앞에 나선 녀석을 찔러 죽여 물속에 던져 버렸다. 손삼랑은 물속에 잠수해 있다가 물에 떨어지는 시신을 보고 작살을 빼앗아 배 위로 뛰어올라 갔다. 손삼랑은 남은 도적놈을 죽여 물에 던지고는 뱃줄을 풀어 언덕을 찾아가려 했다. 하지만 새벽 물살이 점점 불어나면서 작은 배는 폭풍에 몰려 화살처럼 빨리 달렸다. 강남홍은 정신을 차리지 못한 채 배 안에 엎드려 있느라 어디로 가는지 알지 못했다. 손삼랑은 풍랑에는 익숙해도 배를 부리지는 못해서 배가 가는 대로 놓아두었다. 해는 점점 밝아 오고 바람은 더욱 빨라져 배가 달리는 것을 막을 수 없었다. 하늘이 무너지는 듯 땅이 울리는 듯 미친 듯한 물결이 산더미 같았다. 손삼랑 역시 정신이 빠져서 강남홍을 안고 엎드려 있었다.

반나절 만에 바람의 기세가 잠잠해지고 물결이 조금씩 고요해졌다. 두 사람이 겨우 정신을 차려 주변을 살펴보니 망망한 바다에 육지라고는 전혀 보이질 않았다. 어디로 가야 할지 몰라서 물결 치는 대로 가는데, 멀리 수평선 끝에 산 모양이 희미하게 보였다. 그쪽으로 반나절을 가자 비로소 언덕이 보이더니, 갈댓잎과 대나무 숲이 뒤섞여 울창한 곳에 몇몇 마을이 은은히 비쳤다. 두 사람은 언덕 아래쪽에 배를 매고 허겁지겁 언덕을 올라가 인가를 찾아 문을 두드렸다. 그러자 얼굴이 검고 눈매가 깊은 사람이 생소한 옷차림과 낯선 소리에 이상하게 여겨 당황하면서 말했다.

"그대들은 누구이며 어느 집을 찾아온 게요?"

손삼랑이 말했다.

"우리는 강남 사람입니다. 풍랑에 밀려서 이곳에 떠내려왔습니다. 여기는 어디인가요?"

그러자 그 사람이 놀라 말했다.

"이곳은 남쪽 나탁해哪吒海로 나라 이름은 탈탈국脫脫國이오. 강남에서 여기까지 육로로는 3만 6천 리요, 수로로는 7만 리입니다."

손삼랑이 말했다.

"우리는 구사일생으로 살아나긴 했지만 어디로 가야 할지 모릅니다. 바라건대 하룻밤 머물 수 있을까요?"

주인이 탄식하면서 허락했다. 객실 하나를 정하고 그곳에 들었다. 갈댓잎으로 덮은 지붕, 돌을 쌓아 만든 벽, 대나무 돗자리와 풀로 엮은 자리는 잠시도 앉아 있기 어려울 정도였다. 그렇지만 날이 저문 데다가 이역만리에서 몸을 안돈할 곳이 없으니 어쩔 도리 없이 머물렀다.

잠시 후 주인이 나무 열매로 밥을 지어 가져왔다. 그러나 비린내 나는 물고기와 거친 채소는 젓가락을 대기 어려울 지경이었다. 손삼랑은 겨우 배고픔을 채우기만 했고, 강남홍은 한 젓가락도 대지 못했다. 강남홍이 정신이 혼미하여 자리에 누웠지만 습한 기운에 훈풍이 불어 잠을 이룰 수 없었다. 강남홍이 손삼랑에게 말했다.

"낭랑께서 저 때문에 여기까지 떠내려왔습니다. 여기는 잠시라도 머물 수 없는 곳입니다. 저야 죽어도 아쉬울 게 없습니다만, 낭랑께서는 살아 돌아갈 방법을 찾으세요."

손삼랑이 개연히 탄식하며 말했다.

"평소 낭자를 흠모하던 터에, 낭자를 만나 함께 고락을 나누고 있습니다. 이곳은 산이 높고 물이 맑아 분명 도관道觀이나 사찰이 있을 겁니다. 내일 찾아보는 게 좋겠습니다."

두 사람은 등불을 돋우고 밤을 지샜다. 다음 날, 주인에게 물었다.

"이곳에 혹시 스님이나 도사가 있습니까?"

"도사나 스님은 없어요. 다만 산속에 처사處士가 있긴 합니다. 하지만 구름 속에서 노닐어 자취가 일정하지 않습니다."

두 사람은 주인과 헤어져서 대나무 지팡이와 짚신 차림으로 산길을 찾아 발길 닿는 대로 들어갔다. 한곳에 이르니 골짜기는 깊고 길은 끊어져 바위 위에 앉아 쉬었다. 그런데 갑자기 맑은 시내 한 줄기가 높은 봉우리에서 흘러내렸다. 강남홍은 손을 씻고 물을 담아 마시면서 손삼랑을 돌아보며 말했다.

"이 물에서 향기로운 냄새가 나네요. 이 물의 근원을 끝까지 찾아가 보는 게 어떨까요?"

손삼랑도 응낙하여 시내를 따라 위쪽으로 올라갔다. 백여 걸음을 가니 골짜기가 나왔다. 골짜기 속으로 들어가자 아름다운 꽃과 풀, 붉은 절벽과 푸른 고개가 펼쳐지며 경치가 뛰어났다. 그곳에는 습하고 울창한 남방 지역의 기운이 없었다. 강남홍이 손삼랑에게 말했다.

"고향을 떠난 지 얼마 되지 않아 남쪽 풍토에 정신과 기운이 뚝 떨어졌는데, 오늘 여기는 별유천지비인간別有天地非人間*이네요."

두 사람이 이야기를 나누며 수십 걸음을 가니, 한 굽이 맑은 시내가 있고 그 위쪽으로 바위가 하나 있었다. 바위 위에는 웬 동자가 시냇가에서 차를 달이고 있었다. 강남홍이 가서 물었다.

"우리는 경치를 사랑하여 이 산에 들어왔다가 길을 잃어 여기에 이르렀네. 우리에게 길을 좀 가르쳐 주면 어떨까?"

동자가 말했다.

"여기는 다른 길이 없어 행인의 발자취가 없는 곳입니다. 그런데 그대는 어떤 분이신가요?"

강남홍이 미처 대답하지 못하는 사이에 한 도사가 나타났다. 얼굴은 아이 같은데 머리카락은 희었다. 풍모는 빼어난데 머리에는 갈건을 썼고 손에는 백우선白羽扇을 들었다. 강남홍은 대나무 숲에서 웃음을 띠고 걸어 나오는 도사 앞에 나아가 예를 갖춘 뒤 꿇어앉아 말했다.

---

* 이태백의 시 구절로서, 인간 세상이 아닌 다른 세상이라는 뜻이다.

"저희는 다른 곳 사람으로 태풍과 물결에 표류해 어디로 가야 할지 모르겠습니다. 선생께서 살길을 가르쳐 주소서."

도사는 한참 동안 바라보다 동자에게 안내해 주라 이르고는 다시 숲속으로 들어갔다. 강남홍과 손삼랑은 동자를 따라 여러 걸음을 갔다. 몇 칸짜리 초당이 너무도 청정하고 무구했다. 흰 새 한 쌍은 소나무 사이에서 졸고 있고 사슴 몇 마리는 돌길 주변에서 서성거렸다. 강남홍은 항상 시끄럽고 번화한 곳에서 살다가 맑디맑은 선경을 처음 보자 가슴이 상쾌해지고 정신이 서늘해지면서 속세의 욕망과 심정을 까맣게 잊을 지경이었다. 도사는 두 사람을 마루에 오르라고 한 뒤 말했다.

"나는 산속에 사는 노인이니, 조금도 꺼리지 마오."

강남홍은 손삼랑과 함께 마루에 오른 뒤 방으로 들어가 그 옆에 조심스럽게 섰다. 도사가 말했다.

"그대 모습을 보니 중국 사람이로군. 이곳에는 특별히 사는 사람이 없네. 풍속이 금수와 별 차이 없어 다른 지역 사람들의 발길이 닿지 않는 곳이네. 잠깐 여기 머물다가 그대 나라로 돌아갈 시기를 기다려 보게나."

강남홍이 거듭 절하면서 감사드리고, 도사의 존함을 여쭈었다. 그는 웃으며 말했다.

"노부는 구름 속에서 노니는 신세라, 무슨 도호道號가 있겠는가. 사람들은 나를 '백운도사'白雲道士라고 부른다네."

강남홍은 그제야 몸과 마음이 편안했다.

한편, 윤소저는 손삼랑을 보내 놓고 초조하게 기다렸다. 그런데 부친 윤자사가 전당호에서 돌아와 강남홍이 물에 몸을 던진 이야기를 자세히 전하자 크게 놀라 슬퍼하면서 눈물을 머금고 말했다.

"그이의 죽음을 애도할 뿐만 아니라 그이의 사람됨이 아깝습니다."

그러고는 손삼랑의 회답을 기다렸다. 하지만 전혀 소식이 없었다. 여러 날이 지났다. 윤자사가 내실로 들어오더니 윤소저에게 말했다.

"강남홍의 용모와 사람됨으로 보아 물속의 원혼이 될 줄 어찌 알았겠느냐."

윤소저가 놀라 말했다.

"홍랑의 시신을 찾았답니까?"

"절강浙江 선원들의 말을 들으니, 조수潮水가 물러갈 무렵 강변에 시신 두 구가 있었다더구나. 그러나 시신이 모래에 훼손되어 남자인지 여자인지, 젊은 사람인지 노인인지 분간하기 어려웠단다. 밀물과 썰물에 밀려서 어디로 사라졌는지 몰라 정확히 알기 어렵지만 필시 강남홍의 시신일 게다."

이 말에 윤소저는 더욱 놀랐다.

한편, 강남홍의 시비 연옥은 강남홍이 죽었다는 소식을 듣고 가슴을 치며 통곡하면서 관아로 달려갔다. 그리고 관문官門을 치면서 고했다.

"소녀는 강남홍의 시비 연옥입니다. 우리 아가씨는 어려서 부터 부모 친척을 잃었고 소녀 역시 부모 친척 없는 혈혈단신의 신세였습니다. 종과 주인이 서로 의지하여 동기 간처럼 지냈는데, 죄도 없이 물속 원혼이 되어 뼈를 수습해 줄 사람도 없게 되었습니다. 원컨대 관청의 힘을 빌어 백골을 수습하여 흙이라도 덮게 해주소서."

윤자사가 그 마음을 불쌍하게 여겨서 즉시 관청의 배 수십 척을 내어 주었다. 연옥이 10여 일 동안 통곡하며 강가를 뒤졌지만 종적이 묘연했다. 그녀는 집으로 돌아와 술과 과일로 제사 음식을 갖추고 강가에서 혼백을 불렀다. 강남홍이 평소에 입던 의복과 패물을 강물 속에 던지고 울부짖으며 통곡하는데, 그 모습이 너무도 슬프고 처절해 지나가던 나그네와 선원과 어부들이 모두 눈물을 흘렸다.

연옥은 제사를 마치고 집으로 돌아왔다. 고요한 누각에 먼지는 쌓이고 썰렁한 문 앞에 풀빛이 뒤덮여, 예전의 풍류스러운 종적을 물어볼 곳조차 없었다. 연옥은 문을 닫고 밤낮으로 통곡하며 황성으로 간 하인이 돌아오기만을 기다렸다.

한편, 양창곡은 항주의 하인이 돌아간 뒤 외로운 심회가 날로 더하여 객관에서 느긋하게 지내기 어려웠다. 오직 과거 치를 날만 기다릴 뿐이었다. 바로 그때 조정에서는 변방에서 보고가 급하게 올라오는 바람에 정기적인 과거시험을 연기할까 논의하느라 몇 달이나 지체되었다. 양창곡은 울적한 심사를 이기지 못하고 아련히 고향을 생각하느라 밤에 잠을 이루지 못했다.

하루는 양창곡이 책상에 기대어 잠이 들었는데, 비몽사몽에 정신이 가뿐하게 날아올라 한곳에 이르렀다. 그곳에는 십리 강변에 붉은 연꽃이 한창 피어 있었다. 그가 꽃 한 송이를 꺾으려는데 홀연 한 차례 광풍이 불어 물결을 일으키더니 꽃가지가 강 속으로 떨어졌다. 양창곡이 놀라 깨어나니 한바탕 꿈이었다. 양창곡은 무언가 상서롭지 못하다고 생각했는데 며칠 지나지 않아 항주의 하인이 도착하더니 강남홍의 편지를 전했다. 양창곡은 기뻐하며 뜯어 봤다.

천첩 강남홍은 운명이 기구하여 어려서 부모님의 가르침을 듣지 못하고, 자라서는 청루에 몸을 의탁하여 천한 기생이 되니 군자에게 버림받게 되었습니다. 오직 한 조각 고심거리는 나를 알아줄 지기를 한번 만나 형산荊山 박옥璞玉*이 간직한 가치를 논하고 영문

---

* 초나라 여왕(厲王) 때 변화씨(卞和氏)가 형산에서 옥의 원석(박옥)을 발견해 여왕에게 바쳤다. 여왕은 장인에게 감정을 시켰는데, 평범한 돌이라고 하자 화가 나 변화씨의 한쪽 발뒤꿈치를 잘랐다. 영왕이 죽고 무왕(武王)이 즉위하자 변화씨가 다시 박옥을 바쳤다. 하지만 마찬가지로 다른 한쪽 발뒤꿈치를 잘렸다. 이후 문왕(文王)이 즉위하자 변화씨는 박석을 끌어안고 사흘 밤낮으로 울었다. 문왕이 소식을 듣고 박옥을 세공하니 흠집 하나 없는 옥이었다. '화씨의 벽'이라고도 불리며, 이후 형산 박옥은 어떤 것의 진가를 알지 못하는 사람들을 비유할 때 쓰는 말이 되었다.

郢門 백설白雪의 드높은 노래에 화답하여 평생의 숙원을 푸는 일이었습니다. 뜻밖에 공자를 만나 가슴을 서로 비추어 강비江妃가 패옥을 풀고 특별히 건즐巾櫛*을 허락하시어 소성小星, 첩실이 이불 안는 것을 기약했습니다. 군자의 말씀이 쇠와 돌처럼 단단하시니 천첩의 소망이 하해처럼 깊었는데, 조물주가 시기하고 신명이 장난을 하는지 소주자사가 방탕한 마음으로 기생을 천하게 대했습니다. 그는 이로움과 해로움으로 저를 달래고 위세로 협박하여 압강정 물결이 잔잔해지기도 전에 다시 전당호에 물결을 일으켰습니다. 5월 5일 천중절天中節, 단오 노젓기 경주를 미끼로 천첩을 낚으려 하니, 실낱같은 이 목숨은 그물 속 물고기나 다름없습니다. 지척에 있는 맑은 물결로 바다를 밟는 선비를 따르고자 하나 망부산望夫山 꼭대기에 돌아오시는 당신을 뵙지 못하고 물고기 뱃속의 외로운 원혼이 되어 영욕을 잊는다 해도 백마호白馬湖 찬 물결에 남은 한을 다 말씀드리기 어렵습니다. 엎드려 바라건대 공자께서는 천첩을 생각지 마시고, 청운에 마음을 쏟아 금의환향하시는 날 옛 정을 기념하여 종이 한 쪽으로 강상江上의 외로운 원혼을 위로해주소서. 천첩이 비록 죽은 뒤의 세상은 알지 못해 말씀드릴 바는 아니나, 영혼이 사라지지 않는다면 명부冥府에 발원하여 이승에서 못 다한 인연을 후생에서 기약할까 합니다. 은자 1백 냥은 여행 경

---

* 건즐은 수건과 빗을 이르며, 얼굴을 씻고 머리를 빗는다는 말이다. 옆에서 이를 도와준다는 의미로 아내가 된다는 것을 표현한다.

비에 보태시어 죽은 이 몸이 아득한 저승에서 조금이나마 그리워하는 마음을 위로해 주소서. 붓을 드매 가슴속이 막혀 생사이별의 심회를 다 풀 수 없나이다.

양창곡이 이 편지를 다 읽고 아연실색하여 주먹으로 책상을 치고 눈물을 떨구며 옷깃을 적셨다.

"홍랑이 죽었단 말이냐?"

그는 두 번 세 번 편지를 읽더니, 술에 취한 듯 미친 듯 하인에게 물었다.

"너는 언제 집을 떠났느냐?"

"4일에 길을 떠났습니다."

"소주자사는 언제 항주로 왔더냐?"

"5일 전당호에서 노젓기 경주를 연다고 했습니다."

양창곡이 탄식하며 말했다.

"아! 이미 홍랑은 죽었구나."

그는 책상에 기대 눈물을 줄줄 흘렸다.

'홍랑은 이 시대에 다시없는 국색이며 비할 데 없는 인물이다. 분명 조물주가 시기한 것이로다.'

그는 다시 이렇게 생각했다.

'홍랑의 성품이 너무 강직하여 열혈 협사의 풍모가 있긴 해도 번화한 기상과 아리따운 자태로 보아 물속 외로운 원혼이 되지는 않았을 것이다. 이는 필시 꿈이리라.'

그는 책상 앞 편지지를 들어 답장을 쓰려다가 다시 붓을 멈추고 탄식했다.

"홍랑은 필경 죽었을 게야. 내가 압강정에서 지은 시에 '원앙이 날아가면 꽃떨기만 꺾이리니'라고 한 구절이 상서롭지 못했구나. 연로정에서 이별하며 이야기를 나눌 때 세상일이 엎치락뒤치락한다고 탄식한 것도 불행을 예견한 말이 아니었더냐."

양창곡은 한참 동안 주저했다. 그러다 다시 붓을 들어 편지에 몇 줄을 썼다.

홍랑이여. 당신이 나를 속이는 게 아니오? 서로 만난 것은 어찌 그리도 기이하며, 서로 헤어진 것은 어찌 그리도 쉬웠단 말이오. 서로 친하게 된 것은 어찌 그리도 다정했으며, 서로 버려진 것은 어찌 그리도 무심했단 말이오. 서로 사랑한 것은 어찌 그리도 정중했으며, 서로 잊어버리는 것은 어찌 그리도 쉬웠단 말이오. 만약 나를 속이는 게 아니라면 이는 꿈일 것이오. 그대의 번화한 기상과 빼어난 풍류로 어찌 쓸쓸한 강 속 적막하고 외로운 원혼이 되었으며, 총명한 자질과 지혜로운 성품으로 어찌 처량한 밤 누각에 참혹한 원혼이 되었단 말이오. 홍랑이여, 꿈이오 진실이오? 그대 편지를 보고 하인의 말을 들으니 진짜인 것도 같다만, 그대 얼굴과 모습을 상상하면 절대 그럴 리 없소. 꿈인지 사실인지 누구에게 물어볼 것이며 누구에게 알아볼 것인가. 사람이 자신을 알아주는 지기를 귀하게 여기는 것은 생사와 영욕을 함께한다는 뜻이오. 이제 남북으로 천리나 떨어져 죽었는지 살았는지 알지 못하니 이는 내가 그대를 저버린 것이요, 한때의 협기로 백년가약을 초개처럼 버리다니 이는 그대가 나를 저버린 것이오. 오늘 내가 흘리는 눈물이 어찌 등도자鄧徒子의 호색심*을 본받아 그렇겠소. 백아가 자기 소리를 알아줄 벗 없음을 한탄하는 것이외다. 하인이 돌아간다고 하기에 몇 줄 편지를 부치니, 홍랑이여, 그대는 죽지 않고 이 답장을 볼 수 있겠소?

양창곡은 편지를 다 쓰고 나서 하인에게 부탁했다.
"즉시 돌아갔다가, 다시 소식을 전해 다오."
하인은 하직 인사를 하고 급히 돌아갔다.

이때 연옥은 주인 없는 빈집에서 낮이면 눈물로 세월을 보내고, 밤이면 반짝이는 외로운 등불 아래 잠을 이루지 못하면서 황성으로 간 하인을 고대하고 있었지만 전혀 소식이 없었다. 하루는 연옥이 심란하기 이를 데 없어 처연히 문에 기대어 서 있었다. 교방 앞 큰길에는 수레와 말이 요란스레 오갔으며 곳곳에는 음악소리가 예전처럼 질탕했다. 그러나 제일방 문앞은 썰렁하면서도 고요했다. 우물가 벽도는 꽃이 떨어져 열

* 전국시대 초나라의 대부(大夫)인 등도자는 못생긴 아내와 자식을 다섯이나 낳았다는 이유로 호색한이라는 말을 들어야 했다.

매가 달렸고, 까막까치는 날아와서 조잘거렸다. 처량함을 이기지 못하고 석양을 마주하며 목놓아 통곡하고 있었다. 그때 하인이 황성에서 돌아왔다. 연옥이 감격스럽기도 하고 슬프기도 하여 땅에 엎드린 채 목이 메어 소리를 내지 못했다. 하인은 비로소 양창곡이 한 말의 의미를 깨닫고 방성대곡하면서 연옥을 부축하여 일으켜 사연을 물었다. 연옥이 목이 메인 소리로 자세히 이야기하니 하인이 품속에서 편지 한 통을 꺼내며 말했다.

"양공자님의 편지를 이제 누구에게 전해 준단 말인가."

연옥이 탄식하며 말했다.

"우리 낭자는 평생 다른 지기가 없이, 오직 양공자 한 분뿐이었지요. 그 편지로 영혼이나마 위로해야 되지 않을까요?"

이들은 향탁香卓을 차리고 그 위에 편지를 펼쳤다. 하인과 연옥이 한바탕 통곡한 뒤, 연옥은 그 편지를 깊이 갈무리해 두었다.

윤소저는 강남홍의 원통한 죽음을 불쌍하게 여기는 한편, 연옥과 하인이 의탁할 데 없다는 사실을 걱정하여 그들을 항주부 관아에 살도록 했다.

이때 조정에서 윤형문을 병부상서兵部尙書로 불렀다. 이는 윤형문의 치적이 온 세상에 드러났기 때문이었다. 윤형문이 짐을 꾸려 황성으로 출발하려 하자, 연옥이 따라가기를 간청했다. 윤형문은 연옥을 가련하게 여겨서 허락했다. 연옥은 하인과 함께 집으로 돌아가서 짐을 약간 챙긴 뒤 윤소저를 모시고 황성으로 향했다.

한편, 양창곡은 강남홍의 소식을 알고 싶어서 항주로 동자를 보내려 하고 있었다. 하루는 항주의 하인이 흰 옷을 입은 웬 여자와 함께 찾아왔다. 가만히 보니 바로 연옥이었다. 초췌한 모습과 처량한 낯빛으로 섬돌 아래에 서서 양창곡을 쳐다보더니 소매를 들어 얼굴을 가리고 목놓아 오열했다. 양창곡 역시 눈물을 참지 못하고 말했다.

"네 모습을 보니 세상일이 엄청나게 변했다는 걸 듣지 않아도 알겠구나. 깊이 생각하고 싶지 않지만, 전후 사정을 대략이라도 이야기해 보려무나."

연옥이 오열로 말을 제대로 잇지 못하면서 대답했다.

"우리 강남홍 아기씨께서 공자님과 이별하신 뒤 병을 핑계로 문을 닫아걸고 윤소저와 교유하며 마음을 터놓고 지냈습니다. 그런데 황자사의 위협과 핍박을 당하여 전당호에 몸을 던지시니, 그 백골조차 수습할 수 없었습니다."

연옥이 하나하나 사정을 알려 주자, 양창곡은 한숨을 쉬며 눈물을 흘렸다.

"너무도 처참하구나. 내가 사람을 저버렸다."

그러고는 다시 물었다.

"너는 어찌 황성으로 왔느냐?"

"윤소저께서 의탁할 데 없는 저희를 불쌍히 여기셔서 이곳으로 데려왔습니다."

양창곡이 그 말을 듣고 생각했다.

"규중의 아녀자인 윤소저가 이렇게 신의를 저버리지 않으니, 우리 홍랑의 사람 알아보는 눈을 알겠구나."

양창곡이 다시 연옥과 하인에게 말했다.

"주인이 없다고 어찌 너희들을 버릴 수 있겠느냐. 그러나 너희들을 당장 거둘 만한 힘이 없으니, 먼저 윤소저에게 몸을 의탁한 뒤 좋은 기회를 기다려 보자."

연옥과 하인은 통곡하며 인사하고 떠났다.

세월이 훌쩍 흘러 몇 달이 지났다. 천자는 변방의 소요 사태를 평정하고 다시 천하의 수많은 선비들을 모아 과거시험을 열어 인재를 선발했다. 그리고 친히 연영전延英殿에 나와서 직접 출제한 책문으로 출제를 하니, 과거에 응시하러 온 선비들이 구름처럼 모여들었다. 과거시험 문제는 다음과 같다.

황제가 묻는다. 예부터 나라를 다스리는 도는 하나가 아니었지만, 반드시 선후가 있고 완급이 있었다. 삼대三代 이전에는 어떠한 도로써 나라를 다스렸기에 태평성대를 누렸으며, 한당漢唐 이후로는 어찌하여 나라가 어지러이 난리로 소란했는가. 짐이 새로이 황제의 자리에 올라 아득히 한 몸으로 만백성을 대하며 전전긍긍하면서 다스려야 할 도를 알지 못하겠노라. 오늘 수많은 선비들이 옛 책을 읽었으니, 평소 가슴속에 반드시 갈고 닦은 생각이 있을 것이다. 제각각 숨기지 말고 직언으로 힘껏 아뢰어 짐의 허물을 보완토록 하라.

양창곡은 연영전 계단 아래 엎드려 있다가, 짧은 시간에 수천 마디를 써서 올렸다. 답안 내용은 대략 다음과 같다.

신이 들으니, 천하를 다스리는 도는 마땅히 하늘을 본받는 것뿐이라 합니다. 『주역』에 이르기를, '바람과 비로 윤택하게 하고 우레와 천둥으로 고무하라'고 했으며, 또 '사계절이 운행하매 만물이 이루어진다'고 했습니다. 무릇 하늘이 만물을 길러내매 바람과 비로 윤택하게 할 뿐만 아니라 생명을 애호하는 덕을 베풉니다. 또한 우레와 천둥으로 호령하여 놀라 움직이게 하는 위엄을 보이니, 사계절의 운행이 막힘이 없고 만물이 생장하고 소통하게 됩니다. 이런 까닭에 봄과 여름에 태어나 자라고 가을과 겨울에 생명을 죽이니, 그 기운을 열었다 닫았다 하면서 조화를 베풀고자 하는 것입니다.

옛 성왕聖王은 이 법도를 따라서 혜택과 어진 정치는 봄과 여름에 태어나 자라는 것을 본받았고, 법령과 형벌은 가을과 겨울의 죽이는 기운을 본받았습니다. 한 번 팽팽하게 당기면 한 번은 느슨하게 늦추며, 한 번 살리면 한 번 죽였습니다. 이로 말미암아 단호하고 확고한 결정 뒤에 교화가 완성되고, 위엄 있는 명령이 시행되며, 혜택과 어진 정치가 나오며, 기강과 풍속이 서게 됩니다.

만약 생명을 애호하는 덕으로 창생들을 어루만지지 않고, 모든 것을 죽이는 위엄으로 징계하는 데 힘쓴다면 이는 하늘에 사계절이 없는 것과 같습니다. 만물이 어찌 태어나서 자랄 수 있을 것이며, 어찌 조화를 이룰 수 있겠습니까.

이런 까닭에 옛사람들은 나라를 우리의 몸에 비유했습니다. 임금은 마음이요 신하는 손과 발입니다. 평소 일이 없어 심신이 편안할 때는 손발이 나태하지만, 갑작스러운 환란에 마음을 청정하게 하면 손발의 움직임이 민첩합니다. 이로 보건대 천하의 모든 일은 편안함에서 한꺼번에 일어나고 청정함에서 쇄신하게 됩니다. 그러므로 옛 성군은 위로는 하늘의 도를 본받고 아래로는 인간의 일을 살피시어 편안함을 근심하고 쇄신함을 생각했습니다. 이제 폐하께서 도를 듣고자 그 선후와 완급을 물으시니, 크시도다! 황상의 말씀이시여.

대저 나라를 다스리는 도는 완급을 모를 경우 충성스러운 말과 훌륭한 계책이 모두 형식적인 법조항이나 표현으로 떨어지게 될 것입니다. 그리고 선후가 뒤바뀌면 정치의 성공과 실패가 반드시 실효를 거두지 못할 것입니다. 임금들이 모두 요순의 다스림을 우러르지만 그 경지에 이르지 못하고, 신하들이 모두 직과 설의 일처리를 사모하지만 시행하지 못하는 것은, 일의 선후와 완급을 모르기 때문입니다.

신은 오늘날 조정이 먼저 힘써야 하는 일이 기강을 세우는 것이라고 생각합니다. 신이 옛날 사적으로 비판하고자 합니다. 요순

이전에는 덕으로 교화를 했고, 그 이후에는 공적으로 다스렸습니다. 이것을 '왕도'王道라고 합니다. 진秦나라는 무력으로 일어나서 무력으로 지켰습니다. 이것을 '패도'霸道라고 합니다. 한나라는 지혜로 나라를 세우고 지혜로 나라를 지켜 나갔습니다. 이것을 '왕도와 패도를 함께 이용했다'[王霸幷用]고 합니다. 진晉과 당唐은 내실 없이 겉만 화려한 문장에 빠졌고, 송나라는 옛글의 찌꺼기에 병들었습니다. 이것은 왕도를 이용하고 패도를 이용한 것이지만 성패는 반반이었습니다.

요순 이전에는 풍속이 순박해서 덕으로 교화를 했고, 그 이후는 인문人文이 밝아져서 공적으로 다스렸습니다. 전국시대부터 진나라에 이르기까지는 사회 기풍이 강성하여 무력에 의지해 일어났고, 한당송 이후는 사람의 기상이 점점 사라져서 순수함과 뒤섞임이 반씩이라 올바른 방법과 임시방편을 짐작하여 지혜로 다스린 것입니다. 왕도는 더디게 일어나기 때문에 오래도록 멀리 다스리고, 패도는 빠르게 일어나기 때문에 실패도 빠릅니다. 왕도는 마지막이 어리석고 미혹하며, 패도는 마지막이 거짓되고 어지럽습니다. 이는 천지의 운수가 옛날과 지금이 같지 않고, 국가가 잘 다스리거나 어지럽게 하는 규모가 서로 다르다는 뜻입니다.

대저 왕도는 올바른 법이요 패도는 임시방편에 의한 기술입니다. 올바른 방법과 임시방편이 중도中道를 얻는다면 이 또한 성인의 도입니다. 신은 왕도와 패도를 함께 사용하는 것은 후세에도 바꿀 수 없는 법이라 생각합니다. 최근 비현실적이고 괴이한 논의가 '패도를 물리치고 왕도를 행한다'는 핑계로 입에 오르내리는데, 그 논의는 요순 임금의 정치에 가까워 보이지만 실효를 논하자면 당송에 미치지 못합니다. 낡은 것을 지키는 자들은 나라를 지키는 일에 대해 크게 떠들고, 지혜 있는 자들은 조삼모사하듯 교묘한 꾀로 당면한 사태를 모면하는 것을 자랑으로 여깁니다. 묘당廟堂, 조정을 말씀드리자면, 직책이 크고 체면이 중요하기 때문에 세세한 일에 대해서는 묻지 않고 그저 태평성대를 누리며 편안함만 추구하고, 장기적이고 원대한 계책은 없습니다. 대각臺閣*을 말씀드리자면, 옳고 그름, 충성과 반역은 당대의 세력을 눈치보느라 말과 행동이 자유롭지 못하고, 나아가고 물러남과 승진과 강등을 이전의 예에 따라 시행할 뿐, 말을 하든 침묵을 하든 자신의 주관이 전혀 없습니다. 지방 장관인 자사와 수령을 말씀드리자면, 오직 관작의 등급이나 논할 뿐 어진 인재인가 아닌가에 대해서는 묻지 않으며, 녹봉이 많은가 적은가로 성공과 실패를 생각할 뿐 백성들의 삶이 고된가 편안한가에 대해서는 남는 시간에나 살피는 것으로 여깁니다. 선비를 말씀드리자면, 곤궁한 처지에서 글공부하는 것을 비웃으며 요행히 벼슬길에 나아가는 것만 바라고 있습니다. 졸렬한 자는 곤궁한 집에서 슬프게 탄식하면서 원기를 잃어버리고 과격한 자는 자포자기한 채 하고자 하는 마음이 막혀 화가 치밀고 답답해합니다. 풍속을 말씀드리자면, 윤리 도덕은 무

---

* 관리를 감찰하고 임금에게 직언하는 관직의 총칭이다.

너지고 염치는 거꾸로 뒤집혀 손상되었습니다. 사치스러운 풍습과 곤궁한 탄식은 아침에 저녁을 근심하지 못하게 하며 장기적이고 원대한 계책을 세우지 못하게 합니다. 변방의 일을 말씀드리자면, 사방팔방의 오랑캐들은 폐하의 교화를 알지 못하고 장수와 군졸들은 오래도록 태평을 누리는 바람에 교화할 수 없으며, 변방을 지킬 계책도 충분하지 못합니다. 나라의 재화財貨를 말씀드리자면, 민간에서는 세금에 대한 원망이 끊이지 않습니다. 나라 안에 일상생활에 쓸 물건들이 부족하며 창고는 텅 비어 저축한 것이 없는 상황입니다.

폐하께서는 궁중에 깊이 거처하시니 비록 신성함과 지혜가 있다 해도 측근들의 보좌와 인도가 없다면 어찌 천하의 안위를 아시겠습니까? 주변 신하들이 사해四海의 부유함과 천자의 존귀함을 칭송하면서도 넓은 집과 부드러운 양탄자의 편안함만 더할 뿐, 백성들을 대하는 일이 너무도 어렵다는 사실을 극력 간언하는 자가 없으니, 폐하께서 새벽을 알리는 궁궐의 물시계 소리에 한밤중이 되도록 잠을 이루지 못하시는 것입니다. 또한 총명함으로 백성들을 생각하시고 나라를 근심하시되, 해가 떠오르면 다시 예전과 같아질 뿐 특별한 경륜이 없습니다. 이는 주변 신하들의 보좌가 없어서 새롭게 개혁할 수 없기 때문입니다.

아! 드넓은 사해와 수많은 백성들의 괴로움과 슬픔이 폐하에게 달려 있거늘, 어찌 마음을 느긋하게 가지시어 용단을 내리지 못하십니까? 「홍범」洪範에 이르기를, "오직 임금만이 위엄을 부리기도 하고 복을 만들기도 한다" 했습니다. 위엄과 복은 주인의 기강과 율법이요, 나라를 다스리는 강령입니다. 강령을 잡고 기강과 율법을 세운 뒤에야 법령이 행해지고 교화가 이루어집니다. 이것을 일컬어 '기강'紀綱이라 합니다. 옛사람이 기강을 '강'綱, 그물을 버티는 줄에 비유한 것은, 그 줄을 들면 수많은 그물코가 따라서 움직이기 때문입니다. 조정은 천하의 기강이고, 임금은 만민의 기강입니다. 폐하께서 천하를 다스리고자 하신다면 먼저 조정의 기강을 세우시고, 만민을 교화하고자 하신다면 먼저 임금의 기강을 잃지 마십시오. 장군은 백만대군을 이끌어 진영을 대하고 적군을 대적하매 반드시 상과 벌을 위주로 하고, 병권을 온전히 휘둘러 삼군三軍을 장악한 뒤에야 공적을 세웁니다. 폐하께서 지금 억조창생을 이끌어 천하를 다스리고자 하시면서 생사여탈권을 분명히 하지 않으시니 일을 처리하는 시기와 마음이 서로 어긋나고 경륜과 마음이 서로 틀어졌습니다. 그러니 어찌 기강을 세우실 수 있으며, 어찌 풍속을 바꾸실 수 있으며, 어찌 수많은 아랫사람을 감독하실 수 있으며, 어찌 폐단을 구하실 수 있겠습니까.

엎드려 생각건대, 태조황제께서 개국하신 이래로 폐하에 이르기까지 태평스러운 시절이 오래 지속되어 많은 신하와 관료들이 모두 옛일을 지키고 이전의 예를 따르기만 하니, 자연히 마음은 느긋해지고 생각은 나태해졌습니다. 이는 예나 지금이나 변치 않는 이치입니다. 비유하자면, 큰 집을 지을 때 북산北山의 돌을 가져오고 남산南山의 나무를 구해 규모와 배치를 헤아리고 마음을 쏟아야 견고해지는 것과 같습니다. 자손들이 들어와 그 집에 살면서 그저 편안함만 생각할 뿐 조상의 수고로움은 모르는 법입니다. 그러므로 담장이 허물어지고 동량이 부러지면 처음에는 근심하다가 나중에는 소홀하게 되어, 반드시 집이 무너지는 우환이 생기게 마련입니다. 아! 그 자손들이 만약 선조들이 창건하던 때를 만분의 일이라도 생각해 개혁하려 했다면 어찌 이 지경에 이르렀겠습니까.

폐하께서 지금 천자라는 큰 위치에서 만약 세월이 오래 흐르도록 무너짐을 걱정하지 않으신다면 신이 감히 말씀드릴 바 아닙니다. 그럼에도 불구하고 이 같은 현실에 대하여 마치 살얼음 위를 걷듯 전전긍긍 고민하시어 수많은 선비들에게 한 가지 물어보시니, 신이 어찌 감히 정해진 문자로 전례에 따라 형식적인 대답을 올리겠습니까. 그렇지만 번쇄한 조목과 시급한 경륜은 작은 붓과 종이로 창졸간에 써 올리기 어렵습니다. 잠깐 신의 말씀을 그릇되다 여기지 않고 허락하신다면 다시 천장각天章閣*을 열고 특별히 붓과 종이를 하사하시어 마음속에 쌓인 생각을 모두 펼칠 수 있도록 해주십시오. 신은 감히 사양하지 않겠습니다.

이때 천자가 직접 선비들의 글을 채점했으나 모두 대동소이했다. 특별히 우열을 가릴 만한 글이 없자 천자는 기뻐하지

---

* 송나라 때 서책을 보관해 둔 곳이다.

않았다. 그러다가 양창곡의 글을 보고 크게 기뻐하며 말했다.

"한나라의 가의賈誼*나 당나라의 육지陸贄**라도 이 글보다 뻬어나지 않으리라. 짐이 나라의 대들보와 주춧돌 같은 사람을 얻었도다."

천자는 양창곡을 장원으로 뽑아 이름을 부르도록 했다. 양창곡이 나아가 황제 앞에 엎드리자 원로대신 황의병黃義炳이 아뢰었다.

"양창곡은 나이가 어립니다. 어찌 이 같은 정치에 대한 글을 지을 수 있겠습니까. 다시 폐하 탑전榻前, 왕의 자리 앞에서 칠보시로 시험해 보심이 좋을 듯합니다."

그러자 또 다른 재상이 아뢰었다.

"양창곡은 새로 진출한 소년입니다. 현재 일을 알면서도 황제께 올리는 글이 너무 망령되고 경솔하니 과거시험 합격을 취소하는 것이 좋을 듯합니다."

천자는 과연 어떻게 처리할 것인가. 다음 회를 보시라.

---

* 한나라 초기의 문인으로, 어려서 이미 제자백가에 통달하여 천자의 부름을 받고 조정에 들어갔다. 국가 제도를 정비하는 일에 전념했으나 기득권 세력의 공격을 받아 장사(長沙) 지역으로 좌천된다. 한나라 사부(辭賦) 문학 발전에 결정적인 역할을 했으며, 33세의 젊은 나이에 병으로 죽었다.

** 당나라 때의 문신으로, 덕종 때 한림학사가 된 이래 여러 관직을 역임했다. 그가 천자에게 올린 주의문(奏議文)은 후대에 큰 영향을 끼쳤다.

제7회

윤상서는 동상에서 아름다운 사위를 맞이하고,
양한림은 강주에서 선랑을 만나다

尹尙書東床佳婿 楊翰林江州仙娘

천자가 양창곡의 글을 칭찬하고 장원으로 뽑자, 한 재상이 나와서 이뢰었다.

"옛 성현 말씀에 이르기를, '요순의 도가 아니면 감히 임금께 말씀드리지 아니한다'고 했습니다. 지금 양창곡이 패도를 말했으니 첫 번째 불가함입니다. 「홍범」에서 말하는 위엄과 복은 신하를 경계하는 것인데, 양창곡은 이것을 예로 들어 폐하께 간언했으니 두 번째 불가함입니다. 엎드려 바라건대 폐하께서는 합격자 명단에서 양창곡의 이름을 빼시어 천하의 선비들이 임금께 아뢰는 말을 더욱 신중히 하도록 하소서."

사람들이 모두 그를 바라보니 바로 참지정사參知政事 노균盧均이었다. 노균은 당나라 노기盧杞의 후손이었다. 천성이 간교하여 총명한 재능은 임금에게 아첨하기 충분했고 말솜씨와 풍채는 조정을 억누르기 충분했다. 노균은 소인들과 친하게 붙

어 지내며 군자들을 시기하고 의심해 조정의 권력을 어지럽
힌지 오래되었다. 하지만 나이가 많고 옛일을 두루 잘 알고 있
어 천자가 즉위하던 초기부터 선왕의 원로대신에 대한 예법
으로 대우했던 것이다. 이날 양창곡의 문장과 경륜이 뛰어남
과 천자의 칭찬을 지켜보면서 마음이 불편해져 이와 같이 아
뢰었던 것이다.

천자가 그 말을 듣고 불쾌한 기색이었는데, 또 한 재상이
앞으로 나와 아뢰었다.

"당나라 왕발王勃은 어려서부터 문장으로 세상에 이름이 났
고, 송나라 구준寇準은 열아홉 살에 과거 급제하여 어린 재주
로 조정을 울렸습니다.* 예부터 재예才藝는 나이가 많고 적음에
있는 것이 아니었습니다. 지금 조정 원로대신들의 말씀은 너
무도 불온합니다. 폐하께서 많은 선비들에게 시대의 급한 업
무를 물어보시니 각각 자신의 뜻을 말씀드린 것입니다. 또한
나라를 다스리는 도는 옛날과 지금이 다릅니다. 어찌 올바른
방식과 임시방편을 참작하지 않겠습니까. 지금 노균의 말은

---

* 왕발은 초당사걸(初唐四傑) 중 한 사람으로 일컬어지는 당나라 초기의 대표적인
문인이다. 여섯 살에 이미 문장을 지었으며, 십대 후반에 당시 상류사회에 유행
하던 투계(鬪鷄)를 소재로 부패한 귀족 관료들을 풍자한 「격영왕계문」(檄英王鷄
文)을 지은 일로 인해 내쫓겼다. 구준은 송나라 때의 문신이며 『춘추』(春秋)에 정
통했다. 과거에 합격한 뒤 추밀원직학사가 되었다. 그는 천자의 말이 불합리하면
천자가 화를 내더라도 옷깃을 잡고 가지 못하게 한 뒤 그 일을 올바로 결정할 만
큼 강직한 인물이었다.

양창곡을 핍박하고 있습니다. 벼슬에 첫발을 내딛는 사람의 예기를 꺾는 것은 나라에서 뛰어난 선비를 장려하는 것이 아니며, 경학을 응용한다는 핑계로 언로를 막고자 하는 것이니 공평한 논의가 아닙니다. 신이 양창곡의 문장을 보니 동중서董仲舒와 가의도 미칠 수 없고 나라를 다스릴 경륜은 한위韓魏와 부필에 양보하지 않을 것이며,** 직언과 지극한 간언은 급장유汲長孺와 위징魏徵***도 짝할 수 없습니다. 신은 하늘이 훌륭한 신하를 폐하께 내려 주었다고 생각합니다."

주변 이들이 그 사람을 보니 바로 부마도위駙馬都尉 진왕秦王 화진花珍이었다. 그는 개국공신 화운花雲의 증손이었다. 올해 나이 스무 살에 문무를 모두 갖추었으며 풍류스럽고 호탕했다. 황제의 매부인데, 토번吐蕃을 평정하여 진왕에 봉해진 인물이었다. 때마침 조정에 들어왔다가 양창곡을 한 번 보고 그의 탁월한 재주를 알아차렸는데 노균이 간교하게 속이는 것을 통한스럽게 여기고 있었다. 노균은 화가 나서 진왕과 서로 다투었다. 양창곡이 이에 일어나 천자에게 아뢰었다.

** 동중서는 한나라 무제(武帝) 때 학자이며 문신이다. 벼슬을 그만둔 뒤 『춘추번로』(春秋繁露) 등의 저술을 남겼다. 한무제가 유학을 국교로 삼도록 만든 인물이기도 하다. 한위는 진(晉)나라 때 육경(六卿)을 지낸 한씨와 위씨의 부귀한 가문을 뜻하는 말이다.
*** 급장유는 한나라 때의 급암(汲黯)을 말한다. 장유는 그의 자(字)이다. 성품이 곧고 엄정하여 천자에게 간언을 잘 했다. 위징은 당나라 태종 때의 신하로서 역사서를 다수 편찬했으며, 임금에게 강직한 간언을 잘 했다.

"신이 둔한 재주로 외람되이 과거에 장원으로 급제했는데, 이는 성스러운 조정에서 인재를 구하려는 뜻과 맞지 않습니다. 또한 신하로서 임금을 섬기기 시작할 때부터 임금을 속인다는 이름을 얻게 되었으며, 임금께 아뢰는 글을 신중히 쓰지 않아서 대신에게 논박을 당하니 어찌 은총만을 탐하여 염치를 돌아보지 않겠습니까. 엎드려 바라건대 폐하께서는 속히 신의 이름을 합격자 명단에서 삭제하시어 천하의 선비들이 임금을 속이는 버릇에 대한 경계로 삼으소서."

이때 양창곡의 나이 열여섯 살이었다. 그의 말은 당당하여 마치 대나무를 쪼개는 듯하니, 궁중의 모든 신료들이 크게 놀라며 혀를 내두르지 않는 사람이 없었다. 천자는 얼굴에 희색이 만면하여 말했다.

"창곡의 나이 비록 어리나 임금에게 아뢰는 모습은 나이든 선비나 덕 있는 선비라도 당하기 어렵겠구나."

그러고는 즉시 홍포와 옥대, 일산日傘 한 쌍과 안장 올린 말, 이원梨園*의 법악法樂, 채화彩花 한 가지 등을 하사하고 한림학사翰林學士로 제수한 뒤 자금성 제일방 좋은 집까지 내려 주었다.

한림학사 양창곡은 천자의 은혜에 감사를 올리는 예를 마친 뒤 하사받은 말을 타고 일산 한쌍에 나라에서 내린 음악을

---

* 당나라 현종에게 속악(俗樂)을 익히도록 만든 기관이다. 이 때문에 '이원제자'(梨園弟子)는 궁궐에서 음악을 연주하거나 연희를 행하는 사람을 가리킨다.

앞세워 자금성 집으로 돌아갔다. 구경꾼들이 구름처럼 몰려들어 양창곡의 아름답고 영명한 풍모를 찬양하느라 우레처럼 시끄러웠다. 양창곡이 문 앞에 막 도착하니 수레와 말이 구름처럼 모여들었으며, 대청에 막 오르자 이미 손님들로 자리가 가득했다. 그때 옆에서 심부름하는 이가 알려 왔다.

"황각로黃閣老, 각로는 내각의 원로께서 축하하러 오셨습니다."

양창곡이 얼른 대청에서 내려와 그를 맞이했다. 서로 예를 올린 뒤 황의병이 웃으며 말했다.

"한림학사의 소년 시절 공명이 온 세상을 진동하는구려. 머지 않아 반드시 이 늙은이의 지위에 오를 거요. 나라에 인재를 얻었으니 기쁘기 한이 없소이다. 내가 황제 앞에서 실수를 많이 했습니다만, 이는 양학사의 재주를 빛내는 결과가 되었소. 그러니 이 늙은이가 사리에 어둡다고 너무 허물치 마시오."

이에 양창곡이 겸손하게 사양했다.

다음 날 선배 관료들에게 돌아가면서 인사를 올리던 양창곡은 가장 먼저 황의병의 부서에 들렀다. 황의병이 기쁜 모습으로 후히 대접했는데, 말투가 젊잖고 아름다웠다. 갑자기 술과 안주 한 상이 주방에서 나왔다. 술이 몇 잔 돌아가자 황의병은 자리를 옮겨 양창곡의 손을 잡더니 말했다.

"이 늙은이가 할 말이 있는데, 양학사께서 들어주시겠소? 내게는 느즈막이 얻은 딸이 하나 있는데, 군자의 짝이 될 만하오. 양학사는 아직 혼인하지 않았다고 알고 있소. 나와 사위

장인 관계를 맺는 게 어떻겠소?"

'황각로는 권력을 탐하고 권세를 좋아하는 사람이다. 내게는 적당하지 않아. 게다가 강남홍이 내게 이미 윤소저를 추천했다. 강남홍은 사람을 알아보는 눈이 밝을뿐더러, 내 어찌 그 사람이 없다고 그 마음까지 저버릴 수 있겠는가.'

양창곡은 이렇게 마음속으로 생각한 뒤, 대답했다.

"시생이 위로 부모가 계신데 어찌 아뢰지 않고 혼인하겠습니까."

황의병이 말했다.

"그건 나도 아는 바외다. 다만 양학사의 뜻을 알고 싶은 것뿐이니, 바라건대 한마디 말을 아끼지 말고 해주시오."

양창곡이 얼굴빛을 바로잡으며 말했다.

"혼인은 인륜지대사입니다. 소자가 어찌 함부로 결정하겠습니까?"

황의병은 무안하여 대답하지 못했다.

양창곡이 자리에서 일어나겠노라 말하고 돌아 나왔다. 그리고 큰길로 나섰는데 길을 비키라는 요란한 소리와 함께 한 재상이 오고 있었다. 돌아보니 바로 참지정사 노균이었다. 노균은 수레를 멈추고 사과하며 말했다.

"내가 양학사를 찾아가려는데 이렇게 길가에서 만났구려. 우리 집이 여기서 멀지 않으니, 함께 가시는 게 어떻겠소?"

양창곡은 어쩔 도리 없이 노균을 따라갔다. 집에 도착해 자리에 앉은 뒤 노균이 웃으며 말했다.

"지난번에 양형楊兄을 논박하긴 했지만, 그것은 한때 견해가 달라서 그런 겁니다. 양형은 너무 괘념치 마세요."

"저는 나이 어린 후배입니다. 존귀한 가르침을 어찌 가슴에 담아 두지 않겠습니까."

그러자 노균이 웃으며 말했다.

"문희연聞喜宴*에서 혼처를 구하는 것은 예부터 전해 내려오는 풍습이오. 내 듣자 하니, 그대는 아직 혼인하지 않았다 합디다. 정말 그렇소?"

"그렇습니다."

"그러면, 내게 누이동생이 하나 있는데 여러 범절이 다른 사람보다 못하지는 않소이다. 그대는 나와 남매지의男妹之義를 맺는 게 어떻겠소?"

양창곡이 고심하다가 대답했다.

"이는 부모님께서 명하실 일이지 제가 좌우할 일이 아닙니다. 아마 부모님께서 혼처를 의논하셨다고 들은 듯합니다."

노균이 양창곡의 냉담함을 보고 다시는 말을 하지 않았다. 원래 노균은 과거 합격자가 발표되던 날 양창곡을 명단에서 삭제하려고 하다가 끝내 자기 뜻대로 못하자, 자기 누이동생으로 미인계를 써서 전화위복의 기회로 삼으려 했던 것이다.

---

* 과거 합격을 축하하기 위해 여는 잔치를 말한다.

그러나 뜻을 이루지 못한다는 걸 알고 원망하는 마음이 이전보다 더 심해졌다.

양창곡은 집으로 돌아가며 생각했다.

'황각로와 노참정 두 가문에서 저토록 급박하게 혼인을 제의하는 것을 보니 만약 내 혼사가 늦어지기라도 한다면 분명 간교한 계책을 부릴 것이다. 내 마땅히 윤형문 상서를 뵙고 그 뜻을 안 뒤 집으로 돌아가 윤소저와 혼인을 해야겠다.'

그는 즉시 윤형문이 근무하는 부서로 가서 뵙기를 청했다. 윤형문은 그를 맞아들여 자리에 앉아 웃으며 말했다.

"양학사는 노부를 기억하시는가?"

양창곡이 미소를 지으며 대답했다.

"시인의 떠도는 신세로 압강정에서 존안을 뵈었는데, 어찌 잊을 수 있겠습니까?"

윤형문이 흔연히 말했다.

"학사는 불과 몇 달 사이에 번듯한 장부가 되어 괄목상대하겠네 그려. 이제는 마땅히 가정을 꾸리는 즐거움을 가져야 할 터, 뉘 집과 혼인을 약속하셨는가?"

"시생의 집안이 한미하여 아직 정혼하지 못했습니다."

윤형문이 한동안 고심하더니 말했다.

"양학사가 부모님 곁을 떠난 지 오래되었을 텐데, 언제쯤 찾아 뵈려는가?"

"황상께 사정을 아뢰고 휴가를 요청하여 빨리 돌아가 뵈올까 싶습니다."

윤형문이 다시 한동안 고심하여 생각하더니 말했다.

"양학사가 부모님을 뵈러 돌아가는 날, 내 그대의 집 앞에서 송별하러 가겠네."

양창곡은 윤형문이 혼사를 의논하려는 뜻임을 알고 일어나 집으로 돌아왔다. 그리고 천자에게 상소를 올려 부모님을 뵈러 가기를 청했다. 그러자 천자가 양창곡을 앞에 불러 만나 보고 하교했다.

"짐이 그대를 얻은 지 얼마 되지 않았는데 내 곁을 떠나게 된다니 진실로 슬픈 일이다. 그렇지만 그대 부모님께서 문에 기대어 기다리는 마음을 위로해드리려 한다니 특별히 몇 달 휴가를 주노라. 속히 부모님을 모시고 황성의 집에서 단란하게 지내도록 하라."

그러고는 즉시 양창곡의 부친 양현에게 예부원외랑禮部員外郎을 제수하고 해당 고을에서 수레와 말을 하사해 호송하라고 하교했다. 특별히 내리는 은전恩典이라 양창곡을 위한 천자의 대우가 대단하다는 것을 알 수 있었으니, 이런 영광이 없었다.

맑은 날씨의 새벽 어느 날, 윤형문이 작별하러 양창곡을 찾아갔는데, 마침 각로 황의병이 방문했다. 윤형문은 양창곡과 조용히 이야기를 나눌 수 없다는 사실을 알고 한참 생각하다가 일어나며 말했다.

"양학사는 먼 길 몸조심하오. 돌아오면 다시 찾아오리다."

황의병은 웅크리고 앉아 반나절이나 어지러운 말로 떠들다가 돌아갔다.

다음 날, 양창곡은 행장을 준비하고 동자와 함께 길에 올랐다. 그가 지나는 곳마다 객점 사람들이 그를 가리키며 말했다.

"몇 달 전에는 보잘것없이 하인 하나만 달랑 데리고 지나가던 수재가 오늘 이처럼 빛나고 귀하게 되었네. 사람 살이의 곤궁과 현달이 이렇게 가늠하기 어려울 줄 어찌 알겠는가."

열흘가량 급히 가다가 한곳에 당도하니, 동자가 고했다.

"똑바로 뻗은 길로 가면 소주를 거쳐서 가게 되고, 50여 리쯤 돌아가면 항주를 거쳐서 가게 됩니다."

양창곡이 슬픈 모습으로 말했다.

"과거를 보러 올 때 항주를 거쳐서 왔다. 어찌 옛길을 잊을 수 있겠느냐. 항주로 해서 가도록 하자."

동자는 양창곡의 뜻을 알아차리고 다시 하루를 더 갔다. 길을 갈수록 점점 산천이 밝고 아름답게 보이고 인물은 번화해졌다. 멀리 바라보니 맑은 물결과 빼어난 봉우리가 보여 전당호의 아름다운 물색을 알 수 있었다. 길가에는 정자가 하나 있는데, 지난날 강남홍과 손을 잡고 이별하던 노연정勞燕亭이었다. 제방 위 쇠약한 버드나무에는 비와 눈이 부슬거리면서 여전히 옛 모습을 간직하고 있었고, 다리 아래 물빛은 석양을 띠고 흐느끼며 흘러갔다. 양창곡은 대장부의 마음이 있었지만 어찌 애끊는 듯하지 않겠는가. 저절로 방울방울 눈물을 머금고 항주 외곽에 숙소를 정했다. 여관의 외로운 등불에 슬픈 마음을 금치 못하여 말했다.

"지난번 과거에 응시하러 갈 때, 이 객점에서 서천西川 수재를 만나 밝은 달이 뜬 좋은 저녁 시간을 시로 화답하며 보냈었지. 그런데 오늘 무료한 마음을 누가 위로해 주랴. 우리 홍랑이 만약 혼백이 조금이나마 있다면 꿈속에서라도 이부인 李夫人*의 진면목을 드러내어 옛 친구의 편치 않은 마음을 위로라도 해줄 텐데."

양창곡이 베개에 기대어 잠이 들려 하는데, 마침 항주자사가 기생과 음악, 술을 갖추고 찾아와 대접했다. 양창곡은 정중히 사양하고 늙은 기생 한 사람을 남겨서 긴 밤을 보냈다. 늙은 기생이 잔을 받들어 올리면서 노래 한 곡을 불렀다.

석양에 향기로운 풀 우거진 길	夕陽芳草萋萋路
사랑스러워라, 벽도화여	可愛碧桃花
십 리 전당호 여기건만	十里錢塘此處難見蓮花
연꽃 보기 어려우니	
강남으로 돌아가는 나그네,	正是江南歸客緣薄
인연도 기박하구나	

---

* 한나라 무제의 비(妃)이다. 기녀 출신으로 용모가 빼어나고 기무에 능해 무제의 총애를 받았으나 젊은 나이에 죽었다. 무제는 사랑하는 이부인의 혼백이라도 보고 싶은 마음에 신선의 힘을 빌렸다고 한다.

양창곡은 여전히 무료하게 있다가, 이 노래가 바로 자신이 강남홍에게 지어 준 시라는 것을 깨달았다. 그는 기쁘기도 하고 슬프기도 하여 물었다.

"이 노래는 누가 지은 것인가?"

늙은 기생이 슬픈 표정으로 탄식하며 말했다.

"이 노래는 죽은 강남홍이 전한 겁니다. 강남홍은 지조가 높아서 평생토록 자기를 알아주는 지기가 없었는데, 지나가던 수재를 만나서 서로 주고받은 거랍니다."

양창곡이 슬픈 빛으로 다시 밖을 바라보자 늙은 기생은 의아했다.

잠시 후 닭 우는 소리가 꼬끼오 하고 들리고 북두칠성이 기울면서 새벽을 재촉했다. 양창곡은 동자에게 향불과 종이, 촛불, 술, 과일 등을 준비하도록 한 뒤 전당호를 찾아갔다. 강마을은 고요하고 별과 달이 소슬한데, 새벽 노을은 물 위에 가득했다. 그는 향을 한 줄기 피우고 강남홍을 위해 제사지냈는데, 그 제문은 다음과 같다.

모년 모월 모일, 한림학사 양창곡은 천자의 은혜를 입어 금의환향하매, 전당호에 이르러 한 잔 술을 들고 강남홍의 혼을 불러 고하노라.

오호라, 홍랑이여! 오늘 내가 철석간장鐵石肝腸, 굳센 의지나 지조가 있는 마음을 가진 사람이라는 것을 알겠구나. 내 어찌 항주길로 와서 다시 서호의 풍경을 마주했단 말이냐. 저 출렁거리는 물결은 밤이나 낮이나 동쪽으로 흘러 어디로 향해 가는가. 유유한 내 생각은 흐르는 물을 따라 끝이 없구나. 강 속에서 아리따운 뼈를 수습하지 못함이여, 꽃다운 혼은 강 위에서 노니는구나. 반죽의 찬바람 일어나 웃깃에 불어오니 무엇인가 아는 게 있는 듯하여라. 오호라, 홍랑이여! 평생토록 지기가 없으매, 서산에 떨어지는 달이 술잔에 비치는구나. 눈물로 몇 줄 글을 써서 흐느끼면서도 내 속마음을 다 말하지 못하겠도다.

양창곡이 다 읽고 눈물을 줄줄 떨구면서 목놓아 통곡하니, 동자와 주변 사람들도 모두 흐느꼈다. 항주의 늙은 기생은 그제야 알아차리고 눈물을 흘리면서 탄식했다.

"홍랑은 죽어도 여한이 없겠구나."

양창곡은 종이돈과 향, 촛대를 수습하여 강에 던지고, 마음이 더욱 구슬퍼서 망연히 서 있었다. 그는 여관으로 돌아와 행장을 꾸리다가, 늙은 기생에게 작별하며 말했다.

"내가 여행 중에 가진 게 없구나. 작지만 이 은자로 내 마음을 표해야겠다."

그러자 늙은 기생이 사양하며 말했다.

"첩이 어찌 감히 이것을 바라겠습니까. 저는 오직 상공께서 지으신 제문만 얻어서 강남 청루의 아름다운 자취로 만들고 싶습니다."

양창곡이 웃으며 허락했다.

날이 밝자 양창곡은 길을 떠났다. 소주 경계에 이르러 예전에 자신이 묵던 객점을 찾아가 쉬었다. 객점 주인이 엎어지면서 나와 맞이했다. 그는 동자를 보더니 기뻐하고 놀라워하면서, 그제야 양창곡이 지난번 그 수재라는 사실을 깨달았다. 그는 양창곡에게 와서 문안 인사를 했다. 그러자 양창곡이 웃으며 말했다.

"내가 오랫동안 표모漂母의 후한 은혜*를 갚지 못했네."

양창곡은 웃으면서 상금으로 백냥을 주니, 주인이 공손하게 받으며 감사해 마지않았다.

양창곡이 갈 길을 재촉하여 다시 몇 리를 갔다. 앞에 큰 고개가 나타나자, 동자가 말했다.

"이 고개는 지난번 도적을 만나 봇짐을 모두 빼앗긴 곳입니다. 도적은 지금 어디 가고 탄탄대로로 바뀌었을까요?"

양창곡이 자세히 보니 과연 예전에 도적을 만난 고개였다. 그런데 산등성이에는 초목이 완전히 없어지고 주점이 즐비하여 의심이 들었다.

양창곡은 가볍고 빠른 수레와 말로 굉장하게 차린 모습이어서, 예전에 동자 하나만 데리고 절뚝거리는 나귀에 보잘것

---

* 어려웠을 때 입은 은혜를 말한다. 한나라의 한신(韓信)이 어려서 곤궁하게 지낼 때 동네 빨래하는 노파에게서 밥을 빌어먹으며 지냈다는 고사를 인용했다.

없이 길을 가던 때와는 하늘과 땅 차이였다. 고향이 가까워지자 부모님을 생각하는 마음이 더욱 간절해져서 일찍 길을 떠나 날이 저물어서야 객점에서 쉬었다. 하루는 동자가 멀리 가리키면서 말했다.

"기쁘구나, 옥련봉이여."

양창곡이 수레의 창을 열고 고향 산빛을 바라보았다. 그는 동자에게 먼저 가서 부모님께 알리라 했다.

양창곡의 부모는 이미 아들이 과거에 급제했다는 소식을 듣고 집에 돌아올 날만을 고대하던 차였는데, 동자가 앞서 오는 것을 보고 기쁨을 이기지 못했다. 두 사람은 지팡이를 짚고 문에 기대어 바라봤다. 양창곡은 천자가 하사한 붉은 도포를 입고 머리에는 채색된 꽃을 꽂은 채 동구 밖에서 내리고 있었다. 그의 변화한 기상과 성대한 차림새가 떠나보낼 때의 수재 양창곡이 아니었다. 부부가 웃으며 말했다.

"나이 오십에 양씨 가문의 핏줄을 끊지 않은 것만으로도 다행으로 여겼는데, 뜻하지 않게 부귀영화를 누리는구나. 네가 지금 입신양명하여 번듯하게 조정 관리로서 모습을 갖추었으니, 이 어찌 바라기나 한 것이겠느냐."

양창곡이 부모에게 절을 올리며 말했다.

"소자가 불초하여 곁을 떠난 지 반 년 동안 부모님의 얼굴이 더욱 늙으시도록 조석으로 자식 기다리시는 근심을 끼쳐 드렸습니다. 황송할 뿐입니다."

그러고는 이어서 말을 했다.

"천자의 은혜가 끝이 없어 아버님께 원외랑 벼슬을 하사하셨습니다. 폐하를 하직하던 날 하교하시기를, '빨리 황성 집으로 와서 단란하게 함께 살도록 하라'고 하셨습니다."

이미 이 지역 현령縣令이 문 앞에 수레와 말을 준비해 놓고 기다리고 있었다. 양현 부부는 행장을 수습하여 며칠 뒤에는 길을 떠나 황성으로 향했다.

한편, 상서 윤형문은 그날 양창곡을 만나보고 집으로 돌아가 부인 소씨蘇氏에게 말했다.

"우리가 딸을 위해 널리 사위를 구했지만 딱히 마음에 맞는 혼처가 없었소. 이번에 새로 장원급제한 양창곡은 후진後進 중 최고의 인물이오. 다만 그 집안이 본래 맑고 고고한 선비라, 우리 집과 혼인하려고 의논할지 장담할 순 없소. 어쨌든 그 집안 일행이 황성으로 올라오기를 기다렸다가 먼저 믿을 만한 매파를 보내 뜻을 알아보는 게 좋을 듯싶소."

"근래 매파들의 말은 믿기 어렵습니다. 딸애의 유모 설파가 좀 어수룩하지만 전혀 거짓이 없으니, 양한림 댁이 들어오는 대로 보내 보는 것이 좋을 듯하네요."

소부인의 말에 윤형문 역시 고개를 끄덕였다.

이때, 연옥은 우연히 창가에 서 있다가 윤상서 부부의 이야기를 듣게 되었다.

'양창곡은 분명 공자님의 성함이다. 공자께서 만약 윤소저와 혼인하게 된다면 우리 강남홍 아가씨의 혼이라도 반드시 기뻐할 것이다. 그렇지만 우리 아가씨가 평생 고심했던 마음을 알 수 없을 터이니, 윤소저께 꼭 이야기를 해드려야겠다. 다만 이야기를 할 기회가 마땅치 않구나.'

그러다 곧 꾀를 냈다. 연옥은 그날 밤 일부러 등불을 돋우는 체하면서 예전에 보관하던 양창곡의 편지를 일부러 침상 앞에 떨어뜨렸다. 윤소저가 편지를 주워서 보고는 이상하게 여겨 연옥에게 물었다.

"이 편지는 분명 네가 떨어뜨린 것일 터, 무슨 편지냐?"

연옥이 짐짓 놀라는 체하면서 말했다.

"이것은 돌아가신 우리 아가씨의 필적입니다."

윤소저가 정색하면서 말했다.

"나는 너와 서로 속이는 것이 없었는데, 너는 이제 숨기는 게 있구나. 이 어찌 서로 믿는 사이란 말이냐?"

연옥이 눈물을 머금으며 말했다.

"소저께서 이렇게 물어보시니 제가 어찌 감히 속이겠습니까? 돌아가신 우리 홍랑 아가씨가 지조 높았던 것은 소저께서도 이미 깊이 알고 계십니다. 평범한 사람에게 한 번도 몸을 허락한 적 없었는데, 뜻밖에도 압강정에서 여남의 양창곡 공자님을 한 번 보시고는 쇠와 바위처럼 단단한 백년가약을 맺었습니다. 그러나 조물주에게 시기를 받은 탓인지 그동안의 모든 일이 한바탕 꿈이 되어 버린 겁니다. 홍랑 아가씨의 원통함은 다시 말할 것도 없거니와, 제 희망도 끊어졌습니다. 하잘것없는 제 마음은 이 한 조각 편지를 신표로 삼아 양공자와 노주奴主의 인연을 맺고, 미처 다 갚지 못한 우리 홍랑 아가씨의 은혜를 양공자에게 갚으려 했던 겁니다. 그렇게 된다면 돌아가신 우리 아가씨가 죽었든 살았든 간에 두 마음을 먹은 적이 없다는 것을 양공자께서 알아주시리라 생각했습니다."

연옥은 말을 마치고 눈물을 머금으며 흐느끼니, 윤소저는 불쌍히 여겨 아무 말이 없었다. 그러다가 연옥은 눈물을 거두고 등불 아래 앉아 홀로 미소를 지었다. 윤소저가 물었다.

"갑자기 통곡하다가 갑자기 웃는 까닭이 무엇이냐?"

연옥이 고개를 숙이며 말을 하지 않자, 윤소저가 웃음을 머금고 말했다.

"내 지금 무료하니 무슨 말이든 숨기지 말고 하거라. 심심함이나 덜어 보자."

연옥이 다시 윤소저의 얼굴빛을 살피더니 웃으며 말했다.

"제가 조금 전에 마님 침실을 다녀왔거든요. 노상공 어르신께서 노마님과 소저의 혼사 문제를 의논하시는데, 양한림을 거론하셨습니다. 양한림이 바로 양공자님입니다."

윤소저는 갑자기 안색을 바꾸더니 연옥을 꾸짖었다.

"요망한 것이 무슨 말이든 엿듣기를 잘하는구나."

연옥이 등불 아래에서 돌아앉으며 말했다.

"마음속에 품은 바가 있어 웃었는데, 소저께서 지금 억지로 물어보시고는 도리어 꾸짖으시니 이제부터 다시는 입을 열지 않겠습니다."

윤소저가 웃으며 말했다.

"네가 품었던 생각이 무엇이냐?"

연옥이 슬픈 표정을 지으며 대답하지 않자, 윤소저가 다시 웃으며 말했다.

"내가 다시는 너를 꾸짖지 않을 테니, 네 마음속 생각을 얘기 좀 해보렴."

연옥이 다시 눈물을 글썽이며 말했다.

"오늘의 양한림은 옛날 양공자요, 양공자는 홍랑 아가씨의 지기입니다. 예전에 홍랑 아가씨께서 공자께 소저의 어질고 맑은 덕을 천거하셨고, 저 역시 공자께서 흔쾌히 고개를 끄덕이는 것을 직접 목격했습니다. 오늘 소저의 혼사를 양한림과 정한다면 저희 노주와의 인연이 어긋나지 않을 듯싶습니다. 이는 저의 기쁨이긴 하오나, 우리 홍랑 아가씨의 고심과 지극한 정성을 아는 사람이 없으니 어 어찌 애석한 일이 아니겠습니까?"

이 말에 윤소저는 묵묵히 말이 없었다.

양현 처사 일행이 황성에 도착했다. 구경하는 사람들은 모두 양처사 부부가 복이 많다고 부러워했다. 예부원외랑 양현은 대궐 아래에서 천자의 은혜에 사례했다. 천자는 그를 불러 들여 이야기했다.

"경이 그간 속세 밖에서 고상하게 지냈지만 아직 기운이 쇠약하지 않으니, 벼슬에 나와 짐의 부족한 부분을 메워 달라."

양현이 머리를 조아리며 아뢰었다.

"신이 조그만 공적조차 쌓은 적 없는데 외람되이 영광스러운 벼슬을 하사하시니, 모든 정성을 다하여 작게나마 황상의 은혜에 보답해야 마땅합니다. 그러나 원래 해묵은 병이 있어서 빨리 달릴 희망이 없습니다. 엎드려 바라건대 폐하께서는 신의 벼슬을 거두시고 하는 일 없이 국록을 먹는 부끄러움이 없도록 해주소서."

천자가 웃으며 말했다.

"경이 나라를 위하여 나라를 버틸 동량지재棟樑之才를 낳았으니 어찌 공적이 없단 말인가. 얼른 몸을 잘 조섭하여 짐이 의지하는 마음을 저버리지 말라."

양현이 황공해하면서 물러나와 사정을 써서 사직하고, 후원 별당에 거처하면서 거문고와 바둑, 글씨와 그림으로 세월을 보냈다.

하루는 양창곡이 부친을 모시고 앉아 있는데, 허부인이 양현을 돌아보며 말했다.

"우리 아이 나이가 벌써 열여섯입니다. 지금 과거에 올라 벼슬을 하고 있으니 일찍 혼인시키는 것이 좋겠습니다. 장차 어디로 보내시려는지요?"

양현이 미처 대답하지 못하고 있는데, 양창곡이 자리를 비키면서 말했다.

"소자가 불초하여 아직 말씀드리지 못했습니다만, 이미 뜻을 정한 곳이 있습니다."

그러고는 말을 이어 나갔다.

"제가 과거를 보러 올라오는 길에 도적을 만났습니다. 후에 압강정에서 강남홍이란 여인을 만나 서로 마음 터놓고 지내는 지기가 되었습니다. 강남홍이 윤소저를 천거했는데, 강남홍의 사람 보는 눈이 뛰어납니다. 그이의 말이 반드시 딱 맞을 것입니다."

그러면서 각로 황의병이 혼처를 구하던 사건의 전말을 자세히 이야기하니, 양처사 부부가 탄식하며 말했다.

"이는 하늘이 정해 주신 인연이라 사람의 힘으로 어찌할 수 없다. 그렇지만 윤상서는 신망이 두터운 재상인데 어찌 우리 같은 한미한 가문과 사돈을 맺으려 하겠느냐."

"소자가 윤상서를 뵈니 충후한 어르신입니다. 속세에 물든 재상이 아닙니다. 제 생각에는 우리 집안의 한미한 처지에 구애되지 않으실 겁니다."

양현이 머리를 끄덕이자 허부인이 슬픈 빛으로 탄식했다.

"사람이 만약 오랜 소원을 이루지 못하면 저승에서도 원한을 맺는다고 합니다. 윤상서 댁과 정혼하지 않으면 강남홍의 원혼을 위로하기 어려울 듯하네요."

한편, 윤소저의 어머니 소부인은 양처사 일행이 황성으로 들어왔다는 소문을 듣고 매파로 보내려고 설파를 불렀다.

"자네를 매파로 보내 그 뜻을 알아보려 하네, 좋은 계획이 있는가?"

"제 나이 일흔에 수많은 일을 겪었습니다. 어찌 사람 기색을 살피지 못하겠습니까."

옆에서 연옥이 웃으며 말했다.

"사람의 기색을 어떻게 살피나요?"

설파가 말했다.

"세상 사람들이 말하길, 좋은 말은 귀로 듣고 나쁜 말은 코로 대답한다고 했네. 내가 희미한 눈을 닦고 사람들의 눈과 코를 본다면 귀신같이 알 수 있지."

그러자 사람들이 한바탕 웃음을 터뜨렸다. 소부인이 다시 타일렀다.

"세상의 보통 매파들은 너무 말이 많아서 쉽게 자기 목적을 드러낸다네. 할멈은 양처사 댁으로 가서 절대 우리 집에서 왔다는 것을 드러내지 말고 비밀리에 상황을 탐색해 오게나."

설파가 고개를 끄덕이며 말했다.

"사는 곳을 묻는다면 뭐라고 대답할까요?"

연옥이 웃으며 말했다.

"만약 대답하기 어렵거든 귀가 어두운 흉내를 내시구려."

또 사람들 사이에서 웃음이 터졌다. 소부인이 말했다.

"이번 일은 임기응변을 잘해야 되네. 절대 곧이곧대로 하지 말게."

"바른 말을 해서 죄가 되는 법이 없으니, 천성을 어찌 바꿀 수 있겠습니까?"

설파는 고개를 절레절레 저으며 이렇게 말하고 망연히 나가다가, 다시 몸을 돌려 물었다.

"누구를 위한 혼사인가요?"

소부인이 미처 대답을 못하자 연옥이 웃으며 말했다.

"양처사 댁에는 규수가 없고 윤상공 댁에는 총각이 없으니, 잘 생각해 보세요."

설파가 한참 생각하다 그제야 비로소 깨닫고 자리를 떴다. 소부인이 연옥에게 눈짓을 하면서 말했다.

"네가 뒤따라가 보거라. 만약 설파가 실수하면 은근히 잘 이끌어 주도록 해라."

연옥은 마침 양공자 댁에 가 보고 싶어 한 지가 오래되었으니, 명을 받들고 함께 양부楊府로 갔다. 허부인이 물었다.

"노랑은 어디서 오셨는지요?"

"저는 윤승상 댁에서 온 게 아니라, 지나가던 매파랍니다."

연옥이 옆에서 보고 있다가 말했다.

"윤승상 댁을 말하지 마세요."

그러자 설파가 고개를 끄덕이며 말했다.

"내가 벌써 윤승상 댁 사람이 아니라고 얘기했다."

연옥이 웃음을 띠고 돌아보니, 허부인이 말했다.

"이 아이는 누구인가요?"

연옥은 설파가 어설프게 정체를 드러낼까 염려하여 먼저
대답했다.

"저는 노랑의 딸입니다."

허부인이 물었다.

"매파라 하셨는데, 누구를 위해 중매하러 오셨나요?"

설파가 한참 생각하다가 대답했다.

"여느 매파들은 말이 많지만, 이 늙은이는 사실대로 말씀드
리겠습니다. 병부상서 윤형문 댁에 따님이 한 분 계십니다. 귀
댁과 정혼하고자 하여 저를 보내셨습니다만, 윤승상 댁에서
왔다고 하지 말라고 하셨습니다. 그러나 생각해 보니 혼인은
인륜지대사라 성사가 되고 안 되는 것은 제게 달린 것이 아니
라 하늘에 달렸습니다. 숨기는 게 무슨 이득이겠습니까. 이 늙
은이는 윤소저의 유모고, 이 아이는 시비侍婢 연옥입니다. 제
말씀은 모두 진실이니, 의심하지 마소서. 윤승상 댁 소저는 여
자 중의 군자요 이 시대에 다시없는 유일한 분입니다. 문장이
나 여자가 해야 할 일을 모르는 것이 없습니다. 맹광孟光*처럼

---

* 후한 때 양홍(梁鴻)의 아내이다. 그녀가 시집을 온 후 옷을 잘 차려입자 양홍이
  7일 동안 대꾸하지 않다가, 검소한 옷차림을 하자 그제야 자신의 아내로 인정했
  다고 한다. 그 뒤 맹광은 몸소 농사일을 하고 집안 절구를 직접 빻아 일했으며, 양
  홍을 대단히 공경했다고 한다.

절구공이를 들기에 부족하긴 합니다만 제갈부인諸葛夫人[**]처럼 노란 머리카락과 검은 얼굴의 추한 분은 아니니, 후일 혼사가 이루어질 만약 조금이라도 제 말과 다른 점이 있다면 이 늙은 이를 발설지옥으로 보내소서."

설파의 말을 듣자 양씨 집안 사람들은 모두 박장대소했다. 허부인은 그녀가 충직한 것을 기특하게 여겨 말했다.

"노랑은 솜씨가 뛰어난 매파군요. 그렇지만 우리 가문은 한미하고 윤상서 댁은 재상의 품계에 이른 가문입니다. 우리 가문과 무엇으로 혼인을 맺으려는 것인가요?"

설파가 말했다.

"혼인은 가풍과 신랑될 사람의 재주를 보는 것이지, 어찌 다른 조건이 있겠습니까?"

그러자 허부인이 술잔을 들어 설파를 대접하면서 말했다.

"혼사가 이루어진 뒤 다시 술 석 잔을 권하겠소."

설파가 웃음을 띠며 응낙하고 대청에서 내려갔다. 마침 양창곡이 외당에서 내당으로 들어오다가 연옥을 보고 물었다.

"네가 여기에 무슨 일이냐?"

연옥은 고개를 숙이고 말을 하지 못했다. 허부인이 그 말의 뜻을 물었지만 양창곡은 미소만 지을 뿐이었다.

***

[**] 제갈량의 부인 황(黃)씨를 말한다. 누추한 용모로 자자했지만 여러 재주가 많아 제갈량이 반했다고 한다.

설파가 윤상서 댁으로 돌아와 소부인에게 고하며 큰소리를 쳤다.

"평범한 매파라면 다리 힘만 허비하고 입술과 혀가 떨어지도록 고생해도 일이 순조롭게 이루어지지 않지요. 저는 한 번에 뜻대로 큰일을 이루었습니다. 그 솜씨를 한번 보소서."

연옥이 웃으면서 설파의 말을 그대로 전하니 설파가 그 말에 응하여 말했다.

"우리 윤소저의 백년가약을 어찌 교묘하게 꾸민 말솜씨로 거동을 하겠습니까?"

윤소저가 우연히 어머니 소부인의 침실에 들렀는데, 설파가 갑자기 나서며 그녀의 손을 잡고 말했다.

"일이 순조롭게 이루어진 것은 모두 소저가 복이 많아서입니다."

윤소저는 영문을 몰라 소매를 떨치면서 말했다.

"노랑은 보기 싫게 떠드시네요."

"오늘은 비록 보기 싫게 떠든다고 하시지만, 훗날 군자를 만나 백년해로하면서 자식을 많이 낳아 편안하고 즐겁게 지내실 때에는 비로소 이 늙은이의 말이 의미가 있으리다."

윤소저가 그제야 깨닫고 부끄러워했다. 설파가 윤소저를 보면서 웃으며 말했다.

"제가 양한림을 잠깐 보았는데, 눈은 가늘고 얼굴은 아름다워서 필시 여자를 좋아할 겁니다. 그러니 조심하세요. 또 시어

머니가 될 허부인을 뵈니 유순하면서도 공손하여 가혹한 성질은 없겠더이다."

연옥이 말했다.

"할멈은 항상 눈이 어두침침하다고 하더니, 양한림의 모습이나 낯빛을 살피는 건 어찌 그리 자세하단 말이오?"

설파가 눈을 옆으로 흘겨 연옥을 보면서 말했다.

"정말 이상한 점은 양한림께서 정신을 집중해 연옥이를 보던 일이었습니다. 소저께서는 나중에 절대로 연옥이를 데려가지 마세요."

윤소저가 그 말을 듣고 웃음을 머금더니 침실로 돌아갔다.

다음 날 윤형문이 양창곡의 집으로 찾아갔다. 그리고 양현을 만나 예를 차린 뒤 자리에 앉았다.

"선생의 명성을 우러러 사모한 지 오래되었습니다만, 제가 먼지와 명리名利가 가득한 곳에서 분주히 다니다 보니 이렇게 훌륭한 분과 교제할 기회가 없었습니다. 오늘 이렇게 만난 것이 어찌 늦은 것이 아니겠습니까."

윤형문의 말에 양현이 대답했다.

"저는 초야에서 살아가는 신세라 변변치 못한 성품입니다. 천자의 은혜가 끝이 없어서 저희 집 아이가 외람되이 입은 은택이 제게까지 미쳤으니, 은혜를 갚을 길이 없습니다. 저는 병때문에 사직하고 우리 아이는 조정에 들어가 일하고 있습니다만 밤낮으로 걱정입니다. 대인께서 일이 있을 때마다 가르치고 이끌어 주십시오."

윤형문이 웃으며 말했다.

"양한림은 나라의 동량입니다. 천자께서 사람 보는 눈이 훤히 밝으시니, 조정의 영화와 행운이 지극합니다. 소생의 보잘것없는 재주로는 한 발 양보해야 마땅한데, 어찌 가르쳐 이끌겠습니까?"

양현은 윤형문의 충실하고 후덕한 풍모에 감복했고 윤형문은 양현의 맑고 고고한 지조를 사랑하여, 한 번 만났지만 옛날부터 알던 것처럼 대했다. 윤형문이 조용히 물었다.

"이제 선생의 아드님께서 장성하여 집안을 꾸리는 즐거움을 누려야 마땅할 겁니다. 제게 딸이 하나 있는데, 규중의 범절과 집안의 예법에 어둡기는 합니다만, 살림과 남편 섬기는 예절은 대략 알고 있습니다. 소가 자기 새끼 귀여워서 핥아 주듯, 이 아비가 딸을 어여삐 여기는 마음으로 선생 가문과 사돈을 맺고 싶습니다. 선생의 뜻은 어떠신지요."

양현이 얼굴빛을 거두며 대답했다.

"한미한 가문의 어리석은 제 자식을 영애令愛와 허락하여 주시니 저의 복입니다. 어찌 다른 말을 하겠습니까? 미거한 제 아들놈이 벼슬살이를 하고 있고, 올해 나이 열여섯입니다. 혼례가 시급하니 서둘러 길일을 잡는 것이 제 소망입니다."

윤형문이 크게 기뻐하면서 허락했다. 이들은 높은 산 흐르는 물과 같은 맑고 고아한 마음으로 서로 얽혀 어우러지는 정중한 정*을 겸하여 아름다운 이야기와 깊은 정회로 떨어지려 하지 않았다. 그때 갑자기 황의병이 방문했다고 알려 왔다. 윤형문은 일어나 집으로 돌아가고, 양현은 대청을 내려와 황의병을 맞이했다. 서로 인사를 마치자 황의병이 웃으며 말했다.

"노부가 영랑令郎과 혼사를 의논해 그 뜻을 대략 알고 있습니다만, 부모님께 알리지 않았다면서 상당히 주저하더군요. 이제야 다행히 선생께서 황성에 도착하셨습니다. 노부가 비록 크게 부귀하지 않지만 그렇게 빈한하지도 않습니다. 제 딸아이가 그리 학식은 없지만 용모나 예절이 못나지도 않으니, 양 집안이 서로 비슷하다 할 만합니다. 아마 다른 뜻은 없을 터이니, 언제 혼례를 치르는 게 좋겠습니까?"

양현은 세속 밖에서 살아온 고아한 선비여서 높고 곧으며 맑은 성품을 지니고 있었다. 그는 황의병의 속되고 비루한 태도와 말에 마음이 너무도 불편했다. 게다가 윤형문과 이미 혼례를 치르기로 굳게 약속한 터라 옷깃을 여미고 얼굴빛을 바꾸어 대답했다.

"저희 한미한 가문과 혼인하시고자 하니 진실로 감사합니다만, 저희 아이의 혼처를 이미 병부상서 윤형문 댁으로 정했으니, 너무 늦게 이야기를 들은 것이 안타깝습니다."

---

* 이 부분의 원문은 "松蘿松柏之鄭重情誼"다. 겨우살이나 덩굴들이 소나무를 의지하여 휘감아 올라가는 것처럼, 서로 떼려야 뗄 수 없는 사이를 말한다.

황의병은 불쾌한 기색으로 말했다.

"노부가 이미 영랑과 상의했는데, 어찌 늦었다 하십니까?"

양현은 그가 위협하고 있음을 알고 정색하며 말했다.

"제 자식놈이 불초하여 제게 알리지도 않고 제멋대로 대사를 결정하다니, 이는 제가 제대로 가르치지 못하여 불민한 죄입니다."

황의병이 차갑게 웃으며 말했다.

"선생의 말씀이 틀렸소이다. 부자지간에 어찌 상의하지 않았겠소이까? 선비란 아무리 평범한 일이라도 식언食言을 해서는 안 되거늘, 하물며 인륜지대사임에야. 노부는 이미 마음속에 굳게 정했소. 제 딸은 규방에서 헛되이 늙어 가는 한이 있어도 결단코 다른 가문에 시집보내지 않을 것이외다. 그렇게 알아 두시오."

황의병이 소매를 떨치고 가 버리자, 양현은 웃음을 지을 뿐이었다.

윤형문은 집으로 돌아와서 부인과 혼약 맺은 일을 이야기하고 택일하여 혼례를 치르기로 했다. 시간은 금세 흘러 혼삿날이 다가왔다. 양창곡은 붉은 도포에 옥으로 만든 띠를 매고 윤상서 댁에서 전안례奠雁禮*를 하니, 빼어난 풍모와 화려한 모

---

* 혼례 때 신랑이 기러기를 가지고 신부 집에 가서 상 위에 놓고 절하는 예절을 말한다. 이때 산 기러기를 쓰기도 하나 대개 나무 기러기를 쓴다.

습에 탄식하지 않는 사람이 없었다. 집안에 가득한 손님들이 떠들썩하게 축하를 하니, 윤형문은 웃음을 머금기만 할 뿐 일일이 응대할 수 없었다. 소부인은 사위의 옥 같은 모습과 풍채를 보고 얼굴에 기쁜 빛을 띠고 사랑의 정을 담뿍 담으니 그 모습을 이루 형언키 어려웠다.

이날 양창곡이 윤소저를 친히 맞아들였는데, 아름답고 위엄있는 모습과 찬란한 광경이 큰길에 휘황하게 빛났다. 은으로 만든 안장과 수놓은 수레는 햇빛에 번쩍이고, 금과 옥으로 꾸민 휘장과 깃발은 바람 앞에 표표히 날렸다. 윤부尹府에서 양부로 가는 행렬이 계속 이어져 끊이질 않았다.

양현은 허부인과 더불어 내실에 자리를 차려 놓고 신부의 예를 받았다. 머리에 칠보부용관七寶芙蓉冠을 쓰고 금실로 원앙을 수놓은 요군腰裙을 입은 윤소저가 시부모에게 여덟 번 절하는 예를 행했다. 신부의 그 정숙한 태도와 단아한 용모는 마치 보름달이 구름 사이에서 나오는 듯, 연꽃 한 가지가 물속에서 붉게 피어난 듯했다. 요조숙녀의 자태에 비범한 기상까지 띠었으니, 가히 규수로서 천고의 모범이라 할 만했다. 양현 부부의 기쁨은 형용할 수 없었다. 화촉을 밝힌 신방에서 양창곡 부부의 넘치는 즐거움은 이보다 더한 것이 없었지만, 강남홍의 일을 생각하고는 두 사람의 마음속에 각각 슬픔이 스몄다.

한편 황의병은 집으로 돌아가 생각을 했다.

'양창곡은 인기가 뛰어나 천자의 총애가 넘치니 훗날 누릴 부귀가 내게 비할 바가 아닐 것이다. 이 같은 훌륭한 신랑감을 놓치는 건 실로 아까운 일이야. 게다가 먼저 말을 꺼냈다가 윤상서에게 선수를 빼앗기다니, 이 어찌 부끄럽지 않은가.'

그는 부인 위씨衛氏와 더불어 분노와 한스러움을 이기지 못했다. 위부인은 이부시랑吏部侍郎 위언복衛彦復의 딸인데, 위언복의 부인 마씨馬氏는 황태후皇太后의 외사촌 형제였다. 황태후는 마씨의 현숙함을 사랑하여 골육처럼 정을 주었다. 마씨는 아들 없이 느즈막히 딸 하나를 얻었는데, 그녀가 바로 위부인이었다. 마씨가 일찍 세상을 뜨자 황태후가 불쌍히 여겨서 위부인을 잘 돌보며 자주 궁중으로 불렀다. 그러나 황태후는 위부인이 부인으로서의 덕이 없음을 애석해했다.

위부인은 황의병이 통분해하는 모습을 보고 비웃으면서 이렇게 말했다.

"원로대신으로서 딸의 혼사가 뭐 그리 어렵다고 고민하시는 거죠?"

황의병이 탄식하며 말했다.

"내가 딸아이의 혼사만을 걱정하는 게 아니라 내 신세가 가련해서 그러는 거요. 장인 장모님께서 살아 계실 때만 해도 황태후께서 관심을 주시고 도와주셔서 그 그늘이 노부에게까지 미쳤더랬소. 그런데 두 분이 돌아가신 후로는 앞길에 볼 만한 게 없고 다른 사람에게 모욕이나 당하고 있소. 딸아이 혼사를 먼저 거론했거늘 도리어 윤상서에게 양보를 당하니 어찌 통한치 않으리오."

위부인이 한참 고민하다 대답했다.

"상공은 고민하지 마세요. 제가 시비를 보내서 가궁인賈宮人에게 요청을 넣지요."

가궁인은 태후의 궁인이었다. 예전에는 위부衛府에 있다가 마부인이 죽은 뒤에는 예전처럼 자주 만나지는 못하지만 세의世誼, 대대로 사귀는 정를 생각하여 소식을 끊지는 않고 있었다. 그녀는 위부인의 간청을 소홀히 하기 어려워 그녀를 보러 왔다. 위부인이 수인사를 마친 뒤 말했다.

"노신老身이 비록 불민하지만 그대는 어찌 예전의 정을 생각하지 않고 오래도록 소식을 끊을 수 있소?"

가궁인이 웃으며 말했다.

"요즘 궁중에 일이 많아서 궁 밖으로 행차할 수 없었습니다. 오늘도 부인의 요청이 아니었다면 어찌 이렇게 한가한 행차를 할 수 있었겠습니까?"

위부인이 술과 음식으로 대접하며 탄식했다.

"노신이 오늘 마주한 것은 자질구레한 소회를 태후께 전달하고자 함이외다. 노신에게는 느즈막히 얻은 딸이 하나 있는데, 올해 나이 열여섯입니다. 사람됨이 그리 용렬하지는 않아서 좋은 사윗감을 얻고자 하는 것이야 부모의 당연한 마음이겠지요. 이미 한림학사 양창곡과 정혼을 하여, 비록 납채納采, 약속한 혼인을 받아들이는 일를 한 것은 아니지만 날을 잡아 혼례 올리기만을 손가락 꼽아 가며 기다리고 있었습니다. 그런데 중도에 사정이 바뀌어 양학사는 병부상서 윤형문의 딸과 혼인했습니다. 우리 상공의 앞길이 쇠약하여 별 볼 일 없을 듯하니 다른 곳과 정혼한 것 아니겠습니까. 이웃 마을 친척들 모두 저희 딸아이가 파혼당하여 쫓겨났다고 의심하고 있어요. 그러니 상공은 근심과 분노가 병이 되어 침식寢食을 완전히 물리치고, 딸아이는 부끄러워 자결하려 합니다. 노신이 말년에 이런 액운을 당했는데도 오히려 조롱을 당하니 구차하게 살고 싶은 마음이 없습니다. 오랫동안 황태후께서 잘 보살펴 주신 은혜를 앙모했습니다. 세력가를 따라 식언하는 원외랑 양현과 사람을 이간질시켜 큰일을 도모하는 병부상서 윤형문은 풍속을 어지럽히는 사람들이며, 선비의 행동이 아닙니다. 윤씨댁 딸은 제2부인으로 내리고 우리 딸아이와 다시 혼례를 올리게 한다면 황태후의 끝없는 은혜를 결초보은하겠습니다."

가궁인이 머리를 숙이고 한동안 생각하더니 말했다.

"일이 너무 어렵습니다. 다시 생각해 보시지요."

위부인이 눈물을 흘리며 말했다.

"옛날 어머니가 살아 계실 때에는 이런 일을 태후에게 아뢰기 매우 쉬웠는데, 어머니 묘소에 풀이 자라기도 전에 남의 능멸을 받다니, 어찌 한심하지 않겠습니까?"

위부인이 말을 마치고 마구 흐느끼니, 가궁인이 위로했다.

"일이 성패는 제가 알 수 없지만, 부인의 생각을 태후께 아뢰겠습니다."

궁으로 돌아간 가궁인은 이 일을 일일이 태후에게 아뢰었다. 태후가 미안한 기색으로 말했다.

"죽은 마씨를 생각하면 안타까운 마음이지만, 이런 일을 내가 어찌 간섭하랴. 그이는 원로대신의 아내로서 체면을 생각지 않고 이런 지경에 이르렀구나. 만약 마씨가 살아 있었다면 이런 일이 어찌 나에게까지 언급되리오."

가궁인이 황공하여 즉시 황의병의 집에 알리니, 그가 탄식하며 말했다.

"황태후의 생각이 이러하시니 도리어 아뢰지 않은 것만 못하게 되었구나."

위부인이 웃으며 말했다.

"상공께서는 염려마시고 이러이러하게 하소서."

황의병은 그 말이 좋다 하면서, 그날부터 병을 핑계로 문을 닫고 조회에 참석하지 않았다. 천자는 원로대신을 예로써 대우하여 의원과 약을 보내 병문안했다. 황의병이 부지런히 대궐로 들어가 천자 앞에 머리를 조아리며 말했다.

"신이 모든 정성을 다해 벼슬을 하는 지금 나이가 옛사람들이 벼슬을 그만두던 바로 그때입니다. 근래 제 몸에 병이 생겨 점차 세상에 대한 생각이 없어지고, 조석으로 갑자기 일이 생길까 염려되어 오래도록 조회에 들어오지 못했습니다. 바라건대 사직하여 전원으로 돌아가 여생을 보내도록 해주소서."

천자가 놀라서 연유를 묻자, 황의병은 눈물을 흘리면서 아뢰었다.

"임금과 신하의 자리는 아비와 자식의 관계와 다름없으니, 노신의 자질구레한 생각을 어찌 숨기겠습니까. 신의 나이 일흔에 아들이 하나요 딸이 하나입니다. 아들은 현재 소주자사 황여옥이고, 딸은 아직 출가를 시키지 못했습니다. 한림학사 양창곡과 정혼한 군은 약속을 온 세상이 다 아는 바인데, 무단히 약속을 어기고 병부상서 윤형문과 급히 성혼成婚을 했습니다. 인근 마을의 친척들이 소식을 듣고 모두 의아해했습니다. 어떤 사람은 제 딸에게 고질병이 있는 게 아닌가 의심하고, 어떤 사람은 행실이 도리에 어긋나는 게 아닌가 의심하여, 제 딸의 앞길을 막아 버렸습니다. 한쪽으로 치우친 성품이 있는지라 부끄러워 얼굴을 들지 못해 자결하려고만 하고, 제 아내는 근심과 분노가 병이 되어 목숨이 조석에 달려 있습니다. 일흔이나 먹은 이 늙은이가 오래 살다 보니 밖으로는 남의 조롱이나 당하고 안으로는 집안의 난처한 일을 당하니, 그저 일찍 죽어서 근심을 잊기만 원하고 있습니다."

황의병은 말을 마치고 눈물을 비오듯 흘렸다. 천자는 이미 이 일을 태후에게 들었기 때문에, 한동안 생각하다가 이렇게 말했다.

"이 일은 어렵지 않소. 짐이 승상을 위하여 중매를 서지요."

그러고는 즉시 양현과 양창곡 부자를 불러오도록 하여 직접 하교했다.

"황승상은 두 조정의 원로대신이요, 짐이 예로써 대우하는 신하다. 듣자 하니 승상이 경의 집안과 혼인하려는데 경이 이미 윤상서 가문과 성혼을 했다고 하니, 예부터 한 사내가 아내 둘을 얻는 일은 많았다. 조금도 구애치 말고 두 집안이 다시 혼인하도록 하라."

양현은 머리를 조아리고 천자의 명을 받았다. 그러나 양창곡은 일어나 이렇게 아뢰었다.

"부부는 오륜의 귀중함이 있고, 가도家道의 시작입니다. 수레를 끄는 천한 사람이라도 부부는 은혜와 의리로 합쳐지는 것이라 위엄과 세력으로 압박할 수 없는 일입니다. 승상 황의병이 원로대신으로서 체면과 상례常例를 알지 못하고 규방의 자질구레한 사정을 황상께 어렵지 않게 아뢰었습니다. 늙어서 혼미해진 생각과 천박하고 도리에 어긋난 말로 천자의 위엄을 빌려 혼인을 억지로 시키려 하니 분개한 마음을 이기지 못하겠습니다. 엎드려 바라건대 폐하께서는 내리신 명령을 거두시어 천자의 말씀에 흠결이 없도록 해주소서."

그러자 천자가 진노하여 말했다.

"새로 벼슬길에 나온 어린 사람이 감히 원로대신을 논박하고 임금의 명을 거역하다니, 그 죄가 막대하다."

그러고는 의금부 감옥에 가두도록 했다. 원외랑 양현은 황공하여 물러났다. 참지정사 노균이 아뢰었다.

"황승상은 두 조정의 원로대신입니다. 양창곡이 황상 앞에서 논박하니 참으로 불경합니다. 엎드려 바라건대 폐하께서는 양창곡을 멀리 귀양 보내시어 신하의 불경스러운 버릇을 징계하고 원로대신의 편안치 못한 마음을 위로하소서."

천자가 윤허하여 한림학사 양창곡을 강주부江州府로 유배를 보낸 뒤 황의병을 위로하며 말했다.

"양창곡이 어린 사람의 날카로운 기상으로 임금 앞에서 말을 신중히 하지 않아 엄한 명령으로 그 기운을 억눌렀소. 짐이 이미 중매를 섰으니 승상은 딸아이의 혼사를 염려치 마시오."

황의병이 머리를 조아리며 천자의 은혜에 사례했다.

천자가 내전으로 들어가 태후에게 황의병의 일을 이야기하자, 태후는 불쾌하게 여기며 말했다.

"폐하께서 오늘 다스린 일은 원로대신을 위한 사사로운 정인 듯합니다."

천자가 웃으며 말했다.

"황각로는 인생의 황혼기에 접어든 분입니다. 쇠약한 모습도 불쌍하지만, 이번 일은 의리에 너무 어긋났습니다. 모후께서는 너무 염려하지 마세요."

한편, 양창곡은 천자의 엄한 명을 받고 집으로 돌아와 부모와 이별하게 되었다. 허부인은 아들의 손을 잡고 탄식했다.

"네가 벼슬살이를 한 지 얼마 안 되어 이런 풍파를 당하니, 차라리 옥련봉 아래에서 밭이나 갈며 편안히 지내는 게 나을 뻔했구나."

양창곡이 어머니를 쳐다보며 위로했다.

"소자의 죄명이 그렇게 중대하지 않으니, 끝내 사면해 주실 겁니다. 너무 상심치 마시고 몸이나 잘 챙기세요."

양현이 말했다.

"강주는 춥고 음습하며, 풍토 또한 좋지 않다. 네가 아직 어리니 반드시 스스로 조심하고 울적한 마음을 품지 말거라."

양창곡이 부모에게 절을 올리고 유배길에 올랐다. 행장을 간단히 차려 작은 수레 한 대에 하인 몇 사람과 동자 하나를 데리고 10여 일 뒤 유배지에 도착하여 몇 칸짜리 민가를 처소로 삼았다.

양창곡은 조심스럽게 유배 생활을 하느라 강주에 온 지 여러 달이 되었지만 문으로 나오지 않았다. 그러자 집주인이 조용히 알려 주었다.

"이곳은 예부터 쫓겨나 유배를 당한 분들이 지나는 곳이라서 강과 산의 누각에 무수한 고적이 있지요. 상공은 어찌 국법을 굳게 지켜 밤낮으로 방에만 계시는 겁니까?"

양창곡이 웃으며 말했다.

"나는 죄가 있는 데다가, 원래 놀러 다니는 것을 좋아하지 않소이다."

이러구러 세월이 흘러 여름이 지나고 가을이 왔다. 하늘은 높고 가을바람은 소슬하게 부니, 기러기는 서리 내리는 하늘

에서 울고 낙엽은 땅에 가득했다. 평범한 나그네라도 마음을
억누르기 어렵거늘, 하물며 어린 나이에 유배를 온 사람이야
더 말할 것 없었다. 가슴은 절로 울적하고 물과 풍토는 적응하
기 어려워 날이 갈수록 기운이 상쾌해지지 않았다. 그는 생각
을 돌려 이렇게 마음을 먹었다.

'남자가 성품이 어찌 그리도 좁단 말인가. 나는 죄명이 무
겁지 않은 데다, 예부터 유배객이 자연 속에서 거니는 일은 일
상사다. 오랫동안 집에만 틀어박혀 있느라 울적함이 병이 되
었다. 이 어찌 충효를 저버리는 일이 아니겠는가.'

그러고는 주인을 불러 물었다.

"내가 너무 무료하외다. 이 부근에 혹시 둘러볼 만한 곳이
있겠소?"

"앞에 있는 큰 강이 바로 심양강潯陽江입니다. 강가에 정자가
하나 있는데, 경치가 매우 뛰어납니다."

양창곡이 동자를 데리고 심양강을 찾아가 정자에 올랐다.
화려하지 않지만 크고 마음을 트이게 할 만한 곳이었다. 먼 포
구로 돌아오는 돛단배는 수평선에 줄지어 있고, 석양을 받은
어촌 마을은 언덕 쪽으로 집이 즐비했다. 그 자연 풍경은 속세
의 근심을 잊게 할 정도였다. 양창곡은 빼어난 경치를 사랑하
여 매일 그곳을 거닐었다.

8월 16일 밤, 양창곡은 달빛을 감상하려고 저녁을 먹은 후
정자에 올랐다. 언덕 옆으로 핀 갈대꽃은 쓸쓸히 가을 소리를

내고, 강 위 고깃배의 불빛은 별빛처럼 깜빡였다. 구슬피 우는 원숭이와 학의 울음소리는 타향에서 지내는 나그네 근심을 불러일으켜, 공연히 처량하고 슬퍼져서 우울했다. 양창곡이 정자 난간에 기대어 홀로 앉아 있는데, 홀연 어떤 소리가 바람결에 들려왔다. 양창곡이 귀를 기울여 들어 보니, 이것은 무슨 소리인가. 다음 회를 보시라.

제8회

오경 무렵 벽성산에서 옥피리 불고,
십년 청루 붉은 점에 놀라다

五更碧城吹玉笛 十年靑樓驚紅點

양창곡이 심양정에 올라 슬프게 앉아 있는데, 홀연 서늘한 소리가 바람을 타고 들려왔다. 동자에게 물었다.

"너도 이 소리가 들리느냐?"

"이건 거문고 소리 아닌가요?"

"아니다. 대현大絃은 떠들썩하고 소현小絃은 절절하니 비파 소리다. 옛날 당나라 백낙천白樂天이 이곳에 유배되었는데, 그가 강가에서 손님을 전송하다 우연히 비파 연주하는 아가씨를 만난 적 있지. 그때의 풍조가 아직도 남아 있구나."

그는 몸을 일으켜 동자를 데리고 소리를 따라 한곳에 이르렀다. 숲속에 몇 칸 초당이 숨어 있는데 대나무 사립은 닫혀 있었다. 동자가 문을 두드리니 푸른 옷에 붉은 치마를 입은 어린 여종이 나와서 문을 열었다. 양창곡이 말했다.

"나는 달빛을 감상하던 나그네다. 마침 비파 소리가 들려와 여기까지 왔다. 이 집은 뉘 집이냐?"

여종이 대답하지 않고 이윽이 바라보다가 안으로 들어갔다. 그렇게 한참 있다가 들어오라 하여 양창곡이 동자와 함께 여종을 따라 들어갔다. 청송녹죽은 절로 얕은 울타리가 되었고, 노란 국화와 단풍은 섬돌 아래 늘어서 있었다. 띠풀 처마와 대나무 난간은 소슬하여 그림 같았다. 마루 위를 바라보니 어떤 미인이 달빛 아래 비파를 비스듬히 안고 표연히 난간에 기대어 앉아 있었다. 한 점 티끌조차 없는 담박한 화장은 달과 빛을 다툴 정도였고, 가벼운 옷자락은 바람을 따라 살짝 흔들렸다. 그녀는 양창곡을 보고 일어났다. 양창곡이 우두커니 서서 머뭇거리자, 미인은 웃으면서 등불을 환히 밝히고 대청에 오르기를 청했다.

"어떠한 상공이신데 이렇게 외롭고 고요히 살아가는 사람을 찾아오셨습니까? 첩은 이 고을의 기녀입니다. 염려 마시고 대청으로 오르소서."

양창곡이 웃으면서 대청에 올라 그녀의 모습을 자세히 보았다. 청수淸秀한 얼굴과 아리따운 모습은 마치 얼음처럼 깨끗했고, 가을 달처럼 맑게 빛났으며, 해당화와 모란꽃처럼 농염하여 경국지색으로 속세 사람이 아니었다. 미인 또한 가을물처럼 맑은 눈을 들어 양창곡을 보니, 관옥 같은 풍채와 빼어난 기상은 실로 세상에서 최고의 군자요 풍류호걸이었다. 미인은 마음속으로 크게 놀라며 평범한 소년이 아니라고 여겨 고요히 말을 하지 않았다. 양창곡이 말했다.

"나는 타향에서 귀양살이하는 사람이오. 마침 울적하여 달빛을 따라 나왔다가 바람결에 비파 소리를 들었소. 서로 안면은 없지만 우연히 이곳에 왔으니, 한 곡 들어 볼 수 있겠소?"

미인이 사양치 않고 비파를 끌어당겨 구슬 같은 비파줄을 고른 뒤 한 곡조 연주했다. 비파 소리는 애원하듯 처절하여 한없는 심사가 담겨 있었다. 양창곡이 웃으며 말했다.

"오묘하여라! 꽃이 측간에 떨어지고 옥이 흙 속에 묻혔으니, 이는 왕소군의 「출새곡」出塞曲*이 아닌가."

미인이 다시 비파줄을 고르고 또 한 곡조를 연주했다. 그 소리가 질탕하고 강개하여 속세 밖의 고상한 뜻이 담겨 있었다. 그러자 양창곡이 웃으며 말했다.

"아름답구나, 이 곡조여! 청산은 높고 푸른 물은 넘실넘실한데, 지기가 서로 만나 한 사람이 노래하면 한 사람이 화답하네. 이 음악은 백아의 「아양곡」峨洋曲**이 아니던가?"

미인이 이에 비파를 밀어 놓더니, 옷깃을 여미고 얼굴빛을 고쳐 앉으며 말했다.

---

* 출새곡은 '변방을 나서는 노래'라는 뜻이다. 왕소군이 흉노 땅으로 넘어가기 전 비파를 뜯으며 자신의 서글픈 처지를 한탄해 이 곡을 불렀다고 한다.
** 백아는 거문고를 잘 탔고, 종자기는 소리를 잘 들었다. 백아가 높은 산을 생각하며 거문고를 타면 종자기는 "아아(峨峨)하기가 태산 같구나!" 하고, 백아가 깊은 물을 생각하며 거문고를 타면 "양양(洋洋)하구나. 흐르는 물이로다!" 했다. 이때 연주한 곡이 바로 「아양곡」이다.

"첩이 비록 백아의 거문고는 없지만 종자기를 만나지 못하는 것을 한탄했습니다. 상공께서는 어디에 거처하고 계시며, 무슨 연고로 소년의 나이에 유배를 오셨는지요?"

양창곡이 유배를 온 이유와 평소의 심회를 이야기하니, 미인이 탄식하며 말했다.

"첩은 본래 낙양 사람입니다. 성은 가(賈)씨요, 이름은 벽성선碧城仙입니다. 태어난 지 몇 해만에 전쟁이 일어나 부모님을 잃고 이리저리 떠돌아다니다가, 청루에 몸을 의탁하여 부질없이 헛된 이름을 얻었습니다. 낙양의 여러 기생이 모두 너무 시기해서 이곳으로 피신했습니다. 그리고 종적을 감추고 스님이나 도사로 여생을 마치고자 했습니다. 숲속의 사향노루는 향기를 쉽게 드러내고 풍성豊城의 검劍*은 빛을 감추기 어려운 것처럼, 다시 이 고을 기생 명부에 오르게 되었습니다. 길가의 버드나무나 담장 위의 꽃과 같은 기생 신세는 원래 제가 원하는 바가 아니었습니다. 게다가 이곳 풍속이 고루하여 집집마다 장사꾼이요 마을마다 고기잡이를 합니다. 그저 이익 늘리

---

* 중국의 명검인 용천검(龍泉劍)을 말한다. 오나라 때의 일이다. 북두성과 견우성 사이에 언제나 은은한 보랏빛 광채가 비추었다. 이에 장화(張華)가 예장(豫章) 지역의 유명한 점성가인 뇌환(雷煥)에게 물어보았더니, "보검의 빛은 하늘을 꿰뚫는 법"이라고 대답했다. 이에 장화는 풍성의 수령에게 검을 찾아보게 했더니, 과연 땅 속에 용천검과 태아검(太阿劍)을 넣은 상자를 발견했다. 풍성의 수령은 검 한 자루는 장화에게 바치고, 다른 검 하나는 자신이 차고 다녔는데, 두 사람이 죽자 두 검은 용이 되어 하늘로 올라갔다고 한다.

기만 중히 여길 뿐 풍류로운 정취는 없는 곳이라, 더더욱 불만
스러웠습니다."

양창곡 또한 그 말을 듣고 탄식했다. 벽성선이 등불 아래에
앉아 눈을 들어 양창곡을 바라보고는 한동안 생각하다가 물
었다.

"상공께서는 일찍이 무슨 벼슬을 지내셨습니까?"

"과거에 급제해 한림학사를 지냈소."

"너무도 당돌한 말씀이오나, 감히 성함을 여쭈어도 되겠습
니까?"

"내 성은 양이고 이름은 창곡이오. 아가씨는 어찌 그리 자
세히 물어보는 게요?"

벽성선이 기쁜 빛으로 다시 비파를 어루만지면서 말했다.

"첩이 새로 얻은 곡조가 있으니, 상공께서는 한번 들어 보
십시오."

그녀는 철발鐵撥, 현을 튕기는 도구을 들어 서늘하게 한 곡조를 연
주하는데, 그 소리는 강개하고 처절했다. 슬피 사모하는 것은
마치 동산銅山이 무너지자 낙종洛鐘이 저절로 울리는 듯하고,**
원망하여 우는 것은 마치 푸른 하늘이 유유悠悠하고 푸른 바다
가 아득한 듯했다. 지기에 대한 그리움만 가득할 뿐 방탕한 느
낌은 조금도 없었다. 양창곡이 귀를 기울여 자세히 들어 보니

** 『주역』의 한 구절로, 같은 뜻을 가진 사람들끼리 함께 어울리며 따른다는 뜻이다.

바로 자신이 강남홍을 위해 제사 지낼 때 쓴 제문이었다. 벽성선이 연주를 마치고 몸가짐을 바로 하더니 사죄하며 말했다.

"첩이 듣자니, 난초가 불에 타면 향초香草가 탄식하고 소나무가 무성하면 잣나무가 기뻐한다 합니다. 또한 같은 병을 앓는 사람은 서로 가련히 여기고 같은 기운을 가진 사람은 서로 찾는 법이라 들었습니다. 첩이 비록 강남홍과 아는 사이는 아니지만 자연히 기운이 서로 합하고 마음이 서로 비추어, 향기로운 풀이 서리를 만나고 명주가 바다에 빠진 것을 애석하게 여겼습니다. 요즘 청루에서는 이 시가 널리 회자되고 있습니다. 첩이 구해 보니 강남홍은 죽어도 오히려 살아 있는 것과 같고 양학사는 누구신지 몰라도 한번 뵙고 속마음을 나누고 싶었습니다. 그런데 어찌 기약이나 할 수 있었겠습니까. 다만 시를 노래하고 음악에 얹어서 연주할 뿐이니, 이는 그 풍류로운 정취를 흠모하는 것이 아니라 지기를 그리워하는 마음입니다. 옛날 공자께서 사양師襄에게 거문고를 배우실 때 하루를 연주하면 그 마음을 생각하고 이틀을 연주하면 그 모습을 얻었으며 사흘을 연주하면 그 얼굴을 보아서, 마치 눈앞에 있는 듯 삼엄하고, 지척에서 마주하고 있는 듯 환했다고 들었습니다. 첩이 오늘 상공을 뵈니 세상을 덮을 듯한 풍채와 아름다운 얼굴빛은 3척 거문고 속에서 여러 차례 본 듯합니다."

양창곡이 길게 탄식하며 말했다.

"나는 강남홍을 평범한 기생으로 사귄 것이 아니라 평생의 지기로 마음을 허락한 것이오. 이제 선랑을 보니 말과 행동이 홍랑과 너무 흡사하여 기쁘기도 하고 슬프기도 하오."

벽성선이 술상을 올리자 두 사람은 도란도란 이야기를 나누었다. 양창곡은 유배 생활을 시작한 이래 술 한 잔도 마시지 않았는데, 이날 한밤중에 풍류가인을 만나 문장을 논하고 속마음을 토로했다. 벽성선의 빼어난 재주와 총명함은 진실로 기생 중 으뜸이었다. 양창곡이 벽성선을 돌아보며 말했다.

"그대의 비파 소리를 들어 보니 보통 솜씨가 아니오. 또 어떤 음악이 있소?"

벽성선이 웃으며 말했다.

"세상의 평범한 음악은 들을 게 없습니다. 제게 옥적玉笛이 하나 있습니다. 전하는 말에 의하면 본래 한 쌍이라는데 하나는 어디로 갔는지 모르겠습니다. 옥적의 출처를 논하자면 평범한 피리는 아닙니다. 옛날 황제黃帝 헌원씨軒轅氏가 봉황의 소리를 듣고 해곡解谷에서 대나무를 잘라 암놈과 수놈 소리를 합하여 12율律을 만들었다고 합니다. 요즘 음악은 그 음율만을 모방할 뿐이지요. 이 옥적은 완전히 수놈 소리라서 웅장하고 호방하여 슬퍼하고 원망하는 소리는 없습니다만, 삼가 한 곡조 불어서 상공께 들려드리겠습니다. 그러나 이곳은 너무 번잡하니 내일 밤 달빛을 띠고 집 뒤 벽성산碧城山에 올라가 한 곡조 불어 볼까 합니다. 청컨대 상공께서는 다시 귀한 발걸음을 해주소서."

양창곡이 그러마 허락하고 돌아갔다. 다음 날 주인에게 말했다.

"오늘은 벽성산에 올라가 보렵니다."

양창곡은 동자를 데리고 벽성선의 집으로 갔다. 동네는 깊고 고요하며 경치가 매우 뛰어나서 밤에 보던 것보다 훨씬 좋았다. 벽성선이 대나무 사립문을 반쯤 연 채 기다렸다가, 문을 열고 나와서 맞이했다. 벽성선의 고운 자태와 뛰어난 기상은 요대瑤臺, 신선이 사는 곳의 선녀가 한낮에 내려와서 기쁜 모습으로 웃으며 맞이하는 듯했다. 양창곡이 그녀의 손을 잡고 말했다.

"선랑은 명성을 괜히 얻은 게 아니외다. 이곳 경치는 과연 신선 세계라, 청루의 물색이 아니오."

벽성선이 웃으며 말했다.

"첩이 원래 자연을 좋아해서 여기에 별당을 한 채 지었습니다. 여기는 실로 벽성산의 경치가 모이는 곳입니다. 강주에 다행히 풍류 소년들이 없어 세속의 먼지가 문 앞에 이르지 않으니, 이름만 있을 뿐 실상이 없었습니다. 그런데 상공께서 왕림하시니 보잘것없는 집에 빛이 나서 첩의 가슴속에 쌓인 십 년 세상 먼지를 씻어 주셨습니다. 오늘에야 비로소 벽성선이 신선과 그리 멀리 떨어지지 않았음을 깨달았습니다."

두 사람이 크게 웃으며 대청으로 올라 차를 마셨다. 조금 뒤 서산으로 해가 지고 동쪽 고개로 달이 떠올랐다. 벽성선이 두 여자아이에게 술병과 과일 그릇을 들게 하고, 자신은 옥적을 챙겨 양창곡 일행과 함께 벽성산 가운데 봉우리로 올라갔다. 바위 위 이끼를 쓸어 내고 여자아이와 동자에게 낙엽을 주워 모아 차를 끓이도록 했다. 벽성선이 양창곡에게 말했다.

"벽성산은 강주에서 비교할 데 없는 명산이요, 한가을 달빛은 일 년 중 가장 아름다운 계절입니다. 상공은 유배 생활의 한이 있으시고 첩은 기생의 나락으로 떨어진 근심이 있습니다. 부평초가 서로 만나듯 상봉하여 이 산에 올라 달을 마주하니, 어찌 기약이나 했겠습니까. 가지고 온 술이 보잘것없지만 먼저 가슴속 불평은 씻어 내고, 옥적 소리를 들어 주십시오."

이들은 각각 몇 잔을 마셨다. 취흥을 타고 벽성선이 옥적을 높이 들어 달을 향해 한 번 불자, 산이 울리고 골짜기가 응하여 초목이 진동하니 소나무 사이에 잠들었던 학이 꿈에서 깨고 날아올랐다. 두 번 불자 천지는 어둑해지고 중간 음의 소리가 탁 트이면서 수많은 골짜기와 봉우리가 한꺼번에 요동을 쳤다. 벽성선이 아리따운 눈썹을 찌푸리며 붉은 입술을 모아 다시 한번 불자 홀연 광풍이 크게 불어 모래와 돌을 날리고 달빛은 어두침침해져 물속에 잠긴 교룡의 춤과 맹호의 울부짖음이 사방에서 일어나고 산속 귀신이 구슬피 울어댔다. 양창곡은 섬뜩 놀라고, 동자와 여종은 서로 쳐다보며 어쩔 줄 몰라했다. 이윽고 옥적을 던진 벽성선의 기색이 가늘어지면서 구슬 같은 땀방울이 얼굴에 가득했다.

"첩이 일찍이 신선을 만나 이 곡조를 배웠습니다. 바로 「운

문광악」雲門廣樂의 초장입니다. 황제 헌원씨가 처음 무기를 만들어 병사들을 훈련시킬 때 흩어지는 것을 합치고 게으른 것을 경계하는 음악입니다. 전승이 끊어진 지 오래되었지요. 저는 다만 그 찌꺼기를 좀 얻었습니다."

양창곡은 칭찬을 아끼지 않았다. 벽성선이 양창곡에게 옥적을 바치며 말했다.

"이 옥적은 평범한 사람이 소리를 낼 수 없습니다. 상공께서 한번 시험해 보소서."

양창곡이 웃으며 한번 불었더니 쟁쟁한 소리가 저절로 음률에 맞았다. 벽성선이 감탄하면서 말했다.

"상공께서는 인간 세상의 범상한 인물이 아닙니다. 아마도 천상의 별의 정령이 아닐까 싶습니다. 첩이 어려서부터 음률에 밝아서 스스로 사광*師曠이나 계찰*季札**에게도 양보하지 않으리라 생각했습니다. 지금 상공께서 연주하는 옥적 한 곡조를 들으니 잠깐 사이에 살벌한 소리가 있어, 오래지 않아 반드시 전쟁이 날 듯합니다. 이 옥적의 곡조를 배우면 훗날 반드시 쓸 데가 있을 것입니다."

그러고는 몇 곡을 가르치니, 양창곡이 총명하여 원래 음률

---

* 춘추전국시대 진나라의 음악가다. 음악소리를 듣고 길흉을 정확히 판단했으며, 미묘한 소리도 잘 분별했다고 한다.
** 오나라의 왕자로, 노나라에 사신으로 갔을 때 그곳에 고대 음악의 전통이 남아 있는 것을 보고 탄복했다고 한다.

에 생소하지 않았던 터라 잠깐 동안에 곡조를 완성할 수 있었다. 벽성선이 크게 기뻐하며 말했다.

"상공의 재주는 하늘에게서 받은 것이라 첩이 미칠 바가 못 됩니다."

두 사람은 깊은 밤에 서로 손을 잡고 달빛을 띠며 돌아왔다. 이때부터 양창곡은 날마다 벽성선의 집으로 가서 마음속 생각을 이야기하니, 뜻과 기운이 서로 합치되는 것이 마치 아교칠과 같았다. 그러나 잠자리의 즐거움은 벽성선이 한사코 허락하지 않아 양창곡이 의아해하면서 말했다.

"내가 비록 미욱하지만 그대와 친하게 지낸 지 벌써 한 달이 되었소. 그런데 한사코 허락하지 않는 까닭이 무엇이오?"

벽성선이 웃으며 말했다.

"군자의 사귐은 물처럼 담박하고, 소인의 사귐은 꿀처럼 달콤하다 했습니다. 첩은 평생 지기에게 몸을 허락하기를 원하는 것이지 평범한 사내에게 허락하기를 원치 않습니다. 지금 상공께서는 첩의 지기입니다. 어찌 감히 천한 기생의 음란한 풍정으로 사귀겠습니까? 첩과 상공의 부부로서의 인연은, 군자께서 저를 버리지 않으신다면 남은 날들이 끝이 없을 것입니다. 다만 오늘 서로 만난 이곳에서는 벗이라는 사실을 알게 하소서."

양창곡이 그녀의 지조를 기특하게 여겨서 억지로 핍박하려 하지 않았지만, 그 풍정이 담박함을 의아해했다.

하루는 양창곡이 벽성선을 찾아갔는데 마침 그녀는 관청에 불려 가고 없었다. 양창곡은 무료하게 집으로 돌아왔다. 그는 다시 이런 생각을 했다.

'내가 벽성산을 밤에 봐서 진면목을 아직 보지 못했다. 이제 올라가 봐야겠구나.'

그는 동자를 데리고 산으로 향했다. 기이한 꽃과 괴석이 곳곳에 널렸고, 맑은 시내와 빼어난 봉우리는 골짜기마다 둘러싸여 있었다. 양창곡은 경치를 따라서 그 근원을 찾아보고 싶었다. 하지만 다리 힘이 다 빠져 피곤함을 이기지 못하고 바위 위에서 쉬었다. 그런데 갑자기 어디선가 보살 한 분이 나타났다. 그는 비단 가사를 입고 석장錫杖을 손에 들었으며, 꽃 같은 얼굴에 가느다란 눈썹을 하고 단아한 기운을 내뿜었다. 보살은 양창곡을 보더니 길게 읍을 하며 말했다.

"문창은 그동안 별고 없으셨소?"

양창곡이 놀라 당황하여 대답하지 못하니, 보살이 웃으며 말했다.

"홍란성은 어디에 두고 여러 선녀들과 즐기시오? 빈도貧道, 승려가 자신을 낮추는 말는 남해 수월암水月庵의 관음보살이외다. 옥황상제의 성지를 받들어 무곡성의 병서兵書를 그대에게 전하오. 그대는 널리 중생을 구제하시고 빨리 천상 극락세계로 돌아오시오."

말이 끝나자 석장을 들어 바위를 후려치면서 높은 소리로 말했다.

"길이 매우 바쁩니다. 빨리 돌아가시오."

양창곡이 놀라서 깨니 한바탕 꿈이었다. 그런데 자신은 아까처럼 바위 위에 앉아 있었지만, 꿈에서 본 단서丹書 한 권이 눈앞에 놓여 있었다. 양창곡이 놀라면서도 기뻐하며 소매 속에 잘 갈무리하고 내려왔다. 다시 별당에 들렀지만 벽성선은 아직 돌아오지 않았다. 양창곡은 즉시 객관으로 돌아와서 단서를 꺼내 보았다. 과연 천상 무곡성의 천문지리와 군대를 부리고 귀신을 항복시키는 비결이었다. 양창곡은 본래 총명한 재주를 가진 터라, 한 번 보고 깨달았다.

양창곡이 단서를 상자 안에 넣어 두고 밤이 깊어 잠자리에 들려고 할 때였다. 갑자기 신발 끄는 소리가 들리더니, 벽성선이 두 여종을 데리고 달빛을 띠며 나타났다. 그 아리따운 자태는 달나라 항아가 광한전에서 내려온 듯, 은하수에 직녀가 견우를 찾아온 듯했다. 양창곡은 정신이 흩날리고 마음이 황홀하여 자신이 속세 인물이라는 사실을 깨닫지 못했다. 벽성선이 자리에 앉으며 그가 두 번이나 헛걸음하게 한 일을 사과한 뒤 다시 웃으며 말했다.

"뜬구름 같은 인생살이 백 년에 한가한 날이 거의 없거늘, 오늘 같은 좋은 밤에 무료하게 잠자리에 드시려는 겁니까? 강가 달빛이 매우 맑고 상쾌할 터이니, 잠시 심양강 정자에서 달구경을 하시고, 첩의 집으로 가시는 게 어떻겠습니까?"

양창곡이 흔쾌히 허락하고 동자에게 객관을 지키도록 했다. 그는 벽성선과 소매를 나란히 하고 강가로 갔다. 십 리에 펼쳐진 흰 모래는 백설을 펼쳐 놓은 듯하고, 환히 밝은 달은 멀리 푸른 하늘에 걸렸다. 백사장 끝에서 졸던 갈매기는 사람 발자국 소리를 듣고 놀라서 달빛 아래 날아올랐다. 벽성선이 달을 바라보면서 백사장 위를 서성거리다가, 양창곡을 돌아보며 말했다.

"강남 여자들은 답청踏靑, 풀을 밟으며 산책함하는 풍속이 있지요. 소첩은 강남에서 푸른 풀을 밟는 '강남답청'江南踏靑이 달빛 아래 흰빛을 밟는 '월하답백'月下踏白만 못하다고 생각합니다."

그러고는 소매를 떨쳐내어 흰 갈매기들을 날아가게 한 뒤, 쟁쟁한 소리로 노래를 불렀다.

흰 갈매기야 괜히 펄펄 날지 마라　　　　白鷗不須無端翩翩飛
달빛 희고 모래 희고 너 또한 희나니　　月白沙白汝亦白
옳고 그름, 검고 흰 것 나는 몰라라　　是非黑白吾不知

벽성선의 노래가 끝나자 양창곡이 화답했다.

강가의 흰 갈매기야 날아가지 마라　　江上白鷗見我莫飛
명사십리 저 달빛 네 홀로 즐기느냐　　明沙十里彼月色汝獨享
나 또한 좋은 시대 귀양 온 몸으로　　吾亦聖代謫客

경치 찾아 여기 왔노라   探景而來此

　양창곡과 벽성선은 노래를 마친 뒤 서로 손을 잡고 심양정
위로 올라갔다. 강마을은 고요한데 고깃배의 깜빡이는 불빛
과 닻줄 거두는 소리가 나그네의 수심을 북돋았다. 양창곡이
난간에 기대서 탄식했다.

　"강물은 동쪽으로 흐르고 달빛은 서쪽으로 기우는구나. 예
부터 이 정자를 오른 재자가인이 몇이나 되는가. 지금은 그 종
적을 물어볼 곳이 없구나. 다만 빈 산에 흰 원숭이와 대숲의
두견새만이 고금의 흥망을 비웃나니, 뜬구름 같은 인생살이
가 어찌 가련치 않은가."

　벽성선 역시 슬픈 빛으로 말했다.

　"첩에게 술이 한 말 있습니다. 달빛을 타고 제 누추한 오막
살이로 오시어 한밤중까지 이야기하며 술을 주고받고 가슴속
불평을 씻으시지요."

　양창곡은 다시 벽성선의 집으로 갔다. 술상이 어지러이 흩
어지고 악기 몇 가지로 방중악房中樂, 아내가 남편에게 들려주는 음악을 연
주하면서 좋은 밤을 보냈다. 양창곡이 어린 소년의 마음으로
오랫동안 울적했는데, 이날 밤 이후 매일 벽성선의 집에서 밤
낮으로 노닐며 이야기와 음악으로 가슴속을 탁 트이게 했다.
벽성선 역시 객관으로 오면 돌아가기를 잊었다. 이렇게 서로
왕래한 것이 이루 다 헤아릴 수 없을 정도였다.

하루는 가을비가 쓸쓸히 내려 종일토록 날이 개지 않았다. 양창곡이 무료하게 혼자 앉아 상자에서 『무곡병서』를 꺼내 보다가 책상에 기대 잠이 들었다. 어느새 밤빛은 깊고 하늘의 기운은 청명하여 비 내린 뒤의 달빛이 뜰에 가득했다. 양창곡은 갑자기 벽성선 생각이 나서 몸을 일으켜 잠이 든 동자를 두고 혼자 그녀를 찾아갔다. 멀리서 보니 두 여종이 등불을 앞세우고 길을 이끌고 있는데, 그 뒤로 미인이 수놓은 신발을 끌며 오고 있었다. 자세히 살펴보니 바로 벽성선이었다. 양창곡이 웃으며 말했다.

"내 정말 무료하여 그대를 찾아가는 중인데, 그대는 어디 가는 거요?"

그녀 역시 웃으며 말했다.

"밤이 깊고 하늘은 개었으며, 달은 밝고 바람은 맑습니다. 객관 차가운 등불 아래 상공의 외로운 회포를 위로하려고 왔습니다."

양창곡이 흔쾌히 웃으며 함께 별당으로 갔다. 달을 마주하고 여러 잔을 마시는데, 벽성선이 술잔을 들고 갑자기 슬픈 빛을 띠었다. 양창곡이 이상하게 여겨 물었다.

"그대는 무슨 생각을 하는 게요?"

벽성선이 부끄러워하며 한참 뜸들이다가 대답했다.

"첩이 청루 생활 10년 동안 일편단심을 비칠 데가 없었습니다. 그런데 뜻밖에 상공을 모시게 되어 울적한 마음을 위로할 수 있었지요. 물 위 부평초 같은 인연으로는 만남과 이별이 무상합니다. 이제 밝은 달을 대하니 한 번 둥글어졌다 한 번 이지러졌다 하는 저 달이 한스럽습니다."

"그대는 내가 유배를 일찍 끝내고 돌아갈 것인지 늦게 돌아갈 것인지 어찌 안단 말이오?"

"소첩이 정확히 알 순 없지만, 첩이 지난번 피곤하여 잠깐 잠이 들었다가 꿈을 꾸었습니다. 상공이 푸른 구름을 타고 북쪽으로 향해 가시더군요. 저를 보고 함께 가자 하셨는데, 홀연 우렛소리가 크게 들리고 벼락이 제 머리를 때리는 바람에 놀라서 깼습니다. 이 꿈이 첩에겐 좋지 않지만, 상공께서는 조만간 필시 황상의 은혜를 입어 영광스럽게 돌아가실 것입니다."

양창곡이 머리를 숙이고 생각하다가 말했다.

"이번 달 20일은 황상의 생신이오. 매번 이날을 맞으면 황태후께서는 황상을 위하여 방생지放生池에 물고기를 풀어 살려주고 천하 죄인들을 크게 사면하지요. 그대의 꿈이 허황되지는 않은 듯하오."

그러자 벽성선이 더욱 놀라며 말했다.

"은혜로운 명령으로 씻어 낸다면 이 어찌 상공의 영광이 아니겠습니까. 이렇게 한번 이별하면 아득하여 뒷기약이 없겠지만, 군자의 대범함으로 마음에 두실 필요는 없습니다. 제가 듣자니, 남방의 '난鸞'이라는 새는 제 짝이 아니면 울지 않아서 울음소리를 듣고 싶어 하는 사람들은 거울을 들어 난새에게 비추어 준다고 합니다. 그러면 난새는 거울에 비친 제 모습을 보면서 하루 종일 날아다니며 울다가 기운이 쇠진해져 죽는 다고 하더군요. 제가 청루의 천한 인생으로 제 짝을 찾기 어려 우리라 생각했습니다. 이제 상공을 모시니 마치 꿈인 듯 거울 속 그림자인 듯 황홀합니다. 저는 한 번 날면서 울었으니 오늘 죽는다 해도 여한이 없습니다. 이제부터는 산속에서 종적으 로 감추고 스님이나 도사를 따라 자질구레한 모욕을 면해 볼 까 합니다."

양창곡이 웃으며 말했다.

"나는 그대의 뜻을 알지만 그대는 내 뜻을 알지 못하는구 려. 나는 이미 뜻을 정했다오. 근심과 즐거움을 영원히 함께 할 거요. 벽성산 머리의 둥근 달이 우리 두 사람의 마음을 비 추도록 하여 평생토록 이지러지지 않겠소."

벽성선이 고마워하면서 말했다.

"군자의 말씀은 천금과 같습니다. 첩은 죽어도 여한이 없습 니다."

그러고는 술잔을 들어 권했다. 양창곡은 술이 반쯤 취하자 벽성선의 손을 잡고 웃으며 말했다.

"나는 가섭迦葉*처럼 지켜야 할 계율이 없고, 그대는 보살의 후신이 아니잖소. 서로 만난 지 여러 달이 되었는데도 담담히

* 석가모니의 십대 제자 중 한 사람이다.

헤어지는 것은 사람의 일상적인 정은 아니겠지요. 오늘 가약을 헛되이 보낼 수는 없소."

벽성선이 부끄러워 복숭아꽃 같은 양볼에 붉은 기운이 가득 일어났다.

"첩이 일찍이 듣자니, 증자曾子의 효성으로도 모친이 아들을 못 믿어 베 짜던 북을 던지는 일**을 막지 못했고, 악양자樂羊子의 충성으로도 공을 세운 중산中山에서 그를 비방하는 글들이 상자를 가득 채우는 일***을 막지 못했습니다. 하물며 첩은 풍류마당에서 노닐어 비천한 처지 아닙니까. 훗날 군자의 가문에서 중산의 비방과 같은 일이 홀연 일어나고 증자의 모친과 같이 북을 쉽게 던진다면, 첩의 신세는 나아갈 수도 물러설 수도 없게 됩니다. 제가 십 년 동안 청루에서 진실로 홍혈紅血 한 점을 지킨 것은 군자의 굳센 진실을 바랐기 때문이지 운우의 정에 마음이 없었기 때문은 아닙니다."

양창곡이 이 말을 듣고 벽성선의 손목을 끌어당겨 소매를

** 증자는 공자의 제조로 효성이 지극했다. 그의 모친은 사람들이 아들에 대해 무슨 말을 하더라도 믿지 않는다고 자부했다. 그러나 사람들이 연거푸 증자가 살인을 했다고 세 번이나 이야기하자, 그 말의 진위를 알아보지도 않고 베를 짜던 북을 집어던지고 달아났다고 한다.

*** 악양자는 위나라 문후(文侯) 때의 장수다. 위문후가 중산을 정벌하고 돌아와 자신이 세운 공로를 말하자, 문후는 커다란 상자를 그에게 보였다. 그 상자에는 악양자를 헐뜯는 상소문들이 가득 담겨 있었다. 그제야 악양자는 겸손해져 문후에게 절하며 모든 공로를 왕에게 돌렸다.

걷고 보니 팔뚝에 앵혈이 완연했다. 그는 벽성선의 뜻을 가련하게 여겨 얼굴빛을 바꾸고 탄식했다. 양창곡은 이때부터 더욱 그녀를 사랑했다.

한편, 세월이 흘러 양창곡이 유배를 온 지도 벌써 4, 5개월이나 되었다. 천자는 자신의 탄신일을 맞아 여러 신하들의 하례를 받으며 말했다.

"한림학사 양창곡이 유배를 간 지 오래되었다. 특별히 죄를 용서하고 예부시랑禮部侍郞을 제수하여 다시 불러오라."

이 당시 양창곡은 벽성선과 매일 만나며 나그네 시름을 거의 잊고 살았지만, 조석으로는 북쪽 하늘을 바라보며 임금과 부모님을 그리워했다. 하루는 문밖에 떠들썩한 소리가 들리더니 동자가 황망히 들어와 알렸다.

"예부 소속 하인들과 이곳 강주부의 관노들이 왔습니다."

그러고는 편지를 건네며 임금의 명령을 전달했다. 양창곡은 향을 피워 임금의 은혜에 감사를 올린 뒤 집에서 온 편지를 열어 보았다. 곧 날이 저무는데 내일 즉시 황성길에 오르라는 명령이 내려졌다.

이날 밤 양창곡은 벽성선과 이별하려고 동자를 데리고 그녀의 집으로 갔다. 벽성선은 그의 말을 듣고 축하했다.

"상공이 천자의 은혜를 입어 의젓한 모습으로 영광스럽게 돌아가시니 너무도 감축드립니다."

양창곡이 그녀의 손을 잡고 슬픈 빛으로 말했다.

"그대와 함께 수레를 타고 가고 싶지만, 유배객으로 왔다가 첩실을 데려갈 수는 없소. 게다가 부모님께 말씀드린 적도 없으니, 내가 먼저 황성으로 올라간 뒤 따로 수레를 보내 그대를 데려오겠소. 선랑은 너그러운 마음으로 이별의 정회를 억눌러, 옥같이 아리따운 젊은 모습을 상하게 하지 마오."

벽성선이 슬피 말했다.

"상공이 음률로 첩을 만나셨으니, 마땅히 음률로 이별하겠습니다."

그녀는 상 위에 있던 거문고를 끌어당겨 3장을 연주했다.

오동나무 잎 무성하니	梧葉萋萋兮
대나무 열매 주렁주렁	竹實離離
봉황이 모여들어	鳳凰來集兮
조화롭게 울음 운다	噰噰喈喈

강가 구름 아득하고	江雲漠漠兮
강물은 흘러간다	江水悠悠
나그네 가려고 말을 먹이니	行人去而秣馬兮
공자를 따라 함께 가리라	追及公子同歸

몰래 한스러워하며 거문고 연주하니	暗恨奏琴兮
구슬 같은 거문고 줄 흐느끼누나	珠絃咽

한없는 생각이 마음에 얽히어　　　　　　　無限思縈心曲兮

저 밝은 달을 향하노라　　　　　　　　　向明月

　　벽성선은 연주를 마치고 거문고를 밀어 놓으며 처연한 모
습으로 눈물을 머금고 아무 말도 하지 못했다. 양창곡이 거듭
그녀를 위로하고 몸을 일으켰다. 벽성선은 양창곡을 따라 문
밖으로 나왔으나 소매를 들어 눈물을 닦을 뿐이었다.

　　양창곡은 벽성선과 이별하고 객관으로 돌아와 행장을 꾸린
뒤 황성을 향해 출발했다. 때는 이미 한겨울 날씨였다. 산천은
고요하고 풍광은 소슬했다. 한바탕 북풍이 흰 눈을 불어오니
삽시간에 옥가루가 땅에 가득했고 온 세계가 텅 비어 흰빛이
되었다. 겨우 50, 60리를 지나 더 이상 나아가지 못하고 객점
으로 들어갔다. 하늘빛은 저물어 가고 눈발은 그쳤다. 달빛은
너무도 아름다웠다. 양창곡은 동자를 데리고 객점 밖으로 나
가 서성거리며 달구경을 했다. 빼어난 봉우리는 백옥을 깎아
세운 듯, 넓은 들판은 유리를 판판하게 깔아 놓은 듯, 온 산의
나무들이 배꽃 가득한 세계를 만들었다. 청정하고 담박한 경
치가 마치 옥 같은 사람의 얼굴을 마주한 듯했다. 양창곡은 슬
프게 우두커니 서 있다가 다시 객점 안으로 들어가서 가물거
리는 등불을 마주하여 침상에 누웠다. 그때 한 소년이 두 여종
을 데리고 객점으로 들어왔다. 행색이 깔끔하고 용모가 아름
다워 남자로서의 기상이 없었다. 그는 낭랑한 목소리로 양창

곡의 방을 찾았다. 양창곡이 의아해하면서 자세히 바라보니 바로 벽성선이었다. 그녀가 웃음을 띠고 다가가 말했다.

"첩이 비록 청루에서 노닐었지만 나이가 어려 이별이 무엇인지 알지 못했습니다. 상공을 모시면서 단지 오래도록 서로 떨어지지 않기만을 원했습니다. 그런데 하루아침에 동쪽 문에서 버드나무 가지를 꺾어 이별의 노래 「양관곡」陽關曲*을 부르니, 가슴은 꽉 막히고 마음은 어지러웠습니다. 마음속에 쌓인 회포를 만분의 일도 다 못 풀고 길에 오르시니 더더욱 슬펐습니다. 북풍한설에 멀리 갈 수 없다는 것을 알고 있습니다. 객관의 찬 등불에 적막한 심회를 위로하고자 밤을 무릅쓰고 이렇게 왔습니다."

양창곡이 그 뜻을 기특하게 여겨서 함께 침상에 앉으니, 새로운 정이 더욱 얽히면서 운우의 정을 희롱하고자 했다. 벽성선은 사양치 않으면서도 부끄러워하며 말했다.

"여자들이 여색으로 사람을 섬기는 데에는 세 가지가 있습니다. 마음으로 섬기는 '심사'心事가 첫 번째요, 그때그때 상황에 따라 섬기는 '기사'幾事가 두 번째이며, 얼굴빛을 기쁘게 하

---

* 당나라 시인 왕유(王維)가 지은 시 「안서로 가는 원이를 보내며」는 역대 이별 노래 중에서 최고의 작품으로 꼽힌다. "위성 아침 비는 가벼운 먼지 적시는데, 객사의 푸른 버들 푸르고 푸르러라. 그대에게 술 한 잔을 더 권하나니, 서쪽으로 양관을 나서면 친구가 없으리." 이 시의 마지막 줄에 나오는 '양관'이 현재 감숙성 돈황 서남쪽에 있던 지명이다. 이 작품을 음악에 얹어 부르는 일이 많아 그것을 「양관곡」이라고 한다.

여 섬기는 '안사'顧事가 세 번째입니다. 첩이 비록 불민합니다만 마음으로 군자를 섬기고자 합니다. 세간의 남자들은 모두 아름다운 얼굴에 취할 뿐 마음은 잘 알지 못합니다. 상공께서 첩을 여러 달 동안 만났지만 담담히 서로 지나쳤습니다. 이는 상공께 혹시 뜻이 맞지 않았나 하는 의혹을 품게 하고, 첩에게는 여인의 도리가 아니었습니다. 이에 객관의 가물거리는 등불에서 화촉을 올리고 돌아가고자 합니다. 상공께서는 이 가련한 뜻을 아시겠습니까?"

양창곡이 팔을 뻗어 벽성선을 안으려는 순간, 갑자기 옆에서 급히 부르는 소리가 들렸다. 알지 못하겠구나, 이는 무슨 소리인가. 다음 회를 보시라.

제9회

황씨 가문과 혼인을 정함에 천자가 중매 서고,

남만을 정벌하러 양창곡 원수 출전하다

定黃婚天子主媒 征南蠻元帥出戰

양창곡이 여관의 찬 등불 아래에서 벽성선을 만나 서로 마주
보고 담소하며 못 다한 회포를 풀었다. 양창곡이 얽히고설킨
정을 이기지 못하고 팔을 펼쳐 벽성선을 끌어안으려는데, 동
자가 외쳤다.

"상공께서는 무엇을 찾으십니까?"

놀라서 깨어 보니 꿈이었다. 벽성선은 간데없고 베개를 어
루만지며 한바탕 잠꼬대를 한 것이다. 양창곡이 웃으면서 시
간을 물으니, 이미 4, 5경이 지났다고 했다. 깜빡거리는 새벽
등불은 벽 위에 걸렸고, 꼬끼오 우는 닭 소리가 먼 마을에서
들려왔다. 양창곡은 일어나 앉아 생각했다.

'벽성선은 지조가 맑고 높은 여성이다. 스스로 뜻을 관철하
여 끝내 순종하지 않았으니 비록 그 뜻은 기특하게 여겨졌지만,
아마 서로의 뜻에 맞추지 못했다는 탄식이 생길 수밖에 없겠

지. 꿈이 이러할진대, 하물며 임금과 신하 사이에야 더 말해 무엇하랴. 나는 처음 벼슬에 나아간 소년으로, 나이는 어리고 기상은 날카로워서 내 뜻을 고집하고 임금의 명을 거역했다. 어찌 임금을 만나 도를 행하는 일이겠는가.'

양창곡은 날이 밝자 길을 떠나 매일 역참을 거치며 황성에 도착했다. 양창곡이 집을 떠난 지 반 년 가까이 되던 터라, 특별히 천자의 은혜를 입어 다시 부모님을 모시게 되니 집안의 화목과 즐거움을 말로 형언키 어려웠다. 윤형문은 양창곡이 황성에 들어왔다는 소식을 듣고 즉시 찾아와 축하하면서, 기쁜 모습으로 양창곡을 돌아보며 말했다.

"황상께서 황씨 가문과의 혼사를 다시 하교하신다면 사위는 어떻게 할 생각인가?"

그러자 양현이 말했다.

"그 일은 의리에도 크게 어긋나지 않는데, 어찌 신하 입장에서 다시 거역할 수 있겠습니까?"

윤상서 역시 그렇게 하라고 여러 차례 권하고 돌아갔다.

다음 날, 양창곡이 사례를 올리러 갔더니 천자가 말했다.

"오래도록 유배지에 있었으니 응당 고초가 많았으리라. 그러나 좋은 옥은 갈수록 빛이 나고 보검은 단련할수록 날카로워지는 법, 경은 의기소침하지 말고 앞으로 더욱 노력하라."

양창곡이 황공하여 머리를 조아렸다. 천자가 또 말했다.

"황각로 집안과의 혼사는 이미 명령을 내렸고 예절에도 어긋나지 않으니, 경은 너무 사양치 말라."

양창곡이 머리를 조아리며 말했다.

"성교聖敎가 이러하시니 마땅히 명대로 하겠나이다."

천자가 크게 기뻐하며 즉시 일관日官을 불러서 길일을 택하라 했다. 그리고 이렇게 말했다.

"짐이 중매를 섰으니, 혼례를 올리는 날 모든 관료는 두 집안으로 가서 연회에 참석하고, 호부戶部는 아름다운 채색 비단 백 필을 하사하라."

양현과 황의병은 천자의 뜻을 받들어 택일을 한 날 혼례를 올리니, 그 성대한 위의는 이루 말할 수가 없었다. 조정의 모든 관료들이 천자의 명을 받아 내방하여 축하하느라 두 집안의 문 앞에 구름처럼 모였다. 황소저는 봉황족두리와 용비녀에 수를 놓은 능라비단 옷을 입고 시부모를 뵈었다. 그런데 광채는 사람을 움직이게 하고 자태는 뛰어났지만, 빼어난 기상과 민첩한 행동은 여전히 부드럽고 순한 요조숙녀의 빛은 아니었다. 3일 동안의 신방 생활을 마치자마자 양창곡은 윤소저의 침실로 갔다. 양창곡은 슬픈 모습으로 근심하여 침상에 누워 조용히 물었다.

"부인이 황소저의 사람됨을 여러 날 동안 보았을 텐데, 어떻던가요?"

윤소저가 묵묵히 대답하지 않았다. 그러자 양창곡이 탄식하며 말했다.

"나는 부인과 내가 부부일 뿐만 아니라 진실로 서로를 알아주는 벗인 지기지우로 생각하기에 묻는 거요. 지금 꺼려하면서 속내를 털어놓지 않으니, 이 어찌 평소 바라던 것이겠소?"

윤소저가 대답했다.

"아녀자의 안목으로 보는 것이야 그저 머리장식이나 패물, 용모와 자태 정도에 불과합니다. 마음이나 품행의 장단점과 우열은 보통 남자들도 두루 알 수 없지요. 그런데 지금 총명한 상공께서 아둔한 여인에게 그와 똑같은 처지에 있는 사람의 우열을 물어보시니, 그 의도를 모르겠습니다."

양창곡이 탄식했다.

"나도 천자와 아버님의 명을 거스르기 어려워 황소저를 맞아들인 거요. 그런데 벌써 훗날 집안을 어지럽힐 조짐이 보입디다. 부인의 말은 예절에 맞고 도리에 합당하지만 진짜 속마음을 털어놓은 것은 아니외다."

이때, 교지交趾*의 남만南蠻, 남쪽 오랑캐이 자주 반란을 일으키면서 천자가 깊이 근심했다. 천자는 병부상서 윤형문을 우승상右丞相에 제수하고 참지정사 노균에게 평장군국중사平章軍國重事를 겸하도록 했다. 그리고 매일 이들을 불러 변방 문제를 논의하라 명했다. 하루는 익주자사益州刺史 소유경蘇裕卿의 상소가 올라

---

* 한(漢)나라 때 지금의 베트남 북부 통킹, 하노이 지방에 둔 행정 구역을 말한다. 전한의 무제가 남월(南越)을 멸망시키고 설치했다.

왔다. 내용은 대략 다음과 같다.

교지 남만이 창궐하여 남쪽 지역 10여 개 군을 함락시켰습니다. 그 무리는 백만여 명인데, 산골짜기에 웅거하기도 하고 백성들을 약탈하기도 합니다. 괴이한 묘술과 생소한 기계를 쓰기 때문에 대적할 방책이 없어 여러 고을의 남은 병사들은 그들의 기세만 보고도 기왓장 무너지듯 흩어집니다. 오래지 않아 필시 그들은 익주 땅을 범할 것이니, 엎드려 바라건대 폐하께서는 일찍 군대를 일으키시어 그들을 소멸해 주소서.

천자가 상소를 읽고 크게 놀라 황의병과 윤형문 두 대신과 노균, 양창곡을 불러서 방략을 물었다. 윤형문이 아뢰었다.

"남만은 예부터 천자의 교화가 미치지 못하고 풍속이 거칠어 금수나 다름없습니다. 이는 덕으로 어루만질 일이지 힘으로 싸워서는 어려울 것입니다. 신은 형주와 익주의 병사를 일으켜 요해처要害處**를 지키고 순무사巡撫使를 뽑아 보내시어 천자의 은혜와 위엄으로 가르치시고 이로움과 해로움으로 달래시는 것이 좋다고 생각합니다. 만약 그래도 복종하지 않는다면 그때 우리 군대를 뽑아도 늦지 않을 것입니다."

양창곡이 아뢰었다.

** 지세가 험해 적을 막고 아군을 지키는 데 유리한 곳을 말한다.

"승상의 말씀은 삼대三代* 시절에나 쓰는 이치입니다. 오늘날 적의 형세만을 생각하건대, 먼 지방의 오랑캐들이 우리 상국上國을 엿본 것이 오래되어 필시 쉽게 그만두지는 않을 것입니다. 이제 중국 병력은 태평성대가 오래되어 창졸간에 대응하기 어렵습니다. 여러 고을에 조서를 내리시어 군사들을 점검하시고 병장기를 정비하시어 뜻밖의 재난에 대비하소서."

참지정사 노균이 아뢰었다.

"창곡이 당면한 문제를 몰라서 하는 말입니다. 어지러운 때를 당하면 먼저 인심을 진정시켜야 옳은 일입니다. 지금 조서를 내리시어 군사를 훈련시키고 병장기를 준비시키신다면 민심이 요동치지 않겠습니까? 신은 소유경의 상소를 잠시 반포하지 마시고 먼저 백성의 마음을 진정시키는 것이 좋다고 생각합니다."

양창곡이 다시 아뢰었다.

"근래 조정의 의논이 당면한 사태를 넘기기만 하려는 미봉책만 일삼으니, 이것이 바로 신이 탄식하는 바입니다. 민심이 동요할 것을 근심하여 편안히 앉아 있다가, 하루아침에 남만이 우리 땅을 침범한다면 창졸간에 소동이 더욱 벌어지지 않겠습니까?"

---

* 하(夏), 은(殷), 주(周)의 상고 시대를 말한다. 덕으로 통치하는 왕도 정치가 펼쳐진 태평성대의 시대다.

그러자 노균이 정색하며 소리 높여 말했다.

"남만은 쥐나 개와 같은 좀도둑에 불과한데 어찌 이곳까지 이르겠소? 또한 군사와 관련된 큰일은 경솔히 할 수 없소이다. 도적의 소란은 군대로 막을 수 있다지만 인심이 흔들리는 것을 양시랑이 어찌 막을 수 있겠소이까?"

양창곡이 웃으며 말했다.

"참정의 말씀은 아침에 저녁을 근심하지 않는 짧은 생각이라 여겨집니다. 작은 소동만 근심하고 큰 난리는 염려치 않으시니, 이른바 '그림자를 피해 빨리 달아난다'고 할 만합니다."

두 사람이 서로 다투다 노균이 크게 노하여 말했다.

"성상께서 못난 이 몸에게 군사에 관한 중요한 일을 맡기셨으니, 여러 신료들 중에 좁은 소견을 고집하여 민심을 소란하게 하는 자가 있다면 마땅히 군법으로 처리하겠소."

그러자 모든 관료들이 한목소리로 노균의 말에 응했다. 천자가 한참 생각하다가 노균의 의견을 따르기로 했다. 그리고 소유경의 상소문을 보류하고 순무사를 뽑도록 했다. 윤형문이 이에 아뢰었다.

"상소문을 발표하지 않으시는데, 순무사를 보내시면 백성들 사이에 소문이 퍼지지 않겠습니까? 익주자사 소유경은 신의 처조카입니다. 문무를 겸비하고 지략이 보통 사람보다 뛰어난 장수이니 소유경으로 하여금 순무사를 겸하여 해당 고을의 군대를 통솔하고, 적의 정세를 탐색하여 보고하도록 하는 것이 좋을 듯합니다."

천자가 그 말을 윤허했다.

양창곡이 집으로 돌아가 부친을 뵙고 남만의 반란과 노균의 말을 일일이 말씀드렸다. 그리고 근심 띤 빛으로 말했다.

"소자가 최근에 천기를 살펴보니 태백성太白星이 남두성南斗星을 범하여 남쪽 지방에 병란이 있을 듯합니다. 이는 막대한 환란입니다."

양현이 말했다.

"노부는 일의 기미를 알지 못하지만, 최근 사람들의 기운이 쇠미해져 문무의 재주가 없다. 만약 불행히도 남쪽 지방을 정벌하는 지경에 이르면 누가 장수가 되겠느냐?"

양창곡이 고개를 숙여 한참 생각하더니 웃으며 대답했다.

"소자가 강주에서 한 여인을 만났는데, 바로 그 고을의 기녀입니다. 음률에 밝아 능히 그 소리를 듣고 길흉을 알 정도입니다. 소자가 부는 피리를 듣더니 오래지 않아 반드시 전쟁이 있을 것이라고 했습니다. 이제 보니 그 말이 맞았습니다."

양현이 놀라 말했다.

"이 늙은 아비 역시 마음속으로 걱정하던 바다. 그 여인의 이름이 무엇이더냐? 너무도 총명하구나."

"이름은 벽성선입니다. 소자가 유배 생활을 할 때 울적한 심회를 이기지 못하여 벽성선과 함께 지내면서 이미 부부 관계를 허락했습니다. 이곳으로 데려오기로 약조했습니다만,

아직 아버님께 말씀 올리지 못했습니다."

"군자는 여자 문제에 마음을 두지 말아야 한다. 그러나 해 묵은 약속이 있다니, 신의를 잃어버리면 안 될 일이다."

양창곡이 즉시 내당으로 들어가 어머니에게 아뢰니, 허부인이 꾸짖었다.

"네 나이가 어리고 앞길이 만리나 되는데, 여인에게 신의를 잃는다면 오뉴월에도 서리가 날린다는 원한을 감당할 수 있 겠느냐. 나는 아직 강남홍의 일을 잊지 않고 있다. 오늘이라도 벽성선을 데려오너라."

양창곡이 즉시 편지 한 통을 써서 동자와 하인에게 강주로 보내라 일렀다.

한편 벽성선은 양창곡과 헤어진 뒤 문을 굳게 닫고 병을 핑 계로 손님을 사절했다. 이미 여러 달이 지났건만 편지 한 장 없자 실망하여 불쾌하게 여겼다. 낮이면 벽성산을 향하여 망 연자실 앉아 있고, 밤이면 찬 등불을 마주하여 잠을 이루지 못 했다.

하루는 강주지부江州知府가 부르기에 벽성선이 병을 핑계로 들어가지 않았다. 그러자 지부가 약을 준비하여 문안 인사를 왔다. 벽성선은 의아하게 여기며 생각했다.

'지부의 후의와 양시랑의 박정함은 모두 뜻밖이군. 후의에 는 뜻이 있고 박정함에는 없으니, 내가 어찌 구차하게 삶을 구 걸하면서 모욕을 받을 것인가.'

벽성선은 수많은 생각들이 마음속을 배회하여 난간에 의지한 채 먼 산을 바라보며 한숨을 쉬고 탄식했다. 그런데 동자 하나가 갑자기 들어오더니 편지를 한 통 전해 줬다. 자세히 살펴보니 바로 이전에 왕래하던 그 동자였다. 동자 역시 기쁨을 가득 담고 알렸다.

"하인이 수레와 말을 함께 몰고 왔습니다."

벽성선이 바삐 편지를 열어 보았다. 그 내용은 대략 다음과 같다.

구름 덮인 산을 한번 이별하매 옥 같은 얼굴이 꿈 같구려. 먼지 가득한 속세의 명예와 이익 때문에 취한 듯 꿈꾸는 듯 현실에 빠져서 황혼녘의 아름다운 기약을 이렇게 늦추어서 더욱 부끄럽소. 지난번 강주부에 글을 보내 그대 이름을 기생 명부에서 삭제하도록 했는데, 혹시 알고 있는지요. 이제 부모님의 명을 받들어 수레와 말을 보내오. 한없는 회포는 화촉을 마련하고 원앙금침을 펼친 뒤 풀기로 합시다.

벽성선이 편지를 다 읽고 수레와 말을 몰고 온 동자를 이틀 동안 쉬게 했다가, 행장을 꾸려 황성으로 갔다.

한편 익주자사 소유경은 황제의 명을 받들어 적의 정세를 살피기 위해 밤낮으로 말을 달려 보고했다. 그 보고서는 다음과 같다.

신이 황명을 받들고 적진에 이르러 괴수를 살펴보니, 은총과 의리와 깨우침으로는 항복할 뜻이 없을 뿐만 아니라 패악스럽고 거만한 기운과 무례한 말투가 이르지 못하는 곳이 없었습니다. 오히려 교활한 계책으로 저를 유혹하여 우리를 진영 속에 가두고 제 수하인 비장裨將을 참수했으니, 형세가 위급하고 예측 못할 계책이 장차 신에게 이를 것입니다. 신이 다행히 방비하여 짧은 병장기로 전투를 벌여 겨우 도망쳐 목숨을 부지했습니다. 신이 황명을 받들어 이렇게 남만의 작은 추장에게 모욕을 당했으니, 부월斧鉞*로 참수당해야 마땅합니다. 그렇지만 적의 세력이 강성하고 정보를 전할 방법은 없습니다. 엎드려 바라건대 폐하께서는 급히 대군을 징발하여 고립된 익주성을 위급한 처지에서 벗어나게 해주소서.

천자가 보고서를 읽고 나서 크게 놀라고는, 모든 대신들을 불러 방어책을 의논했다. 이때, 형주자사가 밀봉하여 아뢰는 글이 또 도착했다. 그 글은 다음과 같다.

남만이 창궐하여 이미 동주표銅柱表를 지나 광서성廣西城을 함락시킨 뒤 계림桂林과 형양衡陽 부근에서 가축들을 약탈하고 백성들을 살해하고 있습니다. 변방의 여러 고을들이 침략에 대비한 적이 없

* 임금의 권위를 상징하는 작은 도끼와 큰 도끼를 말한다. 출정하는 대장이나 관리에게 임금이 정벌과 중형(重刑)의 뜻으로 하사한다.

어, 적병이 갑자기 쳐들어오니 우리 군사들은 그들을 멀리서 보기만 해도 와해되고 있습니다. 형주와 익주 남쪽에서는 사람 그림자가 쓸쓸하고 적병들은 거칠 것 없이 쳐들어옵니다. 군졸들을 수습하고 싶어도 태평성대가 오래 지속된지라 병사들과 약속하지 못해, 흙더미가 무너지고 기왓장이 깨지듯 세력을 부지하기 어렵습니다. 삼가 표문表文으로 아뢰니, 지체하지 마시고 속히 천병天兵*을 일으키소서.

천자가 표문을 모두 읽은 뒤 얼굴에 근심이 가득해 주변을 돌아보며 계책을 물었다. 이때 윤형문이 아뢰었다.

"형세가 위급하니, 황상께서는 토벌을 늦추시면 안 됩니다. 급히 문무 모든 신하를 모아 상의하시는 것이 좋겠습니다."

천자가 윤허하여 모든 관리들을 소집했다. 원임原任 황의병, 우승상 윤형문, 참지정사 겸 평장군국사 노균, 호부상서 한응덕韓應德, 병부시랑 양창곡, 우림장군羽林將軍 뇌천풍雷天風 등 모든 문무 관원이 문반과 무반으로 나뉘어 입시入侍했다. 천자가 하교했다.

"남만이 창궐하여 상국을 침범하니, 어찌하면 좋겠는가?"

황의병이 아뢰었다.

"조그마한 오랑캐가 천명天命을 모르고 있으니, 대군을 보내

---

* 천자의 병사라는 뜻으로, 왕이 직접 이끄는 국가의 가장 주력이 되는 부대다.

토벌하여 평정해야 합니다. 어찌 근심할 게 있겠습니까?"

노균이 아뢰었다.

"변방의 여러 신하들이 방비를 소홀히 하여 적의 형세가 이 지경에 이르렀으니, 먼저 형주와 익주의 두 자사, 광서성을 지키는 장수 등의 죄를 논의한 뒤 거용관居庸關, 만리장성에 설치한 관문이자 요새을 수리하소서. 상황을 보다가 위급해지면 수레를 타고 북쪽으로 순행하시어 거용관을 지키시는 것이 만전을 기하는 계책이라 여겨집니다."

윤형문이 웃으며 말했다.

"당당한 천자의 나라로서 일개 오랑캐 군대가 쳐들어온다고 어찌 조정을 버리고 구석진 성 하나를 지킨단 말이오? 급히 군대를 내서 그들을 토벌하는 것이 옳을 줄로 압니다."

천자가 그 말을 훌륭하게 여기고 말했다.

"그렇다면 누구를 도원수都元帥로 삼아 위태로운 종묘사직을 구하는 것이 좋겠소?"

주변 신하들이 대답하지 못하고 묵묵히 서로 얼굴을 돌아보기만 할 뿐이었다. 이때 조정과 재야에서 소동이 일어나서, 어떤 사람은 오래지 않아 적병이 황성에 쳐들어올 것이라 하고 또 어떤 사람은 적장의 교묘한 계책과 요망한 술법이 신묘하여 헤아리기 어려울 지경이니, 전쟁에 나가는 자는 반드시 살아 돌아오지 못할 것이라고 하며, 또 다른 사람은 '그 무리들이 몇 백만 명인지 모른다'고 했다. 그러니 소문을 듣는 사람들은 모두 낙담하고 기가 꺾여 조정 관료들은 모두 전쟁에 나아가기를 원치 않았다. 천자가 탄식하며 말했다.

"짐이 덕이 없어 천하의 오랑캐들을 감화시키지 못하고 수백년 종묘사직을 위태롭게 했으며 억조창생들이 도탄에 빠지게 했도다. 한 사람도 충성과 울분으로 위태로운 나라를 구하려 들지 않으니, 이는 짐의 허물이로다. 누구를 원망하고 누구를 탓하리오."

천자는 탄식하며 옥 같은 눈물을 떨구니 곤룡포가 축축히 젖어 들었다. 그 순간 갑자기 한 재상이 개연히 반열에서 나와 아뢰었다.

"신이 무능하나 끝없는 황상의 은혜를 입었으되 갚을 길이 없었습니다. 마땅히 견마犬馬의 힘*을 다해 남만을 토벌 평정하여 폐하의 근심을 덜어드리겠나이다."

사람들이 그를 보니 관옥 같은 얼굴에 풍채가 뛰어나고, 샛별 같은 눈동자에 정기가 영롱했다. 위엄 있는 모습은 당당하고 말소리는 낭낭하니, 바로 병부시랑 양창곡이었다. 천자 앞에 엎드린 양창곡을 본 황의병은 속으로 이렇게 생각했다.

'지금 적군의 세력을 보아 저렇게 위급한데, 내 귀한 사위 양시랑이 출전해서 혹시라도 불행한 사태를 맞이한다면 내

---

* 견마지로(犬馬之勞), 즉 개와 말 정도의 하찮은 힘으로, 윗사람에게 충성을 다하는 자신의 노력을 낮추어 이르는 말이다.

딸의 일생이 잘못되는 것이지.'

황의병은 순간 천자 앞에 엎드려 아뢰었다.

"양창곡은 아무것도 모르는 백면서생이며 나이 어린 소년입니다. 변방의 막중한 임무를 감당하지 못할 터이니, 엎드려 바라건대 폐하께서는 지략 있는 장수를 선택하시어 대사를 그르치지 마소서."

말이 끝나기도 전에 동반東班 쪽에서 한 노장이 칼을 짚고 크게 소리쳤다.

"승상의 말씀은 틀렸소이다. 옛날 항적項籍은 스물네 살에 강동江東에서 군대를 일으켰고, 손책孫策은 열일곱 살에 천하를 횡행했습니다.** 장수의 용맹한 지략은 재질에 달렸지, 나이의 많고 적음에 달린 것은 아니외다. 한나라 제갈공명과 송나라의 조빈曹彬***은 책 읽는 서생의 처지를 평생 면치 못했지만 천고의 장상將相이 되었습니다. 양시랑이 비록 어린 서생이지만 나라를 위하여 몸을 돌보지 아니하니 충성됨을 알 수 있고, 수많은 논의를 물리치면서 스스로 위험한 곳으로 나아가니 용

** 항적은 자가 우(羽)이므로 흔히 항우라고 불린다. 강동에서 한고조(漢高祖) 유방(劉邦)과 천하를 다투었으나, 해하성 전투에서 패배하여 군사를 모두 잃고 죽었다. 손책은 오나라를 세운 손권(孫權)의 형이다. 부친 손견(孫堅)이 죽은 뒤 남은 병사들을 몰아 전전하면서 승리를 거듭한 명장이다. 덕분에 강동을 평정했다.
*** 송나라의 문신이다. 태어나면서부터 아버지 앞에 온갖 무기를 늘어놓고 진을 치면서 놀아 사람들이 기이하게 생각했다. 후에 강동 지역을 평정하러 나갔지만 한 사람도 함부로 죽이는 일이 없어 칭송을 받았다.

맹이 크다 할 수 있습니다. 신이 생각건대, 양시랑이 만약 출전하지 않으면 온 나라가 머리를 풀어헤치고 오랑캐의 옷을 입을 것이요, 대명천지가 도적의 소굴이 될 것입니다."

사람들이 소리 나는 쪽을 바라보니 희끗한 머리털이 귀까지 늘어지고 소리는 우레 같으며 눈은 번개가 번쩍이는 듯했다. 바로 호분장군虎賁將軍, 천자를 호위하는 장수 뇌천풍이었다. 뇌천풍은 당나라 뇌만춘雷萬春의 후예로, 만 명의 사내도 감당하지 못하는 용맹한 장수였으나, 평생 운수가 기구하여 관직이 호분장군에 머문 사람이었다. 참정 노균이 노하여 그를 꾸짖었다.

"웬 무관이 조정의 대사에 참여하느냐? 너는 무부武夫로서 원래 장수의 지략조차 없는지라 작은 도적도 평정할 능력이 없으면서 이렇게 어지럽히는구나. 만약 다시 말을 한다면 네 머리를 참수하여 삼군三軍*을 호령하리라."

그러자 뇌천풍이 개연히 웃으면서 말했다.

"이 늙은 몸은 아무런 공적도 없이 황상의 녹을 먹으면서 백발만 희끗희끗하지만, 어찌 한 몸을 아껴서 황상의 일을 피하려고 꾀를 부리겠소이까? 이제 저 개 같은 오랑캐들이 쥐새끼처럼 나라를 훔치면서 남쪽 지방을 어지럽히고 있소이다. 그런데도 문무장상文武將相들께서 종일 마주하여 일처리를 하나도 하지 못한 채, 기상은 떨어지고 정신은 나가서, 도성을

---

* 전군, 중군, 후군을 말하는데, 여기서는 나라의 모든 군사를 지칭한다.

버리고 거용관을 지킬 궁리나 하고 있지 않소. 불행한 일이 생겨서 적군 백만 명이 황성으로 쳐들어온다면 조정의 모든 관료들은 각자 식솔들을 데리고 일제히 도망쳐서 폐하를 돌아보지 않을 것이외다. 어찌 한심하지 않으리오. 노신이 비록 용맹은 없으나 양시랑을 따라 도끼를 둘러메고 제일 앞부대의 선봉이 되어, 남만을 평정하고 오랑캐 우두머리의 머리를 베어 황상께 바치겠소.”

뇌천풍이 말을 마치자 그 위풍이 늠름하고 기세가 등등하여, 서리 같은 머리카락이 쭈뼛 섰다. 주변 관료들이 그의 장하고 용맹함을 칭찬했다. 천자도 크게 기뻐하며 즉시 양창곡에게 병부상서 겸 정남대원수征南大元帥를 제수하고 절월節鉞**과 궁시弓矢, 붉은 도포와 금빛 갑옷, 말 한 필, 황금 천 일鎰***을 하사했다. 호분장군 뇌천풍은 파로장군破虜將軍을 더하여 주고 앞부대의 선봉으로 삼았다. 천자가 말했다.

“군사들이 떠나는 날 친히 남쪽 교외에서 전송하리라.”

양창곡은 머리를 조아려 명을 받들고 집으로 돌아가니, 모든 장수와 병졸들이 이미 문 앞에 가득했다. 그는 중군사마中軍司馬를 불러 명령을 내렸다.

** 지방에 관찰사나 유수, 병사, 수사, 대장, 통제사 등이 부임할 때 임금이 내어 주던 절(節)과 부월(斧鉞)을 말한다. 절은 손에 쥐는 작은 기(旗)이며, 부월은 도끼같이 생긴 것으로 생살권(生殺權)을 상징한다.
*** 1일은 무게 단위로 24냥(雨)쯤 된다. 따라서 황금 천 일은 어마어마한 거금이다.

"적군의 형세가 매우 위급하니 행군을 지체할 수 없다. 내일 출발하되, 만약 시간을 어기는 자가 있다면 반드시 군율에 따라 처벌하리라."

중군사마가 명령을 받들고 나갔다. 양창곡은 부모님께 하직 인사를 올리며 말했다.

"소자는 이미 나라에 몸을 맡겼습니다. 사사로운 일을 돌아보지 않고 부모님 슬하를 떠납니다. 남만이 천명을 거역하여 나라를 침략했으나 곧 패배를 알게 될 것입니다. 원컨대 몸을 잘 보중하시고, 멀리 떠난 자식 걱정은 하지 마십시오."

양현이 말했다.

"우리 부자가 외람되게도 천자의 은총을 입었으나 갚을 길이 없었다. 네가 이제 황제의 명령을 받들어 만리 밖으로 출전한다고 하니, 집안일은 조금도 염려하지 말고 큰 공을 세워 돌아오기를 바란다."

허부인이 눈물을 글썽이며 말했다.

"나는 그리 늙지 않은 데다, 두 어진 며느리가 있다. 그러니 너는 염려하지 말고 일찍 큰 공을 세워 개선하도록 해라."

허부인은 슬픔을 이기지 못하고 말을 잇지 못했다. 양창곡 역시 눈물을 글썽였다. 양현이 정색하면서 말했다.

"군자는 충성을 다해 나라의 은혜를 갚아야 큰 효도라 할 수 있다. 너는 지금 장수로서 오히려 아녀자의 태도를 본받고 있으니, 어찌 아비가 평소 가르친 본래의 뜻이라 하겠느냐."

양창곡이 즉시 몸을 일으켜 다시 절을 하고 부친의 명을 받았다. 그는 물러나와 운소저의 침실로 가서 말했다.

"그대 남편이 천자의 명을 받들고 장차 출전하려 하오. 반드시 처자를 마주하여 이별의 소회를 나눌 필요는 없지만, 북당北堂에 계신 어머님께 맛난 음식을 올려드리길 부탁하오. 마땅히 어머님께 효성을 다해 주시고, 같은 며느리끼리 화목하게 지내며 몸을 부디 보중하시오."

윤소저가 그러겠노라고 대답하니, 양창곡이 다시 웃으며 말했다.

"또 부탁할 말이 있소. 이 몸이 풍류에 뜻을 두었던 것은 아니지만, 어린 나이에 맞이한 유배 생활의 외로움 때문에 벽성선과 사귀었소이다. 이미 그녀를 데려오라고 사람을 보냈으니, 부인께서 뒷일을 수습해 주시오."

윤소저가 슬픈 빛으로 말했다.

"마땅히 명하신 바를 잊지 않겠습니다."

양창곡은 다시 황소저를 보며 말했다.

"아녀자의 행실에 위의가 없는 것은 아니지만 오직 술과 음식을 말해야 한다고 했소. 부인은 시부모님을 잘 모시며 숙수지공菽水之供, 가난한 살림에도 부모님을 잘 봉양함에 힘써서 두 분이 걱정 없으시게 해주시오."

황소저가 대답했다.

"첩이 비록 불민하지만 어진 형님께서 계시니 시부모님 모시는 법도는 염려 마십시오. 그러나 첩이 본래 배운 것이 없어 요조숙녀로서 그윽하고 여유로운 덕이 없습니다. 듣자니 군자께서 풍류에 마음을 두시고 첩실을 데려온다 하시니, 첩이 이 기회에 친정 부모님께 돌아가 허물이나 면하고자 합니다."

양창곡이 정색하고 대답 없이 외당으로 나가 버렸다.

다음 날, 남쪽 교외에 담장을 세우고 양창곡은 붉은 도포에 금빛 갑옷을 입고, 대우전大羽箭, 새의 깃털로 장식한 긴 화살을 차고 좌우에 흰색 깃발과 누런 부월을 세운 후 단상에 올랐다. 이때 그의 나이 열여덟이라, 호령은 서릿발 같고 기상은 산과 같으니 모든 장수와 삼군의 병사들이 감히 쳐다보지도 못했다.

잠시 후 천자가 진영 밖에 당도해 신표를 보내 명을 전달하니, 양창곡이 단에서 내려와 천자의 수레를 영접하며 말했다.

"갑옷을 입은 군사는 절을 하지 않는 법입니다. 군례軍禮로 인사드리나이다."

천자가 얼굴빛을 고치고 예로써 답하고는, 술잔에 술을 따라 친히 권하며 말했다.

"오늘부터 국경 안쪽은 내가 다스리고, 국경 밖은 장군이 다스리라. 만약 명령을 따르지 않는 자가 있다면, 자사 이하 관리들은 먼저 목을 베고 나중에 보고하도록 하여 편한 대로 일을 처리하라."

천자가 예를 마친 후 걸어서 진영 문밖으로 나가 황옥거黃玉車에 올랐다. 양창곡은 다시 단상에 올라 천자가 하사한 황금을 삼군에 나누어 주었다. 양창곡은 군사들을 먹인 뒤 즉시 행군을 시작했다. 뿔피리는 천지를 울리고 깃발들은 해와 달을 가렸다. 대오는 정리되고 군령은 엄숙하니, 지나는 곳마다 수많은 백성들이 모두 찬탄하며 말했다.

"성스러운 천자께서 어진 장수를 얻으시어 관군官軍이 이와 같이 정제되었도다. 어찌 작은 도적들을 근심하겠는가."

이렇게 백성들의 인심도 점차 안정되었다.

한편, 벽성선은 강주를 떠나 황성에서 삼백 리쯤 떨어진 곳에 이르러 날이 저물자 객점에 투숙했다. 길가 백성들이 다리를 보수하고 새로 길을 만들면서 이리 뛰고 저리 뛰면서 분주하기에, 그들에게 무슨 일이 있느냐 물었다. 그들이 대답했다.

"오늘 밤에 정남대원수께서 이곳에 진을 치고 머무르신다 합니다."

벽성선이 다시 물었다.

"대원수가 누구요?"

"병부상서 양 어르신입니다."

벽성선이 그 말을 듣고 놀라 말했다.

"상공의 출전을 이미 알고 있었지만, 이렇게 급하게 떠나실 줄 어찌 알았으리오. 이제 발길이 어긋난 상황에서 시끄럽기 그지없는 양씨 문중에 누구를 향해 가랴. 내가 지닌 옥적이 혹시 군대에서 쓰일 데가 있으리라. 어떻게 상공께 전달할까? 군중이 엄숙하니 설령 남자라도 출입할 수 없을 텐데, 하물며 여인이야 말할 것도 없으리라."

그녀는 한 가지 한 계책을 생각하고는 동자를 불러 말했다.

"너는 진을 치고 머무르는 곳을 살피고 있다가 내게 와서 알려 다오."

동자가 와서 말했다.

"원수께서 이곳에 진을 치고 머무르시기는 합니다. 그러나 남쪽으로 백여 걸음 밖에 계십니다. 뒤는 산이고 앞은 물이 있는 인적 없는 곳이지요."

밤이 깊자 벽성선이 동자에게 말했다.

"상공께서 진을 친 형세를 보고자 하니, 나를 안내해라."

그녀는 옥적을 들고 동자를 따라서 진 앞에 이르렀다. 이때 달빛은 환하게 빛나는데, 깃발과 창검은 가지런히 정돈되어 당당하게 각각 자신의 방위를 지키고 있었다. 부대 행렬은 첩첩이 겹쳐져서 군진을 크게 이루고 있어 엄숙한 위의와 정리된 군율을 알 수 있었다.

벽성선이 동자에게 말했다.

"내가 이 산에 올라 진영을 굽어보아야겠다."

그러고는 산길을 찾아서 가운데 봉우리로 올라갔다. 그녀는 동자에게 산 아래쪽에서 기다리다가 올라오는 사람이 있거든 안내하라고 했다. 그러고는 봉우리 바위 위에 높이 앉았다. 군중에서 시간을 알리는 소리가 들리며 삼경三更을 알리고 있었다. 벽성선이 옥적을 들어 한 곡을 불었다.

이때 양창곡은 군영 장막 안에서 『무곡병서』를 보고 있었다. 그런데 갑자기 어떤 소리가 바람결에 들려왔다. 그는 보던 병서를 망연히 버려 두고 귀를 기울여 깊이 들어 보았다. 소리가 하늘에 아스라이 퍼져 나가니, 마치 서풍西風에 돌아가는 기러기들이 무리를 이룬 듯, 푸른 하늘에 외로운 학이 짝을 부르는 듯하여 평범한 피리 소리가 아니었다. 총명한 양창곡이 어찌 벽성선의 옛 곡조를 모르겠는가. 그는 마음속으로 놀라 의아해하면서 생각했다.

'벽성선이 분명히 이곳을 지나다 나를 만나 보려고 피리를 부는 것이리라.'

그는 즉시 중군사마를 불러 말했다.

"군대를 출발시킨 지 얼마 되지 않았는데 이곳에서 밤을 지내게 되었다. 대열과 막사의 순서를 어지럽히지 말라. 나는 평복을 입고 한번 돌아볼 터이니, 절대 누설하지 말고 이곳 장막 안을 지키도록 하라."

그는 차고 있던 대우전을 뽑아 들고 심복 한 명과 함께 군문을 나섰다. 문을 지키는 군사에게 신표를 보여 주고 진 밖으로 나와 앞뒤 좌우를 돌아봤다. 옥적 소리가 산 위에서 여전히 가느다랗게 끊이지 않고 들렸다. 양창곡이 부하에게 말했다.

"내 뒤를 따라오라."

양창곡이 앞장 서서 산으로 오를 길을 찾는데, 동자가 산 아래에서 기다리고 있다가 기쁜 모습으로 맞이했다. 양창곡은 다시 부하에게 이곳에서 기다리게 하고는, 동자를 따라 산으로 올라갔다. 벽성선이 옥적 부는 것을 멈추고 바위 아래로 내려와 양창곡을 맞이하며 말했다.

"상공의 행차가 어찌 이리 급하신지요?"

양창곡이 대답했다.

"적의 세력이 창궐하여 지체할 수 없소. 이럴 줄 진작 알았더라면 그대를 이토록 급히 오라고 하여 발걸음을 불안하게 만들지 않았을 거요."

"벽성선이 눈물을 글썽이며 말했다.

"첩이 미천한 몸으로 존귀한 문중에 생소합니다. 이제 문중에 들어간다 해도 서먹서먹하여 누구에게 의탁하겠습니까?"

양창곡이 슬픈 빛으로 그녀의 손을 잡고 황소저를 아내로 맞아들인 일을 이야기하며 말했다.

"그대의 지혜와 식견이 남보다 뛰어나다는 것을 잘 알고 있소. 난처한 일이 있더라도 매우 조심하여 내가 돌아갈 때까지 기다려 주오."

벽성선이 말했다.

"상공께서 군대를 이끄는 장수의 몸으로 천첩 때문에 오래 군영에서 떨어지시니, 불안하기 비할 데 없습니다."

그러고는 옥적을 그에게 주면서 말했다.

"이 옥적은 혹시라도 군중에서 쓸 데가 있을 것입니다. 원컨대 거두어 보관하소서."

양창곡이 옥적을 소매 안에 갈무리하고 다시 벽성선을 돌아보며 머뭇거리는 빛으로 말했다.

"그대가 집안으로 들어가서 혹시라도 난처한 일이 있거든 윤소저와 상의하도록 하오. 윤소저는 천성이 인자한 데다, 내가 부탁한 일도 있고 하니 필시 저버리지 않을 것이오."

벽성선이 눈물을 뿌리며 이별을 했다. 양창곡도 산을 내려가 부하를 데리고 진영으로 돌아갔다. 그리고 다음 날 남쪽으로 행군했다.

한편, 벽성선은 동자를 데리고 객점으로 돌아갔지만 잠을 이룰 수 없었다. 하늘빛이 이미 밝은 뒤에 행장을 수습해서 황성에 도착했다. 그녀는 양부 문밖에 수레를 멈추고 동자에게 먼저 통보하도록 했다. 양현이 벽성선을 내당으로 불러 보니, 아리따운 자태와 얌전한 얼굴이 조금도 교묘히 꾸미지 않은 여인이었다. 깔끔한 빛은 한 조각 얼음 같은 마음에 속세의 티끌이 모두 사라지는 듯, 어여쁜 모습은 가을날 반달이 노을빛을 새로 띤 듯했다. 집안 윗사람이든 아랫사람이든 모두 떠들썩하게 칭찬했고, 양현 부부 역시 사랑하여 벽성선에게 자리를 내주고 윤소저와 황소저를 불렀다. 윤소저는 명을 받들고 즉시 왔지만 황소저는 오지 않았다. 양현이 웃으며 말했다.

"우리 황현부黃賢婦*는 어찌하여 오지 않는가?"

---

* 황씨 성의 어진 며느리라는 뜻으로, 시부모가 황소저를 높여 부르는 명칭이다.

옆에서 사람들이 말했다.

"황소저는 갑자기 몸이 불편해 명을 받들 수 없습니다."

양현이 사태를 알아차리고는 고개를 숙여 불쾌한 빛을 보였다. 그는 윤소저를 돌아보며 말했다.

"군자가 첩실을 두는 것은 예부터 있던 일이며, 부녀자의 질투는 후세의 나쁜 풍조다. 우리 며느리의 어질고 맑은 성품으로야 더 노력할 것 없지만, 더 화목하여 집안의 법도가 어지러워지지 않도록 해라."

그러고는 즉시 후원 별당에 벽성선의 거처를 마련해 주었다. 윤소저는 연옥에게 별당으로 가는 길을 안내해 주라 일렀다. 연옥이 벽성선을 모시고 후원으로 향하면서 그 걸음걸이와 행동거지를 살펴보니 강남홍의 자태와 비슷했다. 연옥이 눈물을 글썽이며 슬픈 빛을 보이자 벽성선이 물었다.

"자네는 어찌하여 나를 보고 슬픈 빛을 보이는가?"

연옥이 목이 메어 말했다.

"제가 마음속에 한이 맺혔습니다. 지금 그곳을 건드리는 바람에 자연히 얼굴빛으로 나타내게 되었습니다."

벽성선이 웃으며 말했다.

"자네야 부귀한 문중에 살며 주인도 인자하신데, 무슨 한이 있단 말인가?"

"저는 본래 강남 사람으로, 옛 주인을 잃고 이곳에 왔습니다. 낭자의 모습을 뵈니, 옛 주인과 너무도 비슷합니다. 그래서 스스로 마음을 억제하지 못했습니다."

"그대의 옛 주인은 누구인가?"

"항주 제일방 청루의 강남홍입니다."

벽성선이 놀라며 말했다.

"네가 강남홍의 하인이라면서 왜 이곳에 왔단 말이냐? 나는 강남홍과 한 번도 대면한 적 없지만, 서로 기질이 친하여 형제같이 여겼다. 지금 네 말을 들으니 어찌 친근하고 사랑스럽지 않겠는가."

연옥이 벽성선의 손을 잡고 눈물을 비오듯 흘리며 말했다.

"우리 아가씨께서 원통하게 돌아가시더니 벽성선 아가씨로 태어나신 건가요, 아니면 아가씨의 전생이 우리 강남홍 아가씨인가요? 저는 세상에서 가장 아름다운 사람으로 우리 강남홍 아가씨만 한 분이 없다고 생각하여, 자나 깨나 한 번 뵙기를 원했습니다. 그런데 낭자의 행동거지와 모습을 뵈니 우리 강남홍 아가씨와 흡사한지라, 저도 모르게 슬픔과 기쁨이 교차합니다."

그러고는 또 이렇게 말을 이었다.

"낭자께서 우리 강남홍 아가씨와 지기지우라 하시니, 이는 하늘이 제가 옛 주인을 잃고 외롭게 살아가는 것을 불쌍하게 여기셔서 또 낭자를 보내 주신 모양입니다."

그러고는 윤소저가 자신을 거두어 준 일을 이야기했다. 그러자 벽성선은 윤소저의 훌륭한 덕에 감탄했다. 이튿날 벽성선은 시부모님께 문안 인사를 올린 뒤 윤소저의 침실에 이르러 말했다.

"천첩은 청루의 천한 신분으로 예법을 알지 못합니다만, 일찍이 두 소저가 계시다고 들었습니다. 아직 한 분을 뵙지 못했으니, 감히 뵙기를 청합니다."

윤소저가 한참 생각하다가 연옥에게 황소저의 침실로 안내하도록 했다.

이때 황소저는 은밀히 벽성선의 소식을 염탐하고 있었다. 그런데 하나같이 그녀를 칭찬하는 사람만 있고 비방하는 이가 없었으니, 황소저는 불쾌하여 밤새 잠을 이루지 못했다. 다음 날 황소저는 일찍 머리를 빗고 세수하면서 거울을 보고 눈썹을 그리며 탄식했다.

"하늘이 나를 태어나게 하셨으면서 어찌 경국지색을 아끼시어, 위로는 윤소저에게 첫 번째 부인 자리를 양보하게 하고 아래로는 천한 기생만도 못하게 만들었는가."

그녀는 자기도 모르는 사이에 살이 떨리고 간담이 떨렸다. 그때 옆에서 알려 왔다.

"선랑이 뵙기를 청합니다."

황소저가 발끈하면서 얼굴빛이 갑자기 새파래졌다. 그리고 사납고 악독한 기운이 미간에 나타났다. 마침내 어떤 일이 벌어질 것인가. 다음 회를 보시라.

제10회

간악한 여종이 흉악한 꾀로 별당을 떠들썩하게 하고,

요사스러운 계교에 힘입어 노파가 단약을 팔다

行凶謀奸婢鬧別堂 資妖計老婆賣丹藥

황소저는 벽성선이 뵙기를 청한다는 말에 사납고 악독한 마음을 이기지 못하다가 갑자기 다른 생각을 했다.

'물고기를 낚으려는 사람은 좋은 미끼를 쓰고 토끼를 사냥하려는 사람은 그물을 숨기는 법이지. 제아무리 지혜와 꾀가 많다 해도 내가 한 번 웃고 한 번 달래면서 잘 농락한다면 내 손에서 벗어나지 못할 것이다.'

그녀는 곧바로 화락한 얼굴과 부드러운 목소리로 대청에 올라오라 제족했다. 벽성선은 즉시 대청에 올라 고운 눈매를 들어 황소저를 봤다. 옥 같은 얼굴에 파르스름한 빛을 띠었고 눈동자는 영리한 빛이 넘쳤지만, 얇은 입술과 가는 눈썹에는 덕과 의로운 기운이 없었다. 황소저는 벽성선을 보고 기쁘게 웃으며 말했다.

"낭자의 이름을 들은 지 오래되었소. 이제 비로소 얼굴을 보니 과연 군자가 사랑할 만하오. 오늘부터 백년을 기약하고 함께 한 분을 섬기게 되었으니, 마음을 터서 사귀고 서로의 간담을 비추어 숨기는 일이 없도록 합시다.”

벽성선이 사례하며 말했다.

“첩은 노류장화의 천한 기생 신분으로 규방의 범절과 아녀자로서의 법도에 대해 올바른 말을 들은 바가 없습니다. 도리를 넘는 추한 모습으로 단정하고 엄하신 모습을 우러러뵈니, 나아가고 물러남과 행동에 잘못이 있더라도 용서해 주시고 모자란 부분은 가르쳐 주십시오.”

황소저가 낭랑하게 웃으며 말했다.

“낭자는 너무 겸손해하지 마세요. 나는 한번 사귀면 마음을 숨기지 않고 한번 미워하면 밖으로 드러나는 모습을 속이지 못하오. 낭자는 꺼리지 말고 잘 지냅시다. 의심하거나 염려하지 마세요.”

벽성선이 사례하고 돌아가서 곰곰이 생각했다.

‘옛날 이임보李林甫*는 웃음 속에 칼을 감추었다더니, 오늘 황소저는 말 속에 그물을 숨겼구나. 칼은 피할 수 있지만 그물은 어찌 피할 수 있으랴.’

다음 날 황소저가 별당으로 벽성선을 찾아왔다. 한바탕 한

---

* 당나라 현종 때의 재상으로, 성격이 음흉해 간신의 전형으로 여긴다. 안록산의 난이 일어나는 계기를 만들기도 했다.

담을 나눌 때 두 여종이 좌우에서 모시고 서 있자, 황소저가 물었다.

"이 아이들은 누구인가요?"

"제가 데리고 온 천비들입니다."

황소저가 그윽이 살피다가 말했다.

"낭자는 시중을 들어주는 종이 이토록 뛰어나니, 진실로 더할 나위 없는 복이오. 이름은 무언가요?"

"한 아이는 소청小蜻이고 또 한 아이는 자연紫燕입니다. 나이는 열한 살인데, 천성이 아둔해서 걱정입니다."

"나 또한 여자애 둘을 데리고 있는데, 하나는 춘월春月이고 다른 하나는 도화桃花라 합니다. 사람됨이 용렬하고 어리석지만 본심은 충직하니, 앞으로는 서로 함께 부리기로 하지요."

며칠 후, 벽성선이 소청을 데리고 황소저에게 방문에 대한 사례를 드리러 갔다. 황소저는 흔쾌히 맞으며 말했다.

"정말 심심하던 차였는데 낭자가 이렇게 찾아오다니 다정하기도 하구려."

그녀는 춘월을 돌아보며 말했다.

"선랑과 종일 시간을 보내야겠다. 자연이가 혼자 별당에 있으니 필시 외로울 게야. 가서 너희들끼리 놀다 오려무나."

춘월이 대답하고 자연에게 갔다.

이때 자연은 혼자 별당에 앉아 있었다. 그런데 어디선가 나비 한 쌍이 날아와 난간머리에 앉았다. 자연이 잡으려고 했더니 나비는 후원 꽃숲 속으로 날아갔다. 자연은 나비를 쫓아가다가 서성거렸다. 그때 춘월이 와서 크게 소리쳤다.

"자연아. 꽃만 알고 친구 사귀는 건 모르니?"

자연이 웃으며 말했다.

"춘랑은 무슨 틈이 나서 이렇게 왔어?"

"우리 소저께서 너의 낭자와 한담을 나누시기에, 그 틈을 타서 왔지."

자연이 크게 기뻐하면서 춘월의 손을 잡고 숲속에서 담소를 나누었다. 춘월이 말했다.

"네가 강주에 있을 때 이런 후원과 꽃숲을 본 적 있니?"

자연이 웃으며 말했다.

"황성이 좋다고 들었는데, 지금 와서 보니 오히려 강주만 못하네. 내가 강주에 있을 때에는 심심하면 집 뒤에 있는 벽상산에 올라가서 동무와 꽃싸움도 하고 강가에 나가 물빛을 구경했거든. 그런데 황성에 온 후로는 매일 무료하기만 하니 강주에 있을 때만 못해."

"벽성산은 어떤 산이며, 강가는 어느 강가야?"

"벽성산은 우리 집 뒤에 있고, 강은 심양강이야. 강가에는 정자가 있는데 경치가 뛰어나지. 춘랑이 보지 못한 게 안타깝구나."

"너희 낭자는 강주에 있을 때 무슨 일을 하셨어?"

"어떤 때는 청루에서 손님을 맞이하고 어떤 때는 별당에서 거문고를 연주하셨는데, 한 번도 이렇게 적적하게 지내신 적은 없어."

"낭자의 별당은 어때?"

"사방에 기둥을 세우고 앞뒤에 문을 만들었지. 흙으로 벽을 쌓고 종이를 바른 게 다른 집과 같은데, 뭘 묻고 싶은 거야?"

그러자 춘월이 발끈하면서 말했다.

"정말 심심해서 묻는 건데 이렇게 차갑게 대하다니, 나는 돌아가야겠다."

춘월이 몸을 일으켜 가려 하자 자연이 손을 잡으며 말했다.

"내가 그림으로 그려내듯이 얘기할 테니 화내지 마. 우리 낭자의 별당은 띠풀로 처마를 만들고 대나무로 문을 만들었어. 분을 바른 흰 벽에 비단 창문인데 글씨와 그림을 가득 걸었어. 노란 국화와 단풍, 청송과 푸른 대나무가 뒤섞여 섬돌 아래에 심어져 있으니 누가 찬탄하지 않겠어?"

"우리 상공 나리께서는 몇 번이나 왕래하셨니?"

"매일 왕림하셔서 밤이 깊어서야 돌아가셨지."

춘월이 웃으며 또 물었다.

"몇 번이나 잠자리를 함께하셨어?"

자연이 대답했다.

"잠자리를 함께하시는 건 한 번도 못 보았는걸."

춘월이 다시 웃음을 지으며 자연의 손을 잡고 말했다.

"절대 누설하지 않을 테니 숨김없이 솔직하게 말해 봐라."

"그게 뭐 속일 게 있니?"

춘월이 다시 웃으면서 자연의 귀에 대고 몇 마디 말을 하자 자연이 답했다.

"그건 나도 몰라. 우리 낭자께서 상공 나리의 말씀을 듣지 않고 '오늘은 벗으로 알아주소서' 하셨는데, 그밖에는 전혀 모르는 일이야."

춘월이 다시 무언가를 물으려 하는데, 갑자기 연옥이 화원 뒤에 와서 서는 것이었다. 춘월이 즉시 일어나며 말했다.

"소저 옆에 심부름할 사람이 없어서 가 봐야겠다."

그러고는 훌쩍 가 버렸다.

이때 황소저는 벽성선을 만류하여 쌍륙雙六, 두 개의 주사위를 굴려 하는 놀이으로 놀며 시간을 보내고 있었다. 그런데 갑자기 황소저가 쌍륙판을 밀어 놓고 웃으며 말했다.

"선랑의 재주가 이러하니 응당 서화書畵도 서툴지 않겠군요. 서법은 어떠신가요?"

벽성선이 웃으며 대답했다.

"기생의 서법이야 낭군에게 편지를 쓸 정도에 불과합니다. 어찌 '글씨'라고 할 수 있겠습니까?"

황소저가 크게 웃으며 도화를 부르더니 특별히 붓과 벼루를 가져오도록 하고 말했다.

"내가 근래 서화로 소일하고 있다오. 선랑은 글씨 몇 줄 쓰는 것을 아끼지 마시지요."

벽성선이 쓰지 않으려 하자 황소저가 붓을 뽑아 들더니 먼저 몇 줄을 썼다.

"내가 졸렬한 솜씨로 먼저 썼으니, 그대도 써 보세요."

벽성선이 부득이 한 줄을 썼다. 황소저가 유심히 마음을 기울여 두세 번 살펴보고는 칭찬했다.

"그대의 글씨는 내가 미칠 바가 아니군요. 다른 글씨체를 써 보시지요."

벽서선이 말했다.

"낮은 재주로는 이 정도밖에 안 됩니다. 어찌 두 가지 서체를 쓸 줄 알겠습니까."

황소저가 미소를 지으며 말했다.

"오늘 청아하게 시간을 보냈으니, 내일 다시 찾아오세요."

벽성선이 응낙하고 돌아갔다. 총명하고 영리한 벽성선이 어찌 황소저의 간사한 계략을 모르겠는가. 나이가 어리고 성품이 유약하여 강남홍 같은 용맹과 결단이 없으니, 자기 처지를 생각하고 차마 거절하지 못한 것이다. 매일 두 사람이 상종하니 윤소저는 소홀해질까 염려하여 방심할 수 없었다.

하루는 양현이 내당에 들어와 황소저를 불러 말했다.

"지난번 네 부친의 편지를 받아 보니 네 친정어머님의 병환이 갑자기 닥쳐서 즉시 너를 보내 달라 하시더구나. 그러니 바로 친정으로 돌아가 문안을 올리고 약을 달여서 정성껏 모시도록 해라."

황소저가 명을 듣고 즉시 황부黃府로 가서 황의병과 모친을 뵈었다. 황의병이 물었다.

"지난번 네가 보낸 편지를 보니, 병이 지극히 중하다 하더구나. 집으로 데리고 와서 병을 조섭하고 싶었다만, 네 모친이 '시댁에서 보내지 않을 것이니, 부모의 병을 핑계로 대고 부르는 것이 좋을 것 같다'고 하시기에, 내가 네 시아버지께 부탁했다. 그런데 지금 네 모습을 보니 특별한 병색이 없다. 어째서 그런 황당한 편지로 늙은 아비를 놀라게 하느냐?"

황소저가 처연히 대답했다.

"얼굴에 보이는 증상은 의원과 약으로 고칠 수 있지만, 마음속 숨어 있는 근심은 위태로움이 경각에 달렸습니다. 다만 두려운 것은, 부모님 두 분이 아직 살아 계시다는 점입니다."

황의병이 크게 놀라 말했다.

"네 병이 그다지도 깊단 말이냐?"

황소저가 눈물을 흘리면서 말했다.

"아버지께서 저를 사랑하시어 훌륭한 사위를 선택하셨지만, 지금 보니 풍류탕아를 만났습니다. 오작교는 은하수에서 끊어지고, 월궁에서 외로운 항아 신세입니다. 청춘의 규방 생활에 부질없이 「백두음」白頭吟*이나 짓고 있으니, 소녀의 신세

---

* '흰머리의 노래'라는 뜻으로, 백발이 되자 버림받는 것에 대한 슬픔과 원망을 담은 노래다. 사마상여가 무릉(茂陵)의 여인을 첩으로 데려오려 하자, 아내 탁문군이 이 노래를 지어 부르면서 관계를 끊었다고 한다.

는 도리어 죽어 버려 아무것도 모르는 것이 낫습니다."

황의병이 분개하며 말했다.

"내가 늦게서야 너를 낳아 손바닥 안의 보옥寶玉으로 여기며 키웠다. 나는 네 신세가 잘못될까 근심이구나. 무슨 까닭인지 자세히 말해 보거라."

황소저가 오열하며 말했다.

"양원수께서 강주에 유배를 갔을 때 만난 천한 기생 하나를 데려왔는데, 음란한 생실과 요사스럽고 악독한 태도로 남자를 미혹시키고, 교태로운 웃음과 입에 발린 말솜씨로 윗사람이나 아랫사람과 붙어서 소녀를 멸시합니다. 그 애는, 황씨는 나중에 들어온 사람이니 어찌 정실부인과 첩실의 구분을 지키면서 즐거운 마음으로 아랫사람이 되어 살겠는가 하고 말합니다. 지금으로서는 서로 양립할 수 없는 처지입니다. 소녀는 차라리 죽어서 이런 일을 모르고 싶습니다."

황의병이 모두 듣고 나더니 크게 노하여 말했다.

"하찮은 천기가 어찌 그리 당돌하단 말이냐? 우리 딸이 비록 재주와 덕은 없지만 황상의 명을 받아 혼인을 한 사람이라 양원수도 박대하지 못하거늘 하물며 천기임에랴. 마땅히 양부로 가서 그 천기를 쫓아내야겠다."

그러자 위부인이 만류하며 말했다.

"상공은 노여움을 삭이시고 사태를 천천히 살피시면서 처리하세요."

황의병은 그 말이 옳다고 여기면서도 위부인의 속임수가 가득한 마음과 악독한 성품을 감히 거역하지 못했다. 이때부터 자기 딸만 옹호하면서 벽성선을 해치려는 비밀스러운 계교와 괴이한 책략을 가늠하기 어려웠다.

열흘여가 지나서 황소저는 시댁으로 돌아가게 되었다. 황의병은 딸의 손을 잡고 말했다.

"시댁으로 돌아가 어려운 일이 생기거든 즉시 통지하거라. 늙은 아비가 무능하지만 천기 하나쯤이야 풀 티끌처럼 본다. 어찌 근심할 게 있겠느냐."

위부인이 차갑게 웃으며 말했다.

"출가한 여자는 삶과 죽음, 괴로움과 즐거움이 시댁에 달렸으니 상공이 어떻게 할 수 있겠습니까. 너는 돌아가서 모욕을 당하게 되거든 차라리 자결할지언정 다른 사람의 웃음거리는 되지 말거라."

황소저는 눈물을 닦으며 수레에 올랐다. 황의병은 차마 보질 못하고 부인을 꾸짖는 한편 딸을 위로했다.

세월은 훌쩍 흘러 양창곡이 전쟁에 나간 지 서너 달이 지났다. 여름은 가고 가을이 오니, 날씨는 청명하고 바람은 소슬했다. 벽성선은 별당에 외로이 거처하면서 두 여종을 데리고 난간에 기대 서 있었다. 서리 기운은 하늘에 맺혔고 밝은 달은 땅에 가득했다. 울음 우는 기러기 떼는 무리를 지어 남쪽으로 날아갔다. 벽성선은 처연한 빛으로 길게 탄식하며 말했다.

"아! 나에게 두 날개가 없는 것이 한이로구나. 어떻게 하면 저 기러기를 따라갈 수 있을까."

그러고는 시 한 편을 지었다.

가련하여라, 규중의 달이여 　　　　　　　　　　　可憐閨裏月
그대 계시는 진중에도 비춰 주겠지* 　　　　　　　流照伏波營

"이것이야말로 오늘 밤 내 마음이로구나"

그러면서 구슬 같은 눈물을 흘려 옷깃을 적셨다. 그때 갑자기 춘월이 와서 알렸다.

"황소저께서 저를 보내시면서 소청과 자연이를 바꾸어 보내라 하십니다."

벽성선이 두 아이를 돌아보며 말했다.

"소저께서 매번 너희들을 칭찬하시더구나. 시키시는 일이 있다면 잘 살펴서 신중히 받들도록 하여라."

두 여종이 명에 대답하고 갔다. 춘월이 벽성선에게 웃음을 보이며 말했다.

"낭자께서는 그동안 적막하지 않으시다가 이제 깊고 깊은 별당에 거처하심은 상공께서 전쟁에 나가셨기 때문이군요."

---

* 복파(伏波)는 원래 한나라 때의 장수를 가리키는 말이다. 여기서는 양창곡이 지내는 군영을 말한다.

벽성선이 미소를 지으며 대답하지 않았다. 그러자 춘월이 웃으며 말했다.

"소비小婢는 재상의 문하에서 태어나 자랐습니다. 그래서 규중의 처자들을 많이 보았습니다만 낭자와 같은 자색은 처음 봅니다. 집안의 모든 사람들이 저희 황소저보다 아랫사람이 된 게 참 원통하다 하더이다."

벽성선이 웃으며 말했다.

"내가 청루 생활 10년 동안 비록 배운 것은 없지만 다른 사람의 말을 듣고 그 뜻을 대략 짐작할 줄은 안다. 네 말이 나를 농락하는 것이라는 걸 어찌 모르겠느냐?"

춘월은 머쓱하여 다시는 말하지 못했다.

이때 소청과 자연이 황소저의 침실에 이르니 황소저가 기쁜 빛으로 맞이하며 말했다.

"때마침 친정에서 송강松江의 농어를 보내왔구나. 끓여 먹고 싶지만 춘월이와 도화가 요리하는 법을 잘 몰라 특별히 너희들을 불렀다. 부디 수고를 아끼지 말라."

두 아이가 대답하고는 주방으로 들어가 국을 끓였다.

한편, 벽성선은 춘월의 간사한 말을 듣고 그 의도를 알아채어 등불을 돋우고 묵묵히 앉아 있었다. 그런데 밤늦도록 소청과 자연이 돌아오지 않았다.

"소청과 자연이가 간 뒤로 소식이 없네요. 제가 가서 살펴보겠습니다."

춘월은 이렇게 말하고 나가더니 아무런 기척이 없었다. 벽성선이 베개에 기대어 뒤척이며 처량한 마음에 잠을 이루지 못하고 있을 때였다. 문밖에서 인기척이 들렸다. 두 시비가 오는가 싶어 일어나 앉아 기다리고 있는데, 갑자기 고함소리가 들리더니 소청과 자연이 방 안으로 뛰어들어 왔다. 벽성선 역시 크게 놀라 급히 창문을 열고 내다보니 춘월이 계단 아래에 엎드려 있고, 어떤 남자가 신발을 벗고 담장을 넘으려다 도리어 외당 중문을 찾아 나가는 것이었다. 춘월이 급히 일어나 소리 높여 외쳤다.

"별당에 수상한 남자가 있다!"

그러고는 그 남자를 뒤따라 쫓아갔다. 이때 양현이 외당에서 잠을 이루지 못하다가 크게 놀라서 창문을 열고 내다보았다. 과연 달빛 아래 모습도 선명하고 기세도 드센 남자가 돌아나오더니 외당 담장을 넘는 것이었다. 춘월이 쫓아와서 허리띠를 잡아당기니 남자는 허리띠를 휘둘러 끊어 버리고 달아났다. 양현은 급히 하인들을 불러서 종적을 살피도록 했으나 이미 간곳없었다. 양현은 하인들에게 단단히 타일렀다.

"이는 필시 도적놈이다. 너희들은 밤새도록 집 안팎을 순찰하여라."

그러고는 문을 닫고 막 잠자리에 들려고 하는데, 춘월이 여러 하인들과 창밖에서 시끄럽게 떠들었다.

"도적놈 주머니에서 기이한 향내가 났는데 재상부宰相府 안의 물건이 틀림없어.”

양현이 물러가라 꾸짖자 춘월과 하인들은 문밖으로 나가서 사사로이 그 주머니를 뒤져 아름다운 종이 한 폭을 찾아냈다. 춘월이 웃음을 머금고 말했다.

“그 도적놈은 분명히 책을 읽는 놈일 것이다. 이 어찌 도적 놈의 글이 아니겠느냐. 우리 부인 마님께 보여드려야겠다.”

그러고는 내당으로 들어갔다. 허부인이 무슨 일이냐고 묻자 춘월이 말했다.

“조금 전에 소청과 자연이가 황소저의 침실에 들어가 한담을 나누다가 밤이 깊어 별당으로 돌아가려 했습니다. 그 애들이 저와 함께 가기를 원해서 별당 계단 아래까지 갔는데, 갑자기 키가 큰 미남자가 신발을 벗고 침실 대청에서 내려오다 저를 보더니 다짜고짜 발로 차서 거꾸러뜨리고는 담을 넘어 외당으로 달아나려 했습니다. 외당 담장을 넘으려던 도적놈을 쫓아가 그놈의 비단 주머니를 빼앗았는데, 주머니 안에 이 종이가 있었으니, 부인 마님께서는 살펴보소서.”

허부인이 웃으며 말했다.

“도적놈을 이미 내쫓았는데 주머니 속 물건을 보는 게 무슨 이득이 있겠느냐.”

말을 마치기도 전에 황소저가 당황스레 와서 말했다.

“시어머님께서 놀라셨을까 하여 감히 문안을 왔나이다.”

“우리 며느리는 아직도 잠자리에 들지 않았느냐?”

"집안이 소란스러워서 자연히 깼습니다. 주변 사람들이 어머님 침실에 도적이 들었다고 잘못 알려 주는 바람에 더욱 놀라 이렇게 문안을 여쭈러 왔습니다."

"도적은 별당에 들었더구나. 지금은 쫓아냈으니, 며느리는 마음 놓고 돌아가거라."

황소저는 더욱 놀라며 춘월을 돌아보고 말했다.

"별당에 둔 재물이 없는데 무엇을 훔치려 들어왔을까?"

춘월이 웃으며 말했다.

"꽃이 향기를 토해 내니 나비가 절로 날아드는 법이지요. 어찌 금은과 비단만이 재물이겠습니까?"

황소저가 웃으며 말했다.

"손에 가지고 있는 건 무엇이냐?"

춘월이 웃으며 바치니 황소저가 받아서 촛불 아래에서 열어 보았다. 허부인이 웃으며 말했다.

"규중의 아녀자가 도적놈의 물건을 열어 볼 필요 없다."

황소저도 그렇다고 하면서 춘월에게 돌려주고 즉시 윤소저의 침실로 갔다. 춘월이 장황하게 이야기하며 도중에 주머니 속 물건을 뒤져 보고자 하니, 윤소저가 정색하며 말했다.

"나는 도적의 주머니 속 물건을 보고 싶지 않네. 그것을 거두어 멀리 두라."

황소저가 윤소저의 준엄한 기색을 보고 조금도 마음을 움직이지 못하자 춘월에게 말했다.

"선랑이 외로운 몸으로 이 가문을 낯설게 여길 터인데, 뜻 밖의 변고를 당하니 내가 가서 위로해 주어야겠다."

그리고 몸을 일으켜 별당으로 갔다. 벽성선과 그 시비들은 놀라움과 두려움을 이기지 못하여 서로 촛불 아래 둘러앉아 있었다. 별당에 다다른 황소저가 벽성선의 손을 잡고 눈물을 글썽이며 말했다.

"그대가 이 집안에 들어와 다정한 곳을 못 보고 이런 변괴를 당해 얼마나 놀랐겠소."

벽성선이 웃으며 말했다.

"첩은 천한 기생이라 외간남자를 많이 보았으며, 평지풍파 또한 여러 번 겪었습니다. 사소한 변괴가 어찌 놀랄 만한 일이 겠습니까. 소저께서 특별히 이 몸을 돌보아 주시는데 이렇게 싶은 심려를 끼쳐 제 마음이 불안합니다."

황소저가 묵묵히 대답하지 않으니, 춘월이 웃으며 말했다.

"집안의 도적 사건은 간혹 있는 일이지만, 그 놈의 장물을 빼앗는 것은 저의 솜씨입니다."

벽성선이 물었다.

"장물은 무엇이더냐?"

춘월이 종잇조각을 내놓자 황소저가 꾸짖으며 말했다.

"황당무계한 물건을 퍼뜨려서 무엇에 쓰려느냐. 빨리 불 속에 던져서 없애 버려라."

황소저의 말을 수상하게 여긴 벽성선은 춘월이 들고 있던 종이를 빼앗아 읽어 보았다. 한 조각 아름다운 종이를 동심결 同心結*로 봉하고 가늘게 글씨를 썼는데, 대략 다음과 같은 내용 이었다.

군자를 보지 못하니 하루가 삼 년 같습니다. 깜빡이는 외로운 등 불에 제 생각은 아득합니다. 양원수는 박정하여 이미 변방의 나그 네가 되었습니다. 적막한 후원에 가을달이 둥글고 담장 머리에 꽃 이 떨어지니 아마도 아름다운 사람이 오려는 듯싶습니다. 첩은 양 원수에게 몸을 허락하고 벗으로 사귀었으니, 이제 황성에 이른 것 은 한때의 유람을 위한 것입니다. 우리 두 사람의 백년가약은 심 양강처럼 깊고 벽성산처럼 높이 솟았습니다. 마땅히 별당의 대나 무 사립문을 닫고 비파를 튕겨서, 청송과 푸른 대나무, 노란 국화 와 단풍으로 옛 인연을 이으리니 정겨운 이야기는 바람 부는 지겟 문에 기대어 보름날 밝은 달을 고대하렵니다.

벽성선이 다 읽고 나더니 태연하게 웃으며 말했다.
"이는 도적놈의 물건이 아니라 바로 벽성선의 물건입니다. 그리움을 담은 편지야 기생들의 일상사지요. 소저는 괴이히 여기지 마소서."

* 비단끈 하나를 계속 이어지도록 문양을 만들어 엮어서 서로의 우애를 상징하는 징표로 삼았는데, 이것을 동심결이라고 한다.

황소저는 그만 기운이 빠져서 한마디 대답도 못하고 돌아갔다. 벽성선이 황소저와 춘월이를 보내고 나서 홀로 베개에 누워 곰곰이 생각했다.

'내 비록 청루에서 자랐지만 추한 말이 내 귀에 들리지 않았다. 이제 간사한 사람의 음해에 빠졌으니, 한을 갚을 길이 없구나. 이 어찌 기구한 운명이 아니겠는가. 내 필적은 모방할 수 있지만 벽성산과 심양강, 별당의 대나무 사립문을 닫고 상공과 마음속 이야기를 나누던 일은 아는 사람이 없을 터인데 이렇게 명확히 알다니 괴상한 일이다. 간사한 사람의 조화를 과연 가늠하기 어렵구나.'

벽성선은 마음이 어지러워 고민하다가, 갑자기 이런 생각이 떠올랐다.

'양원수께서 이별하실 때 만약 어려운 일이 있으면 윤소저와 상의하라 하셨지. 내일은 윤소저를 찾아뵙고 속마음을 말씀드려 이 변괴에 대처할 방도를 한번 여쭤 봐야겠다.'

날이 밝기를 기다렸다가 윤소저의 침실로 가자 윤소저가 반갑게 맞이했다.

"낭자가 지난밤에 한바탕 소동을 겪었다니 정말 심란하시겠군요."

벽성선이 슬픈 빛으로 대답했다.

"천첩이 상공을 따라 천리를 멀다 않고 온 것은 풍정을 탐닉해서가 아닙니다. 진실로 그분을 사모하여서입니다. 이 집안에 들어와 며칠 지나지도 않았는데 추악한 소문과 해괴망측한 행동으로 법도가 엄정한 가문을 어지럽히고 조용한 집안을 소란스럽게 하니, 훗날 무슨 면목으로 다시 상공을 우러러 대하겠습니까? 고향으로 돌아가고 싶지만 진퇴를 제 마음대로 할 수도 없는 일이고, 이 집안에 그냥 살자 하니 후환이 끝없을 것입니다. 제가 어떻게 처신을 해야 할지 모르겠습니다. 바라건대 소저께서 명백히 가르쳐 주십시오."

윤소저가 웃으며 말했다.

"내가 무슨 식견이 있어서 낭자에게 미치겠습니까마는 일찍이 듣자니 군자는 변화에 대처하기를 일상적인 것에 대처하듯 해야 한다고 하더군요. 내 몸을 수양하고 내 뜻을 지키어 천명을 따를 뿐이지요. 낭자는 마음을 편안히 하세요. 내게 주어진 도리에 힘쓰기만 하면 됩니다."

벽성선이 마음으로 탄복하며 말했다.

"소저께서는 진실로 여자 중의 군자시로군요. 역시 상공의 덕 있는 좋은 짝입니다."

말이 끝나기도 전에 창밖에서 연옥이 재빨리 소리질렀다.

"춘월이는 무슨 일로 엿듣고 있느냐?"

황소저는 벽성선이 윤소저의 침실로 간 것을 알고 춘월을 보내서 두 사람의 말을 엿듣게 했다가 연옥에게 들킨 것이다. 춘월이 웃으며 연옥의 손을 잡고 말했다.

"너를 찾아왔지."

춘월은 돌아가자마자 황소저에게 벽성선이 윤소저와 상의하던 전말을 일일이 알렸다. 그러자 황소저가 차갑게 웃으며 말했다.

"약삭빠른 윤씨와 요사스럽고 악독한 기생년이 사태가 돌아가는 걸 대충 알아채고 모의를 하니, 내가 뒷단속을 하지 않을 수 없구나."

하루는 벽성선이 별당에 혼자 앉아 있었다. 그런데 어떤 노파가 들어오니, 벽성선이 물었다.

"노인은 뭐하는 분이시오?"

노파가 말했다.

"이 늙은이는 방물장수입니다."

자연이 나와서 물었다.

"무슨 패물이 있나요?"

"달과 같은 명월패明月佩와 별 같은 진주선眞珠扇, 불 같은 산호주珊瑚珠와 꽃 같은 칠보장七寶粧 등 없는 게 없습니다. 마음대로 골라 보세요."

노파는 물건을 차례로 꺼내 놓았다. 자연이 물었다.

"이건 뭔가요?"

그녀가 들어서 보니 구슬처럼 둥글둥글한데 향기가 코에 닿았다. 노파가 말했다.

"이것은 벽사단辟邪丹입지요. 몸에 지니면 밤에 길을 가더라도 도깨비나 귀신들이 나타나지 않고, 전염병이 돌더라도 침범하지 못합니다. 규중 사람들은 그리 긴요하게 여기지 않지만, 하인이나 비복들은 모두 가지고 있을 만합니다. 하님께서 하나 사시지요."

자연이 한 개 들고 벽성선에게 보이며 사고 싶어 하니, 벽성선이 웃으며 하나를 소청에게 물었다.

"너도 가지고 싶니?"

소청이 웃으며 말했다.

"행동이 밝으면 사악한 귀신이 어찌 나타나며, 운수가 불행하면 질병을 어찌 면하겠어요? 저는 사고 싶지 않아요."

벽성선이 미소를 지었다. 자연이 벽사단을 손에서 놓지 않고 애지중지하니 소청이 꾸짖었다.

"쓸데없는 물건을 가지고 놀면서 허송세월을 하니 내가 빼앗아 버려야겠다."

그 말에 자연은 구슬을 깊이 감추었다. 하루는 자연이 별당 문밖에 서 있는데, 춘월이 놀러왔다가 웃으며 물었다.

"너에게 기이한 단약이 있다던데, 잠깐 구경하고 싶구나."

자연이 주머니에서 꺼내 보여 주니 춘월이 웃으며 말했다.

"이 물건을 어째서 옷 속에 차고 다니니?"

자연이 웃으며 말했다.

"몸에 지니고 다니면 귀신이 범하지 못하고 병에 걸리지 않는다고 하더라. 그래서 옷 속에 감추고 다니는 거야."

"그러면 나도 하나 사서 차고 다녀야지."

때는 8월 중순, 섬돌에는 찬이슬이 이미 내렸고 사방 벽에서는 벌레 소리가 찌르륵 찌르륵 울어, 전쟁터로 남편을 보내고 홀로 지내는 규방 아낙네의 처량한 심회를 도왔다. 벽성선은 무료하게 혼자 앉아 있다가 서글픈 마음을 나눌 곳이 없어 등불을 끄고 침상에 누웠다. 소청과 자연 두 시비는 곤하여 잠이 깊이 들었다. 그때 춘월이 급히 문을 두드렸다. 벽성선이 일어나 문을 열어 주니, 춘월이 한 손에 등롱을 들고 방으로 들어와 황소저의 말을 전했다. 황소저가 갑자기 병에 걸려 축 늘어져 누웠으니, 다시 보기 어렵겠다는 것이었다. 벽성선이 말했다.

"병의 징후가 어떠하시기에 이토록 급한 것이냐?"

춘월이 대답을 하는 한편 소청과 자연이 잠들어 있는 옆자리에 등롱을 놓고 앉으며 말했다.

"오늘 밤 날씨가 청명하고 서풍이 소슬하게 불어 서늘한 기운이 자못 엄습하니, 어떻게 본부本府·본디 살던 곳로 갈꼬."

벽성선이 물었다.

"본부에는 무엇하러 가느냐?"

"약을 지으려고 갑니다."

"내가 소저의 처소로 가 보겠다."

벽성선은 소청을 깨워 등롱의 불을 촛대로 옮겨 붙이려 했다. 그러자 춘월이 말했다.

"피곤하여 잠이 막 깊이 들었으니 천천히 깨우세요."

그러고는 춘월이 촛대에 막 불을 붙이려고 하다가 우연히 다리를 쳐서 촛대와 등롱의 불이 한꺼번에 꺼졌다. 춘월이 불평하며 말했다.

"급히 먹는 밥이 쉽게 체한다더니, 허황된 말이 아니네요. 저는 급히 가 봐야겠습니다."

벽성선이 소청을 불러 다시 등불을 붙이라 했다. 그런데 소청이 일어나 옷을 찾았지만 간곳없어, 캄캄한 어둠 속에서 바삐 찾았다. 벽성선이 빨리 일어나라고 재촉하자 소청은 황망하여 자연의 옷을 입고 따라나섰다. 황소저는 마침 침상에 누워서 신음하다가 벽성선이 오는 것을 보더니 말했다.

"원래 병든 사람은 가까운 사람을 생각하는 법인데, 이렇게 낭자가 와서 문병해주니 너무도 다정하구려."

벽성선이 좌우를 돌아보았다. 특별히 다른 물건은 없고 풍로에 달이던 약이 끓고 있을 뿐이었다. 그녀가 황소저에게 물었다.

"도화는 어디 가서 안 오는 겁니까?"

황소저가 말했다.

"춘월은 본부에 갔고 도화는 외출했다가 아직 돌아오지 않으니 이상한 일이네요."

벽성선이 소청과 함께 탕약을 살펴보니 약이 이미 다 끓어 있었다.

"약이 이미 다 끓었네요."

벽성선의 말에 황소저가 대답했다.

"미안하지만 소청에게 약을 걸러서 가져오라고 해주세요."

소청이 즉시 약을 걸러 올렸다. 그러자 황소저가 벽쪽으로 누워 있다가 다시 돌아누우며 눈썹을 찡그리고 소청을 여러 차례 꾸짖었다. 마침 춘월이 들어와 깜짝 놀라 말했다.

"탕약을 누가 걸렀나요?"

황소저가 억지로 말했다.

"나는 정신이 아득해서 어떻게 된 건지 잘 모르겠다만, 아마도 선랑께서 소청에게 거르라고 시키신 듯하구나."

춘월이 구시렁거리면서 소청이 조심스레 봉양하지 않은 것을 꾸짖었다. 춘월은 뜨거운 탕약을 약간 식혀서 황소저에게 올렸다. 황소저는 겨우 일어나 그릇을 들어 마시려고 하다가 눈썹을 찌푸리며 고개를 돌렸다.

"이번 약은 독한 냄새 때문에 비위가 상하는구나. 어찌된 일이냐?"

춘월이 말했다.

"약이 쓰지 않으면 병을 고칠 수 없는 법입니다. 소저께서는 친정 부모님의 심려를 생각하시어 한번 마셔 보세요."

황소저가 다시 그릇을 들어 입술 가까이 가져갔다가, 땅바닥에 그릇을 내동댕이치고는 침상에 엎어져 혼절하고 말았다. 벽성선과 소청이 크게 놀라서 살펴보고자 하니, 춘월이 발을 구르고 가슴을 치면서 말했다.

"소저께서는 필시 독에 중독이 되신 게 분명하구나."

그러고는 즉시 머리에 꽂았던 은비녀를 뽑아서 약그릇에 담그니, 삽시간에 비녀가 푸른색으로 변했다. 춘월이 "도화야!" 하고 부르자, 도화가 하인과 함께 들어왔다. 춘월이 하늘을 우러러 통곡하면서 말했다.

"그 사이 어딜 갔었기에 우리 소저를 악독한 사람 속에 들게 하여 이 지경이 되었단 말이냐."

그러고는 소청의 몸을 수색하여 남은 약을 찾아냈다. 소청은 기가 꺾여 옷을 벗어 놓고 통곡했다.

"하늘이 우리 종과 주인을 죽이려 하시는구나. 어찌 도리 없이 이 지경에 이르렀는가."

소청이 윗옷을 벗으니 환약 한 봉지가 아직도 옷 속에 들어 있었다. 춘월이 환약을 집어 들고 마구 날뛰면서 말했다.

"우리 소저께서 적국의 간사한 꾀를 알지 못하시고 충심으로 대해 주었는데, 결국은 이런 일을 당하시는구나. 젊은 나이에 원통하게 돌아가시게 되었으니, 아득한 하늘아, 어찌 이렇게 만들었는가."

그러고는 도화를 돌아보며 말했다.

"소청 주인은 우리와 같은 하늘을 이고 살아갈 수 없는 불공대천不共戴天의 원수다. 단단히 잡고 놓치지 마라."

춘월은 즉시 허부인의 침실로 가서 통곡하며 황소저가 중독되었다고 아뢰었다. 허부인이 깜짝 놀라 연유를 묻자 춘월은 눈물을 닦으며 고했다.

"소저께서 저녁을 드신 뒤 몸이 불편하다 하여 친정에서 약 두 첩을 지어 왔습니다. 한 첩은 제가 직접 달였고 또 한 첩은 제가 황부로 간 사이 선랑이 소청과 함께 아무 이유 없이 와서는 달여서 마시기를 권했습니다. 소저가 정신이 혼미한 와중에 조금 마시자마자 좌불안석 어쩔 줄 몰라 하다가 인사불성이 되었습니다. 그래서 제가 은비녀를 뽑아 약그릇에 넣어 보니 푸른색으로 분명히 변했습니다. 게다가 소청의 몸을 뒤져 보니 약이 품속에 남아 있어 빼앗아 가져왔습니다."

허부인이 묵묵히 대답하지 않고 윤소저의 침실로 갔다. 그리고 윤소저를 데리고 황소저의 침실로 가니, 벽성선은 조각상처럼 침상 아래에 앉아 있었고, 도화는 소청을 잡고 서 있었다. 그들은 윤소저가 온 것을 보더니 눈물을 비오듯 흘렸다. 윤소저는 벽성선의 정경을 불쌍하게 여겨서 차마 똑바로 보질 못하고 눈물을 글썽이며 고개를 숙였다. 그리고 황소저 옆으로 가서 진맥해 보니 평상시처럼 맥이 고르고 아무런 이상이 없었으나, 헐떡거리며 숨을 쉬는 모습이 마치 목숨이 경각에 달린 듯 위태로웠다. 윤소저가 묵묵히 물러나자, 허부인이 또 침상 앞으로 와서 말했다.

"우리 며느리가 하룻밤 사이에 무슨 변고냐."

황소저가 대답을 못하고 짐짓 구역질하는 척하면서 흐느꼈다. 허부인이 주변 사람들을 돌아보며 말했다.

"소란 피우지 말고 소저를 잘 조섭해 마음을 안정시켜 회생토록 하여라."

춘월이 통곡하면서 곧바로 벽성선을 향해 소리쳤다.

"너는 우리 소저에게 독을 풀고 무슨 면목으로 이 자리에 앉았느냐."

춘월이 벽성선을 쫓아내려고 하자, 윤소저가 정색을 하며 말했다.

"천한 종은 절대 무례하게 굴지 말라. 죄가 있는지 없는지는 대부인 마님께서 합당하게 처리하실 것이다. 신분으로 말하면 가군家君의 소실이라, 네가 어찌 당돌하게 구느냐?"

말을 마치자 기운이 추상같이 서늘했다. 춘월이와 도화 두 시비는 두려워하며 물러났다. 허부인과 윤소저가 반나절 정도 황소저의 동정을 살폈지만 특별한 증상이 나타나지 않았다. 허부인이 돌아가자 윤소저는 벽성선에게 눈짓을 하여 소청을 데리고 허부인의 침소로 데려갔다. 양현이 내당으로 들어와 상황을 대략 듣고 즉시 황소저의 침실로 가서 진맥을 한 뒤 춘월과 도화에게 말했다.

"너희들은 소저를 보호하기만 해라. 만약 소란을 일으키면 엄히 다스리리라."

양현이 허부인의 처소로 돌아오자 부인이 물었다.

"둘째 며느리의 동태가 어떻던가요? 집안 법도가 어긋나 어지러워졌으니, 상공께서는 어떻게 처리하실 겁니까?"

양현이 고심하며 말했다.

"둘째 며느리가 중독되었다지만 다행히 탈이 없으니 다시 이 사건을 처리할 계책을 생각해 봐야겠소."

이때 황소저는 간교한 수단으로 첩실을 몰래 해치려고 시부모님을 놀라게 하고 눈 안의 못 때문에 자기 목숨을 돌아보질 않으니, 어찌 천추토록 후세 부인들이 경계할 일이 아니겠는가. 황소저가 침상에 누워 집안의 동정을 몰래 들으니, 집안 사람들은 위아래 할 것 없이 벽성선을 의심하는 사람이 하나도 없었다. 황소저는 마음이 더욱 초조하여 분노와 악독함이 뱃속에 더해졌다. 그녀는 춘월을 충동질하여 친정으로 보내 다시 늙고 어두운 부모님을 두렵게 하려고 했다. 춘월이 황부문 앞으로 달려들어 목 놓아 크게 곡을 하면서 넘어져 혼절했다. 위부인과 황의병이 크게 놀라며 무슨 일인지 묻자 춘월은 다시 땅에 머리를 부딪치고 하늘에 소리를 지르며 말했다.

"안타깝구나, 우리 소저여! 무슨 죄로 청춘의 나이에 원혼이 된단 말인가."

황의병이 이 말을 듣고 큰 소리로 호통쳤다.

"그게 무슨 말이냐? 춘월아, 자세히 말을 해보아라."

춘월이 울면서 고했다.

"소저께서 어젯밤에 몸이 불편하셔서 약 두 첩을 지었습니다. 한 첩은 제가 달여 올려드렸고, 제가 잠깐 외출한 사이에 벽성선이 자기 시비 소청이를 데려와서 나머지 한 첩을 찾아

내 달여서 드렸습니다. 소저가 정신이 혼미하여 아무 의심 없이 한 모금 마셨는데 꼼짝달싹 못하게 되면서 인사불성이 되셨습니다. 제 비녀를 뽑아 시험해 보니 은색이 갑자기 변하기에 소청의 몸을 뒤지자 독약 한 알이 품속에서 나왔습니다. 엎드려 바라건대 상공께서는 빨리 이 원수를 갚으셔서 참혹하게 독살된 우리 소저의 원한을 풀게 해 주소서."

위부인이 냉소하며 말했다.

"차라리 딸아이의 죽음이 잘되었구나. 살아서 욕을 당하느니 죽어서 아무것도 모르는 게 낫다. 그러나 한 나라의 원로대신의 천금 같은 딸아이가 죄도 없이 일개 천한 기생 때문에 제 명에 죽지 못하고 횡사한다는 것이 한심할 뿐이다."

황의병이 손바닥으로 자리를 치면서 말했다.

"내가 마땅히 하인들을 데리고 양부로 가서 원수를 잡아 처단해야겠다."

그러자 위부인이 소매를 잡으며 말했다.

"춘월이 전하는 말을 들어 보면 양부의 윗사람이나 아랫사람이 그 간사한 계집과 같은 생각을 하여 도리어 우리 딸을 의심하고 있어요. 그러니 상공은 가지 마세요."

황의병이 소매를 뿌리치며 말했다.

"부인은 나약한 소리를 하지 마시오."

그는 하인 10여 명을 호령하여 양부로 가고자 하니, 결국 상황이 어찌될지 모르겠구나. 다음 회를 보시라.

제11회

양원수는 흑풍산에서 큰 승리를 거두고,

와룡은 반사곡에서 성스러움을 드러내다

元帥大捷黑風山 臥龍顯聖盤蛇谷

황의병은 10여 명의 하인들을 데리고 길을 가득 메우면서 벽
제辟除* 소리도 요란하게 양부로 달려들어 갔다. 그는 양현을
보자 분노하며 말했다.

"노부가 오늘 딸아이의 원수를 갚으려 왔소이다. 사돈은 집
안에 간사한 사람을 두지 마시고 즉시 쫓아내시오. 노부가 비
록 미욱하지만 일개 천한 기생을 살리고 죽이는 힘이야 이 손
바닥 안에 있소이다."

양현이 웃으며 말했다.

"승상의 말씀이 너무 지나치시군요. 이 일은 제 집안일입니
다. 비록 불민하지만 제가 처리할 일이지요. 따님 역시 탈이

---

* 지위가 높은 사람이 행차할 때 '물럿거라' 등을 외치면서 잡인의 통행을 금하던
  일을 말한다.

없으니 너무 근심하지 마세요."

황의병이 노하여 말했다.

"노부가 이미 알고 왔거늘, 사돈은 어찌 요사스럽고 악독한 천기를 감싸며 인명이 지극히 중하다는 사실을 숨기려 하시오? 만약 그 원수를 쫓아내지 않겠다면 제 늙은 아내가 내당을 뒤지게 해서라도 오늘 이 원수를 갚고 돌아갈 것이외다."

황의병은 말을 마치자 분기로 가슴이 막혀서 숨을 헐떡이며 위태로웠다. 양현이 늙어서 어둡고 용렬한 그의 모습을 보고 다시 말했다.

"승상께서 사태를 살피지 않으시는 게 어찌 이 지경에 이르시는 겁니까? 제가 비록 인자하지는 못하지만 승상의 따님은 제 며느리입니다. 자애로운 마음은 부모나 시부모나 다를 게 없습니다. 사람이 살고 죽은 마당이라면 제가 이렇게 태연하겠습니까? 게다가 여자가 출가하면 그 소중함이 시댁에 있는 겁니다. 승상께서 아무 근거도 없는 이야기를 들으시고 이렇게 함부로 뛰어드시니, 이는 오히려 따님을 사랑하시는 도리가 아닙니다."

황의병이 그제야 머쓱한 빛으로 말했다.

"과연 사돈 말씀과 같다면, 우리 딸아이의 한 가닥 목숨이 여전히 붙어 있다는 얘기군요. 제가 잠깐 보고 싶습니다."

양현이 허락한 뒤 내당에 통지하고 황의병을 안내하여 황소저의 침실로 갔다. 누워 있던 황소저는 짐짓 어둑한 눈으로 호흡이 거의 끊어질 듯하니, 황의병이 꿇어앉아 어두운 눈을 떠서 황당한 모습으로 살펴보았다. 구름 같은 머리는 흐트러져 옥 같은 얼굴을 가렸고, 예쁜 눈썹은 잔뜩 찡그려 온화한 기운이 사라졌다. 손발을 움직이지 않고 호흡 또한 있는 듯 없는 듯했다. 황의병이 앞으로 나아가 몸을 주무르며 소리쳤다.

"애야, 이게 무슨 일이냐. 아비가 왔으니 눈을 떠 보아라."

황소저가 갑자기 구역질하는 모습을 보이며 가느다란 소리로 대답했다.

"소녀가 불효하여 걱정을 끼쳐드리는군요. 아버님은 조금도 괘념치 마세요."

황의병이 위로하며 말했다.

"춘월이가 거짓으로 나쁜 소식을 전하는 바람에 급히 달려왔다. 네가 살아 있는 걸 보니 다행이다. 간사한 사람에 대한 처리는 시댁에서 관여할 일이라 나는 잘 모르겠다. 출가한 여자는 아무래도 그 중한 데가 시댁이니 내가 어찌하겠느냐."

황소저가 눈물을 흘리며 흐느꼈다.

"소녀가 이 지경에 이르렀으니, 죽고 사는 것은 인간의 일상사라 잠시 친정으로 돌아가 악독한 사람의 손아귀를 피해 보고 싶어요."

황의병이 측은한 빛을 띠면서 양현을 바라보며 친정으로 데려갈 것을 청했다. 양현이 허락하자 황의병은 즉시 집으로 돌아가 위부인에게 희색이 만면하여 말했다.

"딸아이가 별 탈이 없는데 춘월이가 소동을 일으켜 하마터면 다른 사람을 죽이게 할 뻔했소이다."

위부인이 차갑게 웃으며 말했다.

"상공께서는 애가 죽은 뒤에 복수할 일만 아실 뿐 살아생전에 치욕을 갚을 생각은 하지 않으시나요?"

황의병이 그 말을 옳게 여기면서 말했다.

"딸아이가 곧 올 것이니, 얘기를 듣고 다시 상의합시다."

이때 양현은 내당으로 들어가 허부인과 윤소저를 마주하고 황의병의 일을 이야기하며 어떻게 처리할 것인지 상의했다. 허부인이 탄식하며 말했다.

"한 사람의 죄를 밝혀내면 다른 한 사람의 잘못이 드러나고, 한 사람의 잘못을 가려 주면 다른 한 사람의 죄를 원통하게 만드는 겁니다. 상공께서는 충분히 생각하셔서 잘 처리하십시오."

양현이 머리를 끄덕이며 말했다.

"나도 대략은 알고 있었소. 아들이 돌아오기를 기다려 처리하도록 합시다."

얼마 후 황부에서 가마를 보내 황소저를 데려갔다. 허부인이 황소저의 손을 잡고 탄식했다.

"이 늙은 몸이 덕이 없어 집안의 도리를 바로 하지 못해 이런 일들이 벌어지는구나. 그러니 누구를 원망하고 누구를 탓하겠느냐."

황소저는 대답하지 않고 다만 눈물을 흘리며 가마에 올라 황부를 향하여 떠났다.

이때 위부인은 사갈蛇蝎, 뱀과 전갈 같은 성품과 귀신 같은 마음으로 질투하는 딸을 도와 간특한 흉계를 꾸미다가 일이 뜻대로 되지 않자, 사나움과 악독함을 이기지 못해 황의병을 격분시키려고 딸아이를 보며 손을 잡고 통곡했다.

"네 아버지가 사위를 잘못 택하는 바람에 늘그막에 얻은 어린 딸아이에게 이런 고초를 겪게 하는구나. 원수를 갚을 수 없어 훗날 간사한 사람의 음해를 결국 입게 될 테니, 차라리 우리 모녀가 먼저 죽어서 아무것도 모르는 게 낫겠다."

그러고는 서로 안고 통곡했다. 춘월 역시 황소저를 붙들고 목을 놓아 통곡하면서 한바탕 소란을 피웠다. 황의병이 들어와 황망히 부인과 딸을 위로하며 말했다.

"부인은 곡을 그만하시고 원수를 갚을 계책을 생각하시오. 양원외楊員外는 편협한 사람이라 노부는 다시 이야기하고 싶지 않소. 내일 황상에게 아뢰어 크게 조처할 터이니, 부인은 염려하지 마시오."

다음 날 황의병은 조회를 마치고 천자 앞으로 나아가 아뢰었다.

"전쟁에 나간 원수 양창곡은 신의 사위입니다. 집안의 법도가 어지러워져서 창곡이 출전한 뒤에 요사스럽고 악독한 첩이 정실부인에게 독을 풀었사온대, 그 정실부인이 제 딸입니다. 해괴한 소문과 망측한 거동은 윤리가 파괴되는 변괴라 할 만합니다. 신이 감히 사사로운 정으로 말씀 올리는 것이 아니오라, 창곡은 폐하의 총애하는 신하로서 지금 외방에 나가 돌아오지 않고 그 집안의 법도는 이처럼 어지러우니, 폐하께서 악독한 첩의 죄를 다스리어 집안의 법도를 바로 세우시지 않으신다면 그 해로움이 창곡에게 미칠까 염려됩니다."

천자가 그 말을 듣고 윤형문에게 말했다.

"경도 양창곡과 외인이 아니거늘, 이러한 사정을 듣지 못했소이까?"

윤형문이 아뢰었다.

"신 또한 그 소문을 들었으나, 규중의 일은 조정에서 간여할 바가 아니기에 아뢰지 않았습니다. 제게 하문하시면 신의 어리석은 소견으로는 창곡이 돌아오기를 기다려 처리하시는 것이 좋을 줄로 압니다."

천자가 그의 말을 따르기로 하니, 황의병도 어쩔 도리가 없었다. 황의병은 물러나와 대루원待漏院*에 이르러서 윤형문을 질책했다.

"형께서는 훗날 따님의 근심을 생각지 않으시고 그 천한 기생을 받아들이시다니, 앞날을 근심치 않는 게요?"

---

* 조정의 모든 관리가 아침 일찍 출근하여 조회에 참여할 때까지 대기하는 곳이다. '누'(漏)는 물시계를 뜻한다. 물시계가 떨어져 시간을 알리는 것을 기다렸다가 조회에 참여한다고 해서 대루원이라는 이름이 붙었다.

윤형문이 웃으며 말했다.

"제가 불민하지만 대신의 반열에 있는 몸입니다. 어찌 개인 사정 때문에 조정을 어지럽히겠소이까? 지금 양원수는 나라 밖에 있는데, 장인으로서 집안 사이의 풍파를 부드럽고 조화롭게 진정시키는 게 옳은 일이지, 이렇게 확대시키는 게 옳은 일인지는 잘 모르겠습니다."

그 말에 황의병은 오히려 분노의 빛을 띠었다.

이때 벽성선은 죄인을 자처하면서 별당 대신 행랑채의 곁방으로 물러나와 거처했다. 짚으로 만든 자리에 베 이불을 덮었으며, 빗지도 씻지도 않았다. 소청, 자연과 함께 세 노주奴主가 서로 의지하여 문밖을 나오지 않으니, 참담하고 초췌한 모습을 집안사람들이 모두 측은하게 여겼다. 벽성선이 원통하고 억울하다는 것을 알고 있었지만 그녀의 처지를 헤아려서 억지로 뜻을 돌리게 하지 않았다.

한편, 양창곡은 군대를 이끌고 행군하다가 구강九江 땅에 이르러 휴식을 취했다. 오吳와 초楚 지역 모든 고을에 격문을 보내 군사와 말을 징발하라 하고 크게 사냥을 벌였다. 이때 선봉장 뇌천풍이 말했다.

"바야흐로 적의 형세가 급박하여 남방의 모든 고을이 천병 오기만을 고대하고 있습니다. 대군이 밤낮을 가리지 않고 두 배로 행군해도 안 될 판에 이곳에서 오래 머무니, 소장으로서는 그 의도를 모르겠습니다."

양창곡이 웃으며 말했다.

"삼군이 먼 길을 행군하여 노고를 이기지 못하니, 잠시 휴식하면서 음식을 먹이는 겁니다. 활 쏘며 사냥을 하고 무예를 구경하다 오초 지역의 병사들이 다 집결한 연후에야 만전을 기하는 계책이 될 것입니다."

이때 남쪽 지방 모든 고을이 양창곡의 격문을 보고 독려하여 장수와 군사를 선발하고, 넷째 날에는 일제히 구강에 도착했다. 다섯째 날에는 양창곡이 대군을 이끌고 무창산武昌山 아래로 옮겨서 머무르며 오초 지역의 병사와 합했다. 그는 모든 장수들의 무예 기량을 시험해 보고 싶었다. 먼저 자신이 활솜씨를 시험하매, 활시위 소리는 허공에 비바람이 부는 듯하고 날아가는 화살은 푸른 하늘에 유성이 떨어지는 듯했다. 여러 장수들이 각각 자신의 재주를 다투고 있었는데, 어디선가 두 소년이 양창곡의 막하에서 큰 소리로 외쳤다.

"원수께서 지금 장수의 재목을 시험하고자 하시면서, 어찌 약한 활과 가느다란 화살로 아이들 장난하듯 하십니까. 긴 창과 큰 칼로 용맹을 시험하소서."

사람들이 그 소년들을 쳐다보니, 키는 8척이요 위풍이 늠름하여 호협豪俠의 기상과 담대한 모습이 외모에 드러나 있었다. 양창곡이 이름을 물었다.

"소장들은 본래 소주 사람입니다. 하나는 살인을 좋아하는 성품이라 소연성小然星 마달馬達이라 하고, 또 하나는 대담하면서도 용맹을 좋아하여 대적할 자 없으므로 백일표白日豹 동초董超라 합니다."

양창곡이 소년들의 이름을 듣고 예전에 서로 알던 사이인 듯했지만 가물가물하여 자세히 그들을 살펴보니, 예전 소주의 객점에서 압강정을 가르쳐 주던 소년들이었다. 그는 기쁜 마음에 물었다.

"너희들은 일찍이 소주와 항주의 청루를 어슬렁거리더니, 어찌하여 이곳에 왔는가?"

소년들이 양창곡의 얼굴을 쳐다보고 놀란 빛으로 말했다.

"소장 등이 눈은 있으되 눈알이 없어 회음准陰 주막집에서 지내던 한신韓信을 겁쟁이 선비라고 비웃는 짓을 저질렀습니다. 원수께서는 젊은 나이에 군영에서의 공명이 높으신데, 소장 등은 기생집과 술집에 발걸음하다가 살인죄를 범하고 이곳으로 도망쳐서 사냥이나 하며 지냈습니다. 그런데 원수께서 장수를 선발하신다는 말씀을 듣고 이렇게 왔습니다."

양창곡이 크게 기뻐하며 창과 칼, 활, 말 등을 하사하여 무예의 기술을 시험했다. 동초와 마달은 각각 창과 칼을 들고 군막 앞에서 말을 달렸다. 앉고 일어나고, 나아가고 물러나고, 싸우고 충돌하는 법이 하나도 소홀한 데 없었다. 곰처럼 뛰어오르고 호랑이처럼 재빠르니, 주변의 여러 장수들이 요란스럽게 칭찬했다. 양창곡이 크게 기뻐하며 동초를 좌익장군左翼將軍으로 삼고 마달을 우익장군右翼將軍으로 삼아 대군을 이끌어 무창산을 보위하고 대규모 사냥을 했다. 북과 뿔피리, 대포 소리 등으로 천지가 요동을 치고 깃발과 창과 칼은 일월日月과 빛을 다투었다. 산천초목은 모두 살기를 띠고 달리는 짐승들은 모두 자취를 감추었다. 밤낮으로 사냥을 하며 숲을 에워싸고 불을 놓으니, 호랑이와 표범, 이리와 꿩, 토끼와 여우 등을 산처럼 잡았 다. 삼군의 병사를 잘 먹이고는 곧바로 행군하여 남쪽으로 향했다.

이때 남만왕 나탁哪吒은 대군을 몰아 중원땅 국경에 이르렀다. 그는 대비가 없는 것을 보고 기뻐하면서, 두 고을 운남雲南과 당진唐眞을 공격하여 함락시켰다. 형주와 익주, 곤주袞州, 양주楊州 등 네 고을을 엿보고 군사를 세 갈래로 나누어 곧바로 남경南京을 침범하려 했다. 그런데 양창곡이 구강 땅에 이르러 3일 동안 대규모 사냥을 했다는 말을 듣고 깜짝 놀라 말했다.

"중국 천병이 7천여 리를 행군하고도 용력이 남았다니 그 강성함을 알겠구나. 변경이 이렇게 소란스러운데 태연하게 사냥을 하다니, 이는 믿는 계략이 있기 때문일 것이다. 게다가 오초의 막강한 군사들이 가세했으니 저놈들을 가볍게 볼 수 없겠구나."

나탁은 급히 세 갈래 군사들을 모아서 물러났다.

양창곡이 익주에 이르자 익주자사 소유경이 고을의 경계까지 나와서 맞이했다. 양창곡이 적의 정세를 물으니, 소유경이 대답했다.

"원수의 장략將略은 옛날 명장이라 하더라도 대적할 자가 없을 것입니다. 만약 구강에서 3일 동안 큰 사냥을 하지 않았더라면 세 갈래로 쳐들어오던 오랑캐 병사들을 어떻게 앉아서 물리칠 수 있었겠습니까. 이제 남만왕 나탁이 병사들을 퇴각시켜 흑풍산黑風山에 웅거하니, 그 군대가 몇 만이나 되는지 모를 정도입니다. 독화살과 괴이한 기계로 바람과 구름을 부르고 흑풍산을 따라 검은 모래가 내려와서, 지척을 분간하지 못한 채 군사들은 눈도 제대로 뜨지 못합니다. 형주와 익주의 병사들이 세 번 싸웠지만 계속 패배해 어쩔 도리가 없어 중요한 곳을 방비하고 원수의 대군을 기다렸습니다."

"흑풍산이 여기서 몇 리나 되오?"

"3백 리쯤 됩니다."

"초입이 어디쯤이오?"

"구진九眞과 경계 하고 있는 곳이며 남만으로 처음 들어가는 길입니다."

"병사들이 흑풍산을 넘기 어렵다 하니, 행군을 지체하면 안 되겠구나."

양창곡은 즉시 뇌천풍에게 익주의 병사 5천 기를 이끌게 하여 선봉장을 삼고, 소유경을 중군사마로, 동초와 마달을 후군으로 삼아 흑풍산을 향하여 출발했다. 3일째 되는 날 흑풍산 아래 10리쯤 되는 곳에 진을 쳤다. 양창곡이 소유경을 불러 말했다.

"먼저 흑풍산의 지형을 본 뒤 나탁을 사로잡으리라."

그날밤 3경에 양창곡은 소유경, 동초, 마달 등과 함께 짧은 무기를 들고 병사 몇 명에게 길을 인도하도록 했다. 흑풍산에 가서 지형을 살펴보니, 토산土山에 불과했다. 흙과 돌은 모두 재처럼 검고 사방에 풀 한 포기도 없었다. 양창곡이 지형과 흙의 색깔을 자세히 살펴보고는 다시 산에 올라 오랑캐들이 진을 친 모습을 내려보았다. 흑풍산 동남쪽 백여 걸음 밖에 수없이 많은 오랑캐 병사들이 백여 명씩 혹은 수백 명씩 아무런 대오도 없이 모여 있었으며, 앞뒤와 좌우로는 병기로 첩첩이 방비해 두었다.

양창곡이 그들이 친 진의 형세를 바라보더니 놀란 빛으로 소유경을 돌아보며 말했다.

"장군은 저들의 진세陣勢를 아시겠소?"

소유경이 말했다.

"소장이 약간의 병서를 읽었지만 이러한 진법은 듣지 못했습니다."

양창곡이 감탄하며 말했다.

"나탁이 비록 오랑캐지만 진실로 영웅지재英雄之才로구나. 이 진법의 이름은 '천창진'天槍陣이오. 하늘에 천창성天槍星이 있는데, 세상이 태평하면 북쪽에 빛을 감추고 현무女武의 방위를 지킵니다. 그러나 전쟁으로 어지러우면 중원을 침범하여 적시성積尸星이 됩니다. 지금 나탁의 진법은 바로 이에 응한 것이지요. 만약 모르고 쳐들어가면 반드시 대패합니다. 그러나 천창성은 죽이고 정벌하는 것을 관장하는 별이라, 생기가 왕성한 방위를 크게 꺼립니다. 나탁이 천창진의 머리 부분을 생기가 왕성한 방위 쪽에 두었으니 그는 필시 대패할 것입니다."

양창곡은 즉시 돌아와 군사를 퇴각시켜 30리 밖으로 진을 옮기고 삼군을 쉬도록 했다. 그러고는 매일 밤 하늘의 운행을 살피더니, 나흘째 되는 날 다시 흑풍산 백여 걸음 밖으로 진을 옮겼다. 그가 군사들에게 명령했다.

"오늘 오시午時에 적과 전투를 벌여서 미시未時에 그들을 격파할 것이다. 동초는 5천 기를 이끌고 흑풍산 동남쪽 백 걸음 밖에 매복하고, 마달은 5천 기를 이끌고 흑풍산 서남쪽 백여 걸음 밖에 매복하여 나탁의 퇴로를 차단하라."

두 장군이 명령에 따라 물러나와 병사들을 이끌고 갔다. 잠시 후 나탁이 흑풍산 남쪽에서 진을 옮겨 싸움을 걸어왔다. 양창곡은 붉은 도포와 금빛 갑옷으로 진영의 맨 앞에 나와 앉아 군사들에게 크게 호령했다.

"대명국大明國 원수가 할 말이 있으니, 남만왕은 잠시 진 앞으로 나서라."

나탁이 진 앞으로 나와서 군례를 행했다. 양창곡이 멀리서 바라보니 키는 9척이나 되고 허리 둘레는 10아름이나 되었다. 깊은 눈과 우뚝한 코, 둥그스름한 얼굴, 자줏빛 수염에는 기상이 흘러넘쳤다. 오른손에는 장검을 짚고 왼손에는 지휘를 위한 깃발을 들었다. 그는 승냥이 같은 목소리로 크게 소리쳤다.

"대명은 우리와 형제의 나라다. 이제 갑옷을 입고 전투를 하는 예로써 마주섰으니, 어찌 불행하지 않은가."

양창곡이 꾸짖었다.

"너희가 남방을 지켜서 중국의 두터운 예우가 적지 않은 처지다. 남만왕의 부귀가 이미 충분한데 무단히 변방을 소란하게 하여 스스로 도끼 앞으로 달려들었다. 내가 황상의 명을 받들어 백만대군을 이끌고 네 머리를 가지러 왔다. 빨리 항복하면 큰죄를 사면해 주고 황상께 아뢰어 남만왕의 부귀를 그대로 누리도록 해주겠다. 만약 거부한다면 남만왕의 머리를 대궐에 달아 놓아 천하 사방의 오랑캐들에게 호령하리라."

나탁이 크게 웃으며 말했다.

"내가 듣자니 천하는 공공의 물건이라고 한다. 덕을 닦으면 왕이 되고 덕을 잃으면 망한다. 나는 중원을 도모하고자 하여 50년 동안 정예군사를 길러 왔다. 이제 하늘의 운세는 과인에게 있다. 대명국을 멸망시키고 천하를 통일하는 것이 지금 이 거사에 달렸다. 때를 잃을 수 없는 일, 원수는 빨리 병사를 퇴각시켜 천명을 거역하지 말 것이며 어육처럼 짓이겨지는 것을 면하도록 하라."

양창곡이 크게 노하여 좌우를 돌아보며 말했다.

"누가 나아가 싸우겠느냐?"

선봉장 뇌천풍이 도끼를 휘두르며 출전했다. 뇌천풍은 원래 벽력부霹靂斧, 큰 도끼 모양의 무기를 잘 다루어 만 명의 군사도 당해 내지 못할 만큼 용맹했다. 나탁과 싸움을 돋우려 하는데, 오랑캐의 진영에서도 한 장수가 뛰어나오며 뇌천풍에 맞서 싸웠다. 그러나 3합이 못 되어 뇌천풍이 손으로 도끼를 들어올리자 오랑캐 장수의 머리가 말 아래로 떨어졌다. 그 순간 갑자기 오랑캐 진영에서 북소리가 둥둥 울리더니, 두 오랑캐 장수가 한꺼번에 나왔다. 그러자 명나라 진영에서 소유경이 말을 달려 진영 앞에 나섰다. 원래 중군사마 소유경은 방천극方天戟, 언월도나 창 모양의 무기을 잘 다루어, 그 사용법이 절륜했다. 이때 네 장수들이 10여 합이나 교전을 벌였지만 승부를 결정하지 못했다. 나탁이 크게 노하여 왼손으로 깃발을 휘두르니, 진영 앞에서 홀연 한바탕 광풍이 일어나며 흑풍산의 모래와 돌을 휘몰아 일으켰다. 검은 먼지가 명나라 진영 안까지 날려 지척을 분간하지 못하게 되니, 군사들은 눈을 뜰 수조차 없었다.

양창곡이 징을 울려 군사들을 거두어들이고 진영 앞에 깃발을 꽂고는, 진세를 바꾸어 무곡성의 팔괘진八卦陣을 펼치고 손방巽方, 동남쪽의 문을 열었다. 그제야 진영이 편안해지면서 바람과 먼지가 감히 침범하지 못했다. 양창곡이 군리軍吏를 불러 지금의 시간을 물으니 오시午時라고 보고했다. 그는 다시 진영의 문을 열고 궁노수弓弩手를 불러서 화살 끝에 화승火繩, 불을 붙이는 노끈을 묶고 거기에 불을 붙이고 있다가, 서북풍이 일어나면 흑풍산을 향하여 일제히 쏘라고 했다. 수백 명의 궁노수가 명령을 들고 활을 당겨 대기했다.

과연 오시에서 미시로 넘어가는 즈음에 서북풍이 크게 일어났다. 나무를 부러뜨리고 집을 뽑으며 모래와 돌을 휘날리자, 흑풍산의 모래가 도리어 오랑캐의 진영 쪽으로 날렸다. 그 순간 명나라 궁노수들이 일제히 화살을 쏘았다. 허공에 흐르는 화살이 바람을 따라 유성처럼 날아가서 흑풍산에 어지러이 떨어졌다. 검은 먼지가 연이어 타오르며 흑풍산이 순식간에 화산으로 변했다. 바람 앞에 날리는 먼지는 불꽃처럼 맹렬하게 오랑캐의 진영을 뒤덮었다. 나탁이 급히 풍차를 돌려서 동남풍을 만들었지만 사람이 만든 바람이 어찌 천지의 조화를 대적하겠는가. 나탁은 부득이 말을 타고 동남쪽을 바라보며 달아났다.

순간 한 무리의 기마병들이 그의 길을 막았다. 한 장수가 창을 휘두르며 크게 외쳤다.

"대명국 좌익장군 동초가 여기 있다. 남만왕은 달아나지 말아라."

나탁은 싸울 마음이 없어 말을 반대쪽으로 달려 서남쪽으로 달아났다. 그런데 또 한 무리의 군사들이 길을 막더니 한 장수가 월도月刀를 휘두르며 크게 소리쳤다.

"대명국 우익장군 마달이 여기 있으니, 쥐새끼 같은 도적놈은 도망치지 말라."

나탁이 크게 노하여 말을 돌려 수십 합을 싸웠다. 그런데 뒷쪽에서 함성이 크게 일어나더니 양창곡이 대군을 몰아서 쳐들어왔다. 나탁은 다시 말을 돌려 남쪽으로 달아났다. 양창곡은 그를 추격하지 않고 대군을 이동시켜 흑풍산 정남쪽 50여 리쯤 되는 곳에 진영을 설치하고 밤을 지내도록 했다. 소유경이 양창곡에게 말했다.

"원수의 용병술은 제갈무후諸葛武侯, 제갈량라도 미치지 못할 것입니다. 그런데 소장은 흑풍산 전투에서 두 가지 의아한 점이 있습니다. 미시에 서북풍이 일어날 것을 어떻게 미리 아셨으며, 흑풍산의 흙이 불꽃이 된 것은 어찌된 까닭입니까?"

양창곡이 웃으며 말했다.

"장수가 된 자는 위로는 천문을 통달하고 아래로는 지리를 통달해야 합니다. 내가 흑풍산을 보니 넓은 광야에 이어져 내려온 산맥이 없고 전후좌우에 초목이 드물었습니다. 이는 평범한 산이 아닙니다. 남방의 화기火氣가 이곳에 모여 있는 것이지요. 그 별자리를 나누어 보니 천화심성天火心星이 비추고 있었으며, 방위를 살펴보니 삼리화덕三离火德이 정가운데에 위치했더군요. 위아래에서 동시에 불을 받으니, 그 돌을 태우고 흙을 재로 만들어 버리면 이는 가히 곤명지昆明池의 겁화劫火*를 만들 수도 있었습니다. 이러니 불을 붙이면 어찌 널리 퍼지지

---

* 한나라 무제가 곤명지를 파다가 검은 재를 발견한 데서 유래했다. 겁화는 세상을 온통 태우는 불길을 말하는데, 무제가 발견한 재가 겁화로 인한 것이라고 한다.

않겠습니까? 또한 어젯밤에 별자리를 보니 기성箕星이 달에 가까이 있고 검은 구름이 북두표성北斗杓星에 모여 있더군요. 기성은 바람을 관장하는 별이고, 남방의 오위午位에 위치해 있습니다. 그러니 오시 이후에 바람이 일어날 징조요, 검은 구름이 북두표성을 덮고 있으니 서북풍이 일어날 조짐입니다. 그렇지만 천문지리를 완전히 믿을 수 없기 때문에 반드시 인사人事를 합하여 관찰해야 완전무결하다 하겠지요. 내가 살펴보니, 나탁의 진영에는 태세太歲, 목성가 상문喪門을 침범하여 검은 기운이 진영에 가득했습니다. 그들이 패배하리라는 것을 알게 된 거지요."

옆에서 이 말을 듣던 장수들이 모두 탄복했다. 동초와 마달이 물었다.

"오늘 밤 나탁이 필시 남쪽으로 도망할 터라 만약 장수 하나를 보내 정남쪽에 매복해 두었더라면 반드시 그놈을 사로잡았을 것입니다. 그런데 어찌 그렇게 하지 않으셨습니까?"

양창곡이 웃으며 말했다.

"나는 남만의 마음을 복종시키려는 것이다. 바야흐로 전쟁이 시작되었기 때문에 나탁을 놓아주어 자기 재주를 다 부려보게 한 것이다. 장군은 제갈무후가 남만의 장수를 일곱 번 놓아주고 일곱 번 사로잡은 뜻을 어찌 듣지 못했단 말인가."

이 말을 듣고서 여러 장수들이 더욱 탄복했다. 양창곡이 남쪽으로 행군하면서 나탁의 종적을 찾으니, 그는 이미 오록동五

鹿洞으로 들어가서 다시 오랑캐 병사들을 모으고 있었다. 오록동은 원래 나탁의 골짜기가 다섯 군데 있다. 첫 번째는 철목동鐵木洞이니 나탁이 그곳에 거처했다. 두 번째는 태을동太乙洞, 세 번째는 화과동花果洞, 네 번째는 대록동大鹿洞, 다섯 번째는 오록동五鹿洞이었다. 각 골짜기마다 창고와 병기, 기계들이 있는데 길과 산천이 정말 험한 곳이었다. 양창곡은 이 지역 출신 병사에게 오록동에 대해 물었다. 그러자 병사가 말했다.

"오록동은 여기서 백 리쯤 되는 곳에 있습니다. 길이 매우 험하고, 지나는 곳에 반사곡盤蛇谷이 있습니다."

양창곡이 우익장군 마달에게 2천 기를 인솔하여 먼저 가서 길을 열도록 했다. 한곳에 이르니 산세가 높고 급하며 바위 모서리가 가팔라 군마軍馬가 갈 수 없었다. 마달이 나무를 잘라 다리를 만들고 돌을 날라 길을 만들며 지나갔다. 그러다 보니 어언 날이 저물었다. 마달은 골짜기 입구 평탄한 곳에 군사를 머물게 하고 본진을 기다렸다. 양창곡이 와서 보더니 말했다.

"이곳은 험하고 좁아서 대군이 머물 수 없다. 저녁 달빛을 띠고 몇 리를 가도록 하라."

말을 끝내기도 전에 홀연 한바탕 광풍이 일어나더니 함성 소리가 바람을 따라 요란했다. 양창곡이 크게 놀라서 군사를 머무르라 이르고, 산에 올라 멀리 바라보았지만 아무런 움직임도 발견되지 않았다. 다시 이 지역 출신 병사에게 물었다.

"이곳 지명이 무엇이냐?"

"반사곡입니다."

양창곡은 대군을 이끌고 10여 리 밖 평탄한 곳으로 내려가서 진영을 만들고 밤을 지냈다. 한밤중이 되자 광풍이 또 일어나고 함성이 요란하게 났다. 양창곡은 너무 괴이하여 동초와 마달 두 장수를 불러 먼 곳까지 가서 상황을 살피고 오라 했다. 그러나 아무런 움직임도 없었다.

양창곡은 군사들을 엄히 경계토록 하고, 막사에 앉아 책상에 기대어 병서를 보고 있었다. 갑자기 군중이 소란해지면서 연이어 고통스러운 소리가 들렸다. 양창곡이 크게 놀라 진영을 순찰하고 군사들의 동정을 살펴보니, 어떤 부대 전체에서 이마를 감싸고 아파하는 소리가 들끓는 듯했다. 양창곡이 한참 생각하다가 이 지역 출신 병사를 불러서 물었다.

"이곳이 혹시 옛날 전쟁터였더냐?"

"이곳을 왕래한 일이 드물어 여기가 반사곡이라는 것만 알 뿐, 옛날에 전쟁터였는지는 잘 모르겠습니다."

양창곡이 한동안 생각하다가 말했다.

"고요한 빈 산에 함성이 갑자기 일어나고 병이 없던 군사가 한꺼번에 병에 걸리니, 반드시 곡절이 있을 것이다. 옛 성인이 비록 괴력난신怪力亂神*을 말씀하지 않으셨지만, 이는 아마도 귀

---

* 괴이한 일과 무력에 관한 일, 반란과 같이 어지러운 일, 신이한 일을 말한다. 『논어』에 의하면, 공자는 '괴력난신'을 말하지 않았다고 한다.

신들의 장난일 것이다."

말이 끝나기도 전에 함성이 또 일어났다. 뇌천풍이 크게 노하여 벽력부를 들고 나오며 말했다.

"소장이 마땅히 함성이 일어나는 곳을 찾아 까닭을 알아 오겠습니다."

뇌천풍이 분연히 도끼를 들고 소리를 따라갔다. 한곳에 이르니 산은 높고 골은 깊어 나무들이 하늘을 찌를 듯한데 귀곡성이 요란했다. 뇌천풍이 걸음을 멈추고 소리가 일어나는 곳을 살펴보았지만 나무 사이 바위 틈 어디서 나는지 알 수 없었다. 괴이한 바람과 음산한 기운이 한꺼번에 사람을 덮쳐 왔다. 뇌천풍은 더욱 분노하여 도끼를 휘두르며 나무를 베고 바위를 찍어서 민둥산을 만들어 버리고 돌아왔다.

잠시 후 광풍이 더욱 크게 일어나 군중에서 고통스러워하는 소리가 더욱 심해졌다. 양창곡은 너무 근심스러워 평복을 입고 군영의 문을 나서서 달 아래를 배회하며 계책을 생각했다. 그런데 홀연 광풍과 함성이 서서히 잦아들면서 어디선가 서늘한 거문고 소리가 아스라이 들려왔다. 양창곡이 이상하게 여겨서 거문고 소리를 찾아서 백여 걸음을 갔다. 그곳에는 몇 칸짜리 오래된 묘당이 산 아래에 있었다. 양창곡이 묘당 앞에 이르렀다. 푸른 넝쿨은 퇴락한 담장에 뒤엉켜 있고 학은 고목에 둥지를 틀고 있었다. 세월이 오래된 묘당이라는 것을 알수 있었다. 문을 열고 살펴보니 조각상 하나가 단상 위에 놓여 있었다. 그 조각상에는 천하를 셋으로 나누던 무궁한 근심이 미간에 넘쳐흐르고 만고토록 푸른 하늘의 드높은 기상이 얼굴에 드러나 있으니, 이는 묻지 않아도 와룡선생臥龍先生, 제갈량의 조각상이었다. 양창곡이 크게 기뻐하면서 앞으로 나아가 공경한 마음으로 두 번 절하고 마음속으로 축원했다.

후학後學 양창곡이 황명을 받들어 이곳에 이르렀나이다. 이곳은 옛날 선생께서 5월에 노강瀘江을 건너던 땅입니다. 창곡은 선생과 같은 재주와 덕이 없고, 선생과 같은 직책만 있을 뿐입니다. 황명을 받은 이래 밤낮으로 근심하고 두려워하지만 그 은혜를 갚을 바를 알지 못합니다. 선생의 신이한 도움이 아니라면 신주神州, 중국는 오랑캐의 침입으로 망할 것이며, 오랑캐의 머리를 하고 오랑캐의 옷을 입게 되는 치욕을 당할 것입니다. 엎드려 생각하건대, 선생께서는 한나라 황실을 위하여 온몸을 다하시었으되 공업功業을 이루지 못하셨습니다. 하지만 정령精靈은 필시 사라지지 않았을 터, 우리 대명은 한나라와 당나라 황실을 계승하여 당당한 정통이 수백 년 동안 전승되어 온 나라입니다. 오늘날 명나라 황실은 위태로운 순간을 맞았습니다. 만약 선생의 정령이 있으시다면 한나라 황실을 위하던 충성으로 우리 대명국을 도와주시어 중국을 높이고 오랑캐를 물리쳐 주십시오. 그렇다면 의리가 살아 있던 당시와 다를 바 없을 것입니다. 멀리서 온 대군들이 병에 걸리고, 고요한 텅 빈 산에서 함성이 크게 일어나고 있지만, 창곡은 우매하여 그 이유를 알지 못합니다. 엎드려 바라건대 선생께서는 신병神兵을 지휘하시어 나쁜 바람과 괴이한 병을 물리쳐서 큰 공적을 이루게 해주소서.

양창곡은 축원을 마치고 나서 단상을 보았다. 점을 치는 도구에서 괘 하나를 뽑으니 '크게 길하다'[大吉]는 점괘가 나왔다. 양창곡은 크게 기뻐하면서 두 번 절하고 묘당의 문을 나섰다. 그러자 공중에서 천둥 소리가 갑자기 일어나더니 광풍과 함성이 사라지면서 들리지 않았다.

양창곡이 다시 군중으로 돌아가 시간을 물으니 이미 5경 3점點이 되었다고 했다. 잠시 피곤하여 책상에 기대어 앉았는데, 한바탕 광풍이 군막을 말아 올리더니 밖에서 신발을 끄는 소리가 들렸다. 양창곡이 놀라서 돌아봤다. 알지 못하겠구나, 과연 그는 누구일까. 다음 회를 보시라.

제12회

골짜기를 잃은 나탁은 군사를 요청하고,

도사를 천거한 운룡은 산으로 돌아가다

失洞戞哪咤請軍 薦道士雲龍還山

양창곡이 군막 밖에서 나는 발걸음 소리를 듣고 놀라 바라보
니 어떤 선생이 서 있었다. 윤건綸巾과 학창의鶴氅衣* 차림으로
손에는 백우선을 들고 있었는데, 맑고 빼어난 눈매와 그윽하
고 우아한 풍채는 묻지 않아도 와룡선생이었다. 양창곡이 황
망히 몸을 일으켜 예를 올린 뒤 좌정하고는, 공손하게 물었다.

"소자는 후생後生이라, 선생의 높으신 명호를 평생토록 우러
러 존경했습니다만, 이승과 저승이 너무나 다르고 옛날과 지
금이 같지 않아 감히 배알하기를 바라지도 못했습니다. 오늘
선생의 정령께서 어찌하여 이 오랑캐 땅에 강림하셨습니까?"

선생이 웃으며 말했다.

---

* 두껍고 부드러우며 광택이 있는 비단을 윤자(綸子)라고 하는데, 윤자로 만든 두
  건 종류를 윤건이라고 한다. 학창의는 신선들이 입는 옷이라 하여 덕망 높은 학
  자들이 입었다. 소매가 넓고 뒷솔기가 갈라진 웃옷이다.

"이곳은 노부가 남쪽을 정벌하면서 오랑캐 군대를 격파한 곳이오. 남쪽 사람들이 노부를 생각하여 한 칸짜리 초가집에 제사를 끊지 않은 덕에 아득한 이 영혼이 정처 없이 오갈 수 있었지요. 때마침 원수의 군대가 이곳에서 곤란을 겪는다는 말을 듣고 진실로 한번 위로하고자 하여 왔소이다."

양창곡이 꿇어앉으며 물었다.

"주인 없는 빈 산에 큰 함성이 일어나고 하룻밤 사이에 수많은 군사가 아무 이유 없이 병에 걸리니, 무엇 때문입니까?"

"노부가 일찍이 이곳에서 등갑군藤甲軍 수만 명을 죽인 적 있소. 그래서 매번 흐리거나 비가 와서 음습한 날이면 지나가는 행인을 괴롭힌다오. 이제 또 대군을 함부로 침범했기에 노부가 이미 그들을 제압해 두긴 했지만, 양원수께서 소와 양 몇 마리로 오랫동안 굶주린 원혼들을 먹여 주시지요. 이것이 바로 그들을 쉬게 하는 방책이외다."

양창곡이 또 물었다.

"남만왕 나탁이 오록동에 웅거하고 있는데 격파할 묘책이 없습니다. 바라건대 선생께서 명확히 가르쳐 주십시오."

"양원수의 지략으로 어찌 조그만 도적을 걱정하겠소? 그렇지만 먼저 미후동獼猴洞을 공격하는 것이 좋을 게요."

와룡선생은 이야기를 마치자 표연히 사라졌다. 양창곡이 놀라 깨니 군막 안에서 한바탕 꿈을 꾼 것이었다.

잠시 후 군문에서 북과 뿔피리 소리가 새벽을 알리면서 동쪽이 서서히 밝아 왔다. 양창곡은 즉시 휘장을 걷으면서 군사들의 상황을 물어보았다. 병세는 급격히 줄어들었고 광풍은 잠잠해져서 군사들이 편안해졌다는 것이다. 양창곡은 크게 기뻐하면서, 그날밤 동초와 마달을 보내서 반사곡 입구에 제단을 쌓고 전쟁으로 죽은 등갑군을 위해 제사를 지냈다. 그 제문은 다음과 같다.

　모년 모월 모일 대명국 도원수는 우익장군 마달을 보내 전쟁 중에 돌아가신 등갑군의 혼령을 불러서 아뢰노라. 오호라! 시절 운수가 불행하고 천하가 소란하여 전쟁이 사방에서 일어나고 백성들이 도탄에 빠지매, 그대들이 만리 밖 외딴 지역에 사는 오랑캐지만 또한 같은 하늘 아래 살아가는 백성들이었다. 쟁기를 버리고 창을 잡으며 가족을 떠나 군대 대열에 참가하니, 뼈와 살이 재로 변하고 정령이 모여 있어 주인 없는 외로운 혼을 불러주는 사람이 없었노라. 한식날 보리밥을 뉘라서 제사 지내 주리오. 그러나 살고 죽는 것은 운명에 달려 있고 성공과 실패는 하늘에 달려 있는 것, 아무 이유 없이 거친 바람을 일으키고 괴질을 퍼뜨려 지나는 사람을 곤란에 빠뜨렸도다. 우리 비록 나약하긴 하지만 황명을 받들어 백만대군이 곰과 같고 비휴貔貅*나 표범처럼 용맹하다. 한번 호령

---

* 호랑이와 비슷하다고도 하고 곰과 비슷하다고도 하는 맹수이다. 비는 수컷이고 휴는 암컷이다. 비휴는 용맹한 군대를 일컫기도 한다.

하면 우레 같은 도끼와 번개 같은 창으로 산천을 뒤집어엎고 겨우 남아 떠도는 원혼들이 의탁할 곳이 없게 만들어 버릴 수도 있노라. 그러나 살아서는 왕의 교화를 입고 죽어서 원혼이 되어, 굶주려 의탁할 데가 없다는 점 역시 매우 측은하기 때문에 청주淸酒 몇 섬과 소와 양 수십 마리를 굶주린 원혼에게 올리는 바이다. 다시 어지럽힌다면 군율에 의해서 죽은 사람도 살아 있는 사람과 똑같이 처벌하리라.

동초와 마달 두 장수가 제문을 다 읽고 제단 아래에 술과 제물을 묻자, 참담한 구름은 골짜기에서 사라지고 음습한 바람은 그 어귀에서 흩어졌다. 그리고 숲 아래 언덕 위에서 불에 탄 머리와 불에 덴 이마의 수없이 많은 귀졸鬼卒들이 나타나더니 머리를 조아리며 백 번 절하고는 은은히 사라졌다.

날이 밝을 무렵, 양창곡이 행군을 하매 맑은 바람은 깃발에 불어오고 산속의 초목은 병사들의 기세를 돕는 듯했다. 양창곡은 남만의 척후병을 사로잡아 나탁의 행방을 물었다. 그 병사가 대답했다.

"대왕께서는 지금 오록동에 계십니다."

또 양창곡이 물었다.

"미후동은 여기서 몇 리나 되느냐."

척후병이 다시 대답했다.

"이쪽에는 원래 미록동이 없습니다."

옆에 있던 익주 출신 병사가 크게 야단치면서 말했다.

"내가 예전에 우리 동네에 왔던 남만 사람을 본 적이 있는데, 그이가 복숭아를 팔면서 '미록동 복숭아'라고 하는 말을 들었다. 어째서 미록동이 없다는 거냐?"

양창곡이 크게 노하여 진영 앞에서 그 오랑캐 병사의 머리를 베고, 다른 병사에게 또 물었다.

"내가 이미 알고 일부러 묻는 것이다. 만약 똑바로 고하지 않는다면 네 머리 역시 베어 버리겠다."

오랑캐 병사가 크게 겁을 내면서 곧바로 아뢰었다.

"우리 왕께서 군대를 둘로 나누어, 한 부대는 왕이 직접 이끌고 미후동에서 매복을 하고 있으며 다른 부대는 가짜 왕을 시켜서 오록동에서 매복하고 있습니다. 만약 원수의 대군이 오록동으로 가서 공격하면 미후동에 있던 진짜 왕께서 복병을 데리고 그 뒤를 습격하려는 겁니다. 내외협공하려는 계략입니다."

양창곡은 그제야 꿈속 와룡선생의 가르침이 헛된 것이 아니라는 것을 깨닫고, 소유경을 불러서 귀에 대고 낮은 소리로 지시했다. 소유경이 명령을 듣고 즉시 대군을 네 개의 부대로 나누어 지휘했다.

한편, 미후동은 남만왕의 별장으로, 오록동 동쪽에 있었다. 나탁은 철목탑鐵木塔을 변장시켜 남만왕으로 만들고 오록동에 배치했다. 양창곡이 대군을 몰아서 오록동을 공격한다고 하자, 철목탑이 나탁의 깃발과 복색을 갖추고 동쪽 문을 열어 전투를 벌였다. 나탁은 양창곡이 철목탑과 접전을 벌이는 것을 보고 복병을 이끌고 미후동에서 갑자기 나와 양창곡의 후방을 습격하려 했다. 그가 막 동쪽문을 나서는데, 미후동 서쪽에서 또 한 사람의 양창곡이 부대를 이끌고 길을 막더니 마구 쳐들어왔다. 그들은 좌우에서 협공하여 나탁을 포위했다. 철목탑은 나탁이 위급한 것을 보고 오록동을 포기하고 구하러 갔다. 두 명의 남만왕과 세 명의 양창곡이 제각기 대군을 호령하면서 반나절이나 싸웠다. 나탁은 계책과 힘이 다한 데다가 두 명의 양창곡이 전후좌우에서 협공하는 바람에 마음이 어질어질하고 정신이 혼란스러워졌다. 그러니 어찌 명나라 병사의 승세를 이길 수 있겠는가. 그는 말을 타고 포위망을 뚫어 오록동으로 들어가려 했다. 그러나 동쪽 문은 이미 닫혔고, 문 위에서 또 한 사람의 양창곡이 호령을 하는 것이었다.

"나탁아! 네가 남만왕이 두 사람이라고 자랑한다마는, 양창곡은 네 사람이라는 것을 몰랐단 말이냐? 내가 이미 오록동을 빼앗았으니 빨리 와서 항복하여라."

말을 마치기도 전에 양창곡은 대우전을 뽑아 활을 쏘아서 나탁이 머리에 쓴 붉은 관을 맞추어 떨구었다. 나탁은 몸에서 혼이 빠져나가 말을 돌려 남쪽으로 달아났다. 그때 한 노장이 다시 길을 막으며 크게 욕을 해댔다.

"대명국 파로장군 뇌천풍이 여기서 기다린 지 오래되었다.

흑풍산에서 겨우 살아남은 혼백이 오늘 노부의 도끼 끝에서 끝장나리라!"

나탁은 대답하지 않고 10여 합을 서로 얽혀 싸우다가 주변을 돌아보았다. 철목탑도 패하여 달아나고 있었으며, 그 뒷쪽으로는 먼지가 하늘에 자욱하고 함성과 대포 소리가 천지를 진동하면서 양창곡의 군대가 이어서 도착했다. 나탁은 크게 놀라 말을 빼어 서남쪽으로 달아났다. 미후동 서쪽의 양창곡은 마달이 변장한 것이고, 미후동 동쪽의 양창곡은 동초가 변장한 것이며, 오록동을 공격한 양창곡은 소유경이 변장한 것이고, 오록동 위에 앉아 있던 양창곡이 바로 진짜 양창곡이었다. 이때 나탁은 자신이 시행했던 기이한 계책을 성공시키지 못하고 도리어 패하여 홀몸으로 대록동으로 들어갔다. 양창곡은 끝까지 추격하지 않고 다시 대군을 거두어 오록동으로 들어갔다. 소, 양, 창고의 곡식과 전쟁용 말, 활, 화살 등 수확한 것이 매우 많았다.

다음 날 양창곡은 소유경과 함께 오록동 뒤 주산主山으로 올라가 멀리 바라보니 서남쪽 10여 리 밖에 높은 산이 보였다. 산세가 흉험하고 첩첩한 봉우리는 위협적인 기세를 감추고 있었으며, 빽빽하게 벌여 있는 나무들은 검은 안개 속에 묻혀 있었다. 산 앞쪽을 바라보니 넓은 들판에 풀이 부드러운 것이 물어보지 않아도 남만왕의 골짜기라는 것을 알 수 있었다. 양창곡이 소유경을 돌아보며 말했다.

"오랑캐 땅의 산천이 이렇듯 흉험하니, 언제 저들을 평정하여 장안長安으로 개선하겠소."

"원수의 지략으로 얼마 안 되어 평정될 것입니다."

"북방은 순음純陰의 방위이니 일양一陽이 생겨나기 때문에 풍속이 우직하면서도 교활한 것이 적소. 그런데 남방은 순양純陽의 방위라 일음一陰이 생겨나기 때문에 풍속이 거세고 거짓이 많소. 이 때문에 예부터 장수들이 북방에서 공적으로 이루기는 쉬웠지만 남방에서 공적을 이루기는 어려웠던 것이오. 아무것도 모르는 백면서생인 내가 이토록 무거운 임무를 맡았으니, 충효로 보답하는 것이 여기에 있을 뿐이외다. 그러니 깃발을 한 번 휘두르고 북을 한 번 치는 것을 어찌 경솔히 할 수 있겠소이까. 저 대록동을 보니 실로 하늘이 내린 험한 땅이라 할 만하오. 힘으로 격파하는 것은 어렵겠소. 오늘 밤 마땅히 이러이러하게 해야겠소이다."

그는 군영으로 돌아와 사로잡은 오랑캐 병사들을 모두 묶어서 꿇어앉히고 명령했다.

"너희들도 모두 우리 백성이다. 나탁에게 속아서 죽을 죄를 잘못 저질렀다. 만약 성실한 마음으로 항복한다면 큰 죄를 용서하고 나의 휘하에 배치해 주겠다."

그러자 수십 명의 오랑캐 병사들이 한꺼번에 머리를 조아리며 목숨을 살려 달라고 빌었다. 양창곡이 크게 기뻐하면서 결박을 풀어주고 술과 고기를 내려 주며 이렇게 깨우쳤다.

"너희들은 이미 항복을 했으니 모두 나의 군사들이다. 우리가 낯선 땅에 들어와서 길과 산천이 생소하니, 너희들이 앞길을 인도하여 길을 가르쳐 주도록 하라."

오랑캐 병사들이 응낙하거늘, 양창곡은 다시 군중에 명령을 내렸다.

"나탁이 자신의 골짜기를 잃어버리고 멀리 도망쳤으니 격정할 것이 못 된다. 이 골짜기 안에서 편하게 쉬다가, 3일 뒤에 행군하도록 하리라."

그러고는 여러 장수들과 술을 마시거나 바둑을 두면서 군중을 돌보지 않았다. 모든 장수와 군졸들은 깃발을 땅에 눕혀 놓고 활시위는 느슨하게 했으며, 안장을 푼 채 말을 멋대로 뛰놀게 놓아두었다. 군사들은 모두 자기 대오를 벗어나서, 창을 베고 누워 낮잠을 자거나 산에 올라 크게 노래를 불렀다. 군기가 해이해져서 적을 방어할 아무런 행동도 취하지 않았다.

이렇게 되자 오랑캐 병사들은 몰래 도망칠 계획을 꾸몄다. 명나라 진영의 장졸들은 술에 취하여 오랑캐 병사들에게 아무 이유 없이 모욕을 주거나, 칼을 뽑아 들고 그들을 때리려 하면서 능멸하고 핍박했다. 오랑캐 병사들은 서로 상의했다.

"명나라 원수님은 우리를 관대하게 대우해 주셨지만 여러 장수와 사졸들은 이처럼 못살게 구니, 이때를 틈타서 달아나야 하지 않겠는가."

그들은 험한 고개를 넘어 도망치기도 하고, 길을 따라 달아나기도 했다. 반나절이 못 되어 반이 넘는 오랑캐 병사들이 도망쳤다. 양창곡은 다시 북을 치고 군사를 모아서 병기를 가지런히 정리하고 적을 방어할 계책을 더욱 세웠다.

이때 나탁이 오록동을 잃고 대록동으로 돌아와서 오랑캐 장수들과 상의했다.

"대명국 양원수의 장략이 마복파馬伏波* 장군이나 제갈무후보다 못하지 않으니, 오록동을 어떻게 회복할 수 있을까."

어지러이 논의하고 있는데, 갑자기 오랑캐 병사 하나가 명나라 진영에서 도망쳐 돌아왔다. 그는 명나라 진영의 동정을 일일이 보고했다. 여러 오랑캐 장수들이 다투어 말했다.

"이때를 틈타서 습격하는 것이 좋겠습니다."

그러나 나탁은 반신반의하면서 계책을 정하지 못했다. 잠시 후 도망쳐서 돌아온 병사가 또 있었는데, 그가 말하는 내용 또한 마치 하나의 입에서 나온 것처럼 똑같았다. 그 뒤를 이어 5, 6명 그리고 10여 명이 끊이지 않고 돌아와서 모두 앞에서 말한 내용을 똑같이 전했다. 나탁은 끝내 의아해하면서 그들에게 자세히 물었다.

"양원수는 무엇을 하더냐?"

"술을 마시거나 바둑을 두면서 군중의 일을 묻지 않아, 군

---

* 한나라의 명장 마원(馬援)을 말한다. 광무제 때 복파장군에 임명되었으며, 오수전(五銖錢)의 주조를 실현시켰다.

사들이 흩어져 어지럽습니다."

"여러 장수들은 무엇을 하더냐?"

"늙은 장수는 낮잠을 자고, 젊은 장수는 술에 빠져 있으며, 병든 장수는 침상에 누워 있습니다."

"군사들은 무엇을 하더냐?"

"병이 있는 자들은 끙끙거리며 신음하고, 병이 없는 자들은 칼을 뽑아 서로 공격하는데 조금도 단속하는 기미가 없었습니다."

"골짜기 입구는 누가 지키더냐?"

"남문은 마달이 지키고, 북문은 동초가 지키지만, 모두 술에 완전히 취하여 골짜기 문을 드나들어도 검문하지 않았습니다. 저희들이 무리를 이루어 어지러이 도망쳤지만, 물어보는 사람이 아무도 없었습니다."

나탁이 한참 고민하다가 웃으며 말했다.

"양원수는 범상한 장수가 아니다. 군사들을 이렇게 해이하게 하지 않을 터, 분명히 하나의 계책이다."

철목탑이 말했다.

"소장이 오록동에 가서 몰래 명나라 진영을 살펴보고 오겠습니다."

나탁이 크게 기뻐하며 철목탑을 보냈다. 철목탑은 혼자 말에 올라 달빛을 띠고 오록동을 향해 갔다.

이때 양창곡은 다시 군사들을 경계하고 여러 장수들 중에서 영리한 몇 사람을 보내 오록동 입구에 몸을 숨기고 있다가 오랑캐 장수가 오가는 것을 탐지하여 보고하도록 했다. 철목탑이 오록동에 이르러 몰래 산꼭대기에 올라 명나라 진영을 굽어보았다. 깃발과 창검이 대오도 분명하게 정돈되어 있어서 어지러운 기색이라고는 전혀 없었다. 등불이 휘황하게 빛났으며, 시간을 알리는 북소리 역시 분명하여 삼군이 잠을 자지 않고 있었다. 철목탑은 속으로 크게 기뻐하면서 즉시 산을 내려와 자기 진영으로 돌아갔다. 그러고는 명나라 진영이 방비하는 모습을 자세히 보고했다. 그러자 나탁은 크게 노하여 도망쳐 온 병사들을 잡아 놓고 심문했다. 그러자 오랑캐 병사가 변명을 했다.

"명나라 진영이 단속했다면 저희들이 어찌 도망칠 수 있었겠습니까?"

오랑캐 장수 아발도兒拔都가 말했다.

"소장이 다시 가서 살펴보고 오겠습니다."

그러고는 혼자 말에 올라 오록동으로 향했다. 이때 명나라의 척후병이 양창곡에게 보고했다.

"방금 오랑캐 장수 철목탑이 혼자 말을 타고 우리 동정을 몰래 엿보고 돌아갔습니다.

양창곡이 웃으면서 소유경, 뇌천풍, 동초, 마달 네 명의 장수를 군막 안으로 불러 몰래 약속했다.

"뇌장군, 소사마는 각각 5천 기를 거느리고 대록동 남쪽 문밖에 매복하시오. 우리 명나라 본진 안에서 함성이 일어나면 오랑캐 병사들이 나탁을 구하려고 반드시 대록동을 비워 놓고 밖으로 나올 것이오. 그때를 틈타서 돌격하여 들어가 대록동을 탈취하시오. 동장군과 마장군 두 사람은 각각 5천 기를 거느리고 대록동에서 오록동으로 가는 길 중간 지점 좌우에 매복하도록 하라. 그러면 나탁이 반드시 오록동을 향하여 올 것이다. 그때 병사를 내서 너무 강하게 잡지 말고 소리만 지르면서 포위하여 대군大軍을 기다리도록 하라."

양창곡은 이렇게 분부하여 네 장수를 보냈다. 그는 다시 군중에 명령을 내려 깃발을 내리고 갑옷을 벗도록 한 뒤, 늙은 병졸들 몇 명에게 동쪽문을 지키도록 했다. 아발도가 오록동에 이르러 명나라 진영을 엿보니, 과연 방비가 없고 등불은 별로 없으며 병사들은 잠들어 있는 듯했다. 또 남문을 살펴보니 늙은 병졸 두 명 역시 문 앞에 기대어 잠들어 있었다. 아발도가 크게 기뻐하며 급히 돌아가 나탁에게 말했다.

"명나라 진영에 방비가 없으니 조금 이상하긴 합니다."

나탁이 속으로 크게 의심했다. 두 장군의 말이 서로 다른 것을 보고는 칼을 뽑아 들고 몸을 솟구치면서 말했다.

"과인이 친히 가서 살펴본 뒤에 계책을 정하겠다."

그는 몇 명의 병사만 데리고 오록동을 향하여 갔다. 5, 6리쯤 갔는데 갑자기 크게 놀라 말했다.

"내가 명나라 양원수의 수작에 걸렸구나! 철목탑과 아발도는 나의 심복이다. 그 말이 어떻게 서로 다를 수 있단 말인가. 명나라 양원수가 나를 유인한 것이로구나."

곧바로 말을 돌리려는데, 홀연 함성이 일어나면서 말을 탄 군사 무리가 돌아가는 길을 막아섰다. 한 대장이 크게 외쳤다.

"대명국의 좌익장군 동초가 여기 있다. 남만왕은 달아나지 말라!"

말이 끝나기도 전에 함성이 또 일어나면서 말을 탄 군사들이 갑자기 나타나 크게 소리를 질렀다.

"대명국의 우익장군 마달이 여기에 있다. 나탁은 도망치지 말라!"

두 장수가 힘을 합쳐 포위하니, 나탁이 칼을 빼들고 포위망을 헤쳐나가려 했다. 양창곡 역시 대군을 이끌고 오록동에서 나와 여러 겹으로 철통같이 포위했다. 십만대군이 일제히 용맹을 떨치며 함성을 지르니 천지가 진동했다.

이때 철목탑과 아발도는 대록동에서 남만왕이 돌아오기를 기다리고 있었다. 그런데 갑자기 오록동에서 함성이 크게 일어나니, 마침 척후병 병사가 돌아와 급하게 보고했다.

"대왕께서 명나라 병사들에게 포위당했습니다."

아발도와 철목탑이 크게 놀라 남만 병사 수백 명에게 대록동을 지키게 한 뒤, 대군을 이끌고 골짜기 문을 나서 만왕을 구하러 오록동으로 향했다. 그런데 길에서 마달을 만나 50여 합이나 크게 전투를 벌이게 되었다. 싸움에 뜻이 없던 철목탑은 명나라 포위를 뚫고 만왕을 구하고자 좌충우돌했다. 그 순간 양창곡이 진영의 포위망 한쪽을 열어서 거짓으로 길을 터 주니, 나탁이 홀로 말을 타고 황망히 탈출했다. 마침 철목탑과 아발도를 만나서 대록동 쪽으로 가다가 그들이 골짜기 입구에 이르렀을 때, 한 노장이 손에 벽력부를 들고 문루門樓에 앉아 웃으며 말했다.

"남쪽 지방으로 온 이후로 내 도끼를 시험해 보지 않은 지 오래되었다. 오늘 너희들의 골짜기를 빼앗았으니, 너희들이 싸울 수만 있다면 내 도끼 위에 앉은 먼지를 씻어 보는 것도 좋겠지."

나탁이 크게 노하여 병사들에게 대록동의 문을 깨뜨리라 호령했다. 그런데 뒷쪽에서 함성이 또 일어나더니 양창곡이 대군을 이끌고 도착했다. 나탁이 군사들을 돌려 몇 합을 싸우고 있는데, 소유경과 뇌천풍이 골짜기 문을 열고 안과 밖에서 협공을 했다. 나탁은 스스로 대적하기 어렵다는 사실을 깨닫고 다시 동남쪽으로 달아났다.

이날 밤, 양창곡은 또 대록동을 얻어서 골짜기 안으로 들어가 군졸들을 배불리 먹였다. 장수들이 양창곡에게 말했다.

"옛날의 명장들도 한 달에 세 번 승전하기는 매우 어려웠습니다. 그런데 지금 원수께서는 며칠 사이에 남만왕의 두 골짜기를 빼앗으면서도 대군들을 고생시키지도 않고 한 사람의 장수도 잃지 않았습니다. 이는 천고의 명장들도 하지 못했던 일입니다."

양창곡이 웃으며 말했다.

"공 등이 쉽게 빼앗은 결과만 보고 그 과정의 어려움은 보지 못해서일 겁니다. 지금 나탁은 두 골짜기를 버리고서도 목숨을 걸고 싸우질 않는 걸 보면 분명히 믿는 데가 있을 것입니다. 더욱 조심해야 합니다. 어찌 쉽다 하겠소이까?"

나탁은 대록동을 잃고 세 번째 골짜기로 들어갔다. 바로 화과동이었다. 사방이 절벽으로 둘러싸여 있고, 골짜기 안에는 수목이 무성하여 한번 골짜기 문을 닫으면 십만대군이라도 격파할 수 없는 곳이었다. 나탁은 장군들을 모아 상의했다.

"명나라 양원수의 큰 재주와 지략은 당할 수 없다. 내게 한 계책이 있다. 골짜기 문을 굳게 닫고 명나라 병사들의 식량 운반로를 끊어 버린다면 수십 일이 안 되어 다시 대록동을 되찾을 수 있으리라."

여러 장수가 좋다고 하면서, 골짜기 문 안으로 들어가 견고하게 닫더니 나오지 않았다.

양창곡은 나탁이 밖으로 나오지 않는 것을 보고 크게 놀라 말했다.

"이건 필시 무슨 계책이 있는 게 분명하다. 가장 어려운 곳이니, 내가 직접 화과동의 지형을 봐야만 계책을 정할 수 있겠구나."

이튿날 양창곡은 대군을 이끌고 화과동 앞으로 가서 싸움을 걸었다. 그러나 나탁은 나오지 않고 남문과 북문을 굳게 닫아걸고 있었다. 양창곡이 군사들에게 거짓으로 호령하여 나무와 돌을 쌓아 남문 언덕을 올라가도록 했다. 그러자 나탁은 화살과 돌을 아래로 던져서 방비했다. 양창곡은 다시 북을 쳐서 화과동 전체를 포위하고 공격하는 척하면서 지형을 자세히 탐지하다가 날이 저물어 돌아왔다. 그는 동초와 마달 두 장수에게 군사 수천 기를 거느리고 매일 공격하는 척하게 했지만, 나탁은 더욱 문을 굳게 지키면서 나오지 않았다.

다섯째 날, 양창곡은 소유경을 군막으로 불러서 귓속말로 말했다.

"낙타 50필과 늙고 힘없는 병사 5백 명을 장군에게 줄 터이니 이러이러하게 하라."

다시 그는 동초와 마달을 불러 각각 3천 기씩 주면서 이래저래 하라고 지시했다. 세 장수가 명령을 듣고 나갔다.

이때 나탁은 양창곡이 군대를 돌리는 것을 보고 크게 기뻐했다.

"열흘도 안 돼서 명나라 백만대군이 대록동에서 굶어죽은 귀신이 되는 신세를 면치 못하겠구나."

나탁은 즉시 병사 수십 명을 풀어서 명나라 병사들의 동정을 탐지시켰다. 만약 식량을 운반하는 기미가 있거든 즉시 달려와 보고하도록 했다. 하루는 밤이 깊은 뒤 병사 하나가 급하게 보고했다. 명나라 진영에서 식량을 운반하는 수레가 야음을 틈타 계속 줄지어 온다는 것이었다. 나탁이 산에 올라 멀리 바라보니 십 리 밖에 깜박이는 불빛이 삼삼오오 무리를 이루어 오고 있었다. 그는 급히 남만 장수 두 명을 불러 지시했다.

"두 장수는 각각 1천 기를 데리고 명나라 병사들이 운반하는 식량 수레를 빼앗아 오라. 만약 명나라 군사가 많은 데다 의심스러운 일이 생긴다면 경거망동하지 말고 즉시 돌아오도록 하라."

두 장수가 명령에 대답하고 각각 길을 나누어 떠났다. 달빛은 희미한데 명나라 병사 수백 명이 수십 대의 수레를 몰고 있었다. 사람들은 모두 소리를 내지 않기 위해 입에 나뭇가지를 물고 있었고, 장군 하나가 등불을 깜박이면서 뒤에서 재촉을 하고 있었다. 남만 장수는 생각했다.

'야음을 틈타 입에 나뭇가지를 물고 온다는 것은 필시 우리에게 빼앗길까 두려워하는 게 분명하다. 손에는 아무런 도구도 들지 않았으니 저들을 대적하는 게 그리 어렵지 않겠다.'

그는 단번에 튀어 나가 길을 막았다. 명나라 병사들은 크게 놀라 수레를 버리고 달아났다. 명나라 장수가 칼을 뽑아 달아나는 자들을 호령하면서 남만 장수와 접전을 벌였다. 그러는 동안 남만 병사들이 식량 수레를 몰아 화과동으로 갔다. 나탁이 크게 기뻐하면서 골짜기 문을 열고 짐을 풀어 보니, 좋은 품질의 곡식이 들어 있었다. 이들은 서로 축하하면서 기뻐했다. 그때 병사 하나가 또 알려 왔다.

"명나라 병사들이 식량을 운반하는 수레를 수십 대 끌고 가고 있습니다."

나탁이 크게 기뻐하면서 다시 두 장수에게 1천 기씩 데려가서 빼앗아 오도록 했다. 두 장수가 대담하고 급히 쫓아가 보니, 늙고 힘없는 군사들이 수십 필의 낙타와 수십 대의 수레를 몰아 오면서 자기들끼리 원망하고 있었다.

"앞에 간 수레는 어디로 간 거야? 캄캄한 밤에 등불 하나 없으니 대록동이 어디 있는지 알 수 있나?"

그 순간 두 남만 장수가 한꺼번에 갑자기 나타나서 길을 막았다. 명나라 병사들은 크게 놀라며 수레를 버리고 달아났다. 오랑캐 장수들은 1천 병사들을 데리고 10여 대의 수레를 빼앗아 질풍같이 화과동으로 향했다. 그런데 그들이 몇 리를 채 못 갔을 때, 공중에서 함성이 일어나더니 남만 병사 두 사람이 말 아래로 떨어졌다. 왼쪽의 마달과 오른쪽의 동초가 대군을 이끌고 나뭇가지를 입에 문 채 오랑캐 병사들을 포위한 것이었다. 두 장수가 소리쳤다.

"항복하는 자는 죽이지 않을 것이요, 도망하는 자는 베어 죽이리라!"

남만 병사들은 어쩔 도리가 없어 한꺼번에 항복했다. 동초와 마달 두 장수는 어찌된 것인지 사정을 묻지도 않고 이들을 결박하고 옷을 벗겨서 명나라 병사들에게 입혔다. 그러고는 조금 전처럼 수레를 몰고 화과동에 이르렀다.

이때 나탁은 두 장수가 돌아오기를 기다리다가, 병사들이 수레 수십 대를 몰고 돌아오는 것을 보고 기쁜 마음에 화과동의 문을 열어 맞아들였다. 수레가 막 문에 들어서자마자 그 뒤에서 갑자기 큰 소리가 들렸다.

"나탁아! 대명국 양원수께서 화차火車 한 대를 보내셨다. 네 머리를 바쳐서 사례하여라!"

말이 끝나기도 전에 불이 수십 대의 수레를 넘어서 유성처럼 빠르게 날아왔고, 화과동 문에 이른 화염이 하늘에 가득했다. 나탁이 너무 놀라 창졸간에 미처 준비하지 못했는데, 동초와 마달이 이미 화과동 안으로 들어와 동에 번쩍 서에 번쩍 활약하니, 삽시간에 불은 나무로 옮겨 붙어 화과동이 온통 화염에 휩싸였다. 나탁이 세력의 우두머리를 보고 맞붙어 싸우려 했지만, 화과동 밖에서 함성이 크게 일어나더니 한 노장이 도끼를 휘두르며 소리를 쳤다.

"양원수의 대군이 이미 골짜기 입구에 이르렀다. 나탁은 속히 항복하라!"

그는 화과동으로 돌입하면서 동초, 마달과 힘을 합하여 동쪽을 치는가 싶더니 서쪽을 공격하고 남쪽에서 성세를 올리는가 싶더니 북쪽을 공격하는 등 활약이 대단했다. 대포 소리와 함성이 천지를 뒤흔들고 불빛과 연기와 화염은 화과동을 가득 채웠다. 나탁은 스스로 이 상황을 돌리지 못할 것을 알고 혼자 말을 타고 몸을 빼어 달아났다. 나탁이 화과동 문을 나서는데 양창곡의 대군이 도망가는 길을 막아섰다. 나탁은 형세가 너무도 급한지라, 말 위에서 소리를 쳤다.

"과인이 듣자니, 큰 벌레는 엎어진 고기를 먹지 않는다고 하오. 원컨대 양원수는 내게 길 하나를 빌려주어 내일 다시 자웅을 결정하는 것이 어떠하겠소이까."

소유경이 크게 야단치면서 말했다.

"네가 지금 계교가 다하고 힘이 빠졌거늘 오히려 항복하지 않고 무슨 말을 하는 게냐?"

나탁이 말했다.

"오늘은 교묘한 계교에 빠져서 이 지경이 되었지만, 내일은 정정당당한 방법으로 다시 한번 싸우기를 바라는 바요."

양창곡이 미소를 지으며 깃발을 휘저어 길을 열어 주었다. 나탁이 말을 돌려 그 길로 달아났다.

양창곡이 화과동을 함락시키고 지형을 보며 말했다.

"이곳은 많은 군사들이 오래 머무를 곳이 못 된다."

양창곡은 화과동에서 수백 걸음 밖에 배산임수한 곳으로 진영을 옮겼다. 소유경이 물었다.

"원수께서는 어찌하여 나탁이 우리의 식량을 빼앗을 것을 아셨습니까?"

"나탁이 골짜기를 나오지 않은 것은 우리가 운반해 온 식량이 떨어지기를 기다린 것이오. 그러니 식량 운반하는 수레를 보고 어찌 빼앗으러 오지 않을 수 있겠소. 이것을 일컬어 '장계취계'將計就計*라 하오. 그러나 나탁이 골짜기 세 군데를 잃었으니 이른바 궁지에 몰린 도적이라 할 만합니다. 우리가 염려할 것은, 저들이 반드시 온힘을 다하여 한 번은 싸울 것이라는 점이오. 병장기를 세세히 점검하고, 군사들을 배불리 먹여 위로하여 전투에 대비토록 하시오."

한편, 나탁은 화과동을 잃고 두 번째 골짜기로 들어갔다. 바로 태을동이었다. 태을동은 다섯 골짜기 중에서 가장 큰 곳으로, 산천이 아름답고 지형이 광활하여 수비하기에 적당한 곳은 아니었다. 나탁이 여러 장수들을 마주하여 탄식했다.

"우리 남방의 다섯 골짜기는 대대로 전해 오는 옛 터전으로 지금까지 굳게 지켜 왔다. 과인의 대에 이르러 잃게 되다니, 어찌 속수무책으로 앉아서 죽기만을 기다릴 수 있겠는가. 내일 대군을 징발하여 한번 목숨을 걸고 싸워서 승부를 결정하리라."

말을 마치기도 전에 막하의 한 장수가 큰 소리로 외쳤다.

"대명국 양원수는 천신이 하강한 것이니, 사람의 힘으로 싸워서는 안 될 것입니다. 원컨대 대왕께서는 거짓으로 항복했다가, 천천히 그 틈을 보아 안과 밖에서 서로 대응하는 것이 좋을 듯합니다."

나탁이 그 말을 듣고 크게 노하여 말했다.

---

* 상대방의 계략을 미리 알아채고 그것을 오히려 역이용하는 계책을 말한다.

"대장부가 시대의 운수가 불운하면 차라리 한 번 죽음으로써 통쾌한 혼이 될지언정 어찌 간사한 꾀를 내겠느냐? 만약 다시 항복하자는 놈이 있다면 머리를 베리라."

그는 태을동 안의 군사를 크게 징발하여 이튿날 출진했다. 양창곡 역시 골짜기 입구로 와서 싸움을 걸었다. 그러자 나탁이 진영 앞으로 나와 말했다.

"과인이 여러 차례 간사한 꾀에 패배했지만, 오늘은 친히 명나라 원수와 싸워서 자웅을 결정하겠노라. 양원수는 이리 나오라."

뇌천풍이 꾸짖으며 소리쳤다.

"우리 원수께서는 황명을 받들어 삼군을 책임지는 막중한 임무가 있으시다. 어찌 조그만 만왕과 서로 버티며 칼끝을 다투겠느냐. 노부가 비록 병이 든 몸이지만 이 도끼를 한번 시험하여 너의 무례한 주둥이를 잘라 버리겠노라."

뇌천풍은 말을 마치고 벽력부를 휘두르며 나탁을 공격했다. 나탁이 크게 노하여 좌우를 돌아보았다. 그러자 왼쪽에 있던 철목탑과 오른쪽에 있던 아발도가 한꺼번에 출전하여 뇌천풍과 대적했다. 명나라 진영에서는 동초와 마달 두 장수가 출전했다. 다섯 장수가 뒤얽혀 여러 합을 싸웠다. 나탁이 멀리서 보다가 붉은 수염을 휘날리며 푸른 눈에 분노를 가득 담아 우레 같은 큰 소리로 말을 달려 뛰쳐나오는데, 그 기세가 너무 흉맹했다. 양창곡이 소유경을 돌아보며 말했다.

"나탁이 저토록 흉맹하니 사로잡기가 쉽지 않겠소이다."

그는 즉시 진세를 바꾸어 기정팔문진奇正八門陣을 만들고 징을 쳐서 대군을 불러들였다. 나탁이 크게 웃으며 말했다.

"너희들은 간교한 술책 없이는 감히 과인을 당할 수 없구나. 내 이미 중국놈들이 겁이 많다는 걸 알고 있으니, 여러 장군들은 더 말하지 말라. 양원수가 직접 출전한다 해도 두려울 게 없노라."

그러고는 천천히 본진으로 돌아갔다. 양창곡이 소유경, 뇌천풍, 동초, 마달 등을 불러 무엇인가를 몰래 약속했다. 그러자 여러 장수들이 명령을 듣고 물러났다. 뇌천풍이 다시 벽력부를 들고 출진하여 크게 외쳤다.

"어리석은 벌레 같은 오랑캐놈아, 네가 완악함만 믿고 노부의 쇠약함을 멸시하여 감히 당돌하게 행동하는구나. 나탁은 다시 나와서 한번 싸우자."

뇌천풍이 말을 달려 나가자 나탁이 노하여 말을 돌리고는 검을 휘두르며 다시 대적했다. 여러 합을 맞선 뒤 뇌천풍이 맞붙어 싸우면서 한편으로 뒤로 물러나니, 나탁이 크게 웃으며 말했다.

"네놈이 음흉하여 다시 과인을 유인하려 하는구나."

그가 말을 마치기도 전에 명나라 장수 동초가 말을 달려 출전하며 나탁에게 마구 욕을 퍼부었다.

"붉은 수염의 오랑캐 녀석이 겉으로는 대담한 것 같지만 속으로는 겁이 많구나. 내 들으니, 남방 사람들은 화기火氣를 많이 받아서 심통이 아주 크다더구나. 내가 반드시 네 심장을 꺼내 소 심장을 대신해 한번 구워 보리라."

나탁이 크게 노하여 다시 물러나와 여러 합을 싸웠다. 동초 역시 한편으로는 싸우면서 한편으로는 뒤로 물러났다. 나탁이 웃으며 말했다.

"과인은 이미 명나라 원수의 간교한 계책을 알아차렸다. 네 놈은 나를 또 유인하지 말라."

말이 끝나기도 전에 이번에는 마달이 명나라 진영에서 말을 달려 나오면서 욕을 했다.

"내가 듣자니, 남방 오랑캐들은 제 어미만 알고 아비는 누군지 모른다더라. 이것은 오륜 중에서 구멍 하나가 막힌 것이다. 내가 그 구멍을 뚫어 주마."

그러고는 허리춤에서 화살을 하나 뽑더니 나탁의 심장을 향해 쏘았다. 나탁이 크게 화가 나 말을 뛰어오르게 하더니 칼을 휘두르며 질풍처럼 추격해 왔다. 마달이 그를 맞아 여러 합 싸우더니, 싸우는 척하면서 한편으로는 뒤로 슬금슬금 물러났다. 그러자 명나라 진영에서 소유경이 방천극을 휘두르며 나와 크게 외쳤다.

"나탁은 빨리 돌아가라. 대명국의 원수께서는 위로 천문을 통달하시고 아래로는 지리를 꿰뚫고 계시다. 바람과 구름을 부르는 조화의 오묘함을 모르는 게 없으니, 너희들이 만약 한번 진으로 들어온다면 벗어날 수 없을 것이다."

소유경은 말을 마치기도 전에 말을 돌려 달아났다. 그 뒤에는 양창곡이 작은 수레를 타고 천천히 진에서 나오고 있었다. 그는 웃으면서 이렇게 말했다.

"나탁아. 네가 조그만 용맹으로 나를 대적하려 하지만 나는 지혜로 싸운다. 어찌 조그만 만왕과 힘을 다투겠느냐."

나탁이 바로 지척에 양창곡이 있는 것을 보고 편안한 모습으로 움직이지는 않았지만, 속에서는 화가 만 길이나 뻗쳐 있었다. 어찌 생사를 돌아보겠는가. 나탁은 크게 소리 지르면서 말을 돌려 맹호처럼 추격해 왔다. 양창곡은 미소를 지으며 수레를 급히 몰아 진중으로 들어갔다. 나탁이 급히 진 안으로 추격해 왔지만 양창곡은 온데간데없이 사라졌다. 진문은 이미 닫히고 창칼이 서릿발처럼 서늘했다. 나탁은 분노를 이기지 못하고 칼을 휘두르며 좌충우돌했지만 벗어날 길이 없었다.

이때 철목탑과 아발도는 명나라 진영에 포위된 나탁을 보더니 크게 놀라 한꺼번에 창과 칼을 들고 돌진해 왔다. 두 장수는 사면이 철통처럼 둘러쳐졌는데 문 하나가 열려 있기에 그곳으로 돌입했다. 순간 칼과 창이 숲처럼 빽빽하고 화살과 돌이 비처럼 쏟아졌다. 그리고 들어가는 문을 다시 찾을 도리가 없었다. 나탁, 철목탑, 아발도 세 사람은 진 속에 포위된 채 있는 힘을 다해 포위망을 헤쳐 보고 싶었지만 어찌 벗어날 수 있으랴. 동쪽 문을 쳐서 나가면 문밖에 또 문이 있었고, 서쪽

문을 쳐서 나가면 문밖에 문이 또 있었다. 종일토록 64개의 문을 출입했지만 진 밖으로 나갈 수 없었다. 나탁은 하늘을 찌를 듯한 분노로 호랑이처럼 날뛰는데, 순간 중앙의 문 하나가 열리더니, 양창곡이 높이 앉아 호령했다.

"나탁아. 너는 지금 항복하지 않을 테냐?"

나탁이 노하여 그 문으로 돌입하려는데, 양창곡이 웃으면서 깃발을 흔드니 문이 닫히고 다시 칼과 창이 서릿발처럼 서늘했다. 나탁은 어쩔 도리가 없어 다른 길을 찾으려 했다. 그때 홀연 남쪽에서 문 하나가 열리더니 양창곡이 높이 앉아 호령했다.

"나탁아, 너는 이제 항복하지 않을 테냐?"

나탁이 더욱 분노를 이기지 못하고 그 문으로 들어가려는데, 양창곡이 웃으면서 깃발을 흔드니 문이 닫히고 다시 칼과 창이 서릿발처럼 서늘했다. 이렇게 다섯 개의 문을 지나니, 나탁의 용맹으로도 기가 꺾여 머리를 떨구었다. 그는 하늘을 쳐다보며 말했다.

"나는 죽는 것이 두렵지는 않다. 만약 오록동을 다시 찾지 못한다면 무슨 면목으로 저승에서 우리 선조의 영령을 뵈올 것인가."

그가 자신의 목을 찔러 자결하려 하자 철목탑과 아발도가 놀라서 황망히 손을 붙들면서 말했다.

"큰일을 경영하는 사람은 작은 치욕을 돌아보지 않는 법입니다. 양원수는 의기가 있는 장수라, 다시 목숨을 구걸하면 될 것입니다."

철목탑과 아발도가 양창곡에게 머리를 조아리며 울면서 애걸했다.

"원수께서는 황명을 받들어서 덕으로 남방을 복속시키려는 것을 소장들이 잘 알고 있습니다. 저희들이 한때의 분노를 이기지 못해 진중으로 잘못 들어왔습니다. 저희 재주를 다 발휘해 보지도 못하고 죽게 된다면 혼백 또한 원혼이 되어 마음으로 복종하지 않을 것입니다."

양창곡이 웃으면서 말했다.

"내 이미 여러 차례 너희들을 살려 주었지만 끝내 복종하지 않으니, 오늘은 용서할 수 없다."

철목탑이 다시 아뢰었다.

"소장이 만약 후일 다시 패한다면 비록 죽더라도 한이 없을 것입니다. 어찌 항복하지 않겠습니까."

양창곡이 웃으면서 서쪽 문을 열어 주었다. 나탁이 두 장수를 이끌고 본진으로 돌아가서 슬픈 모습으로 길게 탄식하며 말했다.

"구차하게 목숨을 보존했지만 계략이 곤궁하고 힘이 다했다. 여러 장수들은 각각 생각을 내어 오늘 과인의 치욕을 갚도록 하라."

그때 섬돌 아래 쪽에 있던 장수 하나가 그 말에 응하여 대답했다.

"소장이 대왕께 한 사람을 추천하여 골짜기를 조만간 회복하겠습니다."

나탁이 크게 기뻐하며 바라보니, 우추장右酋長 맹렬孟烈이었다. 그는 한나라 때 맹획孟獲의 형인 맹절孟節의 후예였다. 나탁이 말했다.

"맹추장은 어떤 사람을 추천하려는가?"

"오계도五溪都 채운동彩雲洞에 도인 한 분이 계시는데, 도호는 운룡도인雲龍道人입니다. 도술이 뛰어나서 바람과 비를 부를 수 있고 귀신과 맹수 또한 부릴 수 있습니다. 만약 대왕께서 지성으로 청하셔서 그를 군사軍師로 삼으신다면 명나라 병사를 어찌 걱정하겠습니까."

나탁은 크게 기뻐하며 즉시 맹렬을 데리고 채운동으로 갔다. 그리고 눈물을 흘리면서 운룡도인에게 고했다.

"다섯 골짜기는 남방에서 대대로 전해 오던 땅입니다. 이제 중국에게 거의 잃을 지경이 되었습니다. 선생께서는 속세 밖의 고상한 분이시지만 역시 남방 사람입니다. 원컨대 도술을 아끼지 마시고 과인이 옛 터전을 되찾게 해주소서."

운룡도인이 웃으며 말했다.

"대왕과 같은 영웅께서 골짜기를 잃으셨거늘, 어찌 일개 산인山人이 되찾을 수 있겠습니까?"

나탁이 다시 절하고 울며 말했다.

"선생께서 구원해 주지 않으신다면 과인은 여기서 죽을지 언정 돌아가지 않겠습니다."

나탁이 말을 마치고 칼을 빼서 자신의 목을 찌르려 하니, 운룡도인이 어쩔 수 없이 허락했다. 운룡도인은 도관道冠을 쓰고 도복道服을 입은 뒤 사슴을 타고 남만왕을 따라 태을동으로 왔다. 이때 운룡도인이 나탁에게 말했다.

"명나라의 진세를 보고 싶습니다. 대왕께서는 싸움을 걸어 보시지요."

나탁이 응낙하고 즉시 양창곡과 다시 한번 싸우고자 했다. 양창곡이 웃으면서 말했다.

"오랑캐 추장이 필시 구원병을 요청해 온 모양이군."

양창곡이 대군을 이끌고 태을동 앞에 진을 쳤다. 운룡도인이 진세를 살펴보더니 두려운 빛을 띠면서 갑자기 주문을 외운 뒤 칼을 뽑아 사방을 가리켰다. 그러자 비바람이 크게 치고 우렛소리가 진동하면서, 무수한 신장神將과 귀병鬼兵들이 명나라 진영을 포위 공격했다. 그러나 반나절이 지나도록 격파하지 못하니, 운룡도인이 칼을 던지며 탄식했다.

"대명국의 원수는 평범한 사람이 아닙니다. 천지를 다스리는 경천위지經天緯地의 재주를 가졌습니다. 대왕께서는 맞서서 싸우지 마십시오. 저 진법은 천상天上 무곡선관武曲仙官의 선천 음양진先天陰陽陣입니다. 진震, 동쪽과 손巽, 동남쪽 방위의 문을 이미 닫았습니다. '진'은 우레요 '손'은 바람이라, 바람과 우레로는 침범할 수 없습니다. 또 곤방坤方, 서남쪽에 현무기玄武旗를 꽂고 금고金鼓*를 울리고 있습니다. '곤'은 '음'陰이니 신병귀졸들이 침범할 수 없습니다. 이는 모두 정정당당한 방법이라, 요사스러운 술법으로는 이길 수 없습니다."

나탁이 이야기를 듣고 목놓아 통곡하면서 말했다.

"그렇다면 과인의 다섯 골짜기는 언제 되찾는단 말입니까. 원컨대 선생은 불쌍히 여기시어 방략을 가르쳐 주십시오."

운룡도인이 한참 생각하면서도 대답하지 않았다. 나탁이 다시 절을 올리며 말했다.

"선생께서 끝내 가르쳐 주시지 않는다면 과인은 이 땅의 백성들을 다시는 마주할 수 없습니다. 원컨대 선생을 따라 산으로 들어가서 여생을 마치겠습니다."

운룡도인은 난처하게 여기며 다시 말했다.

"빈도貧道에게 계책이 하나 있기는 합니다. 그러나 만약 누설되면 일도 이루어지지 않고 빈도도 해를 입습니다. 대왕은 잘 알아서 처신하십시오."

나탁이 즉시 주변 사람들을 물리치고 계책을 물었다. 운룡도인은 이렇게 말했다.

"빈도의 스승님께서는 탈탈국 총황령叢篁嶺 백운동白雲洞에 계시는데, 도호는 백운도사이십니다. 음양조화의 술법과 천

---

* 군중에서 치는 징이나 북을 말한다.

지의 현묘한 이치를 통달하지 않은 것이 없습니다. 만약 이분이 아니라면 명나라 병사들을 대적할 수 없을 것입니다. 그러나 그 높은 뜻과 맑은 덕으로 평생 문밖을 나서지 않으셨지요. 대왕께서 만약 모든 정성과 뜻을 다하지 않으신다면 모셔 오기 어려울 것입니다."

말을 마치자 운룡도인은 사슴을 타고 표연히 채운동으로 돌아갔다. 나탁은 운룡도인의 말을 듣고 즉시 폐백을 준비하여 백운동으로 향했다. 우습구나, 나탁이 구원을 요청하여 적국을 도와 다섯 개 골짜기를 잃게 되다니! 모르는 사람은 글 솜씨가 교묘하다고 웃겠지만, 천하의 모든 일은 정해진 것 없이 수시로 뒤집어지는 것이요, 득실과 화복이 대체로 이와 같은 법, 어찌 사람의 힘으로 할 수 있으랴. 다음 회를 보시라.

제13회

만왕을 구원하러 강남홍이 산에서 내려오고,

진법을 다퉈 양창곡이 군사를 후퇴시키다

救蠻王紅娘下山 鬪陣法元師退軍

강남홍은 구사일생으로 살아 이역땅을 떠돌아다니며 어디로
가야 할지 몰랐다. 그녀는 산속에 몸을 의탁하여 심신을 평안
히 하면서 마음에 가득한 나그네 시름을 잊었지만, 고국 생각
만 하면 슬퍼졌다. 하루는 도사가 강남홍을 불렀다.

"홍랑의 얼굴은 훗날 부귀를 누릴 상이다. 내가 비록 아는
것은 없지만 예전에 들은 술법을 네게 전해 주겠다."

강남홍이 정중히 사양하며 말했다.

"제자가 들으니, 여자의 행실은 술을 거르고 밥을 짓는 것
뿐이라 합니다. 높은 술법을 배워서 어디에 쓰겠습니까?"

도사가 웃으며 말했다.

"네가 속세와 이별하고 평생 산속에서 살아가려면 소용없
겠지만, 고국이 그리워 돌아가고자 한다면 몇 가지 술법과 학
업을 배워 귀국하는 데 수단으로 쓰도록 해라."

강남홍이 다시 절을 하고, 이날부터 도사와 스승과 제자 관계를 맺었다. 그녀가 도동道童의 옷을 입고 가르침을 청하자, 도사는 크게 기뻐하며 먼저 의약, 점술, 천문, 지리를 가르쳤다. 강남홍은 총명하고 똑똑한 성품이어서 하나를 들으면 열을 깨우쳤으니, 가르치기는 쉽고 배우기는 어렵지 않았다. 도사가 기뻐하면서 사랑하여 말했다.

"노부가 남쪽에 온 이후 두 제자를 두었다. 한 명은 채운동의 운룡도인인데, 술법이 아직 완성되지 않았으며 사람됨이 어리석어 노부의 근심거리다. 또 한 명은 평상 앞에서 차를 끓이는 도동 청운인데, 작은 재주는 있지만 천성이 경망스러워 잡스러운 술법에 쉽게 빠져 노부의 학문을 전하지 않았다. 네 재주와 성품을 보니 운룡과 청운 같은 부류가 아니구나. 훗날 크게 쓸 데가 있으리니, 온 마음을 기울여 배우도록 해라."

그러고는 병법을 전수하며 말했다.

"육도삼략六韜三略의 합치고 변화하는 수법과 팔문구궁八門九宮, 길흉을 판단하는 여덟 가지 문의 변화하는 방법은 모두 세상에 전해졌기 때문에 오히려 배우기 어렵지 않다. 그러나 노부의 병법은 선천비서先天秘書다. 배워야 할 사람이 아니라면 전수하지 않는다. 그 법은 모두 삼재三災 삼생三生과 오행상극五行相剋의 이치에 들어맞고 터럭만큼의 권모술수도 없다. 바람과 구름을 부르는 조화의 오묘함과 귀신들을 부리고 항복시키는 술법이 지극히 정묘하여 네가 평생 사용해도 요사하고 괴탄하다는 말은 듣지 않을 것이다."

강남홍은 하나하나 전수받아 몇 달만에 통달하지 않는 것이 없었다. 도사가 크게 기뻐하면서 말했다.

"너는 천재로구나. 노부가 감당하지 못하겠다. 이 정도로도 세상에 너와 대적할 사람이 없겠지만, 무예를 한 가지 더 가르쳐 주겠다."

도사는 검술을 가르치면서 말했다.

"옛날 서부인徐夫人은 검으로 공격하는 법만을 알았을 뿐 검을 사용하는 방법은 몰랐고, 공손대랑公孫大娘은 검을 사용할 줄 알았지만 검으로 공격할 줄은 몰랐다.* 노부가 전해 주는 것은 천상의 참창성관欃槍星官**의 비결이다. 몸을 돌리는 것은 풍우 같고, 변화는 구름과 비를 일으키는 듯하다. 이것으로 만인을 대적할 뿐만 아니라 천하에 두려울 것이 없다."

그러고는 상자 속에서 몇 자루 검을 꺼내니, 바로 '부용검'芙蓉劍이었다. 해와 달의 정기와 별의 문장을 띠어 돌과 쇠를 자를 수 있으니, 중국의 명검인 용천검龍泉劍, 태아검太阿劍, 간장검干將劍, 막야검鏌鋣劍 등에 비할 바가 아니었다. 도사가 말했다.

"나는 쉽게 보통 사람에게 전하지 않으려 했지만 너 같은 천재를 만나서 전하게 되었다. 잘 사용하도록 해라."

---

* 서부인은 오나라 손권의 두 번째 부인이다. 태자 손등을 양육했다. 공손대랑은 당나라 때 교방 기생으로, 검을 들고 춤을 추는 검무 기술이 당대 최고였다.
** 참창성은 혜성의 일종으로 병란의 발발을 상징한다.

강남홍이 절을 하고 받았다. 이때부터 밤이면 도사를 모시고 병법과 검법을 공부하고, 낮이면 손삼랑을 데리고 산에 올라 진을 펼쳐 놓고 진법과 검술로 시간을 보내면서 외롭고 슬픈 심정을 잊었다.

하루는 강남홍이 부용검을 들고 연무장鍊武場에서 가서 홀로 검술을 익히고 있었다. 도동 청운이 책 한 권을 가지고 오더니 웃으며 말했다.

"사형師兄께서 이미 검술을 배우셨으니 이 책도 보세요. 이건 선천둔갑서先天遁甲書인데, 선생께서 마침 감추어 두셨기에 몰래 가져왔어요."

강남홍이 크게 놀라며 말했다.

"사부님께서 나를 사랑하셔서서 모든 것을 가르쳐 주셨다. 이 책은 함부로 볼 수 없으니 빨리 제자리에 갖다 놓아라."

청운이 웃으며 말했다.

"제가 어젯밤에 선생님께서 주무시는 틈을 타 이 방서方書, 신선의 술법을 적은 책를 가져다 보았는데, 정말 오묘한 술법이 적혀 있어요. 제가 한번 해볼게요."

청운이 주문을 외운 뒤 풀잎을 꺾어서 공중에 던지자 푸른 옷을 입은 동자로 변했다. 청운이 웃으며 다시 주문을 외고 풀잎을 어지러이 던졌다. 이번에는 채색 구름이 사방에서 일어나고 풀잎은 신장귀졸로 변했으며 선관과 선녀들이 분분히 내려왔다.

그때 갑자기 발걸음 소리가 들렸다. 돌아보니 도사가 청운을 불러 말했다.

"감히 요사스러운 재주를 자랑하느냐. 급히 거두라."

이번에는 도사가 강남홍을 돌아보며 말했다.

"둔갑술은 허황한 술법이라 너에게는 전수하지 않으려 했다만, 이렇게 누설되었으니 대략 알아 두어도 관계는 없겠지. 이 술법의 도를 얻었다 해도 훗날 신명神明을 더럽히고 크게 낭패를 볼 자는 청운일 것이다."

그날 밤 도사는 강남홍을 불러 말했다.

"세상에 유행하는 도는 세 가지가 있다. 유도儒道와 불도佛道 그리고 선도仙道다. 유도는 정대함이 중심이고, 불도와 선도는 신기와 기이에 가깝지만 마음을 수양하여 외물에 의해 바뀌지 않는다는 점에서는 매한가지다. 후세의 승려들과 도사들이 불도와 선도의 근본을 알지 못하고 허황한 술법으로 세상 사람들의 이목을 어지럽히니, 이것이 바로 둔갑술이다. 둔갑술이 세상에 전해지니, 정도正道로써 제압할 수 없는 점이 있다. 이제 네가 대략 둔갑술을 이해할 터, 곤란한 상황에 닥치면 이용하도록 하라."

도사가 지극히 정묘한 것만 골라서 가르쳐 주니, 강남홍의 총명함으로 어찌 이해하기 어렵겠는가. 도사가 크게 기뻐하면서 말했다.

"네 마음이 단정하고 잡스럽지 않으니 다시 부탁하지 않겠다만, 매우 조심하여 절대 이것에 휩쓸리지 마라. 예부터 길한 사람과 귀한 사람은 이런 술법을 배우지 않았다. 다름이 아니라 천기를 누설하면 복을 얻기보다 해가 되기 때문이다."

강남홍이 하나하나 모두 가르침을 받고 침소로 물러나왔다. 그런데 웬 여자가 초당 창문 아래에 서서 도사와 강남홍의 이야기를 듣고 있다가, 강남홍이 나오는 모습을 보더니 놀라서 삽시간에 어디론가 사라지는 것이었다. 강남홍이 크게 놀라서 도사에게 아뢰니, 도사가 웃으며 말했다.

"이곳은 산속이라, 귀신이나 여우의 정령이 때때로 이렇게 오곤 한다. 너무 놀랄 필요 없다. 다만 불행한 것은 저 귀신이 내 둔갑술과 방술책에 대한 문답을 들었으니 잠시 인간 세상에 소동이 일어날까 걱정이구나."

하루는 강남홍이 손삼랑과 함께 부용검을 들고 연무장으로 나갔다. 혼자 검술을 연습하다가 피곤하여 칼을 거두고 언덕에 올라 멀리 바라보았다. 청산은 첩첩하고 흰 구름은 넘실넘실했다. 햇볕을 향해 자라는 꽃과 나무, 골짜기 입구의 버드나무는 타향에서 봄빛을 느끼게 했다. 강남홍이 멍하니 바라보다가, 이유 없이 구슬 같은 눈물이 흘러 옷깃을 적셨다. 그녀는 손삼랑을 돌아보며 말했다.

"내가 산속에 들어온 지 1년이 되었구려. 고국산천은 꿈속인 듯 아득하고 타향의 봄빛은 마음을 흔드네요. 언제 다시 중원의 문물을 볼 것이며, 십 리 전당호의 경치를 마주할까요."

손삼랑이 웃으며 말했다.

"이 늙은 몸은 강남에 있을 때는 종일 고생스럽게 일했지요. 물속에서 구슬 몇 개, 물고기 몇 마리를 구하면 천금을 얻은 듯이 좋아하면서 생계를 이었습니다. 그런데 여기 들어온 뒤로는 손가락 하나 까딱 않고 있습니다. 몸은 편안하고 한가하며, 배불리 먹고 따뜻하게 입은 데다, 몸은 청정하고 거무튀튀하던 얼굴은 다시 하얘졌습니다. 저는 특별히 고향 생각이 없네요."

강남홍이 미소를 지으며 말했다.

"사람이 세상에 태어나면 반드시 칠정七情이 있게 마련이에요. 칠정이 있으면 '칠정의 뿌리'도 생겨나지요. 칠정의 뿌리가 내리는 곳은 돌처럼 변해서 견고하고, 쇠를 자를 만큼 강합니다. 나와 노랑은 모두 강남 사람이라, 서호와 전당호의 밝고 빼어난 봉우리, 꼬불꼬불한 골목의 청루들, 아름다운 풍물 하나하나 다 정들었고 한 사람 한 사람 다 생각나지요. 사람이면 누구나 가지고 있는 정이에요. 그걸 칠정의 뿌리라고 부른답니다. 이런 점에서 보면 산천의 때깔도 칠정의 뿌리를 두어 생각하게 마련이거늘, 하물며 친척과 벗과 지기와 멀리 떨어진 심정이야 말해 무엇하겠소?"

손삼랑은 그제야 강남홍이 양창곡을 그리워하고 있음을 알고 슬픈 모습으로 다시 얼굴빛을 고쳤다. 강남홍이 초당으로 돌아와서도 잠을 이루지 못하자, 도사가 그녀를 불러 말했다.

"네가 산에 있을 날은 많지 않고 세상에 나갈 날은 머지않았다. 한때의 인연 아닌 것이 없으니 너무 한탄하지 말거라."

도사는 상자 속에서 옥적 하나를 꺼내더니 직접 몇 곡 불었다. 그리고 강남홍에게 곡조를 가르치면서 말했다.

"한나라의 장자방張子房*이 계명산 가을 달 밝은 밤에 이 옥적을 불어서 초나라 병사들을 흩어 놓았다. 너도 배운다면 언젠가는 쓸 데가 있을 것이다."

강남홍은 원래 음률에 낯설지 않은 터라, 잠깐 사이에 정조正調와 변조變調를 배웠다. 도사가 기뻐하며 말했다.

"이 옥적은 본래 한 쌍이었다. 하나는 문창성군에게 있다. 네가 훗날 고국으로 돌아갈 기회가 이 옥적에 달려 있을 듯하구나. 잘 갈무리하여 잃어버리지 말거라."

세월이 훌쩍 흘러 홍랑이 산에 들어온 지 2년 가까이 되었다. 하루는 도사가 홍랑과 함께 초당을 배회하면서 달빛을 감상하다가, 대나무 지팡이를 들어 하늘의 별자리를 가리키면서 말했다.

"너는 저 별을 아느냐?"

강남홍이 바라보니 큰 별 하나가 자미원을 둘러싸고 있었다. 그녀가 대답했다.

"저것은 문창성이 아닌가요?"

---

* 한나라 고조의 책사인 장량(張良)을 말한다.

도사가 미소를 지으며 다시 남쪽 하늘을 가리키며 말했다.

"요즘 태백성이 남두칠성을 침범했으니, 반드시 남쪽 지역에 전쟁이 날 것이다. 문창성이 빛을 휘황하게 내면서 제원帝垣을 호위하고 있으니 이는 필시 중국에 인재가 나타나 70년 태평성대를 이루게 하려는 것이다."

강남홍이 웃으며 말했다.

"이미 전쟁이 났다면 어떻게 태평성대를 이루겠습니까?"

"한 번 어지럽다가 한 번 잘 다스려지는 것은 천지가 순환하는 이치다. 한때의 전쟁을 어찌 논할 게 있겠느냐."

밤이 깊자 강남홍은 돌아와 잠들었다. 전신이 마구 흔들리는 가운데 어떤 곳에 이르니, 살기가 하늘을 뒤흔들고 비바람이 마구 치는데 맹수 하나가 크게 울부짖으며 한 남자를 물어뜯으려 했다. 남자를 자세히 살펴보니 바로 양창곡이었다. 강남홍이 크게 놀라 부용검으로 맹수를 치면서 크게 소리를 질렀다. 그때 손삼랑이 옆에 누웠다가 강남홍을 불렀다.

"지금 무슨 꿈을 꾸세요?"

강남홍이 퍼뜩 깨어나 뒤척이며 잠을 못 이루었다. 그리고 속으로 몰래 생각했다.

'공자께서 분명 무슨 재앙을 만나신 모양이야. 내가 지금 만리 밖에서 소식이 끊겨 구원해드릴 수 없구나.'

강남홍은 은근히 이어지는 근심과 끝없는 정회에 밤새도록 고민했다.

하루는 도사를 모시고 병법을 공부하고 있는데, 산문 밖에서 갑자기 말발굽 소리가 들렸다. 동자가 급히 와서 알렸다.

"남만왕이 밖에 와서 도사님 배알하기를 청합니다."

도사는 강남홍을 돌아보고 미소 짓더니, 즉시 일어나 대청에서 내려가 남만왕 나탁을 맞아들였다. 예를 갖추고 자리에 앉은 뒤 나탁이 자리를 비껴 앉으며 두 번 절하고 말했다.

"과인이 선생의 높으신 명성을 우레가 귀를 씻어 내듯 많이 들었습니다. 그러나 정성이 없어 이제야 배알하게 되었습니다. 너무 늦었습니다."

도사가 웃으며 말했다.

"대왕께서 어떻게 산속의 한가한 사람을 찾아오셨는지요."

나탁이 또 절을 하고 말했다.

"남방의 큰 골짜기는 과인이 대대로 전해 받은 오래된 터전입니다. 이제 아무 이유도 없이 중국에게 뺏길 지경에 이르렀습니다. 선생께서는 불쌍히 여겨 주소서."

도사가 미소를 지으며 말했다.

"산속 시골 늙은이는 오직 산을 마주하고 물을 구경하며 지낼 뿐입니다. 무슨 계책이 있어 대왕을 도와드리겠습니까?"

나탁이 눈물을 흘리며 간청했다.

"과인이 들으니, '오랑캐 말은 북풍을 맞으며 울부짖고 월나라 새는 남쪽 가지에 둥지를 튼다'[胡馬嘶北風 越鳥巢南枝]고 했습니다. 선생 또한 남방 사람이며 이곳에 거처하고 계십니다. 환란에서 구해 주지 않으신다면 어찌 의리에 맞다고 하겠습니까? 엎드려 바라건대, 과인을 불쌍히 여기시어 빼앗긴 곳을 되찾을 계책을 알려 주소서."

"노부가 다시 생각해 보겠소. 잠시 문밖에서 기다리시오."

도사의 말에 나탁은 크게 기뻐하며 외당으로 나갔다. 도사는 강남홍을 불러, 그녀의 손을 잡고 슬픈 빛으로 말했다.

"오늘은 네가 네 나라로 돌아가는 날이다. 노부가 너와 여러 해 동안 사제지간으로 지내면서 적막한 마음을 위로했다. 이제 멀리 헤어질 때가 오니 어찌 슬프지 않겠느냐."

강남홍이 놀랍기도 하고 기쁘기도 하며 무슨 일이냐고 물었다. 그러자 도사가 웃으며 말했다.

"노부는 서천 극락세계의 문수보살이다. 관세음보살의 명을 받아 그대에게 병법을 전하려 한 것이다. 이제 고난은 끝나고 그대에게 행운이 찾아올 것이다. 고국으로 돌아가 부귀를 누릴 테지만, 얼굴에 반 년 동안의 살기가 있으니 필시 전쟁을 겪어야 할 것이다. 아주 조심하여라."

강남홍이 눈물을 글썽이며 말했다.

"제자가 일개 여자로서 약간의 병법을 배웠으나 여전히 제 나라로 돌아가는 길을 모릅니다. 자세히 가르쳐 주소서."

그러자 도사가 웃으며 말했다.

"그대는 본래 인간 세상 사람이 아니라 천상의 별의 정령이다. 문창성과 해묵은 인연이 있어 이렇게 인간 세상에 내려온 것이다. 이번 행차에서 상봉해 훗날 부귀를 누릴 것이다. 관세음보살이 이끌어 주시어 자연스레 만나 합칠 것이니 사람의 힘으로 될 일은 아니다. 바라건대 그대는 너무 염려치 말라."

그러고는 말을 이어갔다.

"나탁 역시 천랑성天狼星의 정령이다. 그대가 구해 주지 않는다면 의리가 아니다."

강남홍이 두 번 절하고 명을 받았다. 그녀는 눈물이 글썽글썽하며 말했다.

"오늘 선생님과 이별하면 언제 다시 뵐 수 있겠습니까?"

"물 위의 부평초처럼 이별과 만남을 미리 정할 수는 없는 일이다. 그러나 천상의 즐거움을 함께하는 것은 70년 뒤에나 있으리라."

도사는 이야기를 마치고 다시 만왕에게 부탁했다.

"노부가 병이 있는 데다 늙어서 제자 한 사람을 대신 보내오. 그 아이 이름은 홍혼탈紅渾脫이외다. 대왕의 오래된 터전을 영원히 잃지 않도록 해줄 것이오."

나탁이 절을 하며 사례한 뒤 문을 나섰다. 강남홍은 도사에게 이별을 고하는데, 눈물을 금할 수 없었다. 도사 역시 슬퍼하며 말했다.

"불가의 계율에 정으로 얽힌 인연을 맺지 말라고 했다. 그런데도 부질없이 그대와 만나서 재주를 사랑하여 자연스럽게 마음을 허락했으니 그 인연 또한 깊다. 청산백운에 만남과 이별이 정해진 바 없으나, 천상 백옥경 청정한 도량에서의 훗날 기약이 있을 것이다. 인간 세상에서 맺은 속세의 인연을 빨리 끝내고 천상 극락계로 돌아오기를 바란다."

강남홍이 눈물을 뿌리며 아뢰었다.

"제자가 만왕을 구하고 고국으로 돌아가는 날 다시 산문으로 들어와서 선생님과 이별하고자 합니다."

도사가 웃으며 말했다.

"노부 또한 서천으로 돌아가는 길이 매우 급하다. 그대가 다시 온다 해도 만날 수 없을 것이다."

강남홍이 울면서 차마 떠나지 못하니, 도사는 그녀를 위로하며 재촉했다. 강남홍이 어쩔 도리가 없어 두 번 절하고 이별을 고했다. 청운과도 손을 잡아 이별하고 손삼랑과 함께 나탁을 따라 떠났다. 나탁은 속으로 생각했다.

'내가 정성을 다하여 구원을 요청했는데 나약한 소년 하나를 데리고 돌아가게 되다니, 이 어찌 세상의 조롱거리가 아니겠는가. 게다가 생긴 모습을 보면 완전히 여자 같다. 만약 남자가 아니라면 다섯 골짜기를 다 떨어진 신발처럼 버리고 오호에 일엽편주로 범려를 본받아 은거하리라.'

한편, 강남홍은 손삼랑과 진영에 이르자 종적을 몰래 감춘 뒤 다시 돌아왔다. 그런데 그 모습이 진정 소년 명장이오 건장한 노졸이었다. 강남홍이 나탁과 골짜기의 지형을 자세히 관찰하니 동쪽에 연화봉蓮花峰이라는 작은 산이 있었다. 강남홍이 산꼭대기에 올라 사방을 둘러보고 나탁을 보며 말했다.

"제가 먼저 명나라 진영을 살펴보고 싶습니다."

그날 밤 삼경 무렵, 강남홍은 화과동에서 지형을 살피고 탄식하며 말했다.

"명나라 원수가 만약 화과동 안에 진을 쳤더라면 한 사람도 살아남기 어려웠을 텐데, 이제 왕성한 생명력을 얻었으니 한꺼번에 격파할 수 없겠구나. 내일 진영을 마주하여 그의 용병술을 봐야겠다."

강남홍이 즉시 명나라 진영에 격문을 띄웠으니, 내용은 다음과 같다.

남만왕은 대명국 원수 휘하에 격문을 보내노라. 과인이 들으니 성왕聖王은 다만 덕으로 회유할 뿐, 무력으로 싸우지 않는다고 했다. 이제 대국이 사나운 곰 같은 십만군사로 한쪽 구석 누추한 땅에 임했으니, 그 위태로움이 아침에 저녁의 상황을 근심하지 못할 정도다. 마땅히 군령을 어기지 못하여 남은 병사를 수습하여 내일 태을동 앞에서 마주보리니, 그대의 군대를 이끌고 아침 식사를 하러 오길* 바라노라.

---

* 이 부분의 원문은 "薄食來會"이다. '욕식'(蓐食)은 이른 아침 이부자리에서 식사하는 것을 말한다. 따라서 아침 일찍 만나자는 뜻이다.

양창곡이 격문을 읽고 나서 깜짝 놀라며 말했다.

"이 격문은 글이 간결하면서도 자신의 뜻을 다 표현하여 남만의 거친 기세가 없고 중국의 문명이 서린 모습이다. 어찌 괴이하지 않으랴."

양창곡 또한 격문으로 답장했으니, 내용은 다음과 같다.

대명국 도원수는 남만왕에게 답서를 보내노라. 우리 황제 폐하께서는 온 천하를 자식처럼 보시어 비록 문화적 덕치德治로 넓혀 나가시지만 남방 지역의 조공이 여전히 늦은 까닭에 대군을 징발하여 조공을 제대로 바치지 않은 죄를 묻고자 하신다. 대군이 이르는 곳마다 우레가 사납고 바람이 날리어 어리석은 오랑캐들은 반드시 토붕와해土崩瓦解**될 것이다. 그러나 특별히 생명을 사랑하는 덕을 베푸시어 인의로 감화시킬 뿐, 위력과 무력으로 모두 죽이려 하지 않으신다. 내일은 마땅히 대군을 이끌고 기약한 바와 같이 갈 것이니, 아! 만왕은 네 사졸을 잘 경계하고 네 무기들을 잘 닦아 일곱 번 사로잡히는 후회***가 없도록 하라.

강남홍이 답서를 보고 슬픈 빛으로 강개하여 말했다.

** 흙더미가 무너지고 기왓장이 산산조각 나듯이, 어떤 세력이 한꺼번에 무너지는 것을 말한다.
*** 제갈량은 남만을 정벌하면서, 장수 맹획을 일곱 번 사로 잡았다가 일곱 번 놓아 주었다.

"내가 오랑캐 땅에 몇 년 동안 칩거하여 고국의 문물을 보지 못했다. 이 격문을 보니 중화의 문장이라는 것을 알겠구나. 어찌 기쁘고 다행스럽지 않으리오."

이튿날 강남홍이 작은 수레를 타 남만 병사들을 이끌고 군대의 진용을 정비한 뒤 태을동 앞에 진을 쳤다. 양창곡 역시 대군을 이끌고 수백 걸음 밖에 포진시켰다. 강남홍이 수레를 몰아 진 앞으로 나아가 멀리 명나라 진영을 바라봤다. 명나라에 진영에 나부끼는 깃발은 태양을 가리고 북과 뿔피리 소리는 하늘에 우렁찼다. 그 가운데 붉은 도포에 금빛 갑옷을 입은 소년 장군이 대우전을 차고 손에는 깃발을 들고 있었다. 전후좌우로는 여러 장수들이 옹위한 상태로 장막 위에 높이 앉아 있었다. 강남홍은 그가 명나라 도원수라는 사실을 알고, 손삼랑에게 진 앞에서 크게 소리치도록 했다.

"작은 나라가 남쪽 지방 궁벽한 곳에 있어, 비록 문무를 겸비한 재주는 없지만 오늘 진법으로 한번 겨뤄 대국의 용병술과 비교하고자 하오. 명나라 원수께서는 청컨대 하나의 진을 펼쳐 주시오."

양창곡은 들려오는 말이 조화롭고 삼대나 전국시대의 풍모가 있는 것을 보고 속으로 의아해하면서 멀리 남만 진영을 바라봤다. 그곳에는 어떤 소년 장군이 초록금루협수전포草綠金縷狹袖戰袍에 벽문원앙쌍고요대碧紋鴛鴦雙股腰帶를 차고 머리에는 성관을 쓰고 허리에는 부용검을 찬 채 수레 안에 단정히 앉아 있었다. 그 아리따운 모습은 가을 하늘에 밝은 달이 푸른 바다에서 솟아오르는 듯했고, 우뚝한 기상은 서풍을 맞는 호걸스러운 매가 푸른 하늘에서 날아내리는 듯했다. 양창곡이 크게 놀라 여러 장수를 돌아보며 말했다.

"저 사람은 필시 남쪽 사람이 아닐 것이다. 나탁이 어디에 구원을 청하여 저런 인물을 얻었을까?"

양창곡이 이에 북을 치고 깃발을 휘둘러 부대를 36개로 나누어 여섯 방위를 만든 뒤 육화진六花陣을 펼쳤다. 강남홍이 웃으면서 북을 쳐서 남만군을 지휘하더니, 기마 24쌍을 12대로 나누어 호접진胡蝶陣을 만들고 육화진과 부딪쳤다. 그러고는 손삼랑에게 소리치도록 했다.

"육화진은 태평성대에 선비 출신 장수가 맑고 한가로운 마음으로 치는 진법이외다. 우리 소국小國은 호접진으로 대적할 수 있을 터이니, 다른 진을 펼쳐 보시오!"

양창곡이 다시 북을 치고 깃발을 휘둘러 육화진을 변화시켰다. 군대를 64개로 나누고 8개 방위를 만들어 팔괘진을 펼쳤다. 강남홍도 다시 북을 쳐서 병사들을 지휘해 대연오십오大衍五十五의 오방방원진五方方圓陣을 펼쳐 팔괘진과 충돌했다. 그녀는 생문生門으로 들어가 기문奇門으로 나오고 음의 방위를 치며 양의 방위를 습격했다. 다시 손삼랑에게 크게 외치도록 했다.

"한나라 제갈무후가 육화진과 양의진兩儀陣을 합쳐 만든 것이 바로 팔괘진이오. 생사문生死門과 기정문奇正門이 있으며, 동

정방動靜方과 음양방陰陽方이 있소이다. 우리 소국은 대연진大衍陣
이 있어 대적할 만하니, 원수께서는 다른 진을 펼쳐 보시오."

양창곡이 크게 놀라 급히 팔패진을 거두고 좌우의 날개를
만들면서 조익진鳥翼陣을 펼쳤다. 강남홍 역시 방원진을 변화
시켜 장사진長蛇陣으로 조익진을 꿰뚫고는 크게 외쳤다.

"조익진은 적국에 대하여 마구 죽이는 진이라, 소국은 마땅
히 장사진으로 부딪치겠소이다. 청컨대 다른 진을 펼치소서."

양창곡이 급히 깃발을 휘둘러 좌우의 날개를 합쳐서 학익
진鶴翼陣을 펼치고는 장사진의 머리를 공격했다. 동시에 뇌천
풍으로 하여금 크게 외치도록 했다.

"남만의 아이가 장사진으로 조익진을 치는 것만 알고, 어찌
조익진을 학익진으로 바꾸어 장사진의 머리를 친다는 생각을
하지 못한단 말이냐."

강남홍이 미소를 지으며 북을 쳐서 장사진을 나누어 여
러 곳에 어린진魚鱗陣을 펼쳤다. 이는 적군을 속이는 진이었다.
그런데 양창곡은 알아차리지 못하고 크게 분노하여 대군을
10개 부대로 나누어 어린진을 포위하고 열 개 방위에서 에워
쌌다. 강남홍이 웃으면서 크게 소리를 질렀다.

"이것은 회음후淮陰侯의 십면매복十面埋伏*이지, 진실로 진법이

---

* 한나라의 한신(韓信)이 구리산(九里山)에서 십면매복진(十面埋伏陣)을 쳐 항우
와 전투를 벌인 적이 있다. 회음후는 한신이 받은 봉호(封號)이다.

아니외다. 우리 소국에 진법 하나가 있으니 충분히 방비할 수 있소이다. 청컨대 한번 구경하시오."

그러고는 어린진을 변화시켜 다섯 부대로 나누어 방진方陣을 만들었다. 동방을 치면 남방과 북방이 좌익과 우익이 되어 방비하고, 북방을 치면 동방과 서방이 좌익 우익이 되어 방비했다. 양창곡이 바라보다가 탄식했다.

"저 사람은 천하의 기재奇才로구나. 이 진법은 고금에 없는 것이다. 오행상극의 이치에 응하여 스스로 만든 진법이니, 손빈孫臏이나 오기吳起**라 하더라도 격파할 수 없을 것이다."

그는 진법으로는 이길 수 없다는 사실을 깨닫고 즉시 징을 쳐서 군대를 불러들였다. 그리고 뇌천풍에게 진 앞에서 소리치게 했다.

"오늘 양측 진영이 이미 진법을 봤으니 다시 무예로 싸울 자가 있다면 나오라."

철목탑이 그 소리에 응하여 창을 들고 나왔다. 여러 합을 크게 싸우면서 철목탑이 자주 몸을 피했다. 손삼랑이 창을 빼들고 나와서 크게 꾸짖었다.

"너는 이미 진법에서 패했으니 무예에서도 패하리라."

뇌천풍이 크게 노하여 말했다.

"수염도 없는 늙은 오랑캐는 감히 당돌하게 굴지 말라."

** 중국 최고의 병법가로, 『손자병법』과 『오자병법』의 저자로 알려졌다.

수십 합을 또 싸우는데, 명나라 장수 동초와 마달이 동시에 나와서 뇌천풍을 도왔다. 손삼랑이 대적할 수 없게 되자 말을 돌려 달아났다. 강남홍은 손삼랑이 도망쳐 오는 것을 보고 크게 노하여 수레에서 내려 말을 타고 진 앞으로 나갔다. 강남홍은 징을 울려 철목탑을 불러들이며 크게 외쳤다.

"명나라 장수들은 괴이하고 어지러운 창법을 자랑하지 말고, 먼저 내 화살을 받아라."

말을 마치자 공중에서 비전飛箭, 매우 빠른 화살이 완연히 유성처럼 날아가더니 뇌천풍의 투구 한가운데를 맞추어 떨구었다. 동초와 마달이 크게 노하여 동시에 힘을 합쳐 칼을 휘두르며 강남홍을 잡으려 했다. 강남홍이 옥 같은 손을 들어 화살을 쏘니, 활줄 소리가 나는 곳에 흐르는 화살이 뒤를 이어 들어가 동초와 마달의 엄심갑掩心甲*을 명중시키면서 쨍그랑하고 갑옷을 깨뜨렸다. 두 장수는 더 싸울 마음이 없어 말을 돌려 진영으로 돌아왔다. 뇌천풍은 투구를 주워서 다시 쓰고 벽력부를 휘두르며 크게 꾸짖었다.

"조그만 오랑캐 장수는 자신의 작은 재주를 믿고 감히 무례히 굴지 말라."

그러고는 강남홍에게 달려가는데, 갑자기 몸이 뒤집혀 말에서 떨어졌다. 어찌된 일인지 모르겠구나, 다음 회를 보시라.

---

* 심장을 보호하기 위하여 입는 갑옷이다.

제14회

옥피리는 자웅의 음률로 주고받으며,
아름다운 거문고는 산수의 줄을 끊었다 이었다 한다

玉笛酬唱雌雄律 瑤琴斷續山水絃

뇌천풍이 분기탱천하여 도끼를 휘두르며 강남홍에게 덤벼들었지만, 그녀는 태연히 웃으며 부용검을 집고 서서 꼼짝하지 않았다. 뇌천풍은 더욱 화가 나서 소리를 크게 지르며 온 힘을 다해 도끼를 휘둘러 강남홍을 공격했다. 순간 강남홍이 쌍검을 휘두르며 허공에 몸을 솟구쳤다. 뇌천풍이 허공을 쳐다보면서 급히 도끼를 거두어들이려 했지만, 갑자기 쩽그랑하는 소리가 머리 위에서 들렸다. 날아온 칼이 공중에서 떨어지며 투구를 쳐서 깨뜨린 것이었다. 뇌천풍이 황망하여 몸을 뒤틀면서 말에서 떨어졌다. 그러나 강남홍은 두 번 다시 돌아보지 않고 칼을 거두어들였다.

　원래 강남홍이 칼을 쓰는 법은 깊고 얕음이 있어서, 투구만 깨뜨릴 뿐 사람을 다치게 하지는 않았다. 그러나 늙은 장수는 이미 정신을 차리지 못하여 자기 머리가 어디 있는가 헤매면서 다시는 맞붙어 싸울 생각을 하지 못하고, 말을 돌려 급히 자신의 진영으로 돌아갔다.

양창곡이 진영에서 멀리 바라보다가 크게 노하여 말했다.

"젖비린내 나는 어린 오랑캐 장수를 세 장군이 오히려 대적하지 못하다니, 내 마땅히 직접 싸워서 반드시 저 놈을 사로잡으리라."

그러고는 말에 올라 출전하려는데, 소유경이 아뢰었다.

"원수의 지중한 체면으로 어찌 반드시 일개 오랑캐 장수와 몸을 가벼이 하여 싸우시려는 겁니까? 소장이 비록 용맹은 없지만 오랑캐 장수와 싸워서 저 머리를 원수의 휘하에 바치겠습니다."

소유경은 말을 돌려 진영을 나섰다. 그는 원래 예리한 기상으로 창 쓰는 법에 대해서는 자부심을 가졌던 터였다. 한번 맞서고자 하여 방천극을 들어 즉시 강남홍을 잡으려 했다. 강남홍이 말을 돌려 여러 합 맞붙어 싸우다가, 소유경의 창법이 정묘한 것을 보고 말을 돌려 수십 걸음 물러났다. 그리고 공중을 향해 오른손의 부용검을 던졌다. 그 검은 허공을 날아 내려오더니 소유경의 머리를 치려 했다. 소유경이 말 위에서 몸을 피하면서 방천극을 들어 막았다. 강남홍이 물러났다가 다시 나아가니, 소유경이 당황하여 말 위에 엎드린 채 방천극을 휘둘렀다. 강남홍이 순간 왼손으로 던졌던 부용검을 받은 뒤 말을 달리면서 손에 든 쌍검을 동시에 던지자 소유경은 황급하게 피하여 도저히 맞서 싸울 틈이 없었다. 그녀는 공중에서 쌍검을 받아들고 바람처럼 돌면서 말 위에서 검무를 추듯 칼을 휘둘렀다. 그렇게 사방으로 말을 마구 달리니 백설이 분분히 허공에서 떨어지는 듯했고, 떨어지는 꽃이 송이송이 바람 앞에서 날리는 듯했다.

그 순간 갑자기 한 줄기 푸른 기운이 노을처럼 일어나 점점 사람과 말이 보이지 않았다. 소유경이 당황스러워하며 위쪽을 쳐다보니, 수만 개의 부용검이 하늘에 흩어져 있었고, 아래를 굽어보니 역시 수만 개의 부용검이 땅에 가득하여 칼의 물결과 칼의 산이 펼쳐져 도저히 벗어날 길이 없었다. 그는 정신이 아득하고 나아갈 길도 물러날 길도 없어 마치 구름과 안개가 자욱한 속에 처한 것 같았다. 소유경이 하늘을 우러러보며 탄식했다.

"내 어찌 여기서 죽을 줄 알았겠는가.

그는 방천극을 들어 푸른 기운을 헤치고 나아가려 했다. 그런데 홀연 공중에서 낭랑한 음성으로 크게 외치는 소리가 들렸다.

"명나라의 이름난 장수를 내 손으로 죽이는 것은 도리가 아니오. 살아날 길을 한 줄기 빌려주니, 장군은 원수에게 돌아가서 빨리 대군을 거두어 돌아가시라고 아뢰어 주시오."

이야기가 끝나자 푸른 기운이 점차 사라지더니 그 장수가 부용검을 다시 들고 표연히 웃으며 남만 진영으로 돌아갔다.

소유경은 감히 추격할 엄두를 내지 못하고 돌아가 양창곡을 보고는, 가쁜 숨을 진정하지 못하고 망연자실하여 말했다.

"소장이 비록 못났지만 병서를 여러 줄 읽었고 약간의 무예도 배웠습니다. 적진에 임하여 겁을 먹은 적이 없고 적군을 대하면 용기를 내었습니다. 그런데 오늘 만난 오랑캐 장수는 인간이 아니라 분명 천상의 신장이었습니다. 질풍처럼 빠르고 번개처럼 급했습니다. 귀신처럼 아찔하여 측량하기 어렵고, 추격하여 사로잡을 수도 없었고, 달아나고 싶어도 피할 도리가 없었습니다. 사마양저司馬穰苴*의 병법과 맹분孟賁** 오획烏獲***의 용맹과 힘도 이 장수 앞에서는 소용이 없을 것입니다."

양창곡이 이 말을 듣고 속으로 매우 근심했다.

'오늘 날이 이미 저물었으니 내일 다시 싸워야 할 텐데, 만약 그 장수를 사로잡지 못한다면 맹세코 군대를 돌리지 않으리라.'

한편, 나탁은 강남홍의 병법과 검술을 보고서야 비로소 크게 기뻐하며 말했다.

"하늘이 과인을 불쌍히 여기시어 장군을 내려 주셨소. 훗날 남쪽 지방을 반으로 나누어 장군의 공을 갚겠소이다."

---

* 춘추전국시대의 이름난 병법가로, 고대 중국의 7대 병서 중 하나인 『사마법』(司馬法)을 지었다.
** 춘추전국시대 위(衛)나라의 용맹한 용사로 대단한 완력과 용기를 지녔다.
*** 진(秦)나라 무왕의 호위무사다. 힘으로는 천하에 당할 사람이 없었다고 한다.

그러고는 이렇게 말을 이었다.

"원컨대 장군과 함께 군중에서 거처하고 싶소."

강남홍이 웃으며 말했다.

"산인은 한가한 것을 좋아합니다. 군중의 요란함을 싫어하니, 그윽하고 한가한 곳에 객실 한 칸을 얻어 제 수하로 있는 늙은 병졸과 함께 거처하면 족합니다."

나탁은 그 뜻을 거스르기 어려워 따로 객실을 정해 주었다. 강남홍은 손삼랑과 함께 밤을 지새우게 되었다.

'내 비록 아녀자지만 어찌 대의를 모르고 만왕을 도우며 고국을 저버릴 수 있으랴. 내가 만약 일개 명나라 진영의 장졸이었다면 의리상 불안하지 않을 것이다. 그렇지만 사부님의 명으로 나탁을 도우러 왔다가 공을 이루지도 못하고 헛되이 돌아가는 것 또한 도리가 아니다. 어떻게 하면 양쪽 모두 편하게 해결될까.'

이렇게 생각하던 중에 갑자기 계책 하나가 생각났다. 그녀는 손삼랑을 돌아보며 말했다.

"오늘 밤 달빛이 가장 아름다우니, 내가 골짜기 문을 나가서 연화봉에 올라 명나라 진영의 동정을 살피리라."

강남홍은 백운도사에게서 받은 옥적을 가지고 손삼랑과 함께 달빛을 띠며 연화봉으로 올라갔다. 멀리 명나라 진영을 바라보니, 북소리와 뿔피리 소리는 조용하고 등불이 깜빡이는데, 3경을 알리는 북소리가 울렸다. 강남홍은 옥적을 뽑아 들고 한 곡 희롱했다.

이때 남풍은 소슬하게 불고 별과 달은 하얗게 빛나는데 고 갯마루 위 돌아가는 기러기와 골짜기 안에서 들리는 원숭이 의 슬픈 울음소리는 진정 타향을 떠도는 나그네의 시름을 도 왔다. 하물며 만리타향에서 부모님과 이별하고 세상 끝에서 가족을 꿈에서 그리는 사람임에랴! 찬 이슬은 옷깃에 가득 내 리고 밝은 달은 진영을 환히 비쳤다. 어떤 사람은 창을 배고 누워 잠이 들었고, 어떤 사람은 칼을 치면서 한탄하던 때였다. 갑자기 바람결에 옥적 소리가 아련히 허공에 드날렸다. 처량 한 곡조는 쇠와 돌이라도 녹아내릴 듯했고, 흐느끼는 소리는 산천도 빛을 바꿀 정도였다.

이때 명나라 십만대군이 한꺼번에 꿈에서 깨어났다. 늙은 사람은 처자를 그리워하고 어린 사람은 부모를 생각하여, 어 떤 이는 눈물을 훔치며 탄식하고 어떤 사람을 고향을 노래하 며 서성거렸다. 군중이 자연히 소란해지면서 부대의 대오가 어지러워졌다. 마군대장馬軍大將은 채찍을 놓고 멍하니 서 있었 고, 군문도위軍門徒尉는 방패를 내려놓고 강개한 마음으로 앉아 있었다. 소유경이 깜짝 놀라서 동초와 마달을 불러 군중을 단 속하도록 했다. 그러나 두 장수 역시 기색이 처량하고 행동거 지가 수상했다. 소유경이 급히 양창곡에게 알렸다.

때마침 양창곡은 병서를 베고 누워서 잠을 자려고 하던 참 이었다. 그는 정신이 이리저리 흔들리면서 하늘로 올라가 남천문南天門으로 들어가려 했다. 그런데 어떤 보살 하나가 백옥으로 만든 여의如意*를 들고 길을 막았다. 양창곡이 크게 노하면서 칼을 뽑아 여의를 치니, 쨍그랑하고 땅에 떨어져 한 송이 꽃으로 변하면서 붉은빛과 기이한 향기가 천지를 진동했다. 양창곡이 깜짝 놀라 깨어 보니 한바탕 꿈이었다. 속으로 이상하게 생각하던 차에, 소유경이 황망히 군막 안으로 들어와 군중의 동정을 보고했다. 양창곡이 놀라서 군막 밖으로 나가서 시간을 물어보니 벌써 4, 5경이나 되었다. 삼군이 왔다갔다하면서 진영 안이 들끓었고, 한바탕 서풍이 손에 든 깃발을 불어 흔들었다. 옥적 소리가 바람결에 들려오는데 애원하는 듯 처절한 느낌은 영웅의 마음으로도 비감해지는 것을 어쩌지 못할 정도였다. 양창곡이 귀를 기울여 한번 들어 보니, 어찌 그 곡조를 모르겠는가. 여러 장수를 돌아보며 말했다.

"옛날 장자방이 계명산에 올라 통소를 불어 초나라 병사를 흩어 놓았다던데, 누가 이 곡조를 부는지 모르겠구나. 내 어렸을 때 옥적 부는 방법을 배워 대략 몇 곡을 기억한다. 이제 한 곡을 시험하여 삼군의 처량한 마음을 진정시켜야겠다."

그는 상자에서 옥적을 뽑고 장막을 높이 말아 올린 뒤 책상에 기대 한 곡 불었다. 그 소리가 평화로우면서도 호방하여,

---

* 보살이나 도사가 들고 다니는 기물 중 하나다. 원래는 등을 긁는 도구였으나, 자신의 뜻과 같이 모든 것이 해결되라는 의미로 가지고 다니게 되었다고 한다.

마치 천리에 펼쳐진 봄날의 물이 장강에 흐르는 듯, 삼월 조화
로운 바람이 아름다운 나무에 불어오는 듯했다. 한 곡을 불기
시작하자마자 처량했던 마음은 기쁘게 절로 풀렸으며, 다시
한 곡을 불자 호탕한 마음이 무럭무럭 생겨나서 군중이 절로
안온해졌다. 양창곡은 다시 음률을 바꾸어 한 곡 불었다. 그
소리가 웅장하면서도 기상이 커 마치 도문屠門의 협객이 노래
와 축筑에 화답하는 듯하고* 변방의 장군이 철기鐵騎, 철갑을 입은 기병
를 울리는 듯하여, 막하의 삼군이 기세가 늠름해지면서 북을
쓰다듬고 칼춤을 추면서 다시 한번 전투를 벌이고자 했다.

　양창곡이 웃으며 음악을 그치고 다시 군막 안으로 돌아왔
다. 그리고 뒤척이며 잠을 이루지 못하고 생각했다.

　'내 비록 천하를 두루 다니면서 큰 재사를 모두 만나 보지
는 못했지만, 어찌 오랑캐 땅에 이토록 뛰어난 재주를 가진 사
람이 있으리라고 생각이나 했겠는가. 오랑캐 장수의 무예와
병법을 보니 진실로 비할 데 없는 국사요 천하의 기재다. 오늘
밤 옥적 역시 평범한 사람이 불 수 있는 곡조가 아니다. 이는
하늘이 우리 명나라를 돕지 않고 조물주가 나의 큰 공을 시기
하여, 인재를 내서 만왕을 돕는 것이다.'

　그는 잠을 이룰 수 없어서 다시 소유경을 군막 안으로 불러

---

* 진시황을 암살하러 떠나면서 역수(易水)에서 이별할 때, 축을 연주하며 비분강
　개한 노래를 불렀던 형가(荊軻)의 이야기를 인용했다.

서 물었다.

"장군은 어제 진중에서 오랑캐 장수의 용모가 어떤지 자세히 보았소?"

"가시덤불 우거진 속에 핀 꽃다운 풀이 분명하고, 기왓장 쌓인 곳에 보옥이 완연했습니다. 잠깐 보았지만 어찌 잊을 수 있겠습니까? 당돌한 기상은 당세의 영웅이오 어여쁜 자태는 천고의 가인입니다. 연약한 허리와 가는 눈썹은 남자의 풍모라고 볼 수 없지만, 빼어난 얼굴과 용맹스러운 기상은 여자의 자태 또한 아니었습니다. 남자로 말하자면 고금에 없는 인재요, 여자로 말하자면 경국지색이라 할 만한 자태였습니다."

양창곡이 그 말을 듣고 묵묵히 말을 하지 않았다.

이때 강남홍은 사부의 명으로 만왕을 구하러 오기는 했지만 부모의 나라를 저버릴 수 없었기에, 조용히 옥적으로 장자방이 퉁소를 불어 항우의 병사들인 강동 지역 자제들을 흩어 버린 일을 본받아 전투를 끝내려 했다. 그런데 뜻밖에 명나라 진영에서도 옥적으로 화답하는 것이었다. 곡조는 다르지만 음률은 차이가 나지 않았고, 기상은 다르지만 뜻이 다르지는 않았다. 마치 아침 햇살에 아름다운 봉황이 날아오르며 수컷이 노래를 부르자 암놈이 화답하는 듯했다. 강남홍은 잠시 옥적을 멈추고 망연자실하여 고개를 숙이고 한동안 생각했다.

'이 옥적은 본래 한 쌍이다. 하나는 문창성에게 있는데, 내가 귀국할 수 있는 기회가 여기에 있다고 들었다. 대명국의 원수가 문창성의 정기가 아님을 어찌 알겠는가. 하늘이 옥적을 낳았으되 어찌 한 쌍만 낳았을까. 만약 한 쌍이라면 어찌 남과 북에서 짝을 잃어버리게 했다가 서로 만나 합쳐지는 것이 이토록 늦었을까?'

이어서 이렇게 생각했다.

'이 옥적이 짝이 있다면, 그것을 부는 사람은 반드시 나의 짝일 것이다. 하늘이 굽어살피시고 명월이 밝게 비추어 주시니, 이 강남홍의 짝은 양공자 한 분뿐이다. 혹시 조물주가 도우시고 보살께서 자비를 베푸사 우리 공자님께서 지금 명나라 진중에 원수로 와 계신 것일까? 어제 진영 앞에 펼쳐진 병법을 보고 오늘 밤 달빛 아래 다시 피리 소리를 들어 보니, 이 시대에 누구와도 견줄 수 없는 뛰어난 인재다. 내일 싸움을 걸어서 원수의 모습을 봐야겠구나.'

그녀는 즉시 객실로 돌아갔다. 그리고 아침이 되자 만왕을 만나 말했다.

"오늘 도전하여 자웅을 결정하려 합니다. 대왕은 먼저 병사들을 거느리고 골짜기 앞에 진을 치십시오."

나탁이 응낙하고 군사를 이끌고 나갔다. 강남홍은 수레에서 내려 말을 타고 손삼랑과 진 앞으로 갔다. 양창곡 역시 진세를 이루어 포진했다. 강남홍은 권모설화마捲毛雪花馬*에 올라

---

* 털이 말리고 눈처럼 하얀 말을 뜻한다.

부용검을 차고 활과 화살을 허리에 두른 뒤 진영 앞에 섰다. 그리고 손삼랑에게 소리치도록 했다.

"어제의 싸움은 무예를 시험했던 까닭에 봐주었다. 오늘 나를 당할 자 있다면 즉시 나오라. 만약 당할 수 없다면 괜히 출전하여 전쟁터에 백골을 더하지 말라."

좌익장군 동초가 크게 노하여 창을 뽑아 들고 나왔다. 홍랑이 말고삐를 어루만지며 조금도 흔들림 없이 말했다.

"너는 돌격장이니 내 적수가 아니다. 빨리 다른 장수를 보내라."

동초가 크게 화를 내며 창을 휘둘러 맞붙으려 하는데, 강남홍이 웃으며 꾸짖었다.

"네가 물러나지 않는다면 나는 네 창 끝에 달린 상모를 쏘아 떨어뜨리겠다. 피할 수 있겠느냐?"

말이 끝나기도 전에 동초가 휘두르는 창 끝에서 쨍그랑 옥 같은 소리가 나더니 상모가 말 앞에 떨어졌다. 강남홍이 다시 소리를 질렀다.

"내가 다시 네 왼쪽 눈을 맞추겠다. 피할 수 있겠느냐?"

말이 끝나기도 전에 활시위 소리가 났다. 동초는 말 위에 납작 엎드려서 황망히 본진으로 돌아왔다. 뇌천풍이 바라보다가 분노를 이기지 못하고 도끼를 휘두르며 나왔다. 강남홍이 웃으며 말했다.

"노장은 노쇠한 정력을 함부로 낭비하지 마시오. 내가 당신의 목숨을 빌려줄 테니 노장은 갑옷 위에 난 칼자국으로 내 솜씨를 보시구려."

강남홍은 말을 마치기도 전에 부용검을 휘두르며 뇌천풍과 몇 합 맞붙어 싸웠다. 뇌천풍이 자신의 갑옷을 내려다보니 칼 자국이 낭자했다. 그는 싸울 생각이 없어지면서 말을 돌려 돌아갔다. 명나라 진영의 여러 장수들은 서로 돌아보며 누구 하나 출전하려는 사람이 없었다. 양창곡이 크게 노하여 분연히 일어났다. 청총사자마靑驄獅子馬*에 걸터앉아 장팔탱천이화창丈 八撑天梨花槍**을 들고 붉은 도포에 금빛 갑옷을 입었다. 허리에는 활과 화살을 두르고 진영 앞에 나와 섰다. 소유경이 간언했다.

"원수께서 황제의 명을 받들어 삼군을 지휘하시니, 국가의 안위가 원수 한 몸에 달렸으며 종묘사직의 중대함이 진퇴에 달렸습니다. 이제 한때의 분노로 필마단기하여 화살과 돌을 무릅쓰고 친히 승부를 내려 하시니, 이 어찌 몸을 보전하고 나라를 위하는 뜻이라 하겠습니까?"

이때 양창곡은 소년의 날카로운 기상으로, 강남홍의 무예 가 절륜한 것을 알고 한번 대항해 보고 싶어서 소유경의 간언 을 듣지 않고 말을 달려 출전했다. 강남홍은 원수가 나오는 것 을 보고 자기도 말을 돌려 칼을 휘두르며 그를 맞아 싸웠다.

---

* 털이 푸르고 사자처럼 기세등등한 말을 뜻한다.
** 길이가 8장(丈)이나 되어 하늘을 찌를 듯하고, 배꽃처럼 날이 흰 창을 말한다.

그러나 1합을 맞붙기도 전에 강남홍의 총명으로 어찌 양창곡을 몰라볼 수 있겠는가. 너무 기뻐 눈물이 먼저 흘렀으며 정신이 황홀하여 어찌 할 바를 몰랐다. 그러나 지기지심을 가진 양창곡이라 해도 한밤중 황천으로 영원히 이별한 강남홍이 지금 만리 외딴곳에서 자기와 맞붙어 싸우는 남만 장수가 되었으리라고 어찌 생각이나 했겠는가.

양창곡이 창을 들어 강남홍을 찌르니, 그녀는 머리를 숙여 피하면서 쌍검을 던지고 땅에 떨어지면서 낭랑하게 외쳤다.

"소장이 실수로 칼을 놓쳤습니다. 원수는 잠시 창을 멈추고 칼을 줍도록 해주시오."

양창곡은 그 목소리가 귀에 익어서 창을 거두고 모습을 살폈다. 강남홍은 칼을 거두어 말에 오르더니 양창곡을 돌아보며 말했다.

"천첩 강남홍을 어찌 잊으실 수 있습니까? 첩은 당연히 상공을 따라야 하나, 제 수하의 노졸이 오랑캐 진영에 있으니, 오늘 밤 3경에 군중에서 만나 뵙기를 기약하겠습니다."

강남홍은 말을 마치고 채찍질하여 남만 본진으로 훌쩍 돌아갔다. 양창곡이 창을 짚고 조각상처럼 서서 오래도록 그쪽을 바라보다가 본진으로 돌아왔다. 소유경이 물었다.

"오늘 오랑캐 장수가 재주를 다하지 않은 것은 무엇 때문일까요?"

양창곡은 웃기만 하고 대답하지 않았다. 그는 진영을 화과동으로 옮겼다.

한편, 강남홍이 만왕을 뵙고 말했다.

"오늘 명나라 원수를 거의 사로잡을 뻔했는데, 몸이 불편하여 진을 퇴각시켰습니다. 내일 다시 싸워야겠습니다."

나탁이 깜짝 놀라며 말했다.

"장군께서 불편하시다면 과인이 마땅히 옆에서 시중을 들면서 직접 간병하겠습니다."

"대왕께서는 염려 마시고 조용히 요양하게 허락하소서."

나탁은 즉시 가장 여유롭고 외진 곳으로 객실을 옮겨 주었다. 그날 밤, 강남홍이 손삼랑에게 말했다.

"아까 양공자님을 싸움터에서 만나, 오늘 밤 3경에 명나라 진영에서 서로 만나기로 약속했소."

손삼랑이 크게 기뻐하며 짐을 챙겨서 3경이 되기만을 기다렸다.

양창곡은 본진으로 돌아가서 군막 안에 누워 생각했다.

'오늘 싸움터에서 만난 사람이 진짜 강남홍이라면 끊어진 인연을 다시 이을 수 있을 뿐만 아니라 나라를 위하여 남만을 평정하는 것 역시 쉬우리라. 이 어찌 다행이 아니겠는가. 그러나 홍랑이 세상에 살아 있어 여기서 만난 것은 꿈에서도 예기치 못한 일이라, 이는 필시 홍랑의 원혼이 흩어지지 못한 것이리라. 남쪽 지방은 예부터 물에 빠져 죽은 충신열녀가 많은 곳이다. 초강楚江의 백마와 소상강瀟湘江 반죽에 외로운 혼이 여전히 있어 오가며 서성거리다가, 내가 이곳에 온 걸 알고 평생의 원한을 하소연이나 해보고 싶어서 그런 게 아닐까? 오늘 밤 우리 진영 안에서 만나기로 약속했으니 기다려 보면 알게 되겠지.'

그는 촛불을 돋우며 책상에 기대 시간을 알리는 북소리를 헤아리며 앉아 있었다. 얼마 후 3경 1점이 되자 주변 사람들을 모두 물러가게 하고 군막에 쳐 두었던 장막을 걷어 올린 뒤 기다렸다. 갑자기 차가운 바람이 촛불에 불어오고 한 줄기 푸른 기운이 장막 안에 일어났다. 양창곡이 정신을 집중하여 자세히 살피니, 한 소년 장군이 쌍검을 짚고 표연히 들어와 촛불 아래에 섰다. 놀라서 살펴보니 분명히 아득한 저승에 생사 길 이별하고 오롯한 한마음으로 자나 깨나 잊지 못하던 강남홍이었다. 양창곡이 묵묵히 한참 바라보다가 말했다.

"홍랑아, 네가 죽어서 영혼이 왔느냐, 살아서 진짜 얼굴로 왔느냐? 나는 네가 죽었다고 알 뿐 살아 있다는 것을 믿지 못하겠구나."

강남홍 역시 울음을 머금고 흐느끼면서 말을 제대로 잇지 못했다.

"첩이 상공의 사랑과 보살핌을 입어 물속 원혼이 되지 않고, 만리 외딴곳에서 오래도록 사모하던 모습을 다시 뵙게 되었습니다. 가슴속 끝없는 말을 창졸간에 다 할 수 없습니다. 좌우의 이목이 번거로워 첩의 모습을 드러내기 두렵습니다."

양창곡이 즉시 일어나 장막을 내렸다. 그리고 강남홍의 손을 잡고 앉으니, 희비가 교차하며 두 줄기 눈물이 흘러넘쳤다. 강남홍이 양창곡의 손을 잡고 아름다운 눈에 구슬 같은 눈물을 뚝뚝 떨구면서 말했다.

"상공께서 첩이 살아 있다는 게 꿈만 같다고 하시지만, 첩은 상공께서 오늘 여기 와 계시는 일이 꿈만 같습니다."

"대장부가 나아가고 물러나는 것이야 원래 정해진 곳이 없지만, 그대가 혈혈단신 나약한 여자의 몸으로 풍랑의 환란을 만나 이곳까지 온 것은 정말 기적이외다. 게다가 소년 명장이 되어 만왕을 구하려고 오다니, 실로 뜻밖이구려."

강남홍이 그동안 자신이 겪은 일을 자세히 이야기했다. 당초에 소주자사에게 핍박받던 일이며 윤소저가 손삼랑을 보내 구해 준 일, 표류하다가 도사를 만나 몸을 의탁하고 검술과 병법을 배운 일, 지금 만왕을 위하여 사부의 명으로 하산한 일 등을 일일이 말해 주었다. 양창곡 역시 서로 이별한 뒤 윤소저와 혼인하고 벽성선을 데려온 일, 황제의 명으로 황소저와 결혼한 일을 하나하나 상세히 말해 주었다. 끊어질 듯 이어지는 정겨운 이야기는 이루 다 형언할 수 없을 지경이었다.

양창곡이 촛불 아래에서 강남홍의 얼굴을 보니 맑은 미간과 수척해진 뺨에 티끌 하나 없는 기운이 있어, 아리땁고 어여쁜 모습이 예전보다 배나 더했다. 사랑이 새로워진 듯 전투복을 벗고 군막에서 베개를 함께 베고 누웠다. 얽히고설킨 옛정과 은근한 새로운 정은 진영에서 새벽을 재촉하는 북과 뿔피리 소리를 한스러워했다. 하늘이 밝으려 하자 강남홍은 다시 붉은 도포를 입고 웃으며 말했다.

"첩이 항주에서 공자님을 만났을 때 서생으로 변장했었지요. 오늘 이곳에서 장수로 변장하니, 문무를 모두 갖춘 인재라 할 만합니다. 정남도원수征南都元帥의 소실이 되기에 부끄럽지 않으나, 규중 아녀자의 복색이 아닌 게 부끄럽습니다. 마땅히 다시 산으로 들어가 자취를 감추었다가, 공자께서 남쪽 지역을 평정하신 뒤 후군을 따라가고 싶습니다."

양창곡이 그 말을 듣고 화들짝 놀라며 말했다.

"내가 이역만리 낯선 땅에 들어와서 심복으로 삼을 군사가 없고 군대 업무에 너무 소략하오. 나를 돌아보지 않겠다면 어찌 어려움을 함께하는 평생지기의 뜻이라 할 수 있겠소?"

강남홍이 웃으며 말했다.

"세 가지를 약속해 주세요. 첫째는 군대를 돌리는 날까지 첩을 가까이 하시지 말 것, 둘째는 첩의 종적을 감추시고 여러 장수들에게 누설하시지 말 것, 셋째는 남쪽 지역을 평정하신 뒤 나탁을 죽이지 말고 왕의 칭호를 존속케 하여 소첩의 사부님의 부탁을 저버리시지 말 것 등입니다."

양창곡이 쾌히 응낙하고 미소를 지으며 말했다.

"두 가지는 어렵지 않소만, 첫 번째 조건은 혹시 지키지 못하더라도 너무 탓하지 마시구려."

강남홍이 웃으며 말했다.

"이미 원수의 명을 받들어 장수가 되었으니, 상공께서 예전의 강남홍으로 대접해 주시려 해도 군령이 서지 않을 것입니다. 다시 깊이 생각하세요."

그러고는 몸을 일으켜 아뢰었다.

"첩이 오늘 밤 삼공을 모시는 것은 사사로운 정 때문입니다. 군중이 엄하여 출입을 밝히지 않을 수 없으니, 첩이 돌아가서 이러이러하게 행동하겠습니다. 상공도 이러이러하게 해 주십시오."

말을 마친 그녀는 쌍검을 들더니 훌쩍 나가 버렸다. 강남홍이 이렇게 가 버린 것은 무엇을 하려는 것일까? 다음 회를 보시라.

제15회
홍혼탈이 연화봉에서 달을 감상하고,
손삼랑은 밤에 태을동으로 들어가다
紅渾脱賞月蓮花峰 孫夜叉夜入太乙洞

양창곡은 강남홍을 보내고 나서 즉시 소유경을 군막 안으로 불렀다.

"오랑캐 장수 홍혼탈은 본래 중국 사람이라, 나탁의 휘하에 있는 것을 수치스럽게 생각하여 귀순할 뜻이 있소이다. 장군이 지금 말을 타고 혼자 연화봉 아래로 가시면 홍혼탈이 필시 봉우리 아래에서 달을 감상하며 산책하고 있을 게요. 이때를 틈타 장군은 의리로써 잘 깨우쳐 함께 돌아오도록 하시오."

소유경이 머뭇거리면서 말했다.

"홍혼탈이라면, 어떤 장수를 말씀하시는 겁니까?"

양창곡이 웃으며 말했다.

"지난번에 쌍검을 휘두르며 싸우던 사람이오."

소유경이 놀라면서도 기쁜 마음으로 말했다.

"원수께서 만약 그 장수를 얻으신다면 어렵지 않게 남방을 평정하실 것입니다. 소장이 일찍이 그 사람됨을 본 적이 있는데, 어찌 언변으로 항복하도록 유인할 수 있겠습니까?"

"홍혼탈은 의리가 있는 장수요. 그가 귀순하려는 뜻이 있음을 이미 내가 알고 있으니, 장군은 의심하지 마시오."

소유경이 응낙하고 나가면서 속으로 생각했다.

'지난번 진영에서 오랑캐 장수와 맞붙어 싸우실 때 그 장수가 자기 재주를 다 발휘하지 않아서 너무 이상하게 생각했는데, 두 분의 마음이 서로 통하여 이렇게 약속되어 있을 줄 어찌 알았겠는가. 그렇지만 그 장수의 검술은 지금도 간담이 서늘할 정도이니 경솔하게 갈 수는 없다.'

그는 몸에 짧은 병기를 하나 숨기고 혼자 말에 올라 연화봉을 향하여 갔다.

이때 강남홍은 객실로 돌아와서 손삼랑을 마주하고는 명나라 진영으로 가서 양창곡을 만난 일을 자세히 이야기했다. 그리고 행장과 옥적을 챙겨서 손삼랑을 데리고 연화봉 아래에 이르러 달을 감상하며 서성거리고 있었다. 소유경은 양창곡의 명을 받들어 바삐 말을 타고 연화봉으로 왔다. 반달은 서산에 걸리고 동쪽 하늘 새벽빛은 먼 마을에 희미하게 밝아 오는데, 한 장수가 노졸 한 사람과 함께 서성거리며 달구경을 하고 있었다. 그는 놀랍고도 기뻐하며 그가 홍혼탈이라 생각하고 앞으로 가서 길게 읍을 한 뒤 말했다.

"바야흐로 양측 진영이 서로 대적하고 있어 장수된 자는 진실로 한가한 틈이 없을 것입니다. 그런데 장군께서는 어찌하여 음풍농월하면서 조용하고 한가로운 서생의 기상을 뽐고 계신지요?"

홍혼탈이 쌍검을 어루만지며 답례했다.

"그대는 무엇하는 분이시오?"

"저는 명나라 척후장斥候將입니다. 맑고 여유로운 장군의 풍채를 흠모하여, 편한 복장으로 모든 격식을 파탈하고 이렇게 왔습니다. 옛날 양숙자羊叔子*와 두원개杜元凱**는 대장이었지만 가벼운 갖옷과 느슨한 허리띠를 하고 서로 만났기 때문에 적국이라도 의심하지 않았습니다. 이제 장군께서도 옛 장수의 유풍遺風을 가지고 계십니까?"

홍혼탈이 웃으며 말했다.

"대장부가 이 세상에 처했으니 만약 내 마음을 알아주는 이가 있다면 어찌 죽음을 두려워하겠소? 그대는 이미 마음을 허락하여 좋은 뜻으로 방문했으니, 나 또한 마음 놓고 숨김 없이 대화를 나누겠소. 내 비록 사람 보는 눈은 없지만 그대의 거동

---

* 진(晉)나라의 양호(羊祜)를 말한다. 숙자(叔子)는 그의 자이다. 오나라를 정벌할 때 자신을 대신하여 두예를 천거했다. 그는 전쟁 중에도 갑옷을 입지 않고 언제나 느슨한 허리띠와 편한 복장으로 국경을 지켰으며 덕으로 진압했다. 이 때문에 오나라 사람들이 그를 사모했다고 한다.

** 진(晉) 두예(杜預)의 자가 원개이다. 양호를 이어서 오나라를 정벌했다. 장군으로서 참전했지만 오직 병법만 잘 활용했을 뿐 싸움은 직접 하지 않았다. 후에 벼슬에서 물러나와 『춘추』를 공부하여 일가를 이루었다.

을 보고 그대의 말을 들어 보니 양숙자와 같은 호의로 오셔서 괴철刪徹*의 세 치 혀를 자랑하고자 하는군요."

소유경이 웃으며 말했다.

"괴철은 망언이나 하는 변론가일 뿐입니다. 함부로 회음후를 달콤한 말로 꾀어 그의 평생을 그르치게 했습니다만, 저는 그런 입장이 아닙니다. 제가 지금 여기 온 것은 산동山東의 이소경李少卿**을 구하기 위해서입니다. 장군께서는 이소경 같은 빼어난 재주로 오랑캐의 머리와 옷을 입는 수모를 달게 받을 뿐 전화위복의 계기를 만들 것은 어찌 생각지 않으십니까?"

그러자 홍혼탈이 냉소를 지으며 말했다.

"내가 어제 진영에서 양원수를 보니, 나이가 어리고 기운이 날카로운 장수였소. 그의 사람됨으로 인재를 시기하지 않으리라는 것을 내 어찌 알 수 있겠소? 나는 산속에 자취를 감추고 평생을 보낼지언정 내 마음을 알아주지 않는 사람의 휘하에서 일하기를 원하지 않소이다."

"우리 양원수께서는 장군을 알아주시는데, 장군께서는 원수를 몰라보신다는 것이 될 일입니까? 저는 사실 원수님의 명

---

* 초한(楚漢) 시대의 변론가로 이름난 괴통(刪通)의 본명이다. 한나라는 괴철의 계책으로 연조(燕趙) 지역 30여 개 성을 차지했다. 한고조 유방에 의해 한신이 제거 당할 때, 그는 괴철의 말을 듣지 않다가 죽게 되었다고 탄식했다.

** 진한 시대의 무장으로, 본명은 이릉(李陵)이다. 흉노를 공격하다가 포위당해 항복한 후 흉노 선우(單于, 흉노 군주의 칭호)의 딸과 혼인하여 우교왕이 되었다. 『사기』의 저자 사마천이 이릉을 변호하다 궁형에 처해지기도 했다.

으로 온 것입니다. 원수께서 저를 보내시며, '홍장군은 의기가 있는 장수라, 만약 나를 따른다면 마땅히 지기로써 마음을 허락하여 평생의 벗으로 삼겠다'고 명하셨습니다. 이 말씀이 어찌 장군을 시기하는 것이겠습니까? 양원수께서는 비록 연세가 어리지만 웅대한 재주와 큰 지략은 논할 것도 없거니와, 여러 장수들을 예로 대우하시고 인재를 아끼십니다. 토포악발吐哺握髮의 높은 덕은 결코 맹상군孟嘗君이나 평원군平原君이 선비를 우대하던 풍모***보다 못하지 않습니다."

홍혼탈이 이 말을 듣고 고개를 숙인 채 한참 동안 생각하다 갑자기 칼을 들어 바위를 치니, 바위가 두 조각으로 쪼개졌다. 그는 칼을 짚고 일어나며 말했다.

"대장부가 일을 결정하는 것은 마땅히 이와 같아야 한다."

그러고는 소유경을 돌아보며 말했다.

*** 토포악발은 민심을 돌보고 정무를 보살피기에 잠시도 편안함이 없음을 이르는 말이다. 주공이 밥을 먹거나 머리를 감을 때 어진 선비가 찾아왔다는 전갈을 받으면, 즉시 먹던 밥을 뱉고 감던 머리를 손에 거머쥐고 나가 맞이했다는 데서 유래한다. 또한 맹상군은 전국시대 제나라 전영(田嬰)의 아들로, 이름은 문(文)이다. 설(薛) 지역을 봉토로 받아서 맹상군에 봉해졌다. 제나라의 정승이 되었을 때 현사들을 초빙하여 3천 명의 식객을 거느렸다. 진(秦)나라에 들어갔다가 죽을 위기에 봉착했지만, 식객들의 도움으로 빠져나온 '계명구도'(鷄鳴狗盜) 고사의 주인공으로 유명하다. 마지막으로 평원군은 전국시대 조나라 무령왕(武靈王)의 아들로서, 이름은 승(勝)이다. 평원 지역 봉토를 받아서 평원군이 되었다. 문객을 우대하여 신의를 지켰으므로 그를 위해 목숨을 바칠 문객이 3천 명이나 되었다고 한다.

"장군은 내게 원수를 소개시켜 주시오."

소유경이 매우 기뻐하며 홍혼탈과 노졸을 데리고 본진으로 돌아와 진영 문밖에 서 있도록 하고, 들어가 양창곡에게 아뢰었다. 양창곡이 기뻐하면서 말했다.

"내가 홍혼탈을 보니 자존심이 높고 당돌하더군요. 여느 항복한 장수처럼 대우할 수 없을 것 같소."

그러고는 즉시 군복을 벗고 학창의와 윤건을 갖추어 입은 뒤 진영 문밖으로 나가 홍혼탈의 손을 잡고 웃으며 말했다.

"천하가 넓지만 하나의 하늘 아래 있고, 땅덩어리가 크지만 육합六合 안에 있소이다. 저는 안목이 고루하여 20여 년 동안 같은 세상에서 자란 영웅호걸을 이곳에서 늦게야 만나니 어찌 한스럽지 않겠소이까."

홍혼탈이 자부심에 찬 모습으로 대답했다.

"오랑캐 장수로서 항복을 한 병졸이 어찌 지기를 말하겠습니까만, 원수께서 선비들을 겸손하게 대하시는 풍모를 뵈니 소장이 칼을 지팡이로 삼아 따르는 신세가 되어도 후회 없겠습니다."

그들은 서로의 손을 잡고 진중으로 들어갔다. 홍혼탈이 노졸을 가리키면서 말했다.

"저 늙은 병졸은 소장의 심복입니다. 이름은 손야차로, 창술을 대략 압니다. 바라건대 휘하에 거두어 써 주십시오."

양창곡이 허락했다.

날이 밝자 양창곡은 여러 장수를 모아 놓고 홍혼탈을 가리키면서 말했다.

"홍장군은 본래 중국 사람으로, 남방을 떠돌다가 이제 우리 조정의 장수가 되었소. 바람 먼지 가득한 전쟁터에서 괴로움을 함께 할 사이가 되었으니, 서로 인사들 하시오."

선봉장 뇌천풍이 웃으며 나아가 사과했다.

"소장이 거친 도끼만 믿고 호랑이 수염을 건들었다가 목숨을 살려 주신 은혜를 입기는 했지만, 갑옷 위의 칼자국 때문에 한 군데도 성한 곳이 없소이다. 서리 같은 흰머리에 쓸쓸한 머리는 지금도 없는 것만 같습니다."

사람들이 한바탕 웃었다. 소유경도 웃으며 홍혼탈이 차고 있는 부용검을 어루만지면서 말했다.

"장군이 차고 있는 칼은 모두 몇 자루입니까?"

"두 자루를 차고 있습니다."

"그렇다면 지난번 전쟁터에서 어떻게 수만 수천 개의 검으로 천지를 가득 채우셨습니까? 저는 아직도 터럭이 쭈뼛하고 정신이 어질어질합니다. 지금 이 검을 보니 저도 모르게 눈이 어른거리네요."

사람들이 그 말에 한바탕 웃음을 터뜨렸다. 양창곡은 소유경을 좌사마청룡장군左司馬靑龍將軍으로 삼고 홍혼탈을 우사마백호장군右司馬白虎將軍으로 삼았으며 손야차를 전부돌격장군前部突擊大將으로 삼았다.

양창곡은 군막 안에 강남홍을 두고 이미 끊어졌던 인연을 다시 이으니, 마음속으로 기쁠 뿐만 아니라 낮에는 군사 업무를 상의하고 밤에는 나그네의 외로움 심정을 위로할 수 있었다. 한시도 옆에서 떨어지지 않았지만, 기지 넘치고 민첩한 강남홍은 윗사람을 잘 받들고 아랫사람을 대접하여 자기의 신분을 드러내지 않아서, 여러 장수들과 삼군의 모든 병사들은 그녀가 여인이라는 사실을 알아차리지 못했다.

다음 날, 이른 새벽에 나탁이 객실로 가서 강남홍의 안부를 물었지만 아무런 동정이 없었다. 문을 지키는 군사에게 물어보니 이렇게 대답했다.

"홍장군께서 새벽녘에 수하의 노졸을 이끌고 동구 밖으로 나가셨으나, 감히 어디로 가시는지 여쭤어 보질 못했습니다."

나탁은 사방으로 찾아다니면서 물어보았지만 끝내 간 곳을 알 수 없었다. 뒤늦게야 그가 도주한 것을 알고 비로소 놀라면서 낙담했다. 얼마 뒤 그가 노하여 말했다.

"나는 그놈을 진심으로 대했는데, 내게 알리지도 않고 떠났다. 이는 과인을 멸시하는 것이다. 내 마땅히 백운동으로 가서 그 백운도사란 놈을 죽이고 다른 곳에서 사람을 구하여 이 치욕을 갚아야겠다. 어떻게 하면 좋을까?"

이리저리 고민하고 있는데, 막하의 한 사람이 그 말에 응대했다.

"소장이 한 분을 천거하겠습니다. 운남국雲南國 축융동祝融洞

에 대왕 한 분이 계신데, 천하에 비할 데 없는 영웅입니다. 그 대왕에게는 딸이 하나 있는데, 쌍창을 잘 다루어 수많은 사내들도 당하지 못할 용맹이 있습니다. 다만 축융왕이 욕심이 많아서 예물이 적으면 오지 않을 것이 분명합니다."

나탁이 크게 기뻐하면서 즉시 남방 지역에서 생산되는 베 2백 필, 명주 2백 필, 금은과 채색비단 등을 준비하여 축융동으로 찾아갔다. 떠나기 전 그는 철목탑과 아발도를 불러서 이렇게 약속했다.

"과인이 돌아오기 전에는 골짜기 문을 굳게 닫고 있어라. 명나라 원수가 싸움을 걸더라도 경솔하게 출전하지 말라."

두 장수가 그렇게 하겠노라 대답했다.

며칠이 지난 뒤 홍혼탈이 양창곡에게 말했다.

"만왕 나탁이 오래도록 아무런 동정이 없으니 이는 필시 구원병을 요청하러 갔을 것입니다. 이때를 틈타서 태을동을 함락시키는 것이 묘책입니다."

양창곡이 말했다.

"이 지역의 골짜기가 중국의 성과는 달라서, 한 사람이 관문을 막아서면서 굳게 지키면 만 명의 군대도 열지 못하오. 장군에게 무슨 묘책이라도 있는 게요?"

"첩이 오랑캐 진영의 여러 장수들을 보니 지모가 있는 사람이 적어 그들을 속이기는 어렵지 않을 것입니다. 이러이러하게 해보시는 게 좋을 듯합니다."

양창곡이 칭찬을 하면서 말했다.

"내가 오랫동안 군사 업무 때문에 고민했는데, 그대는 나를 대신하여 경험과 재능을 아끼지 말아 주시오. 이제부터 이 몸은 군막 안에 높이 누워 한가하게 요양이나 하면서 유유자적 지내고 싶소이다."

홍혼탈이 미소를 지으며 그날 밤 손야차를 군막 안으로 불러서 몰래 약속했다. 다음 날 새벽, 양창곡이 여러 장수들을 모아 놓고 군대의 일을 논의했다. 그때 홍혼탈이 양창곡에게 아뢰었다.

"남쪽 오랑캐는 천성이 간교하여 이리저리 뒤바꾸는 것이 일정하지 않아 믿을 것이 하나도 없습니다. 사로잡은 오랑캐 병사들을 오래 진영 안에 억류시켜 놓는다면 도리어 천기를 누설할 수 있으니, 한꺼번에 진영 앞에서 목을 베어 화근을 끊어 버리소서."

손야차가 간언했다.

"병서에도 '항복한 자는 죽이지 않는다'고 했습니다. 그들을 모두 죽인다면 이는 적군이 투항할 수 있는 길을 끊어 버리는 일이라, 오히려 적병들이 한마음이 되도록 돕는 일입니다. 목을 베면 안 됩니다."

홍혼탈이 노하여 말했다.

"내가 생각한 바가 있어서 그러는데, 늙은 장수가 어찌 감히 잡스럽게 이야기를 하느냐."

손야차가 또 말을 했다.

"비록 홍사마님의 생각을 모르지만, 오랑캐 백성 또한 성스러운 천자의 창생들입니다. 어찌 아무 이유 없이 살육하여 하늘의 조화를 해치겠습니까?"

홍혼탈이 더욱 크게 화를 내며 말했다.

"네가 이처럼 오랑캐 병사를 두둔하는 걸 보니 필시 나탁을 위하여 우리를 배반할 마음이 있는 모양이로구나. 내 마땅히 너를 오랑캐 병사들과 함께 목을 베리라."

손야차 역시 크게 노하여 소리쳤다.

"나는 본래 산속에서 자란 사람이라, 장군과 더불어 만왕을 구하려고 왔소이다. 내게 어찌 장수 체통의 엄정함이 있겠소이까? 내 나이 이제 예순, 백발이 성성하거늘 장군이 이처럼 멸시하다니 어찌 구차하게 장군을 따르면서 이런 치욕을 감수하겠소?"

홍혼탈이 더더욱 노하여 반짝이는 눈동자가 빛을 잃고 푸른 눈썹이 거꾸로 서면서 크게 욕을 하고 호령했다.

"늙은 병졸이 어찌 감히 이다지도 무례하단 말이냐. 너는 백운동 초당 앞에서 뜰이나 청소하고 땔감이나 하던 놈에 불과하다가 사부님의 명을 받아 창을 잡고 나를 따른 것이다. 어찌 장수와 병졸의 구분이 없겠느냐?"

"장군이 만약 사부님의 명을 생각하신다면 어찌 만왕을 버리고 마음을 돌이켜 명나라에 투항하셨소? 이 한 가지 일만 보아도 장군이 신의가 없다는 것을 알 수 있소이다. 나는 본래 남만 사람이라, 만왕을 위하여 왔다가 도리어 만왕을 해치게 된다면 이는 도리가 아니외다. 이제 산속으로 돌아가서 다시는 의리도 신의도 없는 사람의 휘하에 있고 싶지 않소이다."

홍혼탈이 이 말을 듣고 발끈하여 몸을 일으키며 칼을 뽑아 손야차를 죽이려 했다. 양창곡과 주변의 여러 장수들이 말리며 손야차를 부축하여 문밖으로 내보냈다. 홍혼탈은 갈수록 화가 나서 어쩔 줄 몰랐다. 손야차는 문밖으로 나가서도 분을 이기지 못하고 말했다.

"내가 나이가 많지만 자기에게 부지런히 일을 해준 게 많거늘 작은 재주를 믿고 이렇듯 교만하게 굴다니, 내 어찌 이런 수모를 오래도록 당하겠는가."

여러 장졸들이 모두 위로하여 말했다.

"홍장군의 성질이 이렇듯 조급하니 장군이 다시 들어가 사죄하시고 그 뜻을 거역하지 마세요."

손야차가 하늘을 쳐다보며 탄식했다.

"내 머리가 서리처럼 하얀데, 어찌 죄도 없이 형틀을 짊어지고 젖비린내 나는 어린애에게 가서 죄를 빈단 말이오?"

그러면서 울적하여 불쾌한 빛을 보였다. 밤이 되자 그는 창을 짚고 달빛 아래 서성이면서 길게 탄식하기도 하고 노래를 부르기도 했다. 그러다가 오랑캐 병사들이 포로로 잡혀있는 감옥 부근을 지나게 되었다. 오랑캐 병사가 머리를 조아리며 사례했다.

"저희가 오늘 살아 있는 것은 손장군님의 은덕입니다. 장군께서는 다시 살아날 길을 가르쳐 주소서."

손야차가 탄식하며 말했다.

"너희는 모두 나와 같은 고을 사람이다. 어찌 속마음을 숨기겠느냐. 어제 홍장군의 거동을 보고 나는 오늘 고향으로 돌아가고 싶어졌다. 너희들도 한꺼번에 도망치도록 하라."

그는 즉시 칼을 뽑아 결박을 풀어 주며 말했다.

"너희는 반드시 성을 넘어 도망쳐야 한다. 나 또한 말을 타고 혼자 몸을 빼서 도주하리라."

오랑캐 병사들이 눈물을 훔치면서 감격하여 말했다.

"장군은 어디로 가시려는 겁니까?"

"이곳은 오래 대화를 나눌 곳이 못 된다. 골짜기 입구로 탈출하여 깊고 구석진 곳을 찾아 나를 기다리라."

이날 밤 3경에 손야차는 말을 끌고 칼을 휴대한 뒤 몰래 골짜기 문을 나갔다. 수문장이 어디로 가느냐고 묻자 손야차는 적의 정세를 살피러 간다고 대답했다. 골짜기 문을 나서자 말에 올라 달빛을 띠고 몇 리를 갔다. 오랑캐 병사 대여섯 명이 나와서 맞으며 말했다.

"장군께서는 어찌 이리도 늦으셨습니까?"

손야차가 말을 멈추고 물었다.

"병사들은 대부분 어디로 가고 그대들만 이곳에 있느냐?"

"장군은 잠시 말에서 내려 저희들의 말씀을 들어 보소서. 저희들 목숨을 살려 주신 장군의 은혜에 보답하고 싶지만 할 길이 없기 때문에, 한 무리는 먼저 태을동으로 가서 철목탑 장군에게 손장군님의 훌륭하신 은덕을 칭송하기로 했습니다. 저희들만 남아서 장군을 모시고 골짜기로 들어가 남만 땅에서 영원히 부귀를 누리고 싶습니다."

손야차가 웃으며 말했다.

"내 어찌 구구하게 이런 부귀를 구하겠는가. 동향 사람들을 위해 너희들을 구한 것이니, 너희들은 빨리 돌아가서 화를 면하도록 하라. 나는 이제 산속으로 돌아가 사슴을 쫓고 토끼 사냥을 하면서 평생 아무런 구속 없이 여생을 보내야겠다."

그는 채찍질하며 길을 떠나려 했다. 그러자 오랑캐 병사들은 눈물을 흘리며 고삐를 잡고 만류하면서 자기들의 고집을 돌이키지 않았다.

이때 철목탑과 아발도는 태을동에서 문을 닫고 밖으로 나오지 않았다. 그런데 갑자기 십여 명의 오랑캐 병사들이 명나라 진영에서 밤을 타고 도망쳐 와 울면서 아뢰었다.

"저희들은 거의 죽을 뻔했습니다. 손장군이 저희를 구해서 보호해 주지 않았다면 어찌 오늘 살아서 돌아왔겠습니까?"

철목탑이 사연을 물어보자 병사들은 한꺼번에 무릎을 꿇고 아뢰었다.

"홍장군은 악독한 사람이었습니다. 진영 앞에서 저희들을 무단히 죽이려 했습니다. 그런데 손장군이 힘을 다해서 간언하니, 홍장군이 크게 노하여 칼을 들어 손장군도 죽이려 했습니다. 다행히 여러 장수들과 양원수가 만류하는 바람에 문밖으로 쫓겨났습니다. 손장군이 밤새도록 울분을 못 이기다가, 옛날 살던 산으로 돌아갈 뜻을 세우고 저희들의 결박을 풀어서 도망가도록 지시해 주셨습니다. 이는 전적으로 같은 고향 사람의 정 때문이었습니다. 이렇게 의기가 있는 분을 유인하여 우리 진중으로 모시고 와야 합니다. 그렇게 되면 우선 홍장군과 틈이 벌어진 터라 마땅히 힘을 다해 싸울 것이고, 둘째는 훗날 부귀를 함께 누림으로써 우리 목숨을 살려 주신 은덕을 갚을 수 있을 것입니다."

철목탑이 한참 고민하다가 말했다.

"이게 명나라의 계책이 아니라는 것을 어찌 알겠느냐?"

그러자 병사들이 일시에 몸을 일으키면서 아뢰었다.

"저희들이 직접 눈으로 본 사실입니다. 결단코 간교한 계책이 아닙니다. 저희들이 손장군의 기색을 보니 몰래 탄식하고 비탄의 눈물을 흘렸으며 분노와 울적함으로 가득 차 불평을 했습니다. 홍장군을 원망하는 소리가 골수에 사무쳐 속마음에 맺혔습니다. 이 어찌 거짓으로 꾸몄겠습니까?"

아발도가 물었다.

"손장군은 지금 어디 계시느냐?"

말이 끝나기도 전에 병사 몇 명이 황급히 뛰어들어 와서 아뢰었다.

"손장군이 지금 혼자 말을 타고 골짜기 앞을 지나시기에, 저희들이 함께 태을동으로 들어가자고 간청했지만 고집을 세우며 듣지 않았습니다."

아발도가 철목탑을 쳐다보며 말했다.

"우리 군중에는 장수 재목이 별로 없소. 게다가 손장군은 일찍이 도사를 따라다녔으니 배운 것이 필시 많을 것이오. 지금 정말로 명나라를 배반하고 돌아가는 것이라면 어찌 아깝지 않겠소이까? 손장군 역시 남방 사람이라, 내가 쫓아가서 기색을 살펴보고, 만약 의심할 게 없다면 마땅히 데려와야겠소이다."

철목탑이 끝내 머뭇거리면서 결단을 내리지 못하자, 아발도가 창을 들고 몸을 일으키며 말했다.

"내가 혼자 말을 타고 먼저 가서 동정을 살핀 뒤에 결정하겠소."

그는 병사 대여섯 명을 데리고 말을 달려 가 보았다. 과연 손야차가 혼자 말에 올라 달빛을 띠고 남쪽으로 가고 있었는데 처량하고 슬퍼 보였다. 아발도가 크게 소리를 질렀다.

"손장군은 그간 안녕하시오. 잠시 드릴 말씀이 있으니, 말을 멈추고 기다려 주시오."

손야차가 말을 돌려서 길 옆에 서자 아발도 역시 말을 멈추고 말했다.

"장군은 이미 공적 쌓는 것에 뜻을 두어 화살과 돌과 먼지로 가득한 전쟁터에서 고초를 겪었소이다. 그런데 어찌하여 다시 산수를 향하여 이렇게 처량하게 돌아가시는 게요?"

손야차가 웃으며 말했다.

"인생백년이 풀잎의 이슬과 같고, 공적과 명예는 뜬구름 같은 것이오. 서리같이 희끗한 머리털이 표표히 날릴진대, 대장부가 어찌 다른 사람의 손에 생사고락을 맡기겠소이까? 남방의 산천이야 곳곳이 모두 나의 집이오. 흐르는 물을 마시고 달리는 짐승을 사냥하여 굶주림과 목마름을 해결한다면 이 또한 즐거운 일이지요."

아발도가 웃으며 말했다.

"장군께서 바람과 먼지 자욱한 속세를 이별하고 산을 찾아가시려 한다면 이는 이른바 '하늘과 땅 사이의 청정하고 한가로운 나그네'[天地間淸閑客]이겠지요. 적국의 거리낌이 없으니, 누추한 우리 골짜기에 하룻밤 묵어가는 인연을 펼치고 가신다 해도 그리 늦지는 않을 것입니다."

손야차가 한참 생각하다가 말했다.

"장군의 말씀은 지극히 고맙습니다만, 돌아갈 마음이 화살처럼 빠르니 잠시도 머무를 수 없습니다."

아발도가 말 위에서 소매를 잡으며 세 번이나 간청하니, 손야차는 부득이 말머리를 나란히 하고 태을동으로 들어갔다. 철목탑은 마음속으로 불쾌했지만, 손야차가 혼자 말을 타고 오는 것을 보고 겁이 없어졌다. 그를 영접하여 자리에 앉은 뒤 아발도가 철목탑을 향해 웃으며 말했다.

"오늘의 손장군은 어제의 손장군이 아닙니다. 어제는 적국의 손장군이었지만 오늘은 동향의 옛친구입니다. 마땅히 속마음을 숨기지 말고 서로 이야기를 나눕시다."

철목탑이 말했다.

"내 비록 서로 사귄 것이 얼마 안 되어 꺼리는 바가 크지는 않지만, 손장군을 취하지 않는 이유가 두 가지 있습니다. 장군은 홍장군과 함께 하산했습니다. 군중은 위험한 곳이고 홍장군이 비할 데 없이 용맹하며 나이도 어리거늘 한때 말싸움한 것 때문에 그를 버리고 떠나신다니, 이것이 제가 취하지 못하는 첫 번째 이유입니다. 명나라 원수의 웅대한 재주와 큰 지략, 홍장군의 무예와 병법으로 공을 이루어 중국으로 돌아가 부귀를 누리는 것도 조석에 달려 있는데, 장군이 작은 분노를 참지 못하고 큰일을 그르치다니, 이것이 제가 취하지 못하는 두 번째 이유입니다. 만약 나를 속이는 것이라면 괜찮습니다만, 과연 명나라 진영을 버리고 떠나신다면 이는 아녀자와 같은 좁은 성질입니다. 어찌 대장부의 넓고 큰 도량이라 하겠습니까?"

손야차가 길게 탄식하며 대답하지 않다가, 아발도를 향해 말했다.

"내가 장군의 깊은 후의를 사양하려고 잠시 이 골짜기 안으로 들어온 것입니다. 나는 이제 산으로 돌아갈 것입니다. 두 분 장군께서는 마음을 함께하고 힘을 합쳐서 큰 공을 세우시기 바랍니다."

손야차가 말을 마치고 몸을 일으켰다. 아발도가 다시 소매를 잡으며 말했다.

"장군은 잠시 앉아서 술이나 몇 잔 드시고 가십시오."

철목탑이 웃으며 말했다.

"제가 동향 사람으로서의 정리를 믿고 속마음을 터놓으려 한 것입니다. 거칠고 경솔한 말이 혹시라도 장군의 귀에 거슬린 점이 있으십니까? 만약 그렇지 않다면 청산백운 속으로 종적을 감추려 하신다 한들 이다지 바쁘게 가실 필요가 있겠습니까?"

손야차가 웃으며 다시 앉았다. 술이 몇 순배 돌사 손야차는 크게 취하여 한숨을 푹푹 내쉬며 길게 탄식하더니 몇 줄기 눈물을 마구 쏟아냈다. 아발도가 말했다.

"장군께서는 무슨 고민거리가 있으십니까? 오늘은 화살과 돌이 날리는 전쟁터가 아니라 술자리입니다. 어찌 흉중에 있는 불평을 시원하게 털어놓아 우리 서로 허물없다는 뜻을 보이시지 않으시는 것입니까?"

손야차가 이에 이빨을 부드득 갈고 팔뚝을 휘두르며 크게 소리를 질렀다.

"이랬다저랬다 하는 신의 없는 아이가 자기의 조그만 무예를 믿고 이처럼 교만하게 굴다니, 내가 저놈이 패배하는 것을 꼭 보아야겠다."

아발도가 물었다.

"지금 누구를 욕하는 거요?"

손야차가 탄식하며 말했다.

"장군이 마음을 다하여 이렇게 물으시니, 나 또한 숨기지 않겠소이다. 백운도사가 홍혼탈을 보낼 때 그가 나이도 어리고 외로운 몸이라 이 늙은이에게 명하여 그를 도와주라고 하셨소. 나이 많은 늙은이가 이 몸을 아끼지 않고 위험을 무릅쓰며 고초를 겪을 준비를 하고 있거늘, 이제 아침에는 진나라에 붙고 저녁에는 초나라에 붙는 것처럼 이랬다저랬다 마음을 바꾸는 소인배가 되어 끝내는 이처럼 나를 구박했소. 만약 옆에서 내가 구원해 주지 않았더라면 누구 손에 죽었을지 알지 못하니, 어찌 한심하지 않겠소이까? 나 역시 도사님을 따라 제놈이 배운 것을 모두 배웠소이다. 그런데 이처럼 멸시하다니, 내 어찌 고개를 숙이고 모욕을 감수하겠소이까? 조금 전 철목탑 장군께서 하지 말아야 할 두 가지 일을 들어 저를 꾸짖으셨습니다만, 그놈도 나를 죽이려 하고 있으니 내 어찌 그를 돌볼 필요가 있겠습니까? 또한 성질이 조급하여 충언을 듣지 않으니 어찌 함께 일을 해나갈 수 있겠소이까? 이러니 노부는 이때를 틈타서 고향으로 돌아가 훗날 후회하는 일이 없도록 하려는 것입니다. 그러나 내가 산속에서 10년 동안 병법과 창 쓰는 법을 배운 것은 대장부가 이 세상에 태어나 내 명성이 이름 없는 초목과 같이 썩어 없어지는 것을 면하려는 마음 때문이었습니다. 그러나 운명이 기박하고 시대의 운수가 불행하여 기회를 얻지 못했소. 지금 몇 잔 술기운에 의지하여 마음속 불평을 감출 수 없었소이다. 두 분 장군께서는 기세 꺾인 노장의 한탄을 비웃지 말아 주시오."

이때 철목탑이 손야차의 말을 들으니 그가 홍혼탈을 깊이 원망하여 자기 마음을 확고히 정한 듯했다. 그래서 다시 웃으며 술잔을 들어 위로했다.

"장군의 용맹으로 어디를 가신들 공을 이루지 못하겠습니까만, 적막한 산속에서 일생을 마치시려는 것은 오히려 장부로서의 뜻과 기상이 아닐 듯싶습니다."

손야차가 웃으며 말했다.

"노부가 장군의 말씀을 들으니 저의 외로운 신세를 불쌍히 여겨 휘하에 거두시려는 듯합니다. 그러나 노부가 흰머리로 전쟁터를 누비며 후회스러운 일을 어찌 다시 하겠습니까?"

철목탑이 말했다.

"어찌 후회스러운 일을 두 번 다시 한다고 말씀하시오?"

손야차가 말했다.

"노부가 처음 사부님의 명으로 만왕을 구하려고 왔다가 신의가 없는 사람의 간계에 속아 명나라 진영에 항복하여 지금 이 지경에 이르렀습니다. 이것이 첫 번째 후회스러운 일입니다. 만약 다시 장군의 휘하에 이 몸을 의탁한다면 얼굴이 두터울 뿐만이 아닙니다. 게다가 장군께서는 이 손야차의 속마음을 아시지만 만왕께서 어찌 용납하시겠습니까? 이것이 두 번째 후회스러운 일입니다. 일찌감치 산속으로 돌아가서 호랑이를 쫓으며 창 쓰는 법을 시험하고 돌을 모아 진법을 연구하면서 여생을 보내는 것이 옳을 것입니다."

철목탑이 이 말을 듣고 손야차의 손을 잡으며 말했다.

"장군은 의심치 마십시오. 대왕께서는 인재를 아끼시며 도량이 넓으십니다. 홍장군의 편협한 성품과 명나라 원수의 어린 예기銳氣에 비하면 훨씬 뛰어날 뿐만 아니라 장군께서는 우리 남만 출신입니다. 훗날 남만의 부귀를 함께 누리신다면 이 어찌 아름다운 일이 아니겠습니까?"

손야차가 그를 깊이 응시하다가 매서운 소리로 말했다.

"저는 홍장군의 명을 받아 거짓 항복을 하여 계책을 실행하러 왔소이다. 장군은 다시 생각해 보시오."

철목탑이 크게 웃으며 말했다.

"손장군이 사람을 알아보는 눈이야 밝은 거울과 같이 환하다고 할 수 있소이다. 내가 아까 장군의 행색을 보고 잠시 의심했으나, 이는 적국 간에 흔히 있는 일이오. 장군은 너무 괘념치 마시오."

손야차 역시 크게 웃으며 말했다.

"두 분 장군께서 이렇듯 환대해 주시니 제가 어찌 감동하지 않겠습니까. 다만 만왕이 돌아오시기를 기다렸다가 제 거취를 정하겠습니다."

그들은 다시 술을 마시며 한가로이 담소를 나누었다. 밤은 이미 4, 5경이 지났다. 군중에 물시계 소리가 쇠잔해지고 새벽별이 동쪽 하늘에 높이 떴다. 철목탑과 아발도가 자연히 술에 피곤해져서 제각기 갑옷을 벗고 눈은 취하여 몽롱했다. 그때 갑자기 함성이 북문 쪽에서 크게 일어났다. 철목탑과 아발도가 깜짝 놀라서 급히 갑옷을 입고 대군을 호령하여 북문으로 가려 하는데, 손야차가 웃으며 말했다.

"장군은 놀라 움직이지 마십시오. 이는 홍장군의 병사들입니다. 원래 남문을 치고자 하면 먼저 북문을 치는 법이외다. 남문으로 가서 방비합시다."

철목탑이 여전히 믿지 못하고 정예병을 데리고 북문으로 갔으나 과연 고요하여 아무 소리도 없었다. 함성이 다시 서문에서 일어났다. 철목탑이 정예군을 나누어 서문을 지키니, 손야차가 또 웃으며 말했다.

"이 역시 홍장군의 병법이외다. 동문을 치려는 수작이오."

철목탑이 반신반의하면서 여전히 서문을 굳게 지켰다. 잠시 후 서북문에서 함성이 잦아들더니 과연 동남문을 공격하면서 포성이 천지를 진동했다. 바위 같은 비탄飛彈이 동문에 비처럼 떨어져서 형세가 매우 위급했다. 철목탑과 아발도가 그제야 손장군의 말이 적중했다는 것을 알았다. 급히 서북문의 정예병을 거두어 두 개 부대로 나눈 뒤, 철목탑은 남문을 지키고 아발도는 서문을 지켰으며 남은 군사를 동문과 북문 두 군데를 방비하도록 했다. 그런데 갑자기 손야차가 창을 뽑아 들고 말에 오르더니 크게 소리를 지르면서 나는 듯이 북문에 이르러 문을 지키는 병졸을 한 창에 죽이고 문을 여는 것이었다. 그러자 한 무리의 명나라 병사들이 한꺼번에 함성을 지르면서 들어오고, 한 대장이 화살처럼 돌입하여 벽력부를 휘두르며 우레 같은 큰 소리를 질렀다.

"대명국 선봉장 뇌천풍이 여기 있다. 철목탑은 공연히 빈 문을 지키지 말라."

소유경은 수천 기를 거느리고 그 뒤를 이어 들어오면서 병졸들을 죽였다. 손야차가 또 서문을 열자 동초와 마달이 한 무리의 군마를 몰아서 돌입했다. 이때 대포 소리가 동문과 남문 양쪽에서 끊이지 않았다. 철목탑과 아발도는 손과 발이 어지러워지면서 방어할 수가 없었다. 이들은 한꺼번에 창을 빼들고 명나라 장수들을 대적했다. 그러나 소유경, 뇌천풍, 동초, 마달 등 네 명의 장수들이 힘을 합쳐서 남만 병사들을 마구 죽이니, 남만 장수들이 어찌 당해 낼 수 있겠는가. 손야차도 웃으면서 창을 휘두르며 말을 마음대로 몰더니 남문을 향해 달려가며 크게 외쳤다.

"철목 장군은 나를 따르시오! 남문을 열고 퇴각할 수 있는 길을 빌리겠소이다."

철목탑이 황망히 손야차를 보니, 가슴속의 끝없는 불길이 3만 장이나 솟구쳐 올라 크게 꾸짖었다.

"기생오라비 같은 수염 없는 도적놈아! 내가 네 간사한 계책을 모르고 속았구나. 네 간을 끄집어 내어 이 분노를 통쾌하게 갚으리라."

그는 창을 휘두르다 곧바로 찔렀다. 그러나 손야차는 말을 돌려 달아나며 대답도 하지 않고 껄껄 웃었다.

"장군은 화를 내지 마시오. 산속으로 돌아가는 나그네를 무단히 억지로 머무르게 하여 이리저리 돌아다니면서 여러 군데 문을 열게 하니, 어찌 수고롭지 않겠소이까."

그는 말에 채찍질을 하며 재빨리 달려가 남문을 열었다. 그러자 양창곡이 홍혼탈과 대군을 이끌고 태을동으로 들어왔다. 이때 일곱 명의 장수와 십만대군이 밀물이 밀려오듯 방위마다 둘러싸고 곳곳에서 마구 죽이니, 함성은 골짜기를 뒤엎고 기세는 천지를 흔들었다. 철목탑과 아발도가 아무리 만 명의 사내를 감당할 정도의 용맹이 있다 해도 어찌 방어할 수 있겠는가. 다음 회를 보시라.

제16회

축융왕이 환술로 신장을 내려오게 하고,

홍혼탈은 진법을 변화시켜 오랑캐를 격파하다

祝融王幻術降神將 紅司馬變陣破蠻兵

철목탑과 아발도는 도망하려 했으나 달아날 길이 없었고, 싸우고자 했으나 적을 당하기 어려웠다. 다만 창을 뽑아 들고 동쪽에서 부딪쳤다가 남쪽으로 달아나고, 서쪽에서 부딪쳤다가 북쪽으로 달아날 뿐이었다. 힘을 나하여 싸웠지만 어찌 천라지망天羅地網을 벗어날 수 있겠는가. 동문을 보니 길이 열려 있어서, 말을 돌려 그쪽으로 달렸다. 그런데 손야차가 창을 휘두르면서 소리를 질렀다.

"철목탑 장군은 급히 가셔야겠소. 노부가 번거롭고 어지러워서 아직 동문을 열어 두지 못했소이다. 장군께서는 친히 열고 나가시오. 노부가 내일 산속으로 돌아가리니, 철목동에서 남은 술을 마시고 싶소이다."

이때 철목탑이 손야차를 만나니 분이 다시 하늘을 찌를 듯하여 크게 소리를 지르며 달려가 손야차를 찌르려고 했다. 그러나 손야차는 웃으면서 말을 채찍질하여 달아나고, 명나라 원수의 대군이 이미 도착해 있었다. 철목탑과 아발도는 어찌 할 도리가 없어 동문을 열고 겨우 목숨을 보전하여 철목동으로 들어갔다. 그곳에서 패잔한 병졸을 헤아려 보니 죽은 자가 반이 넘었다. 아발도가 철목탑에게 개연히 길게 한탄하며 말했다.

"오늘의 패배는 제 잘못이오. 장군의 밝은 의견을 듣지 않고 늙은 도적놈을 받아들였다가 스스로 이런 재앙을 얻으니 누구를 원망하고 누구를 탓하겠소이까. 무슨 면목으로 장군을 마주하며 대왕을 뵙겠소?"

그가 칼을 빼서 목을 찔러 자살하려 하자 철목탑이 급히 붙들며 말했다.

"우리는 함께 대왕의 명을 받아 태을동을 지킨 것이오. 공을 세워도 함께 부귀를 누릴 것이고, 죄를 얻더라도 같이 형벌을 받을 것이오. 장군이 야차를 청해서 온 것도 또한 대왕을 위한 일이었소. 그 마음을 논한다면 터럭 하나도 다름이 없소이다. 그런데 이처럼 아녀자의 마음을 품고는 스스로를 좁게 여겨 몸을 가볍게 다루려 하니 결단코 평소에 믿던 바가 아니올시다."

철목탑은 말을 마치고 아발도의 칼을 빼앗아 땅에 던졌다. 아발도는 몸을 일으켜 사례했다.

"나를 알아준 사람도 포숙鮑叔이요 나를 사랑해 준 사람도 포숙입니다."*

이때 양창곡은 또 태을동을 함락시키고 나서 골짜기 안에 대군을 편안히 머무르게 하고 모든 군사들을 배불리 먹여 위로했다. 소유경이 홍혼탈을 보며 말했다.

"오늘의 싸움은 장군이 병사를 부린 첫 전투입니다. 저는 단지 장군의 무예가 뛰어난 것만 알고 있었습니다만, 어찌 온화한 기상과 정제된 지략으로 유장儒將, 선비 출신의 장수의 풍모가 있을 줄을 생각이나 했겠소이까?"

손아차가 대답했다.

"태을동의 전투는 모두 소장의 솜씨입니다. 혼자 창을 들고 말에 올라 달빛 아래 태을동으로 가서, 슬프지도 않은데 눈물을 억지로 흘리고 아무 마음에도 없는 탄식을 억지로 자아냈습니다. 망명한 늙은 장수 행색을 하고자 했지만, 철목탑은 지략과 모책이 많은 장수여서 의심의 구름이 미간에 가득했습니다. 이에 분연히 팔뚝을 흔들고 이빨을 갈면서 홍장군을 원망했으니, 이 어찌 재주와 지혜가 없는 사람이 할 수 있는 일이었겠습니까?"

---

* 관중(管仲)과 포숙은 친구 사이다. 포숙은 제나라 공자 소백(小白)을 섬기게 되었고 관중은 공자 규(糾)를 섬기면서 서로 다른 길을 가는데, 나중에 소백이 왕이 되고 규가 죽게 되자 관중은 잡혀서 옥에 갇혔다. 그러나 포숙이 관중을 천거하여 등용되었고, 이 때문에 제나라가 천하에 이름을 떨치게 되었다. 관중은 언제나 "나를 낳아 준 사람은 부모지만 나를 알아준 사람은 포숙이다" 하고 말했다.

그러자 자리에 앉았던 사람들이 모두 한바탕 웃었다.

이때 나탁은 백운동에서 도사를 찾았으나 이미 간곳없었고, 다만 청산이 첩첩하고 흰 구름이 유유할 뿐이었다. 그는 울분을 이기지 못해 서성거리다 몸을 돌려 축융동으로 갔다.

여러 날 걸려서 축융동에 이르니 골짜기는 험준하고 산천은 장대했다. 사자와 표범의 울부짖음과 승냥이와 이리의 자취가 한낮에도 횡행했다. 축융동에 이르러 축융왕을 만나 보니 푸른 눈과 붉은 얼굴, 호랑이 수염에 큰곰의 허리를 타고난 듯했으며, 신장은 9척이나 되었다. 손님과 주인의 예로 나탁을 맞이하고 자리에 앉았다. 나탁이 아름다운 비단과 명주, 진귀한 보물을 헌상하고, 명나라 진영과 대치하여 갖은 어려움을 겪였던 이야기를 자세히 말했다. 그러고는 간절하게 구원을 요청해 마지않으니, 축융왕이 말했다.

"과인이 이웃나라에 살면서 어찌 환란을 함께하지 않을 수 있겠습니까?"

그는 즉지 수하의 장수 세 사람을 딸려서 보냈다. 첫 번째는 천화장군天火將軍 주돌통朱突通으로, 강철로 만든 삼척모三尺矛를 잘 다루었다. 두 번째는 촉산장군觸山將軍 첩목홀帖木忽로, 개산대부開山大斧를 잘 썼다. 세 번째는 둔갑장군遁甲將軍 가달賈躂이니 언월도를 잘 썼다. 이들은 제각각 보통 사람을 뛰어넘는 용맹을 지니고 있었다. 나탁이 축융왕에게 또 요청했다.

"과인이 듣자니, 대왕의 따님이 뛰어나고 용맹하여 비교할 사람이 없다고 합니다. 감히 요청하지는 못하지만, 부왕을 모시고 종군한다면 더더욱 감사하겠습니다."

축융왕이 한참 고민하다가 말했다.

"딸아이가 나이도 어리고 성품도 졸박해서 종군하려 하지 않으면 어쩌겠소?"

나탁이 다시 명주 백 알과 남만에서 생산한 베 2백 필을 헌상하며 간청하니, 축융이 비로소 허락하여 종군을 명했다.

축융왕에게는 딸이 하나 있는데, 이름은 일지련一枝蓮이요 올해 열세 살이었다. 자색이 절륜하며, 기묘한 무예와 총명하고 지혜로운 성품을 지녀 남만의 분위기가 없었다. 항상 시대를 만나지 못하여 비분강개한 마음이 있었고, 중원의 문화를 한번 보고 싶었지만 만리나 떨어진 남쪽 지방에서 그저 북두칠성만 바라볼 뿐이었다. 여자의 행실이 남자와 다르기 때문에 자나 깨나 매번 시대를 만나지 못했다는 한탄을 수없이 해왔다. 그런데 이번에 아버지 축융왕이 나탁의 말을 전하자, 일지련은 개연히 명을 받들어 창을 뽑아 들고 종군하게 되었다.

이때 나탁은 원군을 얻어 기쁜 마음으로 희색이 만면했는데, 본국으로 돌아와 보니 그 사이 이미 태을동을 빼앗기고 철목동에 의탁하고 있었다. 그는 크게 놀라 철목탑과 아발도를 찾으니, 다른 사람들이 말했다.

"두 장수는 진영 문밖에서 죄받기를 기다리고 있습니다."

만왕이 불러들이라 명하자, 두 장수가 투구를 벗고 도끼를 짊어진 채 군막 앞에 엎드려 죽여 달라 말했다.

"소장들이 대왕의 하교를 삼가 지키지 못하여 태을동을 잃었으니, 군율을 벗기 어렵습니다. 엎드려 바라건대 대왕께서는 소장의 머리를 베어서 군에 경계로 삼으십시오."

만왕이 한숨을 쉬며 계단으로 올라오게 하여 위로했다.

"이는 과인의 운명이지, 어찌 장군들 때문이겠소?"

그러고는 명나라 진영의 동정을 물었다. 두 장수가 대략 상황을 아뢰면서, 홍혼탈의 지략이 양창곡보다 뛰어나다고 말했다. 축융왕이 화가 난 표정으로 말했다.

"과인이 불민하지만 군사를 쓰는 법을 대략 알고 있소. 대왕이 잃어버린 땅을 내가 며칠 이내에 회복하겠소. 내일 다시 싸움을 걸어 보시오."

이때 홍혼탈은 가인의 연약한 몸으로 전쟁을 하느라 몸조리할 시간이 없어 매번 심신이 불편했다. 하루는 양창곡이 조용히 군막 안으로 불러서 군대 일을 상의하다가, 그녀의 모습이 초췌한 것을 보고 깜짝 놀라 말했다.

"그대가 나 때문에 이토록 고초를 겪는구려. 나이도 어리고 약한 체질고 억지로 다그칠 수 없는 노릇이니, 며칠 쉬면서 요양할 방도를 생각해 보시오."

홍혼탈이 웃으며 사양했다.

"장수의 몸으로 며칠 동안 험한 싸움을 겪었다고 어찌 힘들다 하겠습니까?"

양창곡이 미소를 지으며 손을 들어 그녀의 도화빛 두 뺨을 어루만졌다.

"부용장芙蓉帳, 연꽃을 수놓은 휘장 경대鏡臺 앞에서 매화를 단장하고 새벽 기운을 겁내던 옥 같은 얼굴에 붉은 뺨으로 깃발과 창칼의 거친 바람을 무릅쓰도록 만들다니, 그대가 말하는 '양공자'라는 사람은 매정한 사내구려."

홍혼탈이 이마를 찡그리고 물러앉으며 말했다.

"장수는 명령을 되돌리지 않는 법입니다. 애초에 했던 세 가지 약조를 벌써 잊으셨습니까?"

그때 창밖에서 소유경의 발걸음 소리가 들리더니, 잠시 후 여러 장수들이 왔다. 홍혼탈 역시 자신의 막사로 돌아가 쉬었다. 이날 한밤중에 손야차가 급히 양창곡에게 아뢰었다.

"홍사마께서 한창 추위로 떨면서 괴로워하고 있습니다."

양창곡이 크게 놀라 직접 홍혼탈의 막사로 가서 살펴보았다. 홍혼탈은 촛불 아래에서 책상에 기대어 있었다. 검푸른 구름 같은 양쪽 살쩍머리에 썼던 성관은 기울었고, 버드나무 가지 같은 가는 허리에 걸친 전포戰袍, 갑옷 위에 있는 웃옷는 무거워 보였다. 병색이 이미 짙고 정신은 혼미하여, 신음 소리가 은연 중에 목에서 흘러나왔다. 양창곡이 옆에 앉아 몸을 문지르자 홍혼탈이 놀라 일어나 앉으며 말했다.

"어째서 이렇게 쓸데없이 출입하시는 겁니까?"

양창곡이 대답하지 않고 진맥을 하더니 웃으며 말했다.

"이는 바람과 추위가 빌미가 되어 발병한 거요. 깊이 염려할 것은 아니지만 정말 조심해야 하오."

그는 친히 홍혼탈의 전포와 허리띠를 풀어 주며 침상에 눕혔다. 그녀가 사양하며 말했다.

"군중은 규방과 다릅니다. 원수의 동작 하나하나를 모든 장수와 군졸들이 눈을 씻고 귀를 기울여 살피고 있습니다. 상공께서 막사로 돌아가시면 첩이 눕겠습니다."

양창곡이 웃으면서 몸을 일으켰다.

"내가 공연히 그대를 장수로 삼는 바람에 훗날 집에 돌아가도 이 버릇을 고치기 힘들겠구려. 투구와 갑옷을 입고 절하지 않는 풍모는 남아 있는데 화촉을 밝히고 부드러우면서도 여유로운 자태가 없으면 어쩌겠소?"

홍혼탈 역시 미소를 지었다.

"며칠 잘 조섭하면서 군사 업무에는 참여 마시길 바라오."

양창곡은 이렇게 말하고는 즉시 돌아왔다. 다음 날, 나탁이 장수를 보내 싸움을 걸었다. 양창곡은 소유경을 불러 말했다.

"홍혼탈 장군의 병세가 가볍지 않아 며칠 조섭하라고 했소. 오늘 일은 나와 장군이 처리해야겠소이다."

소유경이 말했다.

"나탁이 구원병을 청하여 왔다 하니, 가볍게 대적할 수 없겠습니다."

양창곡이 고개를 끄덕이며 군사들을 옮겨 철목동 앞에 진을 치도록 했다. 그는 선천先天의 열 개 방위에 응하여 1천 기는 흑기를 들고 북방에 진을 쳤고, 2천 기는 홍기를 들고 두 부대로 나뉘어 남방에 진을 쳤다. 3천 기는 청기를 들고 동방에 진을 쳤고, 6천 기는 흑기를 들고 여섯 부대로 나뉘어 정북방 제2위第二位에 서게 했다. 7천 기는 적기를 들고 일곱 부대로 나뉘어 정남방 제2위에 서게 했으며, 8천 기는 청기를 들고 여덟 부대로 나뉘어 정동방 제2위에 서게 했다. 9천 기는 백기를 들고 아홉 부대로 나뉘어 정서방 제2위에 서게 했으며, 5천 기는 황기를 들고 다섯 부대로 나뉘어 중군을 형성하며 중앙에 진을 치도록 했다. 이것은 바로 선천음양진先天陰陽陣이었다.

이처럼 포진한 뒤 전군 선봉장 뇌천풍이 출진하여 싸움을 걸었다. 붉은 두건을 쓴 축융왕은 청동갑옷을 입고, 손에는 붉은 기를 든 채 커다란 코끼리에 올라타 병사들을 이끌고 출진했다. 그리고 북을 치고 징을 울리며 나오는데 군대의 대열은 질서가 없었다. 양창곡이 소유경을 돌아보며 말했다.

"고금의 병서를 대략 보았지만, 저런 병법은 처음 봅니다."

말을 마치기도 전에 오랑캐 장수 한 사람이 삼척모를 휘두르며 말을 달려 나왔다.

"나는 천화장군 주돌통이다. 나를 당할 자 있다면 내 삼척모를 받아 보라."

뇌천풍이 벽력부를 들고 나서며 크게 외쳤다.

"나는 대명국 선봉장 뇌천풍이고, 내 도끼는 벽력부다. 네가 스스로 천화장군이라 하니, '천화'는 벽력霹靂,벽락을 따라다니는 불이다. 빨리 나와서 내 도끼를 받으라."

두 장수가 서로 맞붙어서 10여 합을 싸웠지만 승부가 나지 않았다. 그때 다른 오랑캐 장수 한 명이 개산대부를 들고 나오면서 소리쳤다.

"나는 촉산장군 첩목홀이다. 내게도 큰 도끼가 있는데 산을 찍으면 산이 무너진다. 노장의 머리는 산처럼 단단한가?"

그러자 명나라 진영에서 동초가 창을 휘두르면서 크게 꾸짖었다.

"나는 대명국 좌익장군 백일표 동초다. 내 손에 장창 하나가 있는데, 오랫동안 창의 신에게 제사를 올리지 못했다. 이제 첩목홀의 피로 창의 신을 위로해야겠다."

네 장수가 뒤얽혀 호랑이가 뛰어오르듯, 곰이 달리듯 10여 합을 크게 싸웠다. 뇌천풍이 홀연 말을 빼서 달아나니 주돌통이 삼척모를 꼬나들고 추격했다. 뇌천풍이 한 소리 크게 내지르며 몸을 날리는 동시에 도끼를 휘두르며 뒤를 보고 공격하니, 주돌통이 미처 몸을 피하기도 전에 말이 땅에 거꾸러지면서 땅에 나뒹굴었다.

오랑캐 진영에서 둔갑장군 가달이 크게 노하여 언월도를 휘두르며 크게 외쳤다.

"나는 축융대왕 휘하의 명장 둔갑장군 가달이다. 명나라 두 장수는 빨리 머리를 늘이고 내 언월도를 받으라."

그는 곧바로 뇌천풍을 치려고 칼을 휘두르며 나왔다. 그러자 명나라 진영에서 손야차가 창을 뽑아 들고 말을 달려 나오며 크게 웃었다.

"네가 능히 둔갑술을 부릴 줄 안다면 내가 네 머리를 벨 테니 다시 머리를 만들어 보거라."

가달이 크게 노하여 손야차와 여러 합을 크게 싸웠다. 가달이 갑자기 언월도를 옆에 끼고 몸을 공중제비하여 훌쩍 돌더니 흰 머리의 큰 호랑이인 백두호白頭虎로 변하여 손야차에게 달려들었다. 뇌천풍이 크게 놀라 급히 도끼를 휘두르며 상황을 모면하려 했다. 그러나 백두호가 다시 공중제비를 돌더니 두 마리 큰 호랑이로 변하여 포효하면서 달려드는 것이었다. 양창곡이 진영 위에서 멀리 바라보다가 깜짝 놀라며 말했다.

"오랑캐 장수의 환술이 저 정도라면 혹시 손야차가 실수할까 걱정되는구나."

즉시 징을 쳐서 장수들을 불러들였다.

이때 축융왕이 진영 앞에서 승부 겨루는 모습을 구경하다가 양창곡이 군사들을 거두어들이는 것을 보고는 급히 깃발을 휘두르며 주문을 외었다. 그러자 붉은 구름이 사방에서 일어나고 무수한 귀졸들이 온 들판에 가득하여 입으로는 불을 뿜고 코로는 연기를 뿜어대면서 명나라 진영으로 쳐들어왔다. 양창곡은 여러 장수들과 약속하여 진영의 문을 굳게 닫고 자기가 맡은 방위에 따라 깃발을 가지런히 정리하여 대오를 흩어지지 않게 했다. 축융왕의 귀졸들이 사방을 포위했지만 명나라 진영을 공격하여 격파할 수는 없었다. 축융이 다시 주문을 외면서 현무방玄武方, 북쪽을 가리키고는 환술을 일으켰다. 순식간에 천지는 캄캄해지고 비바람이 크게 치면서 모래와 돌을 날렸다. 그러나 명나라 진영의 깃발은 이전과 다름없이 질서정연하고, 북과 뿔피리는 조용하여 조금도 흔들림이 없었다. 원래 양창곡이 펼친 음양진은 무곡성군이 옥황상제를 호위하는 진법이었다. 음양오행이 상생하는 원리에 완전히 응하여 온통 조화로운 기운으로 뭉쳐 있으니 사악한 기운이 어찌 감히 침범하겠는가. 축융왕은 요술 부릴 줄만 알 뿐 진법을 몰랐기 때문에 다시 음양진을 공격해도 파괴되지 않는 것을 보고 속으로 의아하게 여기면서 즉시 군사를 거두고 진영을 돌려 오게 했다. 그러고는 나탁에게 말했다.

"명나라 원수가 진법을 안다고는 하지만 특별히 신기한 도술은 없으니, 과인이 내일 다시 싸움을 걸어야겠소. 육병육무六丙六戊의 신장을 부르고 육정육갑六丁六甲의 귀졸을 부르면 명나라 원수를 사로잡는 것이 어렵지 않을 게요."

이 말에 나탁은 크게 기뻐했다.

한편, 양창곡은 군막 안으로 소유경을 불러서 말했다.

"축융왕 휘하에 용맹한 장수가 많고 괴이한 도술은 예측하기 어려워 단번에 격파할 수 없겠소. 어쩌면 좋겠소?"

소유경이 말했다.

"홍혼탈 장군이 백운도사를 따라 신이한 술법을 익혔다 합니다. 그러면 아마 요술을 제압하는 술법이 있을 것입니다."

양창곡이 한참 고민하다가 속으로 이렇게 생각했다.

'홍랑의 병은 이역만리 떨어진 곳에서 험한 전쟁을 겪다 보니 마음도 고달프고 몸도 힘이 들어 생긴 것이다. 저 오랑캐들의 요란한 거동과 음흉한 기운을 다시 접촉한다면 병든 약한 체질이 어찌 상하지 않겠는가.'

그러고는 소유경을 돌아보며 말했다.

"홍장군은 병이 있어 내가 이미 몸조리하도록 허락했소. 장군이 지금 가서 만나 보시고, 조용히 계책을 물어보시오."

소유경이 대답하고 군막을 나갔다. 그때 홍혼탈은 정신이 가물가물해 군복을 풀어 침상에 누워 있었다. 그녀는 소유경이 온 것을 보고 몸을 일으켜 책상에 기대 앉았다. 오싹하게 떨리는 기운은 귀밑 터럭 주변으로 가득해 힘들어서 괴로워하는 기색이 미간에 어렸다. 숨소리는 겨우 이어지고 말소리는 희미했다. 소유경이 속으로 놀랍고 의아해하며 생각했다.

'나는 홍혼탈 장군이 용맹스러워 대적할 사람이 없고 온 나라에서도 비교할 사람이 없는 선비라고 생각했다. 그런데 어찌 서시西施*의 찡그림과 양귀비의 잠든 모습처럼 아름다움을

---

* 월(越)나라 부차(夫差)가 총애하던 미인이다. 그녀는 심장병이 있어서 언제나 얼굴을 찡그렸는데, 그 모습이 매우 아름다웠다고 한다.

띠고 있는 것일까?'

소유경은 홍혼탈 앞으로 나아가면서 말했다.

"오늘 장군의 병세가 좀 어떻습니까?"

"소장의 병은 한때의 작은 탈이 난 것이라 염려할 게 못 됩니다. 그나저나, 오늘 진중의 동정은 어떻습니까?"

소유경이 대략 사정을 이야기하면서 양창곡이 계책을 물어 보라고 했다며 의도를 전달하자, 홍혼탈은 크게 놀라 말했다.

"소장에게 무슨 기묘한 계책이 있겠습니까마는, 대치 상황을 멀리서 지켜보며 생각할 수는 없습니다. 제가 직접 가 보는 것이 좋겠군요."

그녀는 전포를 입고 쌍검을 차더니 소유경을 따라 진중에 이르렀다. 양창곡이 크게 놀라며 말했다.

"장군의 병세는 바람을 쐬면 안 되는데, 어째서 억지로 이렇게 하는 거요?"

"소장의 병은 그리 중한 것이 아니라 염려할 것이 못 됩니다. 적의 형세는 지금 어떻습니까?"

양창곡이 대답했다.

"나탁이 새로 구원병을 얻었는데 이름이 축융대왕이랍니다. 도술이 뛰어나고 용맹한 장수가 수없이 많으니, 내가 남쪽 지역을 정벌하러 온 이래 처음 맞이하는 강적이오. 가볍게 대적할 수 없다는 걸 알고 진영의 문을 닫고 지키고만 있소. 내일 다시 싸움을 건다면 이길 수 있는 방책이 없다오. 장군은 좋은 묘책이 있소?"

"소장이 조금 전에 진세를 살펴보았습니다. 원수의 진법은
천상무곡성군이 옥황상제를 호위하던 선천음양진이라, 우리
자신을 지킬 수는 있지만 승리를 얻기에는 부족합니다. 소장
이 후천진後天陣을 펼쳐서 적을 사로잡겠습니다. 잠시 원수의
지휘 깃발을 빌려주십시오."

양창곡이 크게 기뻐하며 깃발을 빌려주니, 홍혼탈은 즉시
깃발을 들어 북을 울리며 후천진을 펼쳤다. 정동과 정남방은
예전처럼 포진하고, 정서와 정북방은 그 위치를 바꾸었다. 북
방 제2위는 동북방으로 옮겼고, 서방 제2위는 서북방으로 바
꾸었다. 동방 제2위는 동남방으로 옮겼으며 남방 제2위는 서
남방으로 옮겼다. 모든 정방의 군대는 홍기를 들고 각각 그 방
위를 마주보고 서도록 했고, 간방間方*의 군대는 모두 흑기를
들고 각각 그 방위를 등지고 서도록 했다. 그러고는 다시 이렇
게 약속했다.

"북을 울리며 홍기를 들면 정방의 군사들이 응하고, 흑기를
들면 간방의 군사들이 응하라."

이렇게 진을 바꾸어 약속을 정했다. 양창곡이 진에 나가서
바라보고 속으로 기이하게 여겼다.

---

* 정방(正方)은 동, 서, 남, 북방을 말하는 것이고, 간방은 정방의 사이에 있는 방위
즉 동북, 동남, 서북, 서남방 등을 말한다.

'나는 홍랑이 그저 아리따운 사람인 줄로만 알았지, 이렇게 천지를 경영할 재주가 있다는 걸 어찌 알았겠는가.'

홍혼탈은 다시 여러 장수들을 불러서 각각 몰래 신호를 약속한 뒤 군막 안으로 들어와 양창곡에게 보고했다.

"전쟁에서는 속임수도 꺼리지 않습니다. 어찌 정도로만 적을 대하겠습니까? 첩이 백운도사를 따라 선천둔갑병서先天遁甲兵書와 항마제살지법降魔制殺之法을 익혔습니다. 그 술법이 다른 이들에게는 알려지지 않은 것이라, 원수께서는 잠시 여러 장수들을 단속해 주십시오."

이날 밤 3경, 홍혼탈은 진영 중앙에 장막을 드리우고 손톱을 깎고 목욕재계를 한 후 오방五方에 응하여 다섯 개의 등불을 밝혔다. 부용검을 짚고 서서 몰래 술법을 펼치니 행동이 비밀스러워 다른 사람들은 무엇을 하고 있는지 몰랐다.

다음 날 축융왕이 병사들을 이끌고 진을 쳤다. 그는 12방위를 나누어 다섯 가지 색깔의 깃발을 꽂았고, 군사들은 각각 창과 칼을 들고 출진했다. 홍혼탈이 멀리서 바라보며 미소를 짓고, 뇌천풍에게 싸움을 걸도록 했다. 오랑캐 진영에서는 첩목홀이 나와서 여러 합을 싸웠다. 명나라의 동초와 마달이 이어서 한꺼번에 창을 들고 나가며 크게 소리를 질렀다.

"오늘은 마땅히 축융의 머리를 베리니, 첩목홀은 빨리 돌아가서 축융왕을 보내라!"

그러자 오랑캐 진영의 천화장군 주돌통과 둔갑장군 가달이 크게 노하여 출전했다. 여섯 장수는 10여 합을 크게 싸웠다. 명나라 장수 세 사람은 한 번 싸우고 한 번 물러났다. 나탁이 축융에게 말했다.

"명나라 장수들이 싸우지는 않고 점점 후퇴하는 걸 보니, 이는 필시 유인책입니다. 명나라 원수의 간교한 술책은 가늠하기 어려우니, 세 장수를 불러들여 낭패를 당하는 일이 없도록 하십시오."

그러나 축융왕은 본래 성질이 급한 사람이라, 그 말을 듣자 분연히 말했다.

"오늘 내가 명나라 원수를 사로잡지 않으면 돌아가지 않으리라."

그는 급히 깃발을 휘두르며 주문을 외웠다. 홀연 광풍이 크게 일어나고 음산한 구름이 날리는 곳에 무수한 귀졸들이 기괴하고 현란한 모습으로 온 산과 들을 가득 채우면서, 오랑캐 장수 세 사람의 위세를 도와 명나라 진영으로 쳐들어갔다. 홍혼탈은 즉시 북을 울려 깃발을 휘둘렀다. 그러자 간방의 군사들이 진문陣門을 열고 갈라섰다.

이때 세 오랑캐 장수가 귀졸들을 몰아 명나라 진영을 포위하여 사방으로 공격하면서도 격파하지 못하고 있었다. 그런데 갑자기 진의 문이 열리자 귀졸들을 몰아 돌진해 들어갔다. 그 순간 홍혼탈이 다시 북을 울리며 흑기를 휘두르자 간방의 진문이 닫혔다. 홍혼탈이 부용검을 들어 오방을 가리키며 중얼중얼 술법을 펼치니, 홀연 맑은 바람 한 무리가 칼 끝에서 일어나더니 음산한 구름과 귀졸들이 봄눈 녹듯이 사라지면서 풀뿌리와 나뭇잎으로 변해 공중에서 떨어지는 것이었다. 오랑캐 장수 세 사람이 크게 놀라며 말 한 필과 창 한 자루로 명나라 군중을 헤매고 다니면서 사방으로 좌충우돌했다. 홍혼탈은 진영 위에 높이 앉아 부용검을 들어 남방을 가리켜 삼리화三离火를 일으키니 불빛이 하늘에 닿았으며, 북방을 가리켜 육감수六坎水를 솟구쳐 오르게 하자 큰 바다가 넘실넘실했고, 동방과 서방을 가리키니 우레와 비가 크게 일어나며 큰 못이 앞에 닥쳤다. 세 오랑캐 장수는 정신이 어지러워 어디로 가야할지 몰랐다. 둔갑장군 가달이 공중제비를 돌면서 변신술을 쓰려 했지만, 홍혼탈이 부용검을 들어 그를 가리키자 한 줄기 붉은 기운이 그의 머리를 짓눌렀다. 그는 세 번이나 공중제비를 돌면서 변신을 시도했지만 술법을 부릴 수 없었을 뿐 아니라, 큰 소리를 내지르며 말에서 떨어지고 말았다. 주돌통과 첩목홀이 하늘을 우러러보며 탄식하고 칼을 빼서 자신의 목을 찔러 자결하고자 했다. 홍혼탈은 손야차에게 진영 위에서 그들에게 소리치게 했다.

"장군들은 들으라. 너희 목숨을 빌려주어 죽이지 않겠다. 빨리 돌아가 축융왕에게 항복하라고 전하라. 만약 지체한다면 후회를 면치 못하리라."

그가 주문을 외워 진문을 열어 주자 세 오랑캐 장수가 머리를 감싸안고 쥐새끼처럼 제 진영으로 돌아갔다. 그들은 축융왕을 뵙고 탄식했다.

"홍장군의 도술은 올바른 법술이라 감당할 수 없었습니다. 대왕께서는 승부를 겨루지 마시고 일찍 항복하시는 것이 좋을 듯합니다."

축융왕이 크게 노하여 세 장수를 물러가라 꾸짖고는, 칼을 들어 다시 12방위를 가리키며 주문을 외웠다. 그러자 공중에서 대포 소리가 한 번 나며 하늘을 진동하더니 살기가 가득하여 사방팔방으로 무수한 신장들이 구름처럼 몰려왔다. 음습한 기운과 흉악한 모습으로 각각 무기를 들고, 하늘을 기울게 하고 땅을 꺼지게 할 기세로 한꺼번에 명나라 진영으로 덮쳐들어갔다. 홍혼탈이 손에 든 깃발을 높이 들어 명령을 내렸다.

"모든 장수와 군사들은 이 깃발만을 바라보라. 만약 다른 곳을 보는 자가 있다면 목을 베겠노라!"

모든 장수와 삼군의 병사들이 명령을 듣고 일제히 홍혼탈의 손에 들린 깃발을 쳐다보았다. 군중이 숙연해지면서 감히 움직이는 자가 없었다. 홍혼탈은 즉시 북을 쳐서 중앙의 5천 기로 네모 반듯하게 방진을 펼쳐서 방어했다. 다시 북을 울리며 홍기를 휘두르자 정동, 정서, 정남, 정북에 자리한 네 정방의 군사들이 한꺼번에 진문을 열고 갈라섰다.

이때 축융왕이 신장들을 호령하여 명나라 진영을 꿰뚫으려던 참이었는데, 갑자기 진영의 문이 열리는 것을 보고 크게 기뼈하며 급히 신장들을 몰아 돌격하여 들어갔다. 홍혼탈이 멀리서 바라보다가 즉시 북을 울리며 깃발을 휘둘러 진문을 닫고 부용검을 들어 오방을 가리켰다. 그러자 오색 구름이 다섯 방위에서 일어나 진중에 가득하니 신장들의 몸은 명나라 군사들의 눈에 보이지 않게 되었다. 다만 말발굽 소리만 들리고 깃발과 창칼이 번쩍이며 구름 낀 하늘에 어지러울 뿐이었다.

홍혼탈은 북을 울려 명나라 진영의 병사들을 한꺼번에 싸우도록 했다. 정서방 9백 기는 금극목金克木으로 갑을방甲乙方을 공격하고, 정동방 3천 기는 목극토木克土로 무기방戊己方을 공격하고, 정남방 1천 기는 화극금火克金으로 경신방庚辛方을 공격하고, 정북방 7천 기는 수극화水克火로 병정방丙丁方을 공격하고, 중앙의 5천 기는 토극수土克水로 임계방壬癸方을 공격했다. 그 기세는 산이 무너지고 바닷물이 들끓어 오르는 듯했고 천지가 진동하여 한바탕 교전을 벌였다. 홍혼탈이 다시 북을 울리며 흑기를 흔들자 동서남북 간방의 군사들이 한꺼번에 진문을 열었다. 이때 12신장이 오행상극의 이치를 이기지 못하고 퇴진하다가, 간방의 진문이 열리는 것을 보고 일제히 물러나 사방으로 흩어지면서 간 곳을 모르게 되었다.

축융왕이 멀리서 진세를 보다가 분기탱천하여 다시 주문을 외우고 손에 들고 있던 장검을 공중에 던졌다. 어떤 요술을 부리려는 것일까? 다음 회를 보시라.

제17회

일지련은 혼자서 여러 장수들과 싸우고,

축융왕은 의리에 감동하여 명나라에 항복하다

一枝蓮單騎鬪諸將 祝融王感義降明陣

축융왕이 크게 노하여 손에 들고 있던 장검을 공중에 한 번 던지자 3척짜리 장검이 백여 척 장검으로 변했다. 그가 다시 공중제비를 돌아 변신하자 키가 백여 척이나 되는 거인이 되었다. 그는 큰 장검을 휘두르며 명나라 진영으로 돌진해 왔다. 홍혼탈은 멀리서 바라보며 미소를 짓더니, 몸을 일으켜 장막 안으로 들어갔다. 그리고 사방의 장막을 내리고 고요히 아무런 동정을 보이지 않았다. 그런데 홀연 한 줄기 흰 기운이 장막 안에서 일어나더니 홍혼탈 역시 백여 척 큰 키로 변하는 것이었다. 손에 들고 있던 부용검 역시 백여 척이나 늘어났다. 이들은 서로 대치하다가 축융왕이 콩알만 한 작은 사람으로 변하여 바늘만 한 작은 칼을 휘두르며 왔다. 홍혼탈 역시 먼지만 한 사람으로 변하여 터럭만 한 부용검을 휘두르면서 축융왕의 칼날에 붙어 떨어지지 않았다. 축융왕이 다시 변신하자 칼과 사람은 갑자기 온데간데없고 한 줄기 검은 기운으로 바뀌면서 하늘 끝에 닿았다. 홍혼탈 역시 한 줄기 푸른 기운이 되자 푸른색과 검은색이 허공에서 서로 만났다. 쩽그랑거리는 칼 소리만 내며 구름 속 하늘에서 서로 싸울 뿐이었다.

그런데 갑자기 검은 기운이 흰 원숭이로 변해 달아났고, 푸른 기운은 탄환이 되어 흰 원숭이를 추격했다. 원숭이는 뱀이 되어 바위틈으로 달아나자, 탄환은 벼락으로 변하여 바위를 쳤다. 뱀이 검은 기운을 토해 지척을 분간하기 힘들게 하자 벼락은 큰 바람으로 변하여 구름과 안개를 불어서 흩어 놓았다. 그러자 천지가 밝고 환해지면서 사악한 기운이 하나도 보이지 않게 되었다. 잠시 후 홍혼탈이 장막 안에서 나왔다. 여러 장수들과 삼군의 병사들은 진 앞에서 바라보다가 정신이 황홀하여 어찌할 바를 몰랐다. 장막 안에서 홍혼탈이 나오는 것을 보고 그에게 다가가 물었다.

"축융왕은 어디로 갔습니까? 그리고 장군의 오늘 도술은 무슨 신묘한 술법입니까?"

홍혼탈이 웃으며 말했다.

"세상에 떠도는 요술은 오행의 원리에서 벗어나지 못합니다. 상생상극의 이치를 알기만 하면 제압하기 쉽지요. 일반적으로 사람의 눈은 목木에 속하고 사람의 마음은 화火에 속합니다. 눈이 요란스러운 것을 보면 목기木氣가 허하게 됩니다. 목기가 허하면, 목이 화를 만드니, 화기火氣 또한 허하게 됩니다.

화기가 허하면 마음이 약해지고, 마음의 기운이 약해지면 화가 텅 비게 되면서 즉시 발출되지요. 화기가 일어나면 금기金氣를 이기게 됩니다. 금金은 모든 것을 죽이는 기운인데, 사람에게 그러한 기운이 없다면 잡념이 일어납니다. 그러니 요술이 사람들의 마음을 혼란스럽게 만드는 것이지요. 한번 혼란해지면 무슨 술법으로 그것을 제압할 수 있겠습니까? 그러므로 저는 후천진을 만들어 오행상극의 이치를 펼쳤고, 지휘 깃발을 높이 들어 삼군 모든 병사들의 눈과 귀와 마음을 완전히 하나로 통일시켰던 겁니다. 삼군의 마음이 완전히 하나가 되어 오행상극의 이치를 잃어버리지 않는다면 요술이 어찌 감히 우리를 침범하겠습니까?

그 뒤 서로 접전을 벌인 것은 검술입니다. 그 변화가 크기는 쉽지만 작기는 어렵지요. 검은 기운은 요술이고 푸른 기운은 도술입니다. 흰 원숭이는 원공袁公의 검법이고 탄환은 한나라 위씨魏氏의 검법이며, 뱀으로 변한 것은 도장군陶將軍의 비법이고 벼락은 창해군滄海君의 병법입니다. 구름이 되고 바람이 되는 것은 검술을 하는 사람들이 흔히 사용하는 방법입니다.

대체로 검술가가 꺼리는 세 가지가 있습니다. 첫째는 재물을 탐내서 칼을 쓰는 것이고, 둘째는 어진 사람을 죽이려고 칼을 쓰는 것이며, 셋째는 원망하는 마음으로 아무 이유 없이 사람을 죽이는 것입니다. 축융왕의 검술은 잡념이 많고 정도가 아니지만, 제가 그를 죽이지 않은 것은 경솔하게 사람의 목숨을 뺏지 않으려는 것입니다. 생각건대, 축융왕이 다시 패배하고 술법이 궁하게 되면 다른 술법을 쓸 수 없게 되는 것이야 당연한 일이겠지요."

이 말에 여러 장수들이 탄복했다.

한편 축융왕은 패배하고 본진으로 돌아가서는 부끄러움과 분노를 이기지 못하고 스스로 목을 찔러 자결하려 했다. 그의 딸 일지련이 말했다.

"소녀가 어버님을 모시고 종군하여 여기까지 왔습니다. 그러니 한번 출전하여 생사를 걸고 싸워 보는 게 당연합니다. 아버님은 잠시 분노를 가라앉히시고 소녀가 돌아오기를 기다려주십시오."

축융왕이 탄식하며 말했다.

"네 아비의 용맹으로도 당하지 못했는데, 너는 일개 여자의 몸으로 어찌 대적할 수 있겠느냐. 명나라 장수의 병법과 검술은 천신이 내려온다 해도 더해 볼 도리가 없다. 네가 대적할 상대가 아니다."

그러나 일지련은 분연히 말에 올라 출전하여 싸움을 걸었다. 홍혼탈이 바야흐로 대군을 몰아서 오랑캐 진영을 쳐들어가려 하다가 갑자기 웬 여자 장수가 싸움을 거는 소리를 들었다. 진영으로 나가 멀리 바라보니 과연 나이 어린 소녀 장수하나가 붉은 모자를 쓰고 초록빛 수놓은 옷을 입고서 대완마大宛馬에 올라 쌍창을 휘두르며 나오는 것이었다. 백설 같은 얼굴빛에 붉은 홍조를 살짝 띠어 마치 복숭아꽃이 반쯤 벌어진 듯하니 어린 나이라는 것을 알 수 있었고, 먼 산 같은 아미에 가을 물결 같은 눈빛이 아련하여 정기를 짙게 담고 있으니 총명하면서도 지혜롭다는 것을 알 수 있었다. 하얀 치아에 붉은 입술을 한 최고의 자색이며, 검푸르고 구름 같은 머리카락에 화려한 기상이 서려서 절대로 남쪽 지방 풍토에서 생장한 사람이 아닌 듯했다.

홍혼탈이 속으로 의아하게 여기면서 손야차에게 대적하도록 했다. 손야차가 창을 들고 웃으며 말했다.

"이는 필시 축융왕이 술법을 부려서 귀신을 부른 것입니다. 남방 오랑캐가 어찌 저렇게 예쁜 여인을 낳았겠습니까?"

이들은 서로 어울려 10여 합을 싸웠는데, 일지련이 쌍창을 옆에 끼더니 손야차를 사로잡아 오랑캐 본진으로 돌아가는 것이었다. 홍혼탈이 깜짝 놀라 좌우를 돌아보며 말했다.

"누가 저 장수를 사로잡을 수 있겠소?"

뇌천풍이 벽력부를 빼어 들더니 분연히 출전했다. 그러나 4, 5합을 채 싸우지도 못하고, 뇌천풍의 도끼 쓰는 법이 어지러워지면서 일지련의 창을 막을 틈도 없게 되었다. 동초와 마달이 급히 가서 구하려고 한꺼번에 창을 들고 뇌천풍을 도왔다. 10여 합을 싸웠지만 일지련의 정신은 가을달처럼 밝고 기상은 올곧아서 창 쓰는 법이 조금도 어지러워지지 않았으며 간교한 술책을 터럭만큼도 부리지 않았다. 홍혼탈이 멀리서 바라보다가 그녀의 재주와 모습을 사랑했지만, 똑같이 나이 어린 소녀로서 어찌 이기고 싶은 마음이 없을 것인가. 즉시 징을 쳐서 세 장수를 불러들이고, 직접 말에 올라 외쳤다.

"세 분 장군의 힘으로 한 여자를 잡지 못하다니, 어찌 그리 무능하단 말이오? 오늘 홍혼탈이 병에 걸리긴 했지만 한번 출전하여 저 장수를 사로잡으리라."

홍혼탈이 쌍검을 휘두르며 출전하고는 일지련과 여러 합을 어울려 싸웠다. 양창곡은 홍혼탈이 출전한 것을 알고 깜짝 놀라 직접 진영 앞으로 나가더니 징을 쳐서 군사를 불러들였다. 홍혼탈이 본진으로 돌아와 징을 친 이유를 물었다. 양창곡이 정색하며 말했다.

"나는 장군 개인을 편애해서가 아니라 나라를 위해 간성지장干城之將*을 아껴서 부른 것이외다. 조심하여 병을 조섭하시오. 두 번 세 번 부탁했는데 이렇게 출전한 이유가 무엇이오?"

홍혼탈이 대답했다.

"손야차는 소장의 친구입니다. 지금 오랑캐 진영에 사로잡혀 그 사람을 구하려던 것입니다."

양창곡이 웃으며 말했다.

"나도 장군의 뜻을 압니다. 어린 사람의 날카로운 기상으로 어린 소녀의 도전을 받아들이고 무예를 시험하려는 것이겠지

---

* 나라를 위해 방패가 되고 성이 되어 외적을 막는 장수를 말한다.

요. 지금 장군의 모습이나 기색이 예전과 달라요. 함부로 출전하지 마세요. 대신할 장군이 어찌 없겠습니까?"

뇌천풍이 큰 소리로 아뢰었다.

"소장이 다시 출전하여 조금 전에 다 사용하지 못한 도끼를 시험해 보고 싶습니다."

양창곡이 크게 기뻐하며 허락했다. 홍혼탈이 다시 웃으며 아뢰었다.

"그 오랑캐 장수를 보니 둘도 없이 훌륭한 자태에 남보다 뛰어난 재목이라, 속으로 그녀를 아끼는 마음이 들었습니다. 장군은 조심하시어, 죽이지 마시고 생포해 오세요."

"제 나이 일흔이요 장부의 마음이라, 젖비린내 나는 나약한 계집애를 어찌 도끼로 잡겠습니까? 마땅히 홍장군을 위하여 아무 탈 없이 안아 오겠습니다."

뇌천풍이 크게 웃으면서 말을 돌려 출전했다.

이때 일지련은 쌍창을 거두고 진영 앞을 배회하다가 속으로 생각했다.

'내가 일찍이 중국의 문물을 본 적이 없었는데, 오늘에서야 비로소 명나라 원수의 용병술과 장수로서의 지략 그리고 여러 장수들의 인물 됨됨이를 보았다. 아! 우리 땅에서 태어나고 자란 사람은 정말 우물 안의 개구리 같은 신세였구나. 지금 중국은 만왕을 저버리지 않았는데 만왕은 아무 이유 없이 병사를 일으켜 천자의 위엄에 항거하니, 이 어찌 당랑거철螳螂拒轍

격이 아니겠는가. 내가 또 듣자니 명나라 원수는 차마 살육을 못하고 오로지 의리를 중하게 여겨 어진 덕으로 남방을 감화시키려고 한다. 나는 마땅히 이때를 틈타서 명나라에 귀순하여 하늘에 가득한 아버지의 큰 죄를 풀어드려야겠다.'

그러다가 다시 스스로 의심스러워하면서 생각했다.

'조금 전에 쌍검을 쓰던 장수는 용모와 풍채가 비범할 뿐만 아니라 그 기색이나 칼 쓰는 기술을 보면 사람의 목숨을 아끼는 듯했다. 하지만 눈매가 맑고 빼어나며 말소리가 그윽하고 여유로워서 절대 남자의 기상이 아니다. 괴이하구나.'

일지련은 이런 생각을 하다가 뇌천풍이 다시 도전해 오자 즉시 그에 응하여 싸웠다. 왼손에 든 창으로는 도끼를 막고 오른손에 든 창으로는 뇌천풍을 완전히 가두어 버렸다. 서릿발 같은 칼날이 번쩍번쩍 어지러이 날리면서 노장의 머리와 뺨을 바람처럼 빠르게 지나치는데도 전혀 상처를 내지 않았다. 뇌천풍이 속으로 의아해하면서, 자신이 대적하기 어렵다는 사실을 알고 힘을 다해 도끼를 휘두르며 공격했다. 그때 일지련이 갑자기 몸을 솟구치더니 오른손의 창으로 뇌천풍의 투구를 번개같이 쳐서 깨뜨렸다. 뇌천풍이 몸을 뒤집으며 말에서 떨어지자, 일지련이 낭랑하게 웃으면서 말했다.

"장군은 늙었소이다. 어서 본진으로 돌아가시고, 아까 쌍검을 쓰던 장수를 보내시오."

뇌천풍이 스스로 감당하지 못할 것을 알고 본진으로 돌아가 홍혼탈에게 일지련의 말을 자세히 아뢰었다. 아울러 창을 쓰는 법이 절륜하다고 이야기하니 홍혼탈이 양창곡에게 아뢰었다.

"소장이 강한 남쪽 지방 풍토에 익숙하여 분한 마음이 있다면 생사를 돌보지 않습니다. 만약 원수께서 출전을 허락하지 않으신다면 도리어 병이 도질 것입니다. 엎드려 바라건대 10합을 한도로 정해서, 그 안에 오랑캐 장수를 사로잡지 못한다면 징을 쳐서 저를 불러들이십시오."

그래도 양창곡은 허락하지 않았다. 그러나 홍혼탈이 재삼 간청하자 양창곡은 그 행적이 드러날까 두려워하여 허락했다. 홍혼탈은 몸을 날려 말에 올라 쌍검을 휘두르며 출진했다. 일지련 역시 쌍창을 춤추며 달려 나와 여러 합을 맞붙어 싸웠지만 승부를 짓지 못했다. 홍혼탈이 생각했다.

'일지련의 창 쓰는 법을 보면 간교한 기술이 하나도 없으니, 나도 올바른 방법으로 싸워서 자웅을 겨루어야겠다.'

홍혼탈이 들고 있던 쌍검을 어지러이 휘두르며 일진일퇴를 거듭하니, 이는 '노룡농주'老龍弄珠, 늙은 용이 여의주를 희롱하다 수법이었다. 일지련도 홍혼탈의 검술이 법도가 있어서 가볍게 대적할수 없다는 사실을 알고 쌍창을 휘두르면서 곧바로 덤벼드니, 이는 '추전하산'秋鷹下山, 가을 새매가 산을 내려오다 수법이었다. 그러자 홍혼탈은 '연축비화'燕蹴飛花, 제비가 날리는 꽃을 발로 차다 수법을 써서, 왼손의 칼을 공중에 던지고 오른손의 칼로 일지련을 겨누면서 말을 돌려 달아났다. 일지련은 '미후투과'猴偷果, 원숭이가 과일을 훔치다 수법으로, 오른손의 창으로 칼을 막고 왼손의 창으로 홍혼탈을 공격했다. 홍혼탈은 '맹호접미'猛虎摺尾, 맹호가 꼬리를 감다 수법으로 몸을 눕혀 창을 피하면서 양손의 칼을 공중에 던지고 말을 달려 앞으로 나아갔다. 일지련은 '백원축록'白猿逐鹿, 흰 원숭이가 사슴을 쫓아가다 수법으로 말 위에서 몸을 솟구치면서 쌍창으로 쌍검을 막고 말을 달려 홍혼탈을 향해 나아갔다. 홍혼탈은 말 머리를 돌려 오른손의 칼을 공중에 견주고 왼손의 칼로 일지련을 치려고 '사자박토'獅子搏兎, 사자가 토끼를 잡다 수법을 썼다. 일지련은 쌍창으로 견주면서 일진일퇴를 하여 '지주박접'蜘蛛縛蝶, 거미가 나비를 옭아매다 수법을 썼다.

그러다가 갑자기 쌍검과 쌍창이 한꺼번에 맞붙어 대응하면서 서릿발 같은 칼과 번개 같은 창이 번쩍번쩍 어지러우니, 이는 '회풍곤설'回風滾雪, 바람이 휘돌고 눈이 쏟아지다 수법이었다. 조금 뒤 사람과 창검은 어디로 갔는지 보이지 않고 두 줄기 푸른 기운만이 허공에서 서로 싸우니, 이는 '쌍교비천'雙蛟飛天, 한쌍의 교룡이 하늘을 날다 수법이었다. 반나절도 채 안 되었는데 일지련이 쌍창을 거두면서 말을 돌려 달아나고자 하니, 이는 '경홍망운'驚鴻望雲, 놀란 기러기가 구름을 바라보다 수법이었다. 홍혼탈이 앞으로 나아가면서 부용검을 옆에 끼고 팔을 뻗어 말 위에서 일지련을 잡아채니, 이는 '창응확치'蒼鷹攫雉, 푸른 매가 꿩을 잡아채다 수법이었다. 홍혼탈이 6합만에 일지련을 사로잡아 본진으로 돌아왔다.

이번 싸움은 호적수가 서로 만나 간교한 술법을 버리고 올바른 방법으로 재주를 겨룬 것이므로 일지련은 속으로 기꺼이 심복했고, 홍혼탈 또한 일지련을 아끼는 마음이 더욱 깊고 절실해졌다. 진영으로 돌아오자마자 홍혼탈은 일지련의 손을 잡으며 말했다.

"내가 오늘 낭자를 사로잡은 것은 검술로 이긴 것이 아닙니다. 아마도 하늘이 지기를 서로 만나도록 도와주시려는 것이 겠지요."

일지련이 사례하며 말했다.

"첩은 패배한 장수입니다. 어찌 지기라고 말씀하십니까. 장군께서 만약 이 천한 몸을 불쌍하게 여기신다면 부디 휘하의 부하로 받아 주십시오. 제가 있는 힘을 다해 정성을 올리겠습니다."

홍혼탈이 웃으며 말했다.

"내가 비록 영민하진 못하지만, 낭자가 만약 나를 멀리하지 않는다면 벗으로서 정의情誼를 맺고 싶소."

일지련이 그 말을 듣더니 울면서 대답했다.

"제 아버님은 일찍이 천자의 나라에 죄를 지었습니다. 이웃 나라의 정 때문에 만왕을 구하러 오셨다가 용서받지 못할 죄를 범한 것입니다. 어찌 감히 살기를 바라겠습니까. 다만 장군의 인자하신 덕과 원수의 넓으신 마음으로 측은하고 가련하게 여기시어 죄를 용서하시고 왕의 자리를 보존하게 해주소서. 그러면 장군의 은덕을 결초보은하겠습니다."

홍혼탈이 대답했다.

"그것은 원수에게 아뢰는 것이 도리일 듯싶습니다."

그러고는 일지련을 데리고 양창곡을 뵈었다. 홍혼탈이 조용히 아뢰었다.

"축융왕이 비록 만왕을 도와 우리 조정에 죄를 짓기는 했지만, 본심은 이웃나라의 요청을 물리치기 어려워서지 감히 불측한 마음을 감추었던 것은 아닙니다. 부디 죄를 용서하시고 항복을 받아들이신다면 배반하는 일은 결코 없을 것입니다."

양창곡이 일지련을 보고 한참 고민하다가 말했다.

"내가 천자의 명을 받들어 남방을 덕으로 교화하려 했을 뿐, 힘으로 복종시키려 한 것은 아니다. 축융왕이 성실한 마음으로 항복한다면 너그러이 구제할 터이니, 안심하고 돌아가도록 하라."

일지련이 절하여 사례하고 오랑캐 본진으로 돌아갔다.

이때 축융왕은 딸이 명나라 진영에 사로잡혀 가는 것을 보고 투항하여 구하려고 했다. 그런데 뜻밖에 일지련이 본진으로 돌아와 양창곡의 은혜와 홍혼탈의 덕을 칭송하는 것이었다. 축융왕은 이야기를 모두 듣더니 계책을 정하고 즉시 주돌통을 비롯한 세 장수를 거느려 손야차를 끌고는 딸아이를 따라 명나라 진영에 항복했다. 양창곡은 흔쾌히 환대하면서 추호도 의심하지 않았다. 축융은 본래 죄가 없는 우직한 사람이었다. 양창곡과 홍혼탈의 다정하고 성의 있는 모습을 보더니 감격의 눈물을 비오듯 흘리면서, 손가락을 깨물어 피를 줄줄 흘리며 말했다.

"과인이 오랑캐 출신이지만 인간의 칠정이 있어 나무나 바위와는 다릅니다. 원수의 덕을 뼈에 새겨 자자손손 잊지 않으리니, 어찌 감격하여 칭송하지 않겠습니까."

양창곡이 크게 기뻐하며 군중에 막사를 정해 주며 휘하의 세 장수와 일지련과 함께 진중에 머무르도록 해주었다. 일지련이 부왕을 모시고 막사로 돌아가 속으로 생각했다.

'내 비록 사람 보는 눈이 없지만, 홍장군은 필시 남자가 아니다. 만약 여자라면 누구를 위하여 만리 밖에서 종군하는 것일까? 양원수의 모습과 풍채를 보니 비범한 장수다. 또 홍장군의 기색이나 말투는, 아주 조심하여 태만한 의도를 드러내지는 않지만 미간에 은근한 정을 띠고 있다. 이 어찌 지기를 상종하느라 변복하고 종군하는 것이 아니리오.'

또 이렇게 의심했다.

'여자의 질투는 세상 아녀자의 일상적인 정이다. 만약 남자가 아니라면 홍장군이 이처럼 나를 아끼는 까닭은 무엇일까?'

그녀는 끝내 깨닫지 못했지만 총명하고 지혜로운 마음에 촉급한 심정을 이기지 못하고 홍혼탈의 본색을 알고 싶었다. 일지련이 조용히 홍혼탈의 막사에 이르니, 때마침 홍혼탈은 고요히 혼자 앉아 있었다. 일지련이 앞으로 가서 아뢰었다.

"첩이 장군께 은혜를 입었으니 휘하에서 모시면서 모든 정성을 다하고자 합니다. 그런데 생각해 보니 제 자취가 남자와는 다릅니다. 군중에서는 자고로 여인을 꺼립니다. 제 부친께서 이미 군중에 계시니, 첩은 마땅히 본국으로 돌아가야 여자로서 행동거지에 마음을 놓을 듯싶습니다."

홍혼탈이 웃으며 말했다.

"낭자의 말이 지나치군요. 옛날 목란木蘭*은 아버지 대신 출전하여 만리 밖에서 종군했지만 비난하는 사람은 아무도 없었습니다. 낭자는 어째서 그 문제에 얽매입니까?"

일지련이 아름다운 눈빛으로 홍혼탈을 보며 말했다.

"첩이 오랑캐 땅에서 나고 자라 예법을 배우지 못했지만, 남녀가 자리를 같이하면 안 된다는 것은 성인의 밝은 가르침입니다. 만약 군중에 있게 된다면 어찌 남자와 어깨를 나란히 하고 자리를 함께하지 않을 수 있겠습니까? 그러므로 첩은 목란이 충효는 지극했지만 규방의 예의범절로 보면 단정한 행실에는 부족하다고 생각합니다."

홍혼탈이 그 말을 듣고 눈을 들어 일지련을 바라보았다. 그녀가 어찌 일지련의 뜻을 모르겠는가. 홍혼탈은 일지련이 자신의 정체를 알고 싶어 하는 것을 알아채고 길게 탄식을 했다.

* 북조 시대 지어진 중국 대표 서사시 「목란시」(木蘭詩)의 주인공 화목란(花木蘭)을 말한다. 남자로 변장한 뒤 아버지를 대신하여 전쟁터로 나가 공을 세웠다.

"세상에 단아하고 올바르며 곧고 한결같아서 규방의 예의 범절을 어기지 않는 여자가 몇 사람이나 되겠소? 난리를 당하여 부득이 집 밖으로 나오는 사람도 있고, 시기에 따라 예절을 돌아보지 않고 행하는 사람도 있습니다. 어찌 한 가지 기준으로만 논할 수 있겠소?"

일지련은 인사를 하고 돌아가면서 속으로 웃었다.

"내가 사람 보는 눈이 틀리지 않았구나. 홍사마가 어떤 여자이기에 이렇게 종군하는지 모르겠지만, 그 말과 의로운 기상을 보건대 필시 내 평생을 저버릴 사람은 아닐 것이다. 내맹세코 중국 문명의 번성함을 구경해야겠다."

다음 날 축융왕이 양창곡에게 조용히 말했다.

"과인이 들으니, 죄가 있는 자는 공을 세워서 갚는다고 했습니다. 원수께서 이때를 틈타 철목동을 공격하신다면 과인이 비록 재주는 없지만 팔 하나의 힘이라도 도와서 속죄해 볼까 합니다."

일지련이 간언했다.

"그건 안 됩니다. 아버님은 이웃나라의 정의로 만왕의 간청에 응하여 구원병으로 온 것입니다. 오늘 그들을 공격한다면 의리가 아닙니다. 아버님께서는 조용히 만왕을 만나 보시고 원수의 훌륭한 덕을 알려서 그들이 스스로 항복하도록 하시는 게 좋을 듯합니다."

축융왕이 그 말을 옳게 여겨서 즉시 명나라 진영을 떠나 철목동으로 향했다.

한편, 나탁은 축융이 세 장수를 데리고 명나라에 투항했다는 소식을 듣고 탄식했다.

"내가 다시 구원병을 청했지만 모두 적국에게 주다니, 무엇으로 이 원한을 설욕한단 말인가."

여러 오랑캐 장수들이 대답했다.

"양원수의 지략과 홍장군의 용맹에, 이번에는 축융왕과 일지련의 도움을 얻었으니 가벼이 대적할 수 없습니다. 일찌감치 항복하여 전화위복을 만드는 것이 좋겠습니다."

나탁이 한참 묵묵히 있다가 칼을 빼 책상을 치며 말했다.

"철목동 안에는 십 년을 버틸 만큼 쌀과 곡식이 있고, 방비는 철통같다. 골짜기 문을 단단히 닫고 굳게 지킨다면 날아다니는 새라도 들어올 수 없다. 명나라 원수가 내게 어찌 하겠느냐. 만약 다시 항복을 말하는 놈이 있다면 이 책상과 똑같은 신세가 될 것이다."

나탁은 이날부터 골짜기 문을 굳게 닫고 수비만 했다. 철목동은 지세가 흉험할 뿐만 아니라 만왕의 가족과 귀한 재물을 숨겨 두었기 때문에 방비가 너무도 견고했다. 나탁이 철목동 안으로 돌아가서 방비를 잘 하도록 경계하는데, 갑자기 축융왕이 골짜기 문을 두드리며 만나기를 청했다. 나탁이 크게 노하여 문루에 올라가 크게 꾸짖었다.

"푸른 눈에 붉은 얼굴의 오랑캐야. 네가 배반하고 목숨을 구걸하여 신의 없이 행동하니, 내 마땅히 네 머리를 잘라서 신의를 저버리는 천하 사람들을 징계할 것이다."

나탁은 말을 마치고 활을 쏘아 축융왕의 가슴을 맞추었다. 축융왕이 노기등등하여 한편으로는 가슴에 꽂힌 화살을 뽑고 한편으로는 칼을 들어 나탁을 가리키며 소리쳤다.

"등불로 뛰어드는 나방과 가마솥 안의 물고기같이 목숨이 조석으로 간당간당한 녀석이 이렇게 무도하다니!"

그는 채찍질하여 명나라 진영으로 돌아가고는 양창곡에게 청했다.

"원컨대 정예병 5천 기를 빌려주시면, 오늘 당장이라도 철목동을 격파하고 원수의 고민거리를 풀어드리겠습니다."

양창곡이 그렇게 하도록 허락하니, 일지련이 간언했다.

"만왕이 계책도 다하고 힘도 빠졌는데 투항하지 않고 골짜기만 지키고자 하니, 이는 필시 믿는 데가 있을 것입니다. 아버님은 가볍게 대적하지 마세요."

축융왕은 그 말을 듣지 않고 5천 기 병사와 주돌통, 가달, 첩목홀을 데리고 철목동을 포위했다. 3일 밤낮 공격했지만 격파할 수 없었다. 철목동은 둘레가 백여 리나 되고, 사방의 바위 절벽 높이는 수십 장이나 되었다. 바위 절벽에 성을 쌓았는데, 성 위에 구리를 부었기 때문에 철통같이 견고했다. 외성 안에는 다시 아홉 겹의 성을 두어 첩첩이 방비하니, 이는 사람의 힘으로 깨뜨릴 수 없었다. 축융왕은 원래 성질이 급하고 분기가 불같아 어찌 참을 수 있었겠는가. 이에 입으로 주문을 외워 신장귀졸을 불러 뇌부창雷斧槍으로 빙 둘러서서 공격했지만 너럭바위처럼 든든하기만 했다. 다시 오방의 천화를 일으켜 전후좌우에서 불을 붙였다. 그러나 나탁은 일찌감치 성 위 곳곳에 풍차를 배치해 두어 불이 침범하지 못했다. 또 축융왕은 임壬과 계癸 방위의 물을 끌어 청목동 안으로 흘려보냈지만, 나탁은 이미 철목동 안에 도랑을 숨겨 두어 물 한 방울도 고인 곳이 없었다. 축융왕이 돌아가서 양창곡에게 보고했다.

"철목동은 천연적으로 험한 땅이라 사람의 힘으로는 깨뜨리기 어렵습니다."

양창곡이 고민하다가 말했다.

"대왕은 돌아가 쉬십시오. 내가 다시 생각해 보겠소이다."

그날 밤 양창곡은 홍혼탈을 장막 안으로 불러 말했다.

"나탁이 철목동을 지키고만 있으니, 격파할 계책을 낼 수 있겠소?"

홍혼탈이 대답했다.

"첩도 생각한 지 오래되었지만 실은 묘책이 없습니다. 다만 계책이 하나 있기는 합니다. 철목동 안에 곡식이 산처럼 쌓였지만 10년 계산에 불과합니다. 원수께서 대군을 이곳에 머무르도록 하여 10년 동안 지키면 항복을 받는 것은 어렵지 않을 것입니다."

양창곡이 깜짝 놀라 말했다.

"그건 할 수 없는 두 가지 이유가 있소이다. 공적인 일로 치더라도 대군을 오랑캐 땅에 오래 머무르게 할 수 없고, 사적인 일로 보더라도 늙으신 부모님께서 살아 계셔서 돌아가고 싶은 마음에 하루가 삼 년 같으니, 어찌 슬하를 떠나 십 년이나 이곳에 머무르겠습니까. 낭자는 다시 묘책을 생각해 보시오."

홍혼탈이 웃으면서 말했다.

"상공께서 스스로 생각하시기에 축융왕과 비교할 때 누가 더 용맹스럽고 사납게 싸웁니까?"

"나는 모르겠소."

"남쪽 풍토와 이곳 지형을 잘 알아서 골짜기를 힘써 빼앗는 것은 축융왕과 비교할 때 누가 더 낫다고 생각하십니까?"

"내가 축융왕보다 못하오."

"그렇다면 축융왕의 솜씨로 3일 밤낮 공격해도 격파하지 못했는데, 상공께서는 장차 어떻게 하시려는 것입니까?"

양창곡이 묵묵히 한참 생각하다가 말했다.

"만약 낭자의 말과 같다면 내가 만리 밖에 전쟁하러 나와 반 년 동안 고생만 하다가, 결국 공을 이루지 못하고 헛되이 돌아간단 말이오?"

홍혼탈이 웃으며 말했다.

"이제 제게 계책이 하나 있습니다. 과연 상공의 뜻에 합당할는지요."

어떤 계책이 나올 것인지 모르겠구나. 다음 회를 보시라.

제18회

홍사마는 칼 짚고 정자*를 취하고,

양원수는 승리를 알리며 남쪽 오랑캐를 평정하다

紅司馬仗劍取頂子 楊元帥報捷平南賊

양창곡이 계책을 물으니 홍혼탈이 웃으며 말했다.

"옛날 위나라의 오기**는 아내를 죽이고 한 나라의 장군이 되려 했으며, 당나라의 장순張巡***은 애첩을 죽여서 군사들을 배불리 먹여 위로했다고 합니다. 상공께서는 저를 만왕의 머리와 바꾸시는 게 어떻습니까?"

---

* 투구 위에 달린 장식을 말한다.

** 『오자병법』의 저자로, 그는 증자(曾子)의 문하에서 배워 노(魯)나라 임금을 섬겼다. 제나라가 노나라를 공격하자 노나라에서는 오기를 장군으로 삼으려 했다. 그러나 오기의 아내가 제나라 여자였기 때문에 조정에서는 망설였다. 이 사실을 알게 된 오기는 아내를 죽여 자신이 제나라 편을 들지 않겠다는 뜻을 분명히 밝혔다. 노나라는 마침내 그를 장군으로 삼아 제나라를 크게 물리쳤다. 그러나 증자는 너무 반인륜적이라 하여 그와의 관계를 끊었다.

*** 당나라의 관리로서 진법에 통달했다. 안록산의 난을 맞아 여러 달 동안 성을 지켰지만 구원병은 오지 않았고 군량은 떨어졌다. 이에 장순은 자신의 애첩을 죽인 뒤 끓여 굶주린 병사들에게 먹였다고 한다.

양창곡이 너무 놀라 웃지도 못하고 홍혼탈을 이윽이 바라보았다. 홍혼탈이 다시 웃으며 말했다.

"제가 매일 계책을 모색해도 철목동을 깨뜨릴 방도가 없습니다. 오늘 밤 3경에 변신하여 칼을 품에 품고 철목동으로 들어가 나탁 앞에 있는 금합金盒을 훔쳐와 당나라의 홍선紅線*이되겠습니다. 일이 여의치 못하면 나탁의 머리를 취할 것이니,이는 형가荊軻**가 살아 돌아오는 것만큼이나 어려울 것입니다.이것이 바로 제 자신을 만왕의 머리와 바꾸는 계책입니다."

양창곡이 말을 듣고 나서 노하여 말했다.

"아내를 죽여서라도 장수가 되고자 한 것은 오기의 잔인하면서도 박정한 행동이었고, 애첩을 죽여 군사들에게 먹인 것은 외로운 성에서 계교가 궁해서 벌인 행동이었다. 지금 백만대군을 이끈 내가 일개 오랑캐 왕을 굴복시키지 못하고, 어찌구구하게 오기와 장순을 본받아 행하겠느냐. 이는 낭자가 나를 격분시키려는 것이 아니라면 필시 조롱하는 것이리라."

홍혼탈이 사죄하며 말했다.

---

* 송(宋)대에 편찬된 설화집인 『태평광기』(太平廣記)의 「홍선전」(紅線傳)에 전하는 당나라의 여협객이다. 주군인 설숭(薛嵩)이 이웃한 번진의 침입으로 고민하자, 번진의 우두머리인 전승사(田承嗣)의 침실에서 금합을 가져와 위협을 느낀 전승사로 하여금 화친을 제의하도록 만들었다.
** 형가는 진시황을 암살하려다 실패한 자객이다. 그러나 그가 설혹 진시황 암살에 성공했다 하더라도 자신이 목숨을 부지하고 돌아온다는 것은 불가능했다. 당연히 진나라 병사들에게 잡혀서 죽었을 것이기 때문이다.

"제가 어찌 상공의 뜻을 모르겠습니까. 그저 총애를 믿고 농담한 것입니다. 저는 쌍검만 있다면 철목동 나탁의 머리를 가져오는 일은 주머니 속 물건을 집는 것과 같습니다. 어찌 연나라 협객荊軻처럼 어설픈 검술로 역수易水*** 찬바람에 돌아오지 못하는 어려움을 만들겠습니까?"

양창곡이 고민하면서 말했다.

"낭자의 검술이 범상치 않지만 병들었던 뒤라 약한 몸으로 혹 실수라도 할까 걱정이오. 내일 대군을 이끌고 또 철목동을 깨뜨리지 못한다면 그때 다시 상의해도 늦지 않을 것이오."

다음 날 양창곡이 여러 장수와 삼군의 병사들을 이끌고 철목동을 공격했다. 긴 사다리인 운제雲梯를 만들어서 철목동 안을 굽어보며, 나무와 돌을 쌓아 그 위로 올라가려 했다. 나탁은 오랑캐 병사들에게 성 머리를 지키도록 하고 독화살과 강궁強弓을 어지러이 쏘아댔다. 다시 성 밖으로 나와 포위한 뒤 공격하며 화포를 쏘니 탄환이 비오듯 땅에 떨어졌다. 포탄이 바위 절벽에 맞아 돌이 부서졌고, 우레 같은 대포 소리와 번개 같은 탄환에 산천이 상응하고 천지가 진동하여 사방 십 리에 새와 짐승들을 찾아볼 수 없었다. 양창곡은 반나절이나 공격했지만 철목동을 끝내 격파하지 못했다. 이에 땅을 파 굴을 만

*** 어설픈 검술이라고 하는 것은, 암살 기회가 왔는데도 진시황을 정확히 찌르지 못하고 구리 기둥을 맞춘 사실을 말한다. 역수는 형가가 연나라에서 진시황 암살을 위해 출발할 때, 연나라 태자 단(丹)과 헤어지던 강의 이름이다.

들어 철목동 안으로 들어가려 했지만, 아무리 수집 장을 파도 철목동 안쪽 전후좌우에 철망을 겹겹이 매설해 두어 뚫고 들어갈 방법이 없었다. 홍혼탈이 말했다.

"예부터 용병하는 방법으로, 적국이 힘으로 하면 우리는 계책으로 대적하고, 적국이 간교한 계책을 쓰면 우리는 정도를 쓴다 했습니다. 나탁이 그 험한 지형을 이용하여 힘으로 지키고 있으니, 우리는 지략을 이용하는 것이 좋겠습니다."

홍혼탈은 진영 앞에 서서 큰 소리로 외쳤다.

"대명국 원수께서 만왕과 대화하고자 하시니, 잠시 성 위로 나오라!"

나탁이 성 위에 올라와 길게 읍을 하여 인사했다. 홍혼탈이 큰 소리로 말했다.

"그대는 골짜기 다섯 곳을 잃고 고립된 성 한 조각만 지키고자 하니, 솥 안에서 노니는 고기나 장막 위에 둥지를 튼 제비와 같은 처지가 아니겠소. 원수께서 황명을 받들어 생명을 사랑하시는 덕을 베풀고 죽이고자 하는 마음이 없으시기에 그대가 오늘도 우두머리 자리를 보존하는 것이오. 그런데도 끝없는 은혜를 모른 채 흉악하고 완악한 마음을 바꾸지 않고 우리 대군을 힘들게 하고 있소. 우리는 힘으로 깨뜨리고 싶지 않소이다. 마땅히 지략으로 그대 머리를 취할 터이니, 전력으로 방어하여 후회 없도록 하시오."

그러고는 즉시 징을 쳐서 대군을 거두어들이고는 본진으로 돌아갔다. 그날 밤 3경, 홍혼탈은 장막 앞에서 축융왕에게 부탁했다.

"대왕께서 이제 나탁과 이웃나라의 친분을 끊으셨으니, 나탁에게 별일없는 것이 대왕의 복은 아닙니다. 이때를 틈타 나탁의 머리를 취해 위로는 천자의 은혜에 보답하고, 아래로는 개인적인 원수를 갚아 후환이 없도록 하지 않으시겠습니까?"

축융왕이 눈을 휘둥그렇게 뜨며 말했다.

"과인은 정말 다른 계책이 없어서 만왕의 골짜기를 깨뜨릴 수 없습니다. 장군께서 명확히 가르쳐 주신다면 끓는 물에 뛰어들거나 불을 밟는 일일지라도 감히 사양치 않겠소이다."

홍혼탈이 말했다.

"제가 대왕의 검술을 잘 알고 있습니다. 어찌 만왕의 머리를 취하기 어렵겠습니까?"

축융이 한참 생각하다가 웃으면서 말했다.

"과인의 얕은 식견으로 철목동을 깨뜨릴 계책이나 생각했지 이 방법은 생각지 못했는데, 이렇게 방법을 지시해 주시니 이 방법대로 하겠소이다."

홍혼탈이 웃으며 말했다.

"대왕께서 수고를 아끼지 않으시고 계책을 행하신다니 한 가지 더 부탁드릴 것이 있습니다. 백만대군을 거느린 원수께서 일개 만왕을 은혜와 덕으로 굴복시키지 못하고, 자객을 몰래 보내 머리를 취하려는 것은 본래의 뜻이 아닙니다. 오늘 밤 나탁의 군영 안으로 들어갈 때 그의 머리를 베지는 마시고, 대신 그 위에 있는 산호로 만든 투구 장식을 가져오십시오. 그리고 나탁의 머리 위에 칼자국을 남겨 대왕께서 다녀가셨다는 것을 표시해 두십시오."

축융왕이 응낙하고 즉시 몸을 일으켜 나갔다. 양창곡이 홍혼탈을 돌아보며 말했다.

"낭자는 축융왕의 이번 발걸음을 어떻게 생각하시오?"

홍혼탈이 대답했다.

"그는 검술이 거칠기 때문에 나탁을 놀라게만 하고 돌아올 것입니다."

얼마 후, 과연 축융왕이 칼을 들고 장막 안으로 들어왔다. 아직 숨소리도 진정되지 않은 채 길게 한숨을 쉬며 탄식하고는 홍혼탈에게 말했다.

"과인이 검술을 배운 지 이미 10여 년이나 되었소. 백만대군 속 칼과 창이 서릿발 같은 곳에서도 별 어려움 없이 드나들었는데, 철목동은 정말 천라지망이라 할 만합니다. 과인은 함양전咸陽殿 위의 다리 없는 귀신이 될 뻔했다가 간신히 살아왔소이다."

홍혼탈이 그 이유를 묻자 축융왕은 칼을 던지면서 말했다.

"과인이 철목동 앞에 이르러 칼을 짚고 성을 넘었지요. 그런데 성 위에 무수히 많은 병사들이 앉아 있거나 서 있더군요. 과인이 바람으로 변신하여 아홉 개의 성을 넘으려는데, 여덟 번째 성에 이르니 성 위에 쇠로 만든 그물을 설치해 놓고 활을 곳곳에 숨겨 놓았더군요. 또 그 성을 넘으니 담장이 하늘처럼 높은 궁이 있었는데, 바로 나탁의 처소였습니다. 담장 둘레는 6, 7리였고 높이는 수십 길이었습니다. 몸을 숫구쳐 담장을 넘으려는데 앞길이 갑자기 끊어지고 쟁그렁 소리가 들리더군요. 칼을 멈추고 자세히 살펴보니 6, 7리 되는 궁궐 담장을 구리로 만든 휘장으로 덮어 놓은 것입니다. 그러니 누가 그곳에 들어갈 수 있겠습니까? 다시 궁궐 문을 찾아 들어가려는데, 갑자기 큰 짐승 한 쌍이 흉악하게 짖어대면서 안쪽에서 나왔습니다. 그들은 마치 개처럼 생겼는데, 키가 10여 길이나 되고 유성처럼 빨랐습니다. 한밤중에 서로 싸웠습니다. 과인이 일찍이 사냥을 좋아하여 맹수를 잘 잡았는데, 이 짐승은 감당하기 어려웠습니다. 나탁이 궁 안에 매복시켰던 병사들이 공격하기에 목숨을 부지하고 도망쳤습니다. 철목동은 과연 천하에 둘도 없는 험한 곳이며, 나탁의 철통같은 방비는 고금에 듣지 못하던 바였습니다."

원래 만왕의 진영 안에는 '사자방'獅子厖이라 부르는 큰 개한 쌍이 있었다. 남쪽 지방에는 사자도 있고 갈교獦狡라는 짐승도 있는데, 그것들이 서로 교미하여 낳은 새끼를 사자방이라고 한다. 사자방은 호랑이나 코끼리를 잡아먹을 수 있을 만큼 사나워서 나탁이 궁궐 문 앞에 기르고 있었다. 홍혼탈이 웃으며 말했다.

"상황이 이렇게 되었으니, 대왕은 잠시 돌아가 편히 쉬십시오. 내일 다시 상의합시다."

이때 홍혼탈이 축융왕을 보내고 양창곡에게 말했다.

"제가 먼저 축융왕을 침투시킨 것은 나탁을 놀라게 하여 더욱 방비하도록 하려는 의도였습니다. 제가 그 뒤를 따라 들어가서 그 머리 위에 있는 투구 장식을 가져오려 합니다. 상공께서는 잠시 앉아서 기다려 주십시오."

양창곡이 홍혼탈의 손을 잡고 탄식했다.

"낭자는 어찌 이리 당돌하오? 내가 공을 세우지 못하고 헛되이 돌아갈지언정 그대를 위험한 땅에 보내고 싶지 않소."

홍혼탈이 웃으며 말했다.

"제가 어찌 상공을 속이고 스스로 위험한 땅에 들어가, 위로는 총애해 주시는 은혜를 저버리고 아래로는 제 몸을 가볍게 여겨 함부로 행동하겠습니까. 저도 생각하는 바가 있으니, 마음을 놓으십시오."

양창곡이 반신반의하면서 말했다.

"축융왕이 일찍이 철목동에 드나들면서 그 지형을 대강 알고 있을 텐데도 들어가지 못했소. 낭자에게는 생소할 텐데 어찌 함부로 위험한 땅을 들어간단 말이오?"

"이른바 검술은 신神으로 오고 신으로 가는 것입니다. 축융왕의 검술은 정신이 부족하여 드나드는 사이에 흔적을 많이 드러냈습니다. 제가 비록 나약한 몸이지만 검 쓰는 데 신을 얼었습니다. 바람처럼 빠르고 물처럼 돌아오니 잡으려고 해도 잡지 못하고 막으려고 해도 막지 못하는 것이 바로 검술입니다. 어찌 낯선 것을 근심하겠습니까?"

양창곡이 다시 물었다.

"그대가 먼저 축융왕으로 하여금 나탁을 놀라게 하여 방비를 더욱 강하게 만든 이유는 무엇이오? 게다가 골짜기 안에는 사나운 맹수도 있다 하니, 조심하지 않을 수 있겠소?"

홍혼탈이 미소를 지으며 말했다.

"검객이 왔다 가는 것은 귀신도 가늠하기 어려운 일인데, 어찌 개 한 마리를 걱정하겠습니까? 이는 축융왕의 검술 수준이 떨어지기 때문입니다. 축융왕으로 하여금 나탁을 놀라게 만들어 방비를 더욱 튼튼하게 한 것은, 제 검술이 신이하다는 점을 보여서 항복을 빨리 받으려는 의도입니다."

양창곡이 그제야 마음을 놓고 직접 술을 데워 술잔을 들어 권했다.

"밤기운이 차가우니 이 술을 사양치 말라."

홍혼탈이 웃으면서 양창곡이 건넨 술잔을 받아 책상머리에 놓으며 말했다.

"이 술이 식기 전에 반드시 돌아오겠습니다."

말을 마치자 그녀는 쌍검을 들고 훌쩍 장막을 빠져나갔다.

홍혼탈은 즉시 철목동으로 가서 성을 넘어 들어갔다. 때는 한밤중이라, 달빛은 밝고 등불은 환했다. 무수히 많은 오랑캐 병사들이 창과 칼을 들고 벌여 서 있었다. 이는 어젯밤 축융왕의 풍파를 겪은 뒤 더욱 방비를 강화한 탓이었다. 홍혼탈이 아홉 겹의 성을 넘어서 곧바로 내성으로 들어갔다. 성문은 이미 닫혔는데, 좌우에 푸른 사자방이 호랑이처럼 웅크리고 있었다. 사자방의 두 눈에서 나는 광채는 별과 달처럼 돌아가서 더욱 흉폭해 보였다.

홍혼탈이 붉은 기운으로 변하여 곧바로 문틈으로 들어가 나탁의 궁 안에 도착했다. 나탁은 이미 자객이 찾아온 변고를 겪은 터라 휘하의 장수들을 모아 놓고 주변에서 지키도록 했다. 칼과 창은 서릿발처럼 싸늘하고 등불은 낮처럼 환했다. 나탁은 앞에 창과 칼을 도열해 놓고 등불 아래 앉아 있었다. 그런데 홀연 등불이 살짝 흔들리더니 쨍그랑 칼 소리가 머리 위에서 났다. 나탁이 깜짝 놀라 급히 장검을 들고 공중을 쳤지만 고요하여 아무런 동정도 없었다. 홀연 문밖에서 우렛소리가 들리면서 궁 안이 소란해졌다. 오랑캐 장수와 병졸들이 한꺼번에 나와 구중궁궐을 뒤졌지만 종적을 발견할 수 없었다. 다만 칼자국이 낭자한 상태로 죽은 사자방만 보일 뿐이었다.

나탁은 정신이 나가서 여러 장수들과 어지러이 논의했다.

"자객이 나타나는 변괴가 예부터 있기는 했지만 이번처럼 신기하고 괴이한 일은 들어 본 적 없다. 이는 사람의 짓이 아니라 필시 귀신의 조화일 것이다."

한편 양창곡은 홍혼탈을 보내 놓고 어찌 마음 놓고 있겠는

가. 철목동 거리를 헤아리면서 지금쯤 그녀가 골짜기 입구 부근까지 갔으리라 생각하고 있는데, 갑자기 장막이 걷히면서 홍혼탈이 들어왔다. 양창곡이 크게 놀라면서 기쁘게 말했다.

"그대가 병을 앓은 뒷끝으로 약해져, 중도에 돌아오리라고 생각했소."

홍혼탈은 쌍검을 내려놓으면서 받은 숨을 내쉬었다.

"제가 병을 앓은 직후라서 겨우 철목동 안으로 들어갔다가, 사자방 두 마리에게 쫓겨서 도망쳐 왔습니다."

양창곡이 깜짝 놀라 물었다.

"어디 다친 데는 없소?"

홍혼탈이 눈썹을 찌푸리며 신음하듯 말했다.

"다친 데는 없지만 정말 놀라서 가슴이 벌렁벌렁합니다. 따뜻한 술을 좀 마시고, 나탁 머리의 투구 장식을 얻어야 놀란 가슴이 진정될 듯싶습니다."

양창곡은 그제야 그녀가 무사히 돌아온 것을 알고 크게 기뻐하며 고마워했다. 그런데 홍혼탈이 웃으면서 품속에서 산호로 만든 투구 장식을 꺼내 놓더니 책상 머리에 놓인 술을 가리키며 말했다.

"이미 군령을 받들었는데 어찌 빈손으로 왔겠습니까?"

양창곡이 놀라 바라보니 술은 아직도 따뜻한 상태였다. 홍혼탈이 웃으면서 투구 장식 사건을 자세히 이야기했다.

"나탁의 방비는 과연 축융왕이 손을 댈 수 없는 것이었습니다. 처음에는 제가 투구 장식을 취하고 종적을 드러내려 하지 않았지만, 생각해 보니 저들이 제 검술이 뛰어나다는 점을 알아야 황겁한 마음을 일으킬 수 있을 것 같았습니다. 그래서 일부러 칼소리를 냈고, 문을 나서다가 사자방 두 마리를 죽였습니다. 오늘 밤 나탁은 눈뜨고 앉아서 귀신을 꿈에서 만난 듯할 것입니다. 날이 밝기를 기다려 편지 한 장 써서 투구 장식과 함께 보내면 나탁이 항복하는 날이 머지않을 것입니다."

양창곡이 크게 기뻐하며 홍혼탈에게 편지 한 통을 써서 철목동으로 쏘아 보내도록 했다.

한편 나탁은 놀란 정신이 진정되지 않아 여러 장수를 돌아보며 말했다.

"먼젓번에 궁중에 들어왔던 자는 저녁인지 밤인지 아무도 본 사람이 없고 뜻밖에 일어난 일이라 의심할 바 없었다. 그런데 이번에 침입한 자는 평범한 자객이 아니다. 궁중 사람들은 누구 하나 잠들지 않았고, 과인의 방비는 매우 엄밀하여 대낮같이 밝았다. 아무 모습도 없이 들어왔다가 아무 종적도 없이 나갔으니, 이 어찌 형가나 섭정聶政*과 같은 부류라 하겠는가.

---

* 지(軹) 땅 출신으로, 살인을 저지르고 제나라로 도망쳐 백정 노릇을 하며 살았다. 그의 소문을 들은 엄중자(嚴仲子)가 찾아와서 예우하여 교유를 했다. 섭정은 노모를 모시고 살았는데, 엄중자는 그 모친의 생일에 거금을 선물로 바쳤다. 노모가 죽은 뒤 섭정은 예전의 그 은혜를 갚기 위해 엄중자의 원수인 협루를 죽이고, 자신도 그 자리에서 잡혀 죽임을 당했다.

더욱 의심되는 바는 궁중에 들어왔는데도 사람은 죽이지 않고, 문밖의 호랑이나 범보다 사나운 사자방은 삽시간에 죽여 칼자국이 이처럼 낭자하니 어찌 괴이한 변고가 아니겠는가."

그는 처자와 궁궐의 가족들을 모두 한곳에 모아 놓고 밤새 도록 잠을 자지 않았다. 다음 날 아침, 성문을 지키는 병졸이 아뢰었다.

"명나라 원수가 편지 한 폭을 골짜기 안에 던졌기에 가져와 바치나이다."

나탁이 편지를 받아 보니 황룡을 수놓은 비단 조각에 글이 몇 줄 써 있었다.

대명국의 원수는 지금 대군을 수고롭게 하여 철목동을 격파하지 않고, 장막 안에 누워서 투구 장식 하나를 가져왔노라. 그러나 특별히 쓸 데가 없어서 돌려주노라. 아! 만왕은 더욱 견고히 골짜기를 지키라. 내가 투구 장식을 가져온 솜씨로 다시 가져올 물건이 있노라.

나탁이 편지를 다 읽고 나니 산호 투구 장식 하나가 보였다. 바로 자기 것이 아닌가. 그는 크게 놀라 얼굴빛이 하얘지면서 그제야 머리 위를 더듬어 보니 과연 투구 장식이 잡히지 않았다. 손발이 어지럽고 정신이 달아나서 붉은 투구를 서둘러 벗어 보았다. 투구 장식이 끊어진 곳에는 칼자국만이 선명했다. 마른 하늘에 날벼락이 바로 머리 위에 떨어진 듯, 겨울날 얼음과 눈이 품속으로 들어온 듯, 모골이 송연해지고 간담이 서늘해졌다. 나탁은 손을 들어 머리를 쓰다듬고 주변을 돌아보며 물었다.

"과인의 머리가 어떠냐?"

"대왕 같은 영웅께서 어찌 이토록 놀라시는 것입니까?"

나탁이 탄식하며 말했다.

"눈을 뜨고 침상에 앉아서 머리 위 물건을 잃어버려도 몰랐으니, 어찌 머리를 지킬 수 있겠는가."

여러 장수들이 한 목소리로 위로했다.

"위험을 경계하는 것은 안전의 근본이요 두려움은 기쁨의 근본입니다. 별것 없는 자객 하나를 어찌 이다지도 깊이 염려하시는 것입니까?"

나탁이 묵묵히 한참 생각하다가 말했다.

"과인이 들으니, 하늘을 거스르는 자는 망하고 하늘을 따르는 자는 흥한다고 했다. 과인은 이미 다섯 골짜기를 잃었다. 철목동을 온 힘으로 수비한다 하지만 근래 10여 차례 싸우면서 터럭만큼도 이익이 없었다. 이 어찌 하늘이 만든 것이 아니겠는가. 내가 단단히 지키고자 한다면 이는 하늘을 거스르는 일이다. 또한 과인이 여러 차례 위험을 겪었지만 양원수는 끝내 나를 죽이거나 해치지 않고 곡진하게 살려 주었다. 내 지금 굴복하지 않는다면 이는 은혜를 저버리는 일이다. 하물며 양원수가 보낸 자객이 투구 장식을 가져가는 솜씨로 보자면, 이는 과인이 살아도 하늘을 거역하는 일이요, 죽어도 머리 없는 귀신이 되는 일을 면치 못한다. 어찌 한심하지 않은가. 이제 투항해야 마땅하다."

그는 즉시 항복 깃발을 성 위에 세우고, 흰 수레에 흰 깃발을 꽂고 목에는 왕의 상징인 인끈을 걸어 철목동 밖으로 나갔다. 양창곡은 대군을 이끌고 진을 펼친 뒤 군법으로 항복을 받았다. 양창곡은 붉은 도포에 금빛 갑옷을 입고 대우전을 차고 장대將臺에 올랐다. 왼쪽은 좌사마 청룡장군 소유경이요, 왼쪽에는 우사마 백호장군 홍혼탈이 섰다. 전부선봉 뇌천풍과 좌익장군 동초, 우익장군 마달, 돌격장군 손야차 등 한 무리의 장수들이 동쪽과 서쪽에 나뉘어 섰다. 질서정연한 깃발은 하늘을 덮고 둥둥 울리는 북과 뿔피리 소리는 땅을 울렸다. 만왕이 손을 뒤로 하여 묶고 수레 위에는 관을 얹은 다음* 무릎걸음으로 기어와서 머리를 조아리며 장막 아래에서 죄를 지었노라 빌었다. 철목탑과 아발도 등 모든 오랑캐 장수들이 장막 앞에서 투구를 벗고 일제히 엎드렸다. 양창곡이 말했다.

"너희들이 천명을 알지 못하고 변방을 뒤흔들었기에, 내가 천자의 명을 받들어 덕으로 위무하고 의로써 이끌었다. 만약

---

* 관을 얹는 것을 '여츤'(輿櫬)이라고 한다. 이것은 자기가 죽을 죄를 졌다는 것을 나타내는 행위다.

너희에게 남은 용기가 있다면 다시 싸워 보겠는가?"

만왕이 머리를 조아리며 말했다.

"나탁이 지금 살아 있는 것은 황상의 훌륭하신 덕이 하늘과 땅처럼 크시고 원수의 넓은 은혜가 바다처럼 깊기 때문입니다. 나탁이 비록 오랑캐지만 저 역시 오장五臟과 칠정을 부여받아 하늘을 머리에 이고 땅을 발로 딛은 인간의 몸입니다. 어찌 감화되어 마음으로 복종하지 않겠습니까? 나탁이 외딴곳에서 태어나 인의를 알지 못하고 식견이 고루하여 스스로 죽을 죄를 졌으니, 이제 제 머리카락을 뽑아서 죄목을 헤아려도 오히려 가볍지 않을 것입니다."

양창곡이 그 말을 듣고 얼굴빛을 바로하며 말했다.

"바야흐로 성스러운 천자께서 위에 계시어, 성스러움과 신성함, 문덕과 무덕을 베푸시고, 자애로움과 어짊과 긍휼히 여기는 마음으로 천하를 다스리신다. 초목이나 금수라도 그 은택을 입지 않는 것이 없다. 네가 천명을 거역한다면 목숨을 보존하기 어려울 것이요, 천자의 교화에 감복하여 마음으로 복종한다면 천자께서 반드시 용서해 주실 것이다. 마땅히 상소를 아뢰어 처분하겠노라."

만왕이 머리를 조아리고 백 번 절하며 사례했다.

"하늘이 크고 바다 넓다 해도 어찌 감히 이 몸을 용서해 주시기를 바라겠습니까."

양창곡이 이에 만왕을 군중에 머무르게 하고 대군과 여러 장수를 이끌고 철목동으로 들어갔다. 그는 파진악罷陣樂을 연주하며 군사들을 배불리 먹인 뒤 승전을 보고하는 첩서捷書 한 부를 깨끗하게 써서 천자에게 보내 아뢰도록 했다. 그 편에 집으로 부치는 편지를 쓰니, 홍혼탈이 슬픈 빛으로 말했다.

"제가 오늘 살아 있는 것은 윤소저 덕택입니다. 살아서나 죽어서나 마음을 속일 수 없으니, 제가 살아 있다는 소식을 전하고 싶습니다."

양창곡이 웃으면서 허락했다. 그는 좌익장군 동초를 불러서 말했다.

"장군이 첩서를 받들고 속히 다녀오되, 대군이 변방에 오래 머무르게 하지 마시오."

동초가 명을 받들어 그날로 황성을 향해 떠났다.

이때 천자는 잠자리와 음식을 달게 여기지 못하고 원수의 승전보만 고대하고 있었다. 마침 동초가 표문을 받들어 아뢰니, 천자는 자신전紫宸殿에 직접 나와 탑전에서 동초를 불러 보고 한림학사에게 명하여 양창곡이 올린 표문을 읽도록 했다. 그 표문은 다음과 같다.

정남도원수 신 양창곡은 머리를 조아리고 백 번 절하며 황제 폐하께 글을 올리나이다. 신이 황상의 명을 받들어 남쪽 지역을 정벌한 지 이미 반 년이 되었습니다. 지략이 얕고 재주가 짧아 천자의 병사가 먼 지방에 머무르게 되니 진실로 황공하여 머리를 조아리는 바입니다. 신이 이번 달 모일에 황령皇靈이 미치시어 철목동 앞에서 만왕 나탁의 항복을 받고 말을 달려 승전보를 알립니다. 마땅히 조서를 기다려 회군하겠습니다. 신이 생각건대, 남방은 천자의 교화와 너무 멀리 떨어졌고 풍속이 거칠어 덕화德化로 어루만질 수는 있으되 위엄과 힘으로 제압할 수 없습니다. 만왕 나탁이 비록 죄를 범했으나 이미 마음으로 복종했고, 또한 나탁이 아니면 남방을 진정시킬 사람이 없습니다. 엎드려 바라건대 폐하께서는 나탁의 죄를 용서하여 주시고 왕의 칭호를 존속시키시어, 폐하의 성스러운 덕에 감복해 다시는 배반할 마음이 없도록 하여 주소서.

천자가 표문을 읽고 크게 기뻐하여, 황의병과 윤형문 두 원로대신에게 하교했다.

"양창곡의 장략將略은 제갈공명보다 못하지 않으니, 이 어찌 나라를 떠받칠 인재가 아니겠소이까?"

그러고는 동초를 자신전 위로 불러 말했다.

"너는 어느 지방 사람인가?"

동초가 아뢰었다.

"신은 소주 사람이온데, 원수께서 장수가 될 인재를 선발하신다는 이야기를 듣고 스스로 원하여 전장에 나갔나이다."

천자가 좌우를 둘러보며 그를 칭찬하면서, 군중에서 일어났던 일과 양창곡이 병사를 부리던 방법 등을 물었다. 이에 동초가 일일이 아뢰니, 천자가 크게 놀라며 말했다.

"양원수의 장략은 내 이미 알고 있거니와, 홍혼탈은 어떤 장수이기에 무예와 병법이 그토록 절륜하단 말이냐? 이는 원수의 복이로구나."

동초가 대답했다.

"홍혼탈은 본래 중국 사람으로 남쪽 지방을 떠돌아다니다가 산속에서 술법을 배웠습니다. 올해 열여섯 살이며, 사람됨이 의리와 기상을 숭상하고 모습과 풍채는 장자방과 비슷합니다."

천자가 재삼 찬탄했다. 그때 마침 교지왕交趾王의 상소가 도착했다.

교지 님쪽 1천 리 밖은 홍도국紅桃國입니다. 예부터 중국에 조공하지 않고 먼 지방의 오랑캐 나라라고 배척하여 변방을 침범하는 일이 없었습니다. 그런데 이제 오랑캐 1백여 부족을 조직하여 교지 지방을 침범했기 때문에, 신이 이 지역 병사를 징발하여 적들을 전멸시키려 했습니다. 그러나 세 번 전투를 해서 세 번 패했습니다. 적의 세력은 가장 강성하여, 그들과 칼끝을 나눌 수 없는 수준입니다. 엎드려 바라건대 폐하께서는 일찍 병사를 징발하여 이 지역을 평정하소서.

천자가 상소문을 읽고 깜짝 놀라 두 원로대신을 불러 계책을 물었다. 황의병이 아뢰었다.

"적의 세력이 이처럼 가늠하기 어렵다 하니, 평범한 장수로 그들을 대적할 수 없습니다. 양창곡에게 조서를 내리시어 군대 한 무리를 나누어 홍혼탈에게 주고 홍도국을 치도록 하소서. 양창곡은 이미 공을 이룬 사람이니 대군을 오래 변방에 머무르게 하지 마시고 속히 군대를 돌려 오도록 하소서."

이때, 윤형문이 말했다.

"홍혼탈의 천성을 알지 못하는데 중임을 가볍게 맡길 수는 없습니다."

황의병이 아뢰었다.

"홍혼탈의 사람됨을 듣자니 변방에서 떠돌다가 이번 난리 통에 재주와 기예를 드러내어 입신양명하고자 한 듯합니다. 폐하께서 조칙을 내리시어 사람을 잘 조절하여 쓰신다면 은혜에 보답하려는 마음에 응당 태만하지는 않을 것입니다."

천자가 그 말을 따라 즉시 양창곡에세 조서를 내렸다. 동초에게는 호분장군虎賁將軍을 제수하고 밤낮으로 말을 달려 돌아가도록 했다.

이때 양현은 아들의 개선을 고대하고 있었다. 그런데 동초가 편지를 전달하고는 황망히 돌아가는 것이었다. 양현이 편지를 뜯어 보니, 그 안에 작은 편지가 한 통 또 있었는데 '윤소저'라는 세 글자가 쓰여 있었다. 양현은 즉시 편지를 윤소저의 처소로 보냈다. 그녀가 어찌 강남홍의 필적을 모르겠는가. 재삼 놀라고 기뻐하며 급히 열어 보니, 이렇게 적혀 있었다.

천첩 강남홍은 윤소저의 장대妝臺 앞에 글을 올립니다. 첩이 기박한 운명으로 소저의 편애를 입은 덕에 강물에서 놀란 혼이 산속에 의탁하게 되었습니다. 명운이 고생스러웠지만 황천이 도와 옷을 바꿔 입고 동자가 되었다가, 다시 모습을 바꿔 장수가 되어 백년지기의 끊어졌던 인연을 다시 삼군의 진영 앞 군막 안에서 잇게 되었습니다. 청루에서의 종적을 책망할 것은 없지만 백주대낮 허깨비 같은 모습이 귀신과 다름없으니, 부끄럽기 한이 없습니다. 다만 은근히 생각하고 밤이나 낮이나 그리워했는데, 이승에서 죽음으로 이별했다가 속세 밖에서 살아나, 다시 존안을 모시고 가르침을 청하면서 여생을 보내게 되었으니 이를 기뻐하는 바입니다.

윤소저는 원래 어떤 일을 당하든 당황하여 넘어지는 법이 없었는데, 얼마나 급하게 연옥을 불렀는지 앞뒤를 뒤바꿔서 말했다.

"강남홍아, 연옥이 살아 있다는구나!"

연옥은 윤소저가 무슨 말을 하는지 모르고 멍하니 대답하지 못했다. 윤소저가 그제야 웃으면서 다시 말했다.

"내 말이 뒤바뀌었구나. 연옥아, 너의 옛 주인 홍랑이 살아서 편지를 부쳐 왔다. 어찌 기이하지 않느냐."

연옥이 그 말을 듣고 황당해하면서 말했다.

"그게 무슨 말씀이세요?"

그러고는 윤소저 앞으로 달려가 울음을 터뜨렸다. 윤소저가 가련하게 여겨서 등을 어루만지며 위로했다.

"죽고 사는 것은 운명이고 고생과 즐거움은 하늘에 달렸다. 홍랑의 얼굴빛이 조화롭고 길하여, 물속 외로운 혼이 되지는 않았으리라고 확신했다. 과연 살아 있었구나."

그녀는 연옥에게 편지의 내용을 들려주었다. 연옥이 미친 듯 기뻐하며 눈물을 훔치고 웃음을 띠었다.

"천비가 옛 주인을 뵙지 못한 지 벌써 3년입니다. 어찌하면 빨리 볼 수 있을까요?"

"상공께서 머지않아 군대를 돌려 오실 것이니, 자연히 함께 돌아올 게다."

"상공께서 돌아오시는 날 천비가 남쪽 교외까지 나가 옛 주인을 맞이하고 싶습니다. 다만 예쁜 옷이 없으니 백만대군 장졸들 앞에서 어찌 부끄럽지 않겠습니까?"

"편지를 보면 모습을 바꾸어 장수가 되었다고 하니, 필시 모습을 감추고 있을 것이다. 잠시 누설하지 말고 일단 살펴보기로 하자."

다음 날, 천자가 다시 하교를 내렸다.

"짐이 생각해 보니, 적의 세력이 가볍지 않은데 일개 장수한 사람에게 토벌하라고 명할 수 없는 노릇이다. 다시 양창곡에게 조서를 내려 함께 힘을 합쳐 토벌하도록 하라."

즉시 천자는 양창곡에게 조서를 내렸다.

경은 주나라의 방소_{方召}요 송나라의 한부_{韓富}라, 덕망이 조정에 들리고 위엄은 변방에 울리노라. 준동하던 저 오랑캐들이 멀리서 그대 모습만 바라보고도 기왓장처럼 깨지나니, 이후로는 짐이 베개를 높이하고 걱정 없이 지내게 되었노라. 그런데 홍도국의 급한 보고가 이어서 닥쳤도다. 적의 형세가 가볍지 않은지라, 경은 군대를 돌리지 말고 즉시 교지로 가서 도적들을 토벌하여 평정하고 돌아오라. 짐이 덕화가 부족하여 경으로 하여금 겨울이나 봄이나 현로_{賢勞}* 하게 하고, 고갯마루와 바닷가의 바람 먼지에 고향을 그리워하는 마음을 부추겼으니, 고개를 남쪽 하늘로 돌리매 부끄럽기 그지없구나. 이제 경을 특별히 우승상 겸 정남대도독_{征南大都督}에 임명하니, 부원수 홍혼탈을 거느리고 다시 종사하여 짐의 뜻을 저버리지 않도록 하라. 만왕 나탁은 그 죄가 무겁지만 잠시 용서하니, 왕의 칭호를 그대로 두어 남쪽 지방을 진정하여 도리에 어긋나는 마음을 품지 않도록 하라.

또 홍혼탈에게도 조서를 내렸다. 조서의 내용은 어떠한지, 다음 회를 보시라.

---

* 재능이 너무 많아서 오히려 공적으로나 사적으로 분주하여 고생한다는 뜻이다.

제19회
노랑은 의에 감동하여 황부에게 수치를 안기고,
아름다운 여인은 혼자 수레를 타고 강주로 향하다
老娘感義辱黃婦 佳人單騎向江州

천자가 친필로 홍혼탈에게 조서를 내리니, 그 내용은 다음과
같다.

짐이 덕이 없어 보위寶位에 오른 지 4년이 되었으나, 인새를 등용
하매 구슬을 빠뜨린 아쉬움이 있고 초야를 돌아보면 옥을 안은 듯
이 재주를 품은 선비의 눈물이 많도다. 경과 같은 뛰어난 재주로
도 먼 지방을 떠돌아다니며 조정에 이르지 못하고 그 종적이 오
랑캐 땅에 있었으니, 이는 짐의 허물이로다. 하늘이 몰래 도우시
고 종묘사직에 복이 많아 위수에서 낚시질하던 강태공을 거두어
주나라를 붙들어 세우고 한계寒溪에서 검을 주워 한나라로 돌아가
니, 이는 장군의 의로운 기상이 탁월함이요, 하늘이 짐을 돌아보
시어 특별히 좋은 신하를 내리심이다. 이미 큰 공을 세웠으니 마
땅히 단서철권丹書鐵券으로 공훈과 업적을 논하고 다시 청사죽백靑

史竹帛에 이름을 드러내야 마땅하다.* 그러나 홍도국이 다시 변경을 침범하여 형세가 창궐하니, 경이 아니면 평정할 수 없도다. 경을 특별히 병부시랑兵部侍郎 겸 정남부원수征南副元帥에 제수하니, 대도독 양창곡과 함께 대군을 이끌고 교지로 가서 다시 대승의 공훈을 이루라. 전포 한 벌과 활, 화살, 절월, 도끼를 내려보내니, 경은 잘 생각하여 행하라.

천자가 즉시 사신에게 명하여 조서를 엄숙히 받들고 밤낮으로 말을 달려 떠나라고 재촉했다. 사신은 조정을 하직하고 즉시 남쪽 지방으로 향했다.

한편, 벽성선은 봄바람 같은 모습과 가을달 같은 자태로 뜻밖의 변을 당하여 죄를 졌다는 더러운 이름을 씻지 못하고 하소연할 데도 없었다. 그녀는 죄인을 자처하면서 문밖 출입을 하지 않은 지 벌써 반 년이 되었다. 밤이면 외로운 등불을 향하여 잠을 이루지 못하고, 낮이면 문을 닫고 슬퍼하며 눈물을 줄줄 흘려 옷깃이 젖는 것을 깨닫지 못했다. 그러나 아직도 액운이 다 끝나지 않았는지 조물주가 시기를 했는지, 또 한 번 한바탕 풍파가 일어났다. 아, 운명의 참혹함이여!

이때 위부인과 황소저 모녀는 간특한 마음과 간교한 꾀로

---

* 단서철권은 나라에 큰 공을 세워서 공신으로 봉한 뒤 내리는 공신록을 말하고, 청사죽백은 역사서를 말한다.

다시 벽성선을 모해하려 했으나 일이 뜻대로 되지 않아 마음이 어지러운 상태였다. 황소저는 일부러 병을 핑계로 친정에 기거하면서 밤낮으로 한 생각만 하며 초조하고 황급해하던 차에 양창곡이 돌아온다는 말을 들었다. 위부인이 황소저에게 말했다.

"양원수가 돌아온다는 것은 그리 좋은 소식이 아니구나. 넌 장차 어찌 하려느냐? 그 나쁜 것이 독을 품은 지 오래되었으니, 양원수가 집으로 돌아오면 보복하려는 짓이 어느 정도겠느냐?"

황소저가 고개를 숙이고 대답하지 않았다. 춘월이 웃으며 말했다.

"겨울이 가면 봄이 오고, 그릇이 차면 엎어지는 게 고금의 일상사입니다. 부인께서 예전에 행하신 일이 어긋나는 바람에 공연히 도움되지 않는 심려만 끼쳤습니다."

위부인이 탄식하며 말했다.

"너는 황소저의 심복이다. 생사가 달린 어려운 때에 어찌 지나가는 사람처럼 이 일을 본단 말이냐? 소저는 천성이 심약하여 도무지 멀리까지 내다보는 생각이 없다. 네 어찌 묘책을 내지 않느냐?"

춘월이 말했다.

"속담에도 풀을 벨 때는 뿌리도 없애라고 했습니다. 부인께서 화근을 묻어 두시고 해결책을 물으시니, 천비인들 어쩌겠습니까?"

위부인이 춘월의 손을 잡고 말했다.

"그것이 바로 내가 걱정하는 점이다. 어떻게 하면 뿌리까지 뽑을 수 있겠느냐?"

"지금의 풍파가 아직도 해결되지 않은 것은 벽성선을 죽이지 않았기 때문입니다. 초패왕楚覇王, 항우을 죽이자 8년 동안의 풍진이 잦아들었습니다. 부인께서 엄중자嚴仲子처럼 많은 돈을 아끼지 않으신다면 천비가 온 장안을 돌아다녀서라도 섭정처럼 날카로운 칼날을 계획해 보겠습니다."

황소저가 이 말을 듣고 한동안 고민하다가 말했다.

"이 일은 정말 중대한 일이라, 할 수 없는 점이 두 가지 있다. 매우 엄중한 재상가에서 자객을 보내는 일이 너무도 소홀한 점이 첫째다. 내가 벽성선을 해치려는 이유는 아름다운 모습을 시기하고 상공의 총애를 질투하는 것에 불과하다. 자객을 보내서 그 머리를 가져온다면 행적이 낭자하여 내 원한을 갚을 수는 있겠지만 많은 사람들의 이목을 어찌 피할 수 있겠는가. 이것이 두 번째 이유다. 다른 계책을 생각해 보아라."

그러자 춘월이 웃으면서 말했다.

"그렇게 겁을 내시면서 소저께서는 어찌 별당으로 남자를 보내셨으며, 어찌 독약을 구해서 죄 없는 사람을 해치셨습니까? 천비가 들으니 벽성선은 죄인으로 자처하면서 풀로 짠 자리와 베 이불에 초췌한 안색과 가련한 자태로 원수께서 돌아오시기만을 손꼽아 기다린답니다. 대장부의 철석간장일지라도, 밤낮으로 잊지 못하고 새로 사귄 정이 다하지 않은 총애하는 여자가 이 같은 정경인 것을 얼핏 보기만 해도 어찌 마음이 상하고 애가 끊어지지 않겠습니까? 측은지심으로 사람의 정은 두 배가 되고, 처량한 가운데 사랑하는 마음은 더욱 더해집니다. 아! 소저의 신세는 이때부터 쟁반 위에서 굴러다니는 구슬이 될 것입니다."

황소저가 갑자기 얼굴이 흙빛이 되면서 넋을 놓고 춘월을 바라봤다. 그러자 춘월이 또 탄식했다.

"벽성선은 진실로 당돌한 여자입니다. 근래 그녀의 말을 듣자니, 소저께서는 비록 지모가 있긴 하지만 필시 근원이 없는 물이라 합니다. 그 물은 조만간에 말라 버릴 것이며, 동해가 변하고 태산이 무너진다 한들 양원수가 자신에 대해 가지고 있는 애정의 뿌리는 쇠나 바위처럼 단단할 것이라고 합니다."

황소저가 발끈하고 크게 노하여 말했다.

"내가 천한 기생과 이 세상에서 함께 살지 않겠다."

그녀는 즉시 춘월에게 거금을 주면서 말했다.

"너는 빨리 계책을 실행하라."

춘월이 이에 옷을 바꿔 입고 장안을 두루 돌아다니며 자객을 널리 구했다. 하루는 어떤 늙은 할머니가 부인을 뵈러 왔다. 위부인이 그 노랑을 보니, 키는 5척이나 되는데 서리 같은 귀밑머리와 별처럼 반짝이는 눈동자에 의로운 협객의 기상이 분명해 보였다. 위부인은 주변 사람을 물리치고 물었다.

"노랑의 연세는 어찌 되시며, 성명은 무엇이오?"

"제 나이는 올해 일흔이요, 이름은 꼭 기억할 것은 없지요. 평생 의로운 기상을 좋아하여 불쾌한 일을 들으면 항상 급박하고 어지러운 때를 생각합니다. 우연히 춘월을 만나서 부인과 소저의 일을 자세히 들었는데 너무도 측은해 힘을 다하여 그 불쾌한 마음을 설욕해 드리고자 합니다. 사람을 죽여서 복수하는 것은 중대한 일입니다. 만약 터럭 하나라도 잡스러운 요소가 끼어 있으면 도리어 그 화를 자신이 입게 됩니다. 부인께서는 깊이 생각하십시오."

"노랑은 의기가 있는 분이라, 내 어찌 다른 생각 때문에 사람을 죽이겠소?"

위부인이 탄식하며 이렇게 말하고는, 술과 음식을 내어 대접하면서 마음속에 품은 바를 말했다.

"아녀자가 서로 질투하는 것은 사람의 일상사라, 어미가 되어서 당연히 웃으며 말리고 꾸짖어 경계를 주어야지, 어찌 복수할 마음을 가지겠소? 그렇지만 오늘 일은 골수에 박혔는지라, 우리 딸아이가 시댁을 두려워하여 종신토록 이 늙은 어미의 슬하에서 지내겠다는 거요. 내 어찌 그 광경을 보겠소? 밤낮으로 생각해 보니 양씨 집안의 흥망에 우리 딸아이의 일생이 달렸더군요. 요망한 기생이 양부에 들어온 뒤로 집안에 괴이한 변고가 계속해서 일어나고 어지러운 이야기가 형언키 어려울 지경이오. 내 딸아이의 신세야 그만두고서라도, 양씨 집안 전체가 패망에 대한 근심을 면치 못하게 된 것이오. 노랑이 이미 의기로움을 좋아하신다니, 3척짜리 서릿발 같은 칼을 한번 던져서 양씨 문중의 위급함을 구해 주시오. 또 우리 딸아이의 일생을 위하여 그 화근을 제거해 주신다면 천금으로 그 은덕을 갚겠소이다.”

노랑이 위부인의 얼굴빛을 이윽이 바라보다가 웃으면서 말했다.

“일이 이와 같다면 구애받을 것이 없지요. 이미 춘월에게 들었으니, 며칠 뒤 다시 칼을 들고 오겠습니다.”

위부인이 크게 기뻐하며 백금百金으로 먼저 자신의 정성을 표하니, 노랑이 받지 않고 말했다.

“돈은 급하지 않은 일입니다. 성공한 뒤에 주십시오.”

며칠 뒤, 노랑이 작은 칼을 품고 먼저 황부로 가서 위부인과 황소저를 만나고 밤을 틈타 양부로 갔다. 춘월이 양부의 담장 밖에서 후원으로 가는 길과 별당의 문을 가리키고는 즉시 황부로 돌아갔다.

때는 3월 중순이었다. 날씨는 호탕하고 달빛은 빛나는데, 노랑이 칼을 짚고 담장을 넘어 주변을 살폈다. 후원은 고요하고 깊숙하여 과일나무가 숲을 이루고 있었다. 살구꽃은 이미 지고 복숭아꽃이 활짝 피어 있었다. 쌍쌍이 짝지은 백학은 소나무 아래에서 잠들었고, 층층한 석대는 푸른 이끼에 묻혔다.

선을 그어 놓은 듯한 한 줄기 길이 달빛 아래 희미하게 보였다. 노랑은 발자국을 숨기고 몰래 들어가 석대에 섰다. 동쪽과 서쪽의 별당이 좌우에 벌여 있고, 한 귀퉁이에 월문月門이 고요히 닫혀 있었다. 동별당을 지나 서별당에 이르러 칼을 짚고 몸을 날려 담장을 넘어 들어갔다. 행각行閣은 좌우로 첩첩이 벌여 있었다. 춘월이 가르쳐 준대로 행각 첫 번째 방에 이르러 살펴보니 침소의 문은 닫혀서 고요했다. 그 옆으로 작은 창문이 있는데 촛불 그림자가 은은이 비쳤다. 노랑이 몰래 창틈으로 들여다보았다. 두 시비는 촛불 아래에서 잠이 들었고, 미인이 자리 위에 누워 있었다. 자세히 살펴보니 풀로 만든 자리 위에 남루한 옷을 입었고, 수척하면서도 때가 묻은 얼굴은 너무도 초췌하면서도 상당히 어여뻤다. 몽롱한 봄잠은 마치 가을 물결인 듯했고 끝없이 근심 띤 빛은 아름다운 눈썹에 깊이 잠겼으니, 양대陽臺 운우를 즐기던 초양왕의 꿈이 아니라 강가 향기로운 풀밭을 서성거리던 굴원의 근심을 띠고 있었다. 노랑은 의아하게 여겨져 속으로 생각했다.

'일흔 살 늙은 눈으로 세상일을 많이 겪어 사람의 정이나 사물의 모습을 한 번 보기만 해도 뜻을 대강 짐작할 정도다. 저런 미인이 어찌 나쁜 행실을 저질렀을까?"

그녀는 다시 자세히 살펴보았다. 순간 그 미인이 갑자기 길게 탄식하면서 돌아누우며 옥 같은 팔뚝을 이마 위에 놓고 곧바로 코를 골며 잠이 들었다. 노랑이 자세히 살펴보니, 다 떨어진 적삼이 말려서 올라가자 반쯤 드러난 팔뚝에 붉은 점 하나가 촛불 아래 분명히 보였다. 마치 구름 위 하늘을 날던 선학仙鶴이 그 정수리의 붉은 점을 드러내는 듯, 망제望帝의 원혼이 울면서 붉은 피를 토해 내듯, 평범한 붉은 점이 아니라 이는 분명 한 점의 앵혈이었다. 노랑은 마음이 서늘해지고 가슴이 철렁하면서 칼을 들어 생각했다.

'여자의 질투는 예부터 있었다. 그러나 증자가 살인했다고 거짓말을 한 것이나 효기孝起가 불효했다고 거짓말을 한 일은 내가 불쾌하게 여기는 바이다. 나는 항상 의기를 좋아한다면서 이 같은 사람을 구하지 않는다면 하찮은 여자가 되는 것을 면치 못한다.'

그녀가 칼을 들고 문을 열어젖히며 곧바로 들어가니, 미인이 크게 놀라 일어나 앉아서 시비를 불렀다. 노랑은 웃으며 칼을 던지고는 말했다.

"낭자는 놀라지 마십시오. 양원梁園의 자객이 어찌 원중랑袁中郞*을 구하지 않겠습니까?"

"노랑은 누구요?"

"저는 황부에서 보낸 자객입니다."

---

* 전한 때 재상으로서 이름은 원앙(袁盎)이고, 중랑은 관직명이다. 성격이 강직해 직언을 잘하여 이로 인해 제나라, 오나라, 양나라 등을 거쳤다. 양왕 유무(劉武)가 황태자가 되려 하자 이를 반대해 원한을 샀다. 이후 암살 위기에 처했지만, 그에 대한 칭송만 있을 뿐 비난하는 이가 없자 자객이 그냥 돌아갔다고 한다.

"노랑이 황부에서 왔다면 어찌하여 내 머리를 가져가지 않는 거요?"

"제가 생각하는 바는 나중에 들으시고 먼저 낭자의 처지를 말씀하십시오."

그러자 미인이 웃으며 말했다.

"노랑이 이 사람을 죽이려고 왔다 하니, 그 이유를 모르겠소? 저는 천지간의 죄인이라, 어찌 다른 말을 하겠소?"

노랑이 한숨을 내쉬며 탄식했다.

"낭자의 소회는 결국 들어서 알게 되겠지요. 이 늙은이는 본래 낙양 사람이오. 어렸을 때 청루에서 노닐다가 일찍이 검술을 익혔습니다. 나이가 들어 찾아오는 손님이 없어 문 앞이 쓸쓸해지고 풍정이 다 사라지자 일종의 열협烈俠으로서의 마음만 남더군요. 그래서 도문屠門*에 의탁하여 사람을 죽이고 복수해 주는 것으로 일을 삼았습니다. 그런데 이번에 황씨 집안 늙은이의 말만 믿고 죄없는 가인을 죽일 뻔했군요."

미인이 놀라고 기뻐하며 말했다.

"저 역시 낙양 청루 출신입니다. 운명이 기구하여 강주를 떠돌아다니다가 이곳에 이르게 되었습니다. 노류장화 기생의 천한 몸으로 남편을 모시는 첩실의 책임을 닦지 않고 정실부

---

* 원래는 푸줏간이라는 의미지만, 여기서는 사람을 죽이는 자객들의 집단 혹은 흑사회(黑社會)를 가리킨다. 특히 유명한 자객인 섭정이 살인을 저지른 뒤 제나라로 도망쳐서 백정 노릇을 했기 때문에 그것을 일컫기도 한다.

인에게 죄를 얻었습니다. 의기로운 칼 끝에 외로운 혼이 되어 마땅합니다. 노랑이 용서해 주시는 것은 잘못입니다."

노랑이 더욱 놀라며 말했다.

"그렇다면 낭자의 성함이 벽성선 아닙니까?"

미인이 말했다.

"노랑께서 어찌 제 이름을 아십니까?"

노랑이 벽성선의 손을 잡으며 눈물을 머금고 말했다.

"제가 이미 낭자의 아름다운 이름을 들었으며, 빙설 같은 지조를 귀에 못이 박히도록 들었습니다. 그런데 황씨 집안의 늙은이가 하늘과 귀신을 속이고 요조숙녀를 이렇게 모해했군요. 이 늙은이의 손에 든 서릿발 같은 칼날이 아직 무디지 않았으니, 요망한 여자와 간악한 계집의 피로 검신을 위로하고 싶습니다."

그러고는 분연히 일어났다. 벽성선이 노랑의 소매를 잡으며 말했다.

"노랑이 잘못 생각하시는 것입니다. 정실부인과 첩실의 신분은 임금과 신하의 의리와 같습니다. 어찌 신하된 몸으로 그 임금을 해치겠습니까. 이는 의리가 아닙니다. 노랑께서 만약 고집하신다면 제 목의 피로 먼저 그 칼을 더럽히겠습니다."

말을 마치자 그 당당한 기상이 서릿발 같기도 하고 해와 같기도 했다. 노랑이 또 탄식하며 말했다.

"낭자는 과연 명불허전이로군요. 10년 동안 갈고 닦은 칼을 황부에 시험해 보질 못하여 마음속이 너무도 평안치 못하지만, 낭자의 얼굴을 보아 그 늙은 여자를 용서하겠습니다. 낭자께서는 천만 보중하십시오."

그녀가 칼을 들고 표연히 나가자 벽성선은 다시 신신당부를 했다.

"노랑께서 저의 주모主母, 정실부인를 해치신다면 제 목숨도 동시에 죽는 겁니다. 부디 깊이 생각하시어 제 당부를 저버리지 마십시오."

노랑이 미소를 지으며 말했다.

"이 늙은이가 어찌 한 입으로 두 말을 하겠습니까?"

그녀는 칼을 짚고 담장을 넘어 황부에 도착했다. 동쪽 하늘이 이미 훤하게 밝아 오고 있었다. 춘월과 황소저는 초조하게 기다리고 있었다. 그리고 노랑이 돌아오는 것을 보고 춘월이 나오면서 물었다.

"왜 이리 늦었소? 그 기생년의 머리는 어디 있는 거요?"

노랑이 차갑게 웃으며 왼손으로 춘월의 머리카락을 잡고 오른손으로 서릿발 같은 칼날을 들어 위부인을 가리키고는 한참 동안 째려보다가 큰 소리로 꾸짖었다.

"간악한 늙은이가 속 좁은 요부를 도와서 정숙하고 아름다운 분을 해치려고 모의하다니, 내 손에 있는 3척 칼로 네 머리를 베고 싶다. 그러나 벽성선 아가씨의 충고에 감동하여 잠시 용서하겠다. 선랑의 재예와 절조는 밝은 태양이 비추는 것과 같으니 이는 푸른 하늘이 아는 바이다. 십 년 청루 생활을 하면서도 팔뚝에 붉은 피 한 점이 있는 경우는 옛 역사에서도 찾기 어렵다. 그런데 너희들이 계속 선랑을 해치려 한다면, 내 비록 천만 리 밖에 있다 해도 이 칼을 갈면서 기다릴 것이다."

노랑은 말을 마치자 춘월을 끌고 문밖으로 나갔다. 황부의 모든 사람들이 놀라서 소란을 일으켰다. 수십 명의 하인들이 일제히 소리를 지르며 뛰어나와 노랑을 잡으려 했다. 노랑이 크게 소리질렀다.

"만약 내게 덤빈다면 이 계집을 먼저 죽여 버리겠다."

그러자 주변 사람들이 감히 손을 쓰지 못했다. 노랑이 춘월을 끌고 큰길로 나와서 크게 소리를 쳤다.

"천하에 뜨거운 성품과 의로운 기상이 있는 사람이라면 귀를 기울여 내 말을 들으시오. 노신은 자객이라, 원로대신 황의병의 부인인 위씨가 간악한 여자를 위하여 걸桀 임금을 도와 후악한 짓을 하듯, 몸종인 춘월로 하여금 천금의 큰돈을 내게 주면서 양승상의 소실 벽성선 아가씨의 머리를 베도록 했소. 노신이 즉시 양부로 가서 벽성선 아가씨의 침실에 이르러 그 동정을 몰래 살펴보니, 풀로 짠 자리에 베이불을 덮고 남루한 옷으로 촛불 아래 누워 있었는데, 팔뚝 위의 붉은 점이 지금까지도 완연했소이다. 노신이 평생토록 의기를 좋아했소. 그런데 간악한 사람의 말을 잘못 듣고 정숙하고 아름다운 사람을 잘못 죽일 뻔했소. 모골이 어찌 송연하지 않겠습니까? 노신이 이 칼로 위씨 모녀를 죽여서 벽성선 아가씨의 화근을 없애려 했으나, 선랑이 지극한 정성으로 만류하고 말투가 강개하며 의리가 엄정했으니, 아! 10년 청루 생활에 앵혈이 분명한 여자를 음탕한 여자라고 지목한 악독하고 참혹한 원수를 잊고 오히려 정실과 첩실의 본분을 굳게 지키면서 의리가 정대한 여인을 간사한 사람으로 몰아 버리다니, 어찌 아니 한심한 일이오? 노신이 선랑의 충고에 감동하여 위씨 모녀를 놓아주고 돌아가니, 만약 이후에 이름도 없고 누군지 알지도 못하는 자객이 위씨의 큰돈을 탐내서 선랑을 해치는 자가 있다면 내 반드시 찾아낼 것이오."

그러고는 칼을 들어 바로 춘월을 가리키면서 말했다.

"너는 천한 사람이라 말할 것도 없지만, 너 역시 오장을 가진 여인이다. 밝은 해가 비추는데 어찌 감히 정숙하고 아름다운 사람을 해치려 하느냐? 내가 이 칼로 너를 죽이고 싶지만, 다시 생각해 보면 이후에라도 황씨의 흉악한 짓을 증명해 줄 이 없으니, 한 가닥 목숨을 잠시 살려 둔다. 그렇게 알아라."

순간 서릿발 같은 칼날이 번뜩하자 춘월은 땅에 엎드려 기절하고 노랑은 간곳없었다. 구경하던 사람들이 크게 놀라 춘월을 자세히 보니 피가 낭자하게 흐르는데 양쪽 귀와 코가 없었다. 이 일 때문에 노랑의 소문이 온 도성에 자자하게 되었으며, 벽성선의 억울함과 위씨 모녀의 간악함을 모르는 사람이 없었다.

한편 황부의 하인이 집안으로 춘월을 업고 들어갔다. 이때 위부인 모녀는 노랑의 기세를 보고 너무 두려웠다가, 춘월의 모습을 보고 더욱 경악하면서 금창약金瘡藥, 칼이나 창 따위로 생긴 상처에 바르는 약을 구하여 급히 치료했다. 위부인은 몰래 생각했다.

'천지신명이 돕지 않는 것인가, 일의 진행이 분명하지 않은 것인가. 내가 보낸 자객이 도리어 나를 해치고 그 원수년을 보호하다니, 어찌 생각이나 한 일인가. 더욱 통분한 것은, 세 번이나 계책을 실행했지만 한 번도 뜻대로 안 됐다는 것이다. 딸아이를 위하여 눈 속의 바늘을 뽑으려다 도리어 아름답지 못한 오명만을 뒤집어쓰고 소문만 낭자하니, 어미된 처지에 어찌 부끄럽지 않은가. 만약 벽성선을 계속 이승에 살아 있게 한다면 우리 모녀는 차라리 죽어서 아무것도 모르게 되는 것이 낫다.'

다시 계책을 하나 생각해 내고는 자기 침실에 춘월을 눕히고 남편 황의병이 내당으로 들어오기를 기다려 다시 모책을 세우려 했다. 황의병이 부인과 황소저가 실의에 빠진 것을 보고 괴이하게 여겨서 물었다.

"부인은 평안치 못한 일이라도 있는 거요?"

위부인이 말했다.

"상공께서는 정말 귀도 먹고 눈도 어두우시군요. 간밤에 집안에서 무슨 풍파가 있었는지 모르신다는 말씀입니까?"

황의병이 깜짝 놀라며 말했다.

"무슨 풍파가 있었소? 얼른 말해 보시오."

부인이 손을 들어 춘월을 가리키면서 말했다.

"저 모양 좀 보세요."

황의병이 눈을 씻고 자세히 보니 한 여자의 얼굴에 피가 가 득 흐르는데, 두 귀와 코가 없어서 차마 똑바로 쳐다보지 못할 지경이었다. 그가 크게 놀라 물었다.

"이 아이는 누구요?"

주위에 있던 사람이 말했다.

"몸종 춘월이입니다."

황의병의 얼굴빛이 하얘지면서 어찌된 연고냐고 물었다. 위부인이 슬픈 빛으로 대답했다.

"세상에서 가장 무서운 것은 간악한 사람입니다. 딸아이 성 품이 어두워서 벽성선과 부질없이 원한을 맺었다가 스스로 저 재앙을 얻었습니다. 악독한 일 처리와 흉악한 행동이 어찌 이 정도까지 오리라고 생각이나 했겠습니까? 차라리 처음에 독을 마셨을 때 조용히 죽는 게 나을 뻔했습니다."

황의병이 말했다.

"그게 무슨 말이오?"

위부인이 대답했다.

"간밤 3경에 자객 하나가 저희 모녀의 침실에 갑자기 들어 왔습니다. 춘월이 자객을 쫓아갔는데, 저희 모녀는 목숨을 부 지했지만 춘월이는 저렇게 중상을 입은 겁니다. 고금천지에 한 번도 들어본 적 없는 변괴입니다. 다시 생각하면 지금도 살이 떨립니다."

황의병이 말했다.

"벽성선이 한 짓이라는 걸 어떻게 알았소?"

"제가 어찌 알 수 있겠습니까? '춘치자명'春雉自鳴*이라고 하지 않습니까. 자객이 문을 나서면서, '나는 자객이다. 황소저를 구하기 위하여 벽성선을 죽이려고 양부에 갔다가 선랑이 죄가 없는 것을 알고 위부인 모녀를 죽이려고 왔다'며 크게 소리치더군요. 이 어찌 천한 기생년의 요사하고 간악한 흉계가 아니겠습니까? 그년이 자객을 보내서 뜻을 이루게 되면 우리 모녀를 죽이는 것이고, 만약 불행히도 뜻을 이루지 못하면 흉측한 눈으로 첩의 모녀에게 재앙을 뒤집어씌우려는 게 아니겠습니까?"

황의병이 이 말을 듣고 크게 노하여 형부刑部에 기별하여 그 자객을 잡아들이게 하고, 다시 천자에게 아뢰어 벽성선을 처리하려고 했다. 그러자 위부인이 말리면서 말했다.

"지난번에 상공께서 벽성선 일 때문에 황상께 아뢰었지만, 끝내 죄를 다스리지 못했습니다. 조정에서 말이 공평하지 못하여 혹시라도 사심이 있는 게 아닌가 의심했기 때문입니다.

---

* 봄꿩이 저절로 운다는 뜻으로, 모든 일은 시간이 되면 저절로 알려지게 된다는 뜻이다.

상공의 체통으로 구구한 생각을 지금 아뢰는 것은 불가한 듯 싶습니다. 마침 간관諫官 왕세창王世昌이 제 이질姨姪, 이종사촌 조카입니다. 조용히 불러서 의논해 보면, 이는 법과 관련된 일이면서 풍속 교화를 해치는 일임을 알 것입니다. 황상께 글을 한 장 올려서 윤리기강을 바로잡도록 하는 것 또한 간관의 일일 것입니다."

황의병이 그 말이 좋다고 하면서 즉시 왕세창을 불러 의논했다. 왕세창은 본래 줏대가 없는 사람이라, 어렵지 않게 승낙하고 돌아갔다. 위부인은 다시 가궁인을 불러 인사를 마친 뒤에 말했다.

"우리가 만난 지 꽤 됩니다. 매번 옛날 일을 생각할 때면 슬플 뿐만 아니라, 오늘은 특별히 병이 있어 그대에게 약을 구하려고 오시라 했습니다."

그러고는 춘월이를 가리키면서 말했다.

"저 애는 우리 딸아이의 심복 몸종입니다. 주인을 대신하여 횡액을 당했지요. 자객 칼 끝에 거의 원혼이 될 뻔했습니다. 지금 목숨을 부지하기는 했지만 얼굴이 망가져서 슬프고 놀라운 마음을 이길 길 없습니다. 신묘한 약을 얻지 못하여 한창 고민하고 있는데, 의사의 말이 금창약을 수궁혈守宮血*과 섞어

---

* 수궁은 파충류에 속하는 동물로, 도마뱀붙이 혹은 갈호(蝎虎)라고도 한다. 그것의 피가 수궁혈이다.

서 발라 주면 즉시 차도가 있을 것이라더군요. 금창약은 구했지만 수궁혈은 워낙 귀한 물건입니다. 제가 듣자니 궁중에는 많다고 하더군요. 남은 목숨에 자비를 베푸셔서 잠깐 수고를 해주시면 안 될까요?"

가궁인이 춘월을 보더니 경악하여 얼굴빛이 하얘져서 어찌된 일이냐고 물었다. 위씨가 지난 일을 들어서 하나하나 자세히 알려 주면서 탄식했다.

"이 늙은 몸이 딸아이 혼사 때문에 황후께 엄한 하교를 받았는데, 이제는 황송함을 이기지 못할 뿐입니다. 궁인께서는 괜히 이 일을 아뢰어서 노신의 죄를 더하게 하지 말아 주세요. 그렇지만 벽성선의 간악함은 악독한 전갈이나 요사스러운 여우와 다름없습니다. 변괴가 끝이 없어서 양씨 문중이 장차 위태로운 지경에 처할 겁니다. 노신은 제 딸아이의 일생을 위해서라도 그냥 모른 척할 겁니다."

가궁인이 놀랍고도 의아해하면서 말했다.

"황부의 환란이 이 정도로 놀라운데, 어찌 그 자객을 잡아들이고 간악한 자를 조사하여 일벌백계의 도리를 행하지 않으시는 겁니까?"

위부인이 탄식하며 말했다.

"이는 모두 딸아이의 운명이라, 도망친다고 어찌 그 운수를 면하겠습니까. 하물며 상공께서는 연세가 많고 기력도 없으셔서, 규방에서의 일을 조정에 아뢰고자 하지 않으시니, 어쩔 도리가 있겠습니까?"

가궁인이 머리를 끄덕이며 즉시 돌아가 약을 보내왔다. 그러고는 태후에게 들어가 뵙고 황씨 집안의 변괴를 자세히 아뢰면서 말했다.

"황소저가 비록 아녀자로서의 덕이 부족하지만, 벽성선 또한 간악함이 없지 않은 듯싶습니다. 위부인은 마마께서 돌보시며 살펴주시는 사람이라, 이 같은 변고를 당했으니 어찌 수수방관할 수 있겠습니까?"

태후의 기색이 불편해지면서 말했다.

"한쪽의 말을 어찌 전적으로 믿을 수 있겠느냐?"

이튿날 천자가 조회에 참여하자, 간관 왕세창이 표문 한 장을 올렸다. 그 내용은 다음과 같다.

풍속의 교화와 법망은 나라의 큰 정사입니다. 전쟁에 나간 원수 양창곡의 천첩 벽성선이 음란한 행실과 간악한 마음으로 정실부인을 죽이려고 했습니다. 처음에는 독살을 시도하고 또 다시 자객을 보내 승상 황의병의 집안에 쳐들어가게 했다가 몸종을 잘못 찔러 그 목숨이 경각에 달렸다고 합니다. 들리는 말이 놀랍고 사태가 흉악하고 참혹함은 물론이려니와, 여러 첩실들이 모의하여 정실부인을 모의하여 해치는 것은 풍속 교화의 손상이며, 자객이 규방을 횡행하는 것은 법망이 제대로 미치지 않음입니다. 엎드려 바라건대 폐하께서는 형부에 하명하시어 먼저 자객을 잡아들이라 하시고, 또한 벽성선의 죄악을 다스리시어 풍속 교화와 법망을 확립하소서.

천자가 표문을 보고 크게 놀라 황의병을 돌아보며 말했다.

"경의 집안에 이런 큰일이 있었는데 경은 어째서 말을 하지 않았소?"

황의병이 머리를 조아리며 말했다.

"신이 죽음을 앞둔 나이에 외람되이 대신의 반열에 처하여 일찍 물러나지도 못하고 집안의 불미스러운 일로 감히 번거롭게 자주 아뢰지 못했습니다."

천자가 고민하다가 이렇게 말했다.

"여항閭巷에 살아가는 평민의 집이라 하더라도 자객의 출입이 놀랍고 탄식할 만한 일이거늘, 하물며 원로대신의 집안에 이 같은 변괴가 있을 수 있겠는가. 자객은 창졸간에 잡아들이기 어렵겠지만 그 일을 수사하여 어떤 사람이 한 짓인지를 알아야 하지 않겠소?"

황의병이 아뢰었다.

"신이 지난번 벽성선의 일로 폐하께 아뢰었을 때, 조정에서의 의론은 신이 협잡을 했으리라고 혐의를 제게 돌렸습니다. 신의 나이가 이미 칠순입니다. 어찌 규중 여자들의 자질구레한 사정으로 자주 폐하를 어지럽히겠습니까? 벽성선의 간악함이 도성에 자자하여 이제는 자객이 공공연하게 자칭 벽성선이 시켰다면서 도성을 휘젓고 다닙니다. 엎드려 바라건대 폐하께서는 생명을 사랑하는 덕을 내리시어 그 죄를 밝혀 바로잡아 주소서."

천자가 크게 노하여 말했다.

"질투는 어느 가정이나 있는 일이거늘, 어찌 자객과 연결하여 이렇듯 멋대로 한단 말인가? 우선 자객을 잡아들이고, 벽성선은 그 집안에서 쫓아내도록 하라."

이때 전전어사殿前御史가 아뢰었다.

"벽성선을 집안에서 쫓아낸다면 어디에 두어야 할지 모르니, 의금부에 가두는 것이 좋을 듯싶습니다."

천자가 한참 묵묵히 생각에 잠겼다가 하교했다.

"이는 다시 처분을 내리도록 하겠다. 벽성선은 잠시 그대로 두고, 자객을 빨리 잡아들이라."

천자가 조회를 끝내고 태후에게 벽성선의 일을 이야기하면서 처리하기 곤란한 점을 말했다. 그러자 태후가 웃으면서 말했다.

"저도 그 일을 들었습니다만, 규중에서 일어난 질투 사건에 불과합니다. 일이 커지긴 했지만 나라에서 간섭할 일이 아닙니다. 자질구레하면서도 도에 넘치는 말을 조정에서 어찌 참여하겠습니까? 하물며 여자란 원래 성품이 치우친 존재라서 원한이 있다면 필시 죽고 사는 문제를 가볍게 여길 겁니다. 어찌 조화의 기운을 손상시켜서 폐하의 성스러운 덕에 누가 되게 하겠습니까?"

천자가 웃으며 말했다.

"태후마마의 하교가 이토록 곡진하시니 소자가 계책을 하나 내서 이 풍파를 잠시 진정시켰다가 양창곡이 돌아오기를 기다려 조처하게 하렵니다."

"무슨 계책이라도 있습니까?"

"벽성선을 고향으로 보내는 게 어떻겠습니까?"

"폐하께서 그토록 생각하셨으니, 양쪽의 도리가 모두 여기서 더할 것이 없겠군요. 제가 더 간섭할 게 없겠네요."

"제가 매번 황씨의 일을 들어 보면 개인적인 사정이 없을 수 없는데, 모후께서 조금도 고려하지 않으시니, 좀 억울한 생각이 들지 않을까 싶습니다."

"그게 바로 위부인을 진정 돌보아 주는 겁니다. 위씨 모녀가 일찍부터 교만하여 부덕을 닦지 않으니, 다만 저들이 이 늙은이를 믿고 교만방자한 마음을 키워 나갈까 걱정입니다."

천자가 이에 탄복해 마지않았다. 이튿날 조회에서 황의병과 윤형문 두 원로대신을 마주하고 하교했다.

"벽성선의 일이 너무도 놀랍지만, 양창곡은 대신의 반열에 있는 사람으로 짐이 예로써 대우하는 신하요. 어찌 그의 첩실 문제를 형부에서 조처하도록 하겠소이까? 짐이 임의로 일단 처리해 두겠소. 두 분은 사돈 간이라, 근심과 어려움이 있을 때 서로 구원하는 일은 한 집이나 다름없소이다. 오늘 조회에서 물러나는 길에 양현을 만나보시고, 벽성선은 임시방편으로 고향으로 돌려보내십시오, 집안 사이의 풍파를 잠시 진정시키고 있다가, 양창곡이 돌아오면 처리하도록 하시오."

윤형문은 황의병이 교묘한 협잡을 벌였음을 알아차렸지만 서로 다투고 싶지 않았다. 가만히 생각해 보니 벽성선을 고향으로 보내 신변을 안전하게 해주는 것이 좋을 듯했다. 그래서 즉시 아뢰었다.

"폐하의 성교가 이처럼 곡진하니, 신 등이 양현을 만나 보고 폐하의 뜻을 전하겠습니다."

조회를 마치고 나가면서 황의병은 끝내 불쾌했지만 이런 생각이 들기도 했다.

'내가 딸아이를 위하여 비록 치욕을 통쾌하게 설욕하지는 못했지만, 고향으로 쫓아내 버린다면 우선 눈앞의 울분을 씻을 수는 있어 다행이구나. 내 마땅히 폐하의 뜻을 전하고 즉시 쫓아내야겠다.'

그 길로 양현의 집에 이르렀으니 결국 어찌될 것인가. 다음 회를 보시라.

제20회

춘월이 변복하여 산화암으로 가고,

우격이 취하여 십자로를 지나가다

春月變服散花庵 虞格醉過十字街

황의병은 즉시 양부에 이르러 양현을 만나 성지_{聖旨}를 전했다.

"노부가 이미 황상의 명을 받들어 왔으니, 천한 기생을 쫓아내고 돌아가야겠소."

잠시 후 윤형문도 찾아와 말했다.

"오늘 황상의 처분은 근래 벌어진 풍파를 진정시키고 원수가 돌아오기를 기다리려는 의도입니다. 사돈어른은 조용히 조치하시어 성상의 곡진한 뜻을 저버리지 마세요."

그렇게 말을 마치자 즉시 몸을 일으켜 돌아갔다. 양현 부부는 내당으로 들어가 벽성선을 불러 말했다.

"내가 귀가 먹고 눈이 침침하여 수신제가도 하지 못해 폐하의 엄한 하교를 받들게 되었으니, 신하 된 도리에 오늘의 처지가 너무도 황공하구나. 너는 고향으로 잠시 돌아가 있다가 원수가 돌아오기를 기다리도록 해라."

벽성선은 눈물을 방울방울 흘리면서 감히 이유를 여쭤 보지 못했다. 양현이 측은하게 여겨 재삼 위로하고는 행장을 잘 꾸려서 수레 한 대와 하인 몇 명을 준비해 주었다. 데리고 왔던 몸종 중에서 자연은 양부에 두고 소청만 데리고 길을 떠났다. 시어머니와 윤소저에게 하직하고 섬돌을 내려가면서 구슬 같은 눈물이 비오듯 흘러 붉은 뺨을 덮고 비단적삼을 적셨다. 이날 양부 사람들 가운데 수심과 참담함을 느끼지 않은 이가 없었다. 그들이 눈물을 비오듯 흩뿌리며 그녀를 위로하는 말에 하늘의 태양도 빛을 잃을 정도였다.

윤형문과 황의병 양쪽 집안의 하인들도 구름처럼 모여들어 구경했지만, 차마 눈으로 보질 못하고 자기도 모르는 사이에 흐느끼곤 했다. 이 광경을 보던 황의병은 마음이 불쾌해 이렇게 생각했다.

'예부터 간사한 사람이 인심을 얻는 법이다. 이 어찌 딸아이 신상에 해로움이 없겠는가.'

한편, 벽성선이 수레를 몰아 강주로 향하매, 낙교洛橋의 푸른 구름은 걸음걸음마다 점차 멀어지고 천리길 긴 노정엔 산천이 첩첩했다. 외로운 행색과 처량한 마음은 물을 대하고 산에 오를 때마다 창자가 끊어지는 듯했고 꿈속의 혼이 없어지는 듯했다.

갑자기 광풍에 소나기가 내려 천지가 아득하여 지척을 분간하지 못할 지경이었다. 겨우 30리를 가서 객점에 투숙했으니, 어찌 잠이 들어 꿈을 꿀 수나 있었겠는가. 종과 주인 두 사람이 외로운 등불 아래 앉아 처량하게 마주보면서, 벽성선은 이렇게 생각했다.

'내 신세가 참 괴이하구나. 일찍 부모님을 잃고 비창한 처지와 떠돌던 몸은 의탁할 곳이 전혀 없었는데, 다행히 양한림을 만나서 한 조각 이 마음을 큰 바다같이 기울여 이 한 몸 의탁하기를 태산처럼 기약했다. 그런데 오늘 이 길은 무엇 때문에 벌어진 일일까? 강주에 선영도 없고 부모님도 안 계시니 누구를 바라고 돌아갈 것인가. 내가 그곳을 떠난 지 일 년도 안 되어 이렇게 돌아가니 무슨 면목으로 다시 이웃을 대할 것인가. 아! 내가 오늘 가는 길은 도대체 무슨 명색으로 가는 것인가. 나라의 죄인이라지만 조정에 죄를 지은 적이 없고, 가문에서 쫓겨난 며느리라지만 진실로 남편의 뜻이 아니다. 나아가고 물러남을 어디 비할 데가 없구나. 차라리 이곳에서 자결하여 천지신명에게 사죄하리라.'

벽성선이 드디어 행장 속에 넣어 두었던 작은 칼을 꺼내 목을 곧바로 찌르려는데, 소청이 울면서 아뢰었다.

"낭자의 빙설 같은 마음은 하늘이 내려보시고 태양이 비추고 계십니다. 만약 여기서 불행한 일이 벌어진다면 이는 간사한 사람들이 원하는 바를 이루어 주는 것일 뿐, 누명을 영원히 씻을 수 없게 됩니다. 마음을 억눌러 넓게 잡수시고 절이나 도관을 찾아 몸을 의탁하여 때를 기다리시는 게 옳습니다. 어떻게 이런 짓을 하시려는 겁니까?"

벽성선이 탄식하며 말했다.

"궁지에 몰린 인생이 갈수록 심해지니, 무슨 때를 기다리겠느냐? 내 나이 스물도 안 되었다. 이는 필시 이승의 죄업이 아니라 전생에 지은 죄악으로 하늘이 벌을 내리시는 것이리라. 그 재앙의 그물을 벗어나지 못할 테니, 빨리 죽어서 아무것도 모르는 게 차라리 낫겠구나."

소청이 다시 아뢰었다.

"제가 들으니 여인은 의로운 일이 아니면 자결하지 않는다고 합니다. 낭자께서 오늘 이처럼 마음 잡으시는 이유를 저는 도대체 모르겠습니다. 무릇 여인이 죽음으로 절개를 지키는 것은 두 가지 경우가 있습니다. 어렸을 때 부모를 위하여 죽는 것은 효이고, 출가하여 남편을 위하여 죽는 것은 열烈입니다. 이 두 가지를 제외하고 죽는다면 요사스럽거나 간사한 사람의 행위에 불과합니다. 낭자는 이런 점을 생각하고 자결하시려는 겁니까? 하물며 상공은 만리 밖 외딴 땅에 계시는 바람에 집안에서 일어난 환란을 전혀 모르고 계십니다. 훗날 집에 돌아오셔서 이 일을 들으신다면 그 마음이 어떻겠습니까? 이부인李夫人을 생각하고 홍도객鴻都客을 보내시고 슬픔에 잠겨 마음을 소진하실 상공의 애끊는 듯한 정상情狀을 낭자께서 혹시라도 생각하신다면, 돌아가신 뒤 영혼이라도 필시 거꾸러지고 방황하실 것이며 차마 그 애정의 뿌리를 끊지 못할 것입니다. 그때 낭자가 지나간 일을 후회하신다 한들 어찌 되돌리겠습니까? 환혼단還魂丹*을 구하자 한들 어찌 구하겠습니까?"

소청이 말을 마치자 벽성선은 두 줄기 눈물을 마구 흘리면서 말했다.

"소청아. 네가 나를 그릇되게 하는 것은 아니겠지? 그렇지만 한스러운 마음이 이렇게 맹렬할 수가 없구나."

그녀는 즉시 객점의 노파를 불러서 물었다.

"나는 낙양으로 가는 길인데, 요즘 매일 객관에서 꾸는 꿈이 불길하군요. 이 근처에 절이나 도관이 있으면 향불이라도 올리고 기도를 한 뒤 길을 가고 싶어요. 주인께서 좀 가르쳐 주세요."

객점의 노파가 대답했다.

"여기서 황성 쪽으로 10여 리를 가면 산화암散花庵이라는 절이 하나 있습지요. 관세음보살님에게 공양하면 가장 영험하답니다."

벽성선이 크게 기뻐하면서 다음 날 행장을 수습하여 산화암을 찾아갔다. 신령스러운 경계는 과연 그윽하면서도 깊숙했고 경치가 뛰어났다. 암자에는 10여 명의 여승들이 지내고 있었다. 불단에는 세 부처님을 봉안했는데 금빛이 찬란했다. 좌우로는 아름다운 꽃을 꽂았고, 무수히 많은 비단 휘장과 주

---

* 죽은 사람의 혼을 돌아오게 하여 다시 살리는 약을 말한다.

머니에서 풍기는 향냄새가 코에 닿았다. 절의 여승들이 벽성선의 모습을 보고 흠모하지 않는 사람이 없었다. 여승들이 다투어 차와 과일을 내오니, 대우가 상당히 두터웠다.

저녁 예불을 마친 뒤 벽성선이 주지 스님을 청하여 조용히 말했다.

"첩은 본래 낙양 사람으로, 집안의 환란을 피하여 이곳을 찾아왔습니다. 몇 달 유숙하고 싶은데, 스님의 뜻은 어떠하신지요?"

여승이 합장하며 말했다.

"불교는 자비를 마음으로 삼습니다. 낭자께서 액운을 피하시느라 저희 절에 잠시 의탁하시니, 어찌 영광스럽지 않겠습니까?"

벽성선이 감사를 드리며 행장을 잘 풀어놓았다. 그리고 하인들과 수레를 돌려보내면서 윤소저에게 편지를 한 통 써서 속마음을 대략 털어놓았다.

이때 황의병은 집으로 돌아가 부인과 황소저에게 말했다.

"내가 오늘 네 원수를 갚고 왔다."

그러고는 강주로 벽성선을 쫓아낸 일을 자세히 이야기해 주었다. 그러자 위부인이 냉소를 지으며 말했다.

"독사와 맹수를 죽이지 못하고 오히려 화근만 남겨 두어 도리어 후환을 더해 놓으셨으니, 어찌 두렵지 않겠습니까?"

황의병이 묵묵히 대답하지 않고 불쾌한 빛을 띠며 외당으로 갔다. 위부인이 지성으로 춘월을 간호하여 한 달이 지나자 상처는 조금 차도가 있었지만, 완전히 면목을 갖추게 할 수는 없었다. 칼자국이 낭자한 추한 얼굴은 예전의 춘월이 아니었다. 춘월이 거울을 비추어 보고는 이를 갈면서 맹세했다.

"옛날의 벽성선은 소저의 적이었지만, 오늘의 벽성선은 춘월의 원수로다. 내가 결단코 이 원수를 갚으리니, 뒷일은 구경만 하십시오."

위부인이 탄식했다.

"천한 기생년이 지금 강주로 돌아가서 편안하게 먹고 자고 한다. 양원수가 돌아오면 일은 반드시 뒤집어질 터, 우리 모녀와 너희의 목숨이 장차 어찌 되겠느냐."

춘월이 말했다.

"부인께서는 걱정하지 마십시오. 제가 먼저 벽성선의 거처를 찾아낸 뒤 마땅히 계책을 행하겠습니다."

이때 황태후는 가궁인을 불러 말했다.

"내가 황상을 위하여 매년 정월 보름이면 예불을 올리고 있네. 오늘 산화암으로 가서 향불과 과일 같은 여러 물건을 준비하여 보름에 경건히 기도를 올리도록 해주게."

가궁인이 명을 받들고 즉시 산화암으로 가서 지성으로 불공을 드렸다. 보개寶蓋와 운번雲旛, 구름 모양의 깃발은 산바람에 휘날리고 법고法鼓와 불음佛音은 도량을 울렸다. 가궁인은 만세를 외치며 장수와 복을 송축하면서 불공을 마친 뒤 암자를 두루 구경했다. 동쪽 행각行閣에 이르니 깔끔한 방이 하나 있는데, 문이 닫혀서 마치 사람의 종적이 없는 듯했다. 가궁인이 문을 열고자 하니 여승이 조용히 말했다.

"이 방은 객실입니다. 일전에 웬 낭자가 이곳을 지나다가 몸이 불편하여 유숙하고 있습니다. 그이의 성품이 단촐하여 외부인을 꺼립니다."

가궁인이 웃으며 말했다.

"만약 그이가 남자라면 내가 마땅히 피해야겠지만, 같은 여자인데 잠시 얼굴을 보는 게 무슨 해가 되겠소?"

문을 열고 들여다보니, 웬 미인이 몸종 하나와 소슬하게 단정히 앉아 있었다. 달 같은 모습과 꽃 같은 얼굴은 진정 나라를 뒤흔들 만한 경국지색이었다. 눈썹 어름에는 우수 깃든 모습을 잠시 띠었고, 붉은 뺨에는 부끄러운 빛을 살짝 머금었다. 그윽한 모습이 너무도 단아하거늘, 가궁인이 속으로 크게 놀라며 앞으로 나아가 물었다.

"어떠한 낭자이기에 이 같은 자태로 적막한 절 안에 머무는 게요?"

벽성선이 아름다운 눈을 들어 가궁인을 보더니, 얼굴 가득 홍조가 피어나면서 꾀꼬리 같은 소리로 나지막이 대답했다.

"첩은 지나가던 나그네입니다. 몸에 병이 있는데 객점이 너무 번잡하여 이곳에 머무르면서 조섭이나 하려 합니다."

가궁인이 그 말과 모습에 친애하는 마음이 뭉게뭉게 피어났다. 그녀는 자리를 함께하여 단정히 앉아 말했다.

"저는 암자에 잠깐 기도하러 온 사람입니다. 성은 가賈입니다. 지금 낭자의 아름답고 묘한 얼굴빛을 접하고, 또 단아한 말씨를 들으니 흠모하는 마음이 일어 예전부터 익히 알던 사이 같군요. 낭자의 나이는 몇이며 존성尊姓은 무엇인가요?"

벽성선이 기쁜 빛으로 말했다.

"저 역시 성이 가이고, 나이는 열여섯입니다."

가궁인이 더욱 기뻐하면서 말했다.

"성이 같으면 백대百代가 지나도 친척이라는데, 내 하룻밤 같이 자야겠구려."

그러고는 베개와 이불을 낭자의 침소로 옮겼다. 벽성선은 나그네 회포가 외롭고 적직했는데, 가궁인의 곤고 한결같은 성품과 간곡한 뜻을 보고 탄복할 뿐 아니라 동원이류同源異流*의 심정이 되었다. 그러니 누가 자신의 심정을 토해 내지 않겠는가. 그녀는 자신의 은근한 정회를 아끼지 않았다. 가궁인은 본래 총명한 여인이라, 벽성선의 말과 행동이 비범하다는 것을 알고 조용히 물었다.

"내 이미 같은 성을 가진 친척인데, 어찌 교유가 얕고 말은 깊게 하지 않는 것인가? 내가 낭자의 범상치 않은 예절을 보

---

* 근원은 같으나 흘러가는 물은 달라진다는 뜻으로, 즉 조상은 같으나 세월이 지나서 계파가 달라졌음을 의미해 친척을 가리키는 말이다.

니 평범한 여항 사람이 아닐세. 어떻게 여기까지 오게 되었는가? 마음을 속이지 말게나."

벽성선이 그 다정함을 보고 사실을 곧이곧대로 말하는 것이 긴요치 않을 듯했지만, 지나치게 마음을 속이는 것 역시 도리가 아니라 생각하고, 사정을 대략 이야기했다.

"저는 본래 낙양 사람입니다. 일찍이 부모님과 친척을 잃고, 지금 집안의 환란을 만나 어디로 가야 할지 모르던 차에 잠시 이곳에 의탁하여 진정되기를 기다리고 있습니다. 제가 비록 나이는 어리지만 지나온 일을 미루어 생각해 보건대, 풀잎의 이슬 같은 인생이 괴로운 바다가 아닌 것이 없습니다. 다만 일의 기미를 살피다가 머리를 깎고 승려가 되어 도사를 따르고자 합니다."

벽성선은 말을 마치자 두 눈에 구슬 같은 눈물이 그렁그렁하고 기색이 참담해졌다. 가궁인은 발설하기 어려운 일이 있다는 점을 알고 다시 물어보지 못했다. 다만 그 측은한 정경을 생각하고 위로했다.

"내 비록 낭자가 만난 일을 알지 못하지만, 낭자의 모습을 보니 앞길이 적막하지는 않을 것일세. 어찌 한때의 액운을 참아 내지 못하여 스스로 일생을 그르치려는 것인가? 이 암자는 내가 때때로 왕래하는 곳이니 내 집이나 다름없네. 암자에 있는 여승들은 모두 나의 심복이니, 낭자를 위하여 부탁해 두겠네. 바라건대 낭자는 마음을 넓게 먹고 불길한 생각은 절대 하지 마시게나."

그 위로에 벽성선이 감사를 올렸다.

다음 날 가궁인이 궁으로 돌아가면서 벽성선의 손을 잡고 머뭇거리면서 차마 떠나지 못했다. 그녀는 여러 여승들에게 일일이 얼굴을 맞대고 벽성선을 부탁하며 말했다.

"가낭자와 그 하인의 아침저녁 식사를 내 마땅히 돕겠네. 만약 나이 어린 여인이 좁은 소견으로 검푸르고 구름 같은 머리채에 한 번이라도 체도剃刀*를 가까이 한다면, 여러 스님네들은 내 면목을 대하지 못할 것이오. 만약 신의를 어긴다면 책임을 묻겠소. 명심하시오."

여러 여승들이 합장하며 명을 받았다. 벽성선 역시 그 극진한 마음에 감사를 올렸다. 가궁인이 돌아가 태후에게 결과를 아뢰고 자기 방으로 돌아왔다. 그녀는 벽성선을 잊지 않고 며칠 뒤 몸종인 운섬雲蟾에게 은자 수십 냥과 음식 한 상자를 산화암으로 보내 낭자에게 전해 주도록 했다. 운섬이 명을 받들어 산화암으로 갔다.

한편 춘월은 벽성선의 행방을 알아내기 위하여 변복을 하고 문을 나섰다. 자신의 추한 모습을 부끄럽게 여겨 푸른 수건으로 머리와 양쪽 귀를 싸매고 고약 한 조각을 얼굴에 발라 코를 가렸다. 그녀가 웃으며 말했다.

* 스님들의 머리카락을 자를 때 사용하는 칼이다.

"옛날 예양豫讓은 온몸에 옻칠을 하여 문둥병 환자처럼 되어 조양자趙襄子를 위해 복수하고자 했다. 이제 춘월은 부모께서 남겨 주신 몸을 귀중하게 여기지 않고 고심에 찬 마음으로 벽성선을 해치려 하니, 이것은 과연 누구 때문인가."

위부인이 웃으며 말했다.

"네가 성공한다면 마땅히 상으로 천금으로 내리고 평생 향락을 누리도록 하겠다."

춘월이 웃으면서 문을 나서다가 속으로 생각했다.

'우물 안에 있던 물고기가 큰 바다에 놓였으니, 누구에게 벽성선의 행방을 물어볼 것인가. 내 들으니, 만세교萬世橋 아래 장선생張先生의 점술이 신이하여 황성에서 최고의 점쟁이라 한다. 우선 그곳에 가서 물어봐야겠다.'

춘월은 은자 몇 냥을 들고 즉시 장선생을 찾아 물었다.

"나는 자금성에 살고 있소. 원수가 있는데 행방을 모르오. 선생이 밝혀 알려 주시오."

장선생이 한참 동안 생각을 하다가 점괘를 얻고는 말했다.

"성인聖人이 팔괘를 그은 것은 흉한 일을 피하고 길한 일을 성취하여 사람을 구하고자 한 것이오. 그런데 지금 점괘를 얻고 보니 그대의 금년 신수가 크게 불길합니다. 대단히 조심하여 다른 사람에게 미움받을 짓을 하지 마시오. 비록 원수라 하더라도 의리로 감화시킨다면 도리어 은인이 될 것이오."

춘월이 웃으며 말했다.

"선생은 쓸데없는 말은 늘어놓지 마시고 그 원수의 거처를 말해 주시오."

그녀는 은자 몇 냥을 꺼냈다. 그러자 장선생이 말했다.

"그대의 원수는 처음 남쪽으로 향하다가 북쪽으로 방향을 돌렸소이다. 만약 산속에 숨어 있는 것이 아니라면 필시 죽었을 게요."

춘월은 좀 더 자세히 묻고 싶었지만, 곳곳에서 점을 치러 찾아온 사람들이 문 앞에 가득해 자신의 종적이 탄로날까 두려워 그곳을 나왔다. 돌아오는 길에 운섬을 만났다. 그들은 예전에 위부에서 여러 차례 안면이 있었던 터였다. 춘월이 운섬을 보고 불렀다.

"운섬 낭자께서는 어디서 오시는 거요?"

운섬이 괴이하게 여기면서 대답하지 않았다. 춘월의 모습이나 복색이 예전과 달라졌기 때문이었다. 춘월이 웃으며 말했다.

"나는 괴질로 얼굴이 이렇게 흉측해졌습니다. 낭자가 몰라보는 것도 당연한 일이지요. 내 들으니 만세교 아래에 유명한 의원이 있다기에 치료약을 물어보고 오는 길입니다. 그런데 병환 중에 바람을 쐬는 것이 두려워 잠시 남자 옷을 입은 것이니, 정말 우습네요. 낭자는 괴상하게 생각지 마세요."

운섬이 놀랍고도 의아하게 여기면서 말했다.

"춘월 낭자의 얼굴에 예전 모습이 전혀 없네요. 무슨 병에 걸리셨기에 이 지경이 되었어요?"

춘월이 코를 가리면서 탄식했다.

"아무 죄도 없이, 그저 운명이지요. 목숨은 보존한 게 천행이랍니다."

운섬이 말했다.

"저는 우리 낭자의 명으로 지금 남쪽 교외에 있는 산화암으로 가는 길입니다."

"무슨 일 때문에 가는데요?"

"낭자께서 일전에 기도하려고 산화암에 가셨다가, 한 낭자를 만났답니다. 마침 같은 성을 가진 친족이라, 한 번 보고도 옛날부터 알던 사이처럼 여겨져서, 오늘 편지를 쓰고 돈을 부치시는 바람에 명을 받들어 가게 된 거예요."

춘월은 본시 음흉한 여자라, 그 말을 듣고 놀라면서도 의아해 그녀의 진짜 자취를 알고 싶어졌다. 그래서 웃음을 머금고 말했다.

"운섬 낭자가 나를 속이시는구려. 나 역시 일전에 산화암에서 불공을 드렸지만 그런 낭자는 보질 못했거든요, 그 낭자가 언제 암자로 왔는지 모르겠네요."

그러자 운섬이 웃으면서 말했다.

"춘월 낭자는 사람을 속일 수 있겠지만 저는 한 번도 사람을 속여본 적이 없어요. 내가 여승이 전하는 말을 들으니, 그 낭자가 암자에 온 것이 불과 보름이 안 된다고 하던데요. 몸종

하나와 함께 객실에 거처하여 외부 사람의 출입을 꺼린다고 합니다. 이는 필시 성품이 순박한 낭자일 겁니다. 그런데 꽃과 달 같은 용모는 정말 세상에 다시 없는 절세미인이라고 하더군요. 우리 낭자께서 한번 만나 보시고 돌아오셔서는 지금까지 잊은 적이 없을 정도거든요. 그래서 그분을 위로하려고 저를 지금 보내신 건데, 어찌 제가 빈말을 하겠어요?"

춘월이 일일이 듣고 몰래 생각했다.

'이는 분명 벽성선이다!'

그녀는 속으로 크게 기뻐하면서 즉시 운섬과 헤어져 정신없이 집으로 돌아왔다. 위부인과 황소저에게 알리니, 부인이 깜짝 놀라 겁을 먹으며 말했다.

"가궁인이 만약 이 사태를 안다면 황태후가 어찌 모를 수 있겠느냐? 황태후가 알게 된다면 황상께 어찌 물어보지 않으시겠느냐?"

춘월이 대답했다.

"걱정하지 마십시오. 벽성선은 정숙한 여자라 가궁인에게 자기 마음을 토로하지 않았을 겁니다. 제가 몰래 그 종적을 탐지한 뒤 교묘한 계책을 행하는 것이 좋겠습니다."

이튿날 춘월은 다시 옷을 바꿔 입고 산을 유람하는 나그네 행색으로 황혼녘에 산화암으로 갔다. 하룻밤 유숙을 청하니, 여승이 객방을 한 칸 정해 주었다.

밤이 깊자 춘월은 몰래 정당과 행각을 돌아다녔다. 창밖에서 들어 보니 곳곳에서 불경을 외거나 염불하는 소리가 들렸다. 그런데 동쪽에 객실이 하나 있는데, 등불은 깜빡거리고 인적은 고요했다. 춘월이 몰래 창틈으로 엿보니 한 미인이 벽을 향해 누워있고, 몸종은 촛불 아래 앉아 있는데 바로 소청이었다. 춘월은 즉시 발걸음을 죽이고 객실로 돌아왔다.

다음 날 그녀는 여승과 이별하고 황부로 돌아와 황소저와 위부인을 만나서 깔깔거리며 웃었다.

"양원수의 집안이 깊고 그윽하여 춘월의 솜씨를 다 발휘할 수 없었는데, 황천이 도우사 벽성선과 그 종년을 지옥에 가두어 두었더군요. 제가 계책을 쓰기 훨씬 쉬워졌습니다."

황소저가 놀라서 물었다.

"벽성선이 정말 산화암에 있더냐?"

춘월이 탄식하며 말했다.

"벽성선이 양원수 집안에 있을 때 그녀가 절세가인인 줄로만 알고 있었습니다. 그런데 산화암 불등佛燈 아래에서 보니 정말 속세의 인물이 아니더군요. 요대의 선녀가 아니라면 필시 옥황상제께서 계시는 옥경의 선녀가 하강한 듯합니다. 그러니 양공자가 아무리 철석간장이라 하더라도 어찌 거기 빠지지 않겠어요? 만약 이번 기회를 놓친다면 소저의 신세는 끝내 개밥에 도토리 신세를 면치 못할 겁니다."

위부인이 춘월의 손을 잡으며 말했다.

"소저의 일생이 바로 너의 일생이다. 소저가 뜻대로 일이

풀리면 너도 일이 풀릴 것이야. 마음을 절대 경솔하게 두지 말아야 한다."

춘월이 이에 주변 사람을 물리친 뒤 말했다.

"제게 계책이 하나 있습니다. 제 오빠 춘성春成은 방탕하고 무뢰하여 장안 거리에 발이 넓습니다. 그중에 방탕한 사람이 하나 있는데 성은 우虞요 이름은 격格입니다. 용맹과 힘이 뛰어나고 술과 여색을 탐하여 생사를 돌아보질 않습니다. 춘성 오빠를 통해서 어여쁜 미인이 있다고 꽃향기를 슬며시 흘리면 봄바람에 미친 듯한 나비가 어찌 날리는 꽃을 탐하지 않겠습니까? 일이 과연 뜻대로 되면 벽성선의 어여쁜 열매는 변소에 떨어진 꽃이 될 것이요, 그 평생을 그르치게 될 겁니다. 설혹 일이 뜻대로 안 되더라도 실낱같은 목숨은 칼끝의 외로운 혼백이 되는 길 면치 못할 겁니다. 이렇게 되든 저렇게 되든 소저 눈 속의 가시를 뽑아 버리는 겁니다."

위부인이 크게 기뻐하여 빨리 주선하라고 재촉했다. 춘월이 웃으며 집을 나갔다.

한편, 우격은 무뢰배인데 여러 차례 법을 어겨 다른 무뢰배들과 교유하고 이름을 바꾸어 여기저기 출몰하는 자였다. 하루는 소년 건달 10여 명과 십자로에 모여서 술을 마시고 떠들썩하게 소란을 피우다가 춘성을 만났다. 이들은 손을 잡고 다시 술집을 찾아가 술을 마셨다. 그런데 갑자기 춘성이 길게 탄식하며 말했다.

"사내놈이 세상에 나와서 지척에 절세가인을 두고도 취하지 못한다면 어찌 호한好漢이라 하겠나?"

우격이 물었다.

"그게 무슨 말인가?"

춘성이 웃으며 대답을 하지 않자, 우격 역시 웃으면서 계속 묻는 것이었다. 춘성이 말했다.

"여기는 너무 번잡하니, 오늘 밤 우리 집으로 찾아오게나."

우격이 응낙한 뒤 마음이 조급해져 황혼이 되자 춘성의 집으로 찾아갔다. 춘성이 그의 손을 잡고 자리에 앉히며 웃었다.

"내가 자네에게 경국지색을 중매하려 하네. 그런데 그대 솜씨가 너무 졸렬해서 성사시킬 수 있을지 걱정이로구만."

"말만 하게나."

"내가 들으니 강주 청루에 유명한 기생이 있는데 꽃 같고 달덩이 같은 자태는 고금에 비할 데 없고, 가무풍류는 당대 최고라 하네. 그 여자가 한 번 얼굴을 찡그리면 월나라 서시는 자신이 못생겼다며 부끄러워할 정도고, 그 여자가 한 번 웃으면 당명황의 양귀비도 임금의 총애를 잃을까 시기할 정도라네. 자네는 이러한 미인을 한번 어떻게 해보겠나?"

그러자 우격은 잡힌 손을 뿌리치면서 춘성의 뺨을 후려갈겼다.

"춘성이, 이 자식아! 내가 비록 방탕하게 지내면서 상중하세 판에 어떤 걸림도 없는 놈이긴 하다만, 네놈은 겨우 황부의 종놈인 주제에 어찌 나를 농락한단 말이냐? 강주가 여기서 몇 리나 되는지 알기나 해?"

춘성도 일부러 소리를 질렀다.

"중매 잘못 서면 뺨이 석 대라는 속담이 있다만, 마음에서 우러나오는 말을 다 듣지도 않고 이렇게 때리다니 다시는 얘기 안 하련다."

그러자 우격이 웃으면서 말했다.

"그러면 확실하게 말 좀 해봐. 내가 술 석 잔을 권해서 사과하겠네."

춘성이 웃으면서 다시 우격의 손을 잡고 말했다.

"그 미인이 황성에 왔다가 돌아가는 길에 산화암에서 머무르며 병을 조섭한다네. 자네 빨리 가서 어찌 해보게나."

우격이 크게 기뻐하며 팔뚝을 휘두르면서 말했다.

"바로 가서 오늘 밤을 넘기지 말고 해치워야지."

우격이 즉시 자리에서 일어났다. 춘성이 말했다.

"그렇지만 그 미인이 지조가 높아서 겁탈하기 어려울걸."

"그거야 정말 내 솜씨에 달린 거니까 걱정하지 말게나."

우격이 차갑게 웃으며 말하고는 산화암으로 떠났다.

한편, 양창곡은 동초를 보내고 천자의 성지를 기다려 장차 회군하여 돌아가려 했다. 그런데 동초가 돌아와 황제의 명을 받들어 아뢰는데, 홍혼탈로 하여금 군사 1만을 나누어 홍도국을 정벌하게 하고 원수는 회군하라는 것이었다. 양창곡이 크게 놀라서 홍혼탈을 불러 황제의 조칙을 보여 주었다. 홍혼탈이 경악해서 얼굴빛이 하얘지며 말했다.

"소장이 무슨 지략으로 이런 중대한 임무를 맡겠습니까?"

양창곡이 한참 생각한 끝에 말했다.

"날이 이미 저물었다. 장수들은 각자 숙소로 돌아가라."

그러고는 홍혼탈을 장막 안으로 불러들였다. 등불을 돋우고 옷깃을 정돈한 뒤 얼굴빛을 바로하여 말했다.

"내가 그대와 반 년 동안 바람 먼지 속에서 함께 고초를 겪었소. 황천이 몰래 도와주시어 개선하는 날에 함께 수레를 타고 돌아가고 싶었는데 황제의 명이 이처럼 정중하시니, 이제 길을 나누어 내일이면 나는 장안을 향해 떠나고 그대는 군사를 총괄하고 떠나야 하오. 교지에서 공을 세운 뒤 즉시 회군하도록 하시오."

홍혼탈이 말을 듣고 나서 아름다운 눈빛을 들어 양창곡의 기색을 살피더니, 검푸른 머리와 발그레한 얼굴에 구슬 같은 눈물을 방울방울 떨어뜨리며 말없이 단정하게 앉아 있기만 했다. 양창곡이 다시 얼굴빛을 바로 하며 말했다.

"이 양창곡이 비록 용렬하고 어리석지만 개인적인 정 때문에 황제의 명을 거역할 수는 없소. 그대는 빨리 물러가 행장을 준비하도록 하시오."

홍혼탈이 이에 눈물을 거두고 슬픈 빛으로 대답했다.

"제가 혈혈단신으로 백만대군 행렬에 참여하여 칼을 휘두르며 창을 잡고 오늘에 이르기까지 바람 먼지를 무릅쓰고 부끄러움을 참아 낸 것이 어찌 공을 세워 부귀영화를 누리기 위한 것이었겠습니까? 다만 상공에게 제 몸을 의탁하여, 생사고락을 함께하고 싶었기에 오로지 상공만을 믿었던 것입니다. 오늘 상공께서 저를 버리고 돌아가신다니, 이는 제가 스스로 얻은 재앙입니다. 제가 만약 이름난 가문 출신이라 규중의 예의범절을 지키고 상공께서 백 대의 수레로 장가를 드시어 저를 짝으로 대우해 주셨다면, 어찌 이 같은 일이 있었겠으며 어찌 이 같은 말씀이 있었겠습니까? 제가 비록 청루의 천한 출신이지만, 마음에 지닌 지조는 결백하고자 하여 결코 얼음이나 눈에 뒤지지 않습니다. 군령 어기는 것을 무릅쓰고 나약한 이 한 몸이 사형을 받을지언정, 대장부의 반열에 참여하여 홀로 행군하고 싶지는 않습니다."

말을 마치자 곧고 매서운 기상이 아름다운 미간에 가득했고 처량한 눈물은 옥 같은 얼굴을 적셨다. 양창곡이 비로소 미소를 지으며 말했다.

"천자께서 홍혼탈의 나약함이 이러한 줄을 살피지 못하시고 무거운 임무를 맡기시다니, 조정의 일이 어찌 이리도 한심하단 말이오."

홍혼탈은 그제야 양창곡이 자신을 놀렸다는 사실을 알고 부끄러운 빛으로 대답하지 않았다. 결국 일이 어찌될 줄 모르겠구나. 다음 회를 보시라.

옥루몽 1: 낙화의 연緣

초판 1쇄 발행 2006년 5월 20일
개정판 1쇄 발행 2020년 12월 10일
지은이 남영로 | 옮긴이 김풍기 | 발행인 유재건 | 펴낸곳 엑스북스
주간 임유진 | 편집 신효섭, 홍민기 | 마케팅 유하나
디자인 권희원 | 경영관리 유수진 | 물류유통 유재영, 한동훈
등록번호 105-87-33826호 | 주소 서울시 마포구 와우산로 180, 4층
대표전화 02-334-1412 | 팩스 02-334-1413 | 이메일 editor@greenbee.co.kr

엑스북스(xbooks)는 (주)그린비출판사의 책읽기·글쓰기 전문 임프린트입니다.
책값은 뒤표지에 있습니다. 잘못 만들어진 책은 구입처에서 바꿔 드립니다.
ISBN 979-11-90216-38-8 04810
ISBN 979-11-90216-37-1 (세트)